La doble vida de Jesús

La doble vida de Jesús

Primera edición: noviembre de 2014

D. R. © 2014, Enrique Serna
C/O DOSPASSOS Agencia Literaria

D. R. © 2014, derechos de edición mundiales en lengua castellana:
Santillana Ediciones Generales, S.A de C.V., una empresa de
Penguin Random House Grupo Editorial, S.A. de C.V.
Blvd. Miguel de Cervantes Saavedra núm. 301, 1er piso,
colonia Granada, delegación Miguel Hidalgo, C.P. 11520,
México, D.F.

www.alfaguara.com/mx

© Diseño de cubierta: Leonel Sagahón

Comentarios sobre la edición y el contenido de este libro a:
megustaleer@penguinrandomhouse.com

ISBN 978-607-113-566-7

Impreso en México / *Printed in Mexico*

Enrique Serna

La doble vida de Jesús

A Gabriela Lira

Podemos perfectamente desertar de nuestro destino más auténtico, pero es para caer prisioneros en los pisos inferiores de nuestro destino.

José Ortega y Gasset

I. Dorada medianía

Tonificado por el piar de los pájaros y el púrpura imperial de las buganvilias, al comenzar su diaria sesión de bicicleta fija, Jesús Pastrana se abandonó a las dulces divagaciones del futurismo político. Faltaba poco para que el Partido Acción Democrática eligiera candidato a la alcaldía de Cuernavaca, y él había llegado a la recta final de la contienda con grandes posibilidades de triunfo. A los 43 años, tras dos décadas de militancia en el PAD, creía tener méritos de sobra para obtener esa distinción, que otros políticos de familias prominentes habían alcanzado a una edad más temprana. Pero, ¿le harían justicia los miembros del comité directivo? ¿Pensarían en el bien de la ciudad o en su propia conveniencia? Los bribones que le declaraban su apoyo en las asambleas distritales no eran gente de fiar. Estamos con usted, licenciado Pastrana, su trabajo en la sindicatura ha sido excelente y el partido pide a gritos una renovación de cuadros, lo aclamaban, derretidos de admiración, pero al mismo tiempo coqueteaban con dos o tres candidatos más, para tener varias velas prendidas.

Cuidado, el desaliento mataba en embrión los mejores impulsos del alma. Obligado a recuperar la fe, incluso a costa del autoengaño, avizoró un futuro glorioso en el que ya no tendría que lidiar con politicastros aldeanos. La alcaldía podía catapultarlo a la gubernatura, después al senado, y si en esos cargos se desempeñaba con acierto y honestidad, podía soñar, ¿por qué no?, con la silla del águila, convertida en silla del buitre por tantas décadas de rapiña presidencial. Desde Los Pinos emprendería una cruzada para extirpar los tumores cancerígenos del país, cada vez más extendidos en todos los estratos sociales. Su programa político, modesto en apariencia, en realidad era tan ambicioso que lindaba con lo temerario: crear un verdadero Estado de derecho, retroceder el reloj de la historia a 1913 y hacer la revolución legalista que el asesinato de Madero dejó trunca.

Se trataba, simplemente, de aplicar la ley a rajatabla, por encima de cualquier interés personal o faccioso, aunque eso lo enemistara con los grandes beneficiarios de la corrupción: oligarcas y ex presidentes coludidos para explotar monopolios, banqueros que disfrutaban exenciones fiscales propias de una república bananera, líderes sindicales con jet privado y cuentas millonarias en Suiza, gobernadores que centuplicaban impunemente la deuda pública de sus estados, diputados y senadores al servicio de los grandes consorcios mediáticos, jefes policiacos y generales del ejército en estrecha cohabitación con el hampa. El país no podía levantar la cabeza mientras esa caterva de rufianes le chupara la sangre. Después de refundar la república podían venir las pugnas ideológicas: lo que no se podía era poner el techo del Estado antes de los cimientos. A pesar de sus esfuerzos por levantarse el ánimo, la tensión en las pantorrillas y la fatiga muscular lo incitaron a sopesar con tintes sombríos la gravedad del momento histórico. La descomposición del viejo sistema político había dejado grandes vacíos de poder que ahora llenaban los ejércitos criminales, pero los grandes capos del crimen organizado sólo se diferenciaban de las autoridades corruptas por delinquir abiertamente. La simulación legaloide, la trácala encubierta, la aplicación discrecional de la ley, le habían hecho un daño enorme al país. A temblar, sabandijas: por lo menos en Cuernavaca, su edénica impunidad tenía las horas contadas.

Para elevar la frecuencia cardiaca subió el control de tensión al número 5 y siguió pedaleando con un vigor más moral que físico. Hombre de hábitos inmutables, con una disciplina de monje tibetano, se mantenía en estupenda forma no por vanidad ni por presunción, sino por conciencia cívica. Necesitaba ser, como Cicerón, una columna de hierro para soportar lo que se avecinaba: presiones, amenazas, calumnias, zancadillas y golpes bajos. Si quería ser un místico del orden, primero tenía que implantarlo en su propio cuerpo. Ni el más puntilloso comité de salud pública podía ponerle un pero a su estilo de vida, ni a su exiguo patrimonio de pequeño ahorrador. Que los periodistas vinieran cuando quisieran a retratar su búngalo de una sola planta con techo de teja, el jardín comunitario podado con esmero y la pequeña piscina en forma de riñón, compartida con otras siete familias de modesto peculio. En materia de honradez aventajaba con creces a todos sus contendientes, un punto a su favor que la dirigencia del partido no podía ignorar. Mientras contemplaba a lo lejos la cumbre del Popo con su bufanda de nubes grises, aspiró profundamente el aire fresco de la mañana, un aire tan puro como los principios que había enarbolado contra viento y marea: probidad, transparencia en el gasto público, eficiencia administrativa, rendición de cuentas. Por ser un político moderado, alérgico a las utopías redentoras, desde la izquierda lo tildaban de neoliberal. Pero como México se había desbarrancado en la anarquía egoísta, en una especie de fascismo balcanizado y caótico, donde gobernaban de facto los hampones encumbrados que prostituían la impartición de justicia, ya fuera sembrando el terror o comprando a la autoridad, él sabía que en el fondo era un revolucionario.

—Vayan a darle un beso a papá —ordenó su esposa, Remedios, a sus dos hijos, que se aprestaban a salir a la escuela con el uniforme del colegio.

Maribel, pecosa y espigada, con largas piernas de gacela, pelo trigueño y ojillos pardos que irradiaban malicia, se parecía más a él, gracias a Dios en una versión mejorada, mientras que Juan Pablo, el menor, bautizado así en honor del Papa Peregrino, había heredado las facciones maternas: pómulos angulosos, boca pequeña, dientes frontales saltones y una nariz chata con la punta rojiza que le había valido en la escuela el mote de Rudolph, en alusión burlesca al reno de Santa Claus. Jesús se limpió el sudor de la cara para besarlos. Ambos le habían dado grandes satisfacciones: Juan Pablo acababa de ganar las olimpiadas de matemáticas de su escuela y su hija era campeona intercolegial de nado sincronizado en pareja. Remedios, en cambio, no se detuvo a besarlo y apenas le dirigió una mirada de soslayo. Los arrumacos entre los dos se habían acabado mucho tiempo atrás. Limpia de maquillaje, las magras carnes ocultas por unos pants muy holgados y el pelo castaño oscuro sujeto con una red, su ausencia de coquetería casi rayaba en el autoflagelo. Tenía los ojos empañados de hastío, como si la vida ya no pudiera ofrecerle ninguna sorpresa grata. Fanática del ejercicio, se pasaba la mitad de la mañana en el gimnasio, haciendo aerobics, yoga, body combat, y por las tardes tomaba cursos de sanación holística. Pero en vez de moldearle un cuerpazo, el ejercicio y la dieta macrobiótica la habían puesto enjuta como un faquir. Viéndola alejarse hacia el garage, con su afilado rostro de misionera en perpetuo ayuno, Jesús recordó que llevaban un largo mes sin coger. Ya le tocaba "cumplirle", una obligación que postergaba semana a semana, como un deudor insolvente y reacio a declararse en quiebra.

El recordatorio de su "débito conyugal", como lo llamaba la Iglesia, lo sumergió en una triste cavilación. No podía precisar desde cuándo el rostro de Remedios había adquirido una tonalidad entre grisácea y verde, que le recordaba a las vírgenes afligidas de los iconos medievales. Con gusto le hubiera rezado un rosario cada noche, si eso lo eximiera de sus obligaciones maritales. En guerra con su libido, buscaba en las revistas porno las ganas que lo habían abandonado, y cuando por fin lograba tener una erección más o menos firme, surgían otras dificultades: Remedios sólo cogía en una posición, tendida bocabajo sin empinarse mucho (consideraba humillantes las posturas caninas), de modo que él debía aplastarla casi para penetrarla. No se atrevía a sugerirle que alzara un poco más las nalgas, por miedo a herir su orgullo, demasiado susceptible en materia de gimnasia obscena. Quería coger sin perder el decoro, a prudente distancia del reino animal. Para colmo, tampoco se quitaba el sostén, porque los anticonceptivos le habían sacado ronchas muy feas en los senos.

El sábado anterior, harto de su mutismo en la cena, que interpretó como un mudo reproche por tantas semanas de abstinencia, había intentado un deshielo erótico, aguijoneado más por el sentido del deber que por el deseo. Remedios llevaba una bata cerrada hasta el cuello que sólo dejaba al desnudo sus pantorrillas de ave zancuda. Cuando estiró el brazo para tomar la jarra de limonada, la bata se le abrió una fracción de segundo y Jesús alcanzó a percibir la pequeña comba de su seno izquierdo. No era una visión que pudiera excitar a nadie, pero la reemplazó en la fantasía por el busto firme, generosamente expuesto, de la cajera del súper que lo había atendido esa tarde. Momentos después, cuando los niños ya se habían retirado a ver la televisión, empleó ese recuerdo como ayuda motivacional. Mientras Remedios acomodaba ropa en el clóset se le acercó por detrás, le arrimó el pene a la hendidura de las nalgas y palpó sus pechos por debajo de la bata, como un gigoló de comedia italiana.

—Me traes loco, mamita, vamos a la cama —dijo, y alcanzó una fraudulenta erección imaginando que palpaba las tetas de la cajera.

Remedios debió notar la dureza de su miembro y sin embargo no le restregó las nalgas en el glande, como lo habría hecho cualquier hembra caliente y desinhibida. Molesta quizá por la vulgaridad de la situación, digna de un lupanar, lo apartó con rudeza y le sujetó las muñecas.

—Mira nomás qué manotas tan puercas. No te las lavaste al regresar del súper. Así no me vas a tocar.

Jesús se examinó las palmas, los dedos y las uñas sin hallar el menor rastro de mugre. Carajo, qué manera de estropear una situación cachonda. Alérgica a los ácaros que flotaban en el polvo y anidaban en la tela de los sillones, Remedios se había esmerado en desinfectar hasta el último rincón de la casa, pero como los ácaros también anidaban en la piel humana, Jesús no podía tocarla cuando venía de la calle, una regla que había olvidado en la precipitación por saldar su débito.

—Ahorita vengo, espérame.

Aunque se enjabonó a las carreras, cuando volvió a la cama, donde Remedios lo esperaba desnuda entre las sábanas, su virilidad había depuesto las armas. En vano colmó a Remedios de caricias voluntariosas que remedaban sin éxito el auténtico ardor: el chorro del lavabo había diluido el recuerdo de la tetona y el pito ya no le respondió.

—Si no tienes ganas, ¿para qué me calientas? —le reclamó Remedios, decepcionada.

—Sí tenía ganas, pero me cortaste la inspiración. Te has vuelto una fanática de la higiene.

—¿No será que te volviste impotente? La disfunción eréctil es curable. Si tienes problemas ve con un médico.

Para no agarrarla a bofetadas, Jesús inhaló profundamente y contó hasta diez. ¿Cómo puedes exigirme pasión, hubiera querido decirle, si tal parece que te doy asco? Pero se mordió el orgullo para no rebajarse a una discusión tan soez. Dolido todavía por aquel golpe artero a la zona más sensible de su orgullo, mientras pedaleaba con la frente bañada en sudor se preguntó hasta dónde los llevaría ese clima de hostilidad. La carne mandaba, incluso entre amantes tan tibios como ellos. Hubiera querido desearla, para conjurar la temible amenaza de una desintegración familiar, pero el deseo era ajeno a la voluntad. Su caprichosa verga no se sometía de buen grado a las órdenes de un sargento, ni aceptaba coacciones virtuosas en nombre de la paz conyugal. Fortino, el jardinero, un cincuentón chaparro con tez curtida y bigote entrecano, calzado con botas de hule, caminó a su encuentro desde la otra punta del jardín y le entregó el periódico *El Imparcial*. Saltándose las noticias de primera plana, Jesús buscó ansiosamente la columna "Bajo el volcán", de su amigo Felipe Meneses:

El síndico Jesús Pastrana es uno de esos raros funcionarios que sirven a la ciudadanía en vez de utilizar sus puestos como trampolín político o instrumento de lucro. Padre ejemplar, administrador eficiente, perseguidor intachable de la venalidad en todas sus formas, jamás ha buscado el relumbrón mediático, a pesar de merecerlo sobradamente. Entre las figuras políticas de Cuernavaca no hay nadie que haya luchado con más ahínco para sanear la administración pública, y ahora que la sociedad reclama, con justa razón, un combate frontal contra el poder corruptor del crimen organizado, Acción Democrática tiene en Pastrana a uno de sus principales activos…

¿Cómo les quedó el ojo, cabrones?, pedaleó con euforia, calculando el efecto del comentario en los altos mandos del partido. El espaldarazo valía oro, por venir de un periodista con autoridad moral, que no recibía chayote por quemarle incienso a nadie, como los cagatintas que apoyaban a sus rivales políticos. Había conocido a Meneses en la campaña electoral del 88, cuando ambos ingresaron al PAD, sacudidos por la personalidad telúrica de Andrés Couturier, el candidato a la presidencia que marcó un hito en las filas de Acción Democrática por su estilo claridoso y bronco de arengar a las multitudes, un estilo atípico en un partido de comerciantes pacatos y pequeños empresarios mesurados hasta la ignominia. Meneses había querido ser cura, pero abandonó el seminario traicionado por sus hormonas. La formación sacerdotal le dejó, sin embargo, una ética rigurosa y un sincero menosprecio de los bienes terrenales. Decepcionado de la grilla partidaria, optó por el periodismo combativo y desde esa trinchera siguió luchando por sus ideales. Experto en la política local, era testigo del tesón y la rectitud con que Jesús luchaba por defender sus principios en un campo minado por las ambiciones bastardas. Interrumpió un momento el ejercicio y lo llamó a su celular.

—Caramba, Felipe, qué gustazo me has dado. Tu apoyo es invaluable en estos momentos, cuando el comité directivo ya está deliberando. Te lo agradezco de corazón, hermano.

—Dije lo que pienso, Chucho, te has ganado a pulso la candidatura. Eres la mejor carta del partido para limpiar su imagen y recuperar la confianza de la sociedad.

—Pues ya veremos lo que sucede, yo todavía no canto victoria, ni quiero bajar la guardia. Si las bases eligieran me sentiría más seguro pero tú sabes que la nominación depende de los de arriba.

Bajando la voz, en tono de confidencia, precisó a su amigo que el nombramiento dependía de tres personajes clave: el presidente del comité directivo estatal César Larios, el alcalde de Cuernavaca Aníbal Medrano y el gobernador de Morelos Obdulio Narváez.

—Medrano te ha elogiado en público muchas veces y Larios lo obedece como un perro faldero —lo animó Felipe—. Así que llevas las de ganar.

—Ojalá, mano, pero yo hasta no ver no creer.

—Pues ya que estamos en ésas quería pasarte una información que sin duda te va a interesar. Una fuente de mucha confianza me contó que antier, el gordo Azpiri estuvo echando pestes de ti en una parranda donde se puso hasta la madre de pedo.

Manuel Azpiri, el secretario de Desarrollo Urbano del Ayuntamiento, era uno de sus adversarios más fuertes en la pelea por la candidatura, y Jesús apretó las mandíbulas en espera de lo peor. La fiesta había sido en la suite presidencial de la hostería Las Quintas, que Azpiri pagó con dinero del erario para tener una encerrona con sus putas consentidas, mandadas a traer desde Acapulco, y sus amigos íntimos, entre ellos varios diputados locales a quienes deseaba agasajar. Entrado en copas, se quejó amargamente de que el bono decembrino para los altos funcionarios del municipio ya no vendría libre de impuestos, porque el "sacristán" Pastrana, apodo que los demás festejaron a risotadas, había presentado una iniciativa al cabildo para reformar la ley de responsabilidades de los servidores públicos.

—Sí, la presenté porque era una injusticia concederle ese privilegio a la élite de cuello blanco, mientras les reteníamos impuestos a los empleados de limpia —se indignó Jesús—, y el cabildo tuvo que aprobarla a huevo, por la presión de los medios.

—Bien sabes que yo estoy de tu lado, y en su momento aplaudí tu valor civil —trató de calmarlo Meneses—, nomás te paso al costo lo que anda diciendo Azpiri. Según él, por dártelas de incorruptible pasaste a joder a todos tus compañeros. Y dijo algo peor, pero mejor me lo callo, porque no quiero meter cizaña entre ustedes.

—No me dejes en ascuas, suelta la sopa.

—Está bien, pero no te vayas a ofender conmigo, yo nomás soy el mensajero —Meneses hizo una pausa teatral—. Dijo que eres tan pendejo que si te hubiera invitado a esa orgía hubieras llevado a tu esposa.

Jesús guardó silencio mientras intentaba digerir el buche de arsénico.

—Pero el que ríe al último ríe mejor, ya verás —el periodista se apresuró a mitigar el daño—. Nosotros seguiremos haciendo campaña en tu favor desde el periódico. David Barrientos me prometió que él también te echará porras en su noticiero de radio. Tienes de tu lado al cuarto poder, Jesús, y nuestra opinión pesa. Hay que presionar a la dirigencia del partido para que haga una verdadera consulta a las bases y tome la decisión correcta.

Meneses había logrado enfurecerlo, y aunque todavía le faltaban diez minutos de pedaleo para cumplir los cuarenta y cinco reglamentarios, ya no quiso hacer más ejercicio. Conque sacristán y pendejo, ¿eh? Cuánta saña despertaba su limpia trayectoria. No era la primera vez que la canalla política lo denigraba por negarse a servirle de tapadera, pero advertía con alarma que mientras más se acercaba al poder, la maledicencia en su contra subía de tono. Lógico: las ratas chillaban y pelaban los dientes cuando veían amenazada su ración de queso. Se bañó de prisa, hirviendo de indignación, y en la mesa del comedor, mientras desayunaba papaya con yogurt, siguió hojeando *El Imparcial*. Manuel Azpiri también había salido en el diario, besando la mano del señor obispo en la inauguración de una guardería. La nota era quizá una inserción pagada. ¿De dónde salían los fondos para su precampaña? Terrible injusticia: la mitra apostólica solapando a una figura emblemática de la corrupción.

Dueño de una fastuosa residencia en el exclusivo fraccionamiento Palmira, inasequible para un funcionario que ganaba cincuenta mil pesos netos al mes, ese católico ejemplar ofrecía banquetes para quinientas personas en las bodas de sus hijos, dilapidaba fortunas en los casinos de Las Vegas, cerraba tugurios para él solo, invitando bebidas a toda la concurrencia, y acababa de regalarle un condominio en Cancún a su segundo frente, Laurita Yáñez, una guapa regidora de Cuautla. Era un secreto a voces que se había encumbrado en la política local gracias a su amistad con el presidente Salmerón, que había sido su compañero en la prepa. De hecho, asistía con frecuencia a las francachelas vespertinas de Salmerón en Los Pinos, donde cantaba boleros con un educado timbre de voz y regocijaba a la concurrencia con su infinito repertorio de chistes. Era, por así decirlo, el bufón de palacio, y había fungido como intermediario para conseguirle condonaciones fiscales a varios empresarios morelenses, a cambio de regalos espléndidos y acciones en sus empresas. Pero eso sí, que no le tocaran su bono decembrino, porque el hijo de puta montaba en cólera. Y Azpiri no era una excepción: todos los altos funcionarios del ayuntamiento lucraban con sus cargos, si bien gastaban con más recato. Sólo el estúpido sacristán Pastrana se ajustaba a la dorada medianía que Benito Juárez prescribió como norma de vida para los servidores públicos. A golpe de controles y auditorías, había dado la batalla por sanear las cuentas públicas en su ámbito jurisdiccional, pero sabía que no sólo estaba luchando contra mafias e intereses creados: su enemigo era la indolencia de una sociedad agachada. ¿Cómo despertarla, cómo ponerla en pie, si la gente se había acostumbrado tanto a la podredumbre institucional que ya ni siquiera notaba su hedor?

A las nueve y media llegó en su modesto Tsuru a las oficinas del ayuntamiento, en el centro histórico de la ciudad. El alcalde le había ofrecido un chofer, pero él había declinado ese privilegio suntuario, con gran enojo de Remedios, y manejaba su auto como cualquier hijo de vecino. Saludó a Lidia, su regordeta secretaria, con la afable camaradería de siempre, calculada para aflojar tensiones sin abolir distancias, y colgó su saco en un viejo perchero de latón. Quería que la oficina reflejara su personalidad pública y por eso se había abstenido de adornarla: sólo un par de plantas de sombra le daban cierto calor humano. Detrás del escritorio, junto al retrato oficial del presidente Salmerón, relucía su diploma de licenciado por la Escuela Libre de Derecho, generación 84-89, y el de su posgrado en la School of Law de UCLA. Cuando daba el primer sorbo al café, entró a verlo Israel Durán, su brazo derecho en la sindicatura, un joven treintañero, moreno y corpulento, que empezaba a escalar peldaños en la burocracia. Cebado por su mujer, una guapa canadiense que le preparaba suculentos manjares, Israel estaba engordando y se había dejado una barba de candado que le daba un aire de padrote costeño. Jesús le profesaba un afecto paternal, y en correspondencia, Israel lo admiraba sin reservas, agradecido por sus diarias lecciones de ética profesional y destreza jurídica. Desde el bautizo de Christian, el primogénito de Israel, donde Jesús fungió como padrino, habían estrechado más aún su amistad, borrando cualquier tirantez jerárquica. Generalmente bromista y risueño, esa mañana Israel estaba ojeroso, compungido, ausente, y Jesús le preguntó si tenía algún problema.

—Anoche me agarré de la greña con Sharon, y con los nervios no pude dormir.

A solicitud de Jesús, explicó en voz baja el motivo del pleito: la mañana del viernes, Sharon iba manejando muy quitada de la pena por avenida Diana, con el niño en el asiento de atrás, y al tomar el libramiento de la autopista vio dos cadáveres desnudos colgados en el puente del paso a desnivel. Tenían la cara morada y la lengua de fuera. Por poco se estrella en un poste de la impresión. Para tranquilizar a Christian le dijo que eran piñatas, pero no pudo engañarlo. Traumado por el macabro espectáculo, el niño había perdido el apetito y el sueño. Apenas cerraba los ojos veía a los ahorcados balanceándose frente a su cama. Lo llevaron a un psicólogo que recomendó un cambio de aires y ahora Sharon quería que se largaran corriendo a Vancouver.

—Tiene razón, en México ya no se puede vivir —admitió Israel—, pero ¿yo qué chingados hago allá? Mi suegro tiene un taller de cerámica y me puede dar chamba en su tienda, pero yo no quiero tenerlo de jefe. No estudié un posgrado en administración pública para acabar vendiendo cháncharas en el exilio. Sharon me acusó de poner en peligro a toda la familia por mi estúpida soberbia de macho latino. Total, que nos mentamos la madre y ahora ella se quiere largar sola con Christian.

Jesús lo exhortó a buscar una reconciliación, pero sabía que en ese pleito Israel llevaba las de perder, por falta de argumentos para convencerla. Nadie creía que el gobierno estuviera ganando la guerra contra el narco. La pronta pacificación anunciada por la machacona propaganda oficial era una patraña sin el menor asidero en la realidad. ¿Quién podía culpar a Sharon por querer largarse del país, si millones de mexicanos deseaban lo mismo? Nadie estaba a salvo, ni siquiera el secretario de Gobernación, recién fallecido en un sospechoso avionazo. Y en Cuernavaca, el Estado había perdido ya el monopolio legítimo de la fuerza, avasallado por las mafias que luchaban entre sí por el control de la plaza. ¿Dónde carajos estaban los policías municipales mientras los sicarios colgaban esos cadáveres? ¿Ellos mismos les hicieron el trabajito, a cambio de una propina, o nomás voltearon para otra parte?

Aunque no tuviera injerencia alguna en los cuerpos policiacos, el simple hecho de ser funcionario en esa administración lo obligaba a participar como comparsa en un sainete grotesco. El tizne no le caía de lleno en la cara, pero sí le salpicaba la ropa. Las autoridades locales, que defendían con uñas y dientes sus privilegios, sus bonos, sus prebendas, se limitaban a contemplar desde lejos el apocalipsis, con una bolsa de palomitas en las rodillas. Se le caía la cara de vergüenza por tener que saludarlos todos los días. Y para colmo, el jefe de la policía municipal, el comandante Sebastián Ruelas, figuraba entre los precandidatos a la alcaldía. Era imposible que el crimen organizado se hubiera expandido tanto sin su colaboración, y sin embargo, los cuadros superiores del partido lo defendían a capa y espada, en agradecimiento, sin duda, por los generosos moches que les pasaba. Los asuntos pendientes de revisión lo apartaron de sus negras reflexiones. En medio del pantano había pequeños islotes de legalidad y su obligación como síndico era defenderlos en la medida de lo posible. Por instrucciones suyas, en las últimas semanas Israel había investigado los malos manejos de la Secretaría de Finanzas en el otorgamiento de un contrato multimillonario para renovar los equipos de cómputo en todas las dependencias municipales.

—Ya revisé el proceso de licitación y encontré algo muy raro —explicó Israel—. Tres de las cuatro compañías que entraron al concurso se retiraron dos meses antes del fallo. Hice contacto con Kim Jae Won, el representante de la Samsung en México, y él me dijo que te quería ver en persona para explicarte por qué su empresa abandonó la competencia. Lo cité para hoy y está esperando allá afuera.

Entró a la oficina un marcial ejecutivo de traje gris, los labios entreabiertos en una rígida sonrisa de circunstancias. Tras las presentaciones de rigor desplegó una carpeta para explicar lo ocurrido con pruebas documentales. Su empresa decidió abandonar la licitación por falta de garantías, dijo, porque en mitad del concurso y sin darles aviso con la debida antelación, la Secretaría de Finanzas cambió las especificaciones del equipo solicitado y ellos no pudieron presentar su oferta en los términos de la nueva convocatoria.

—Es obvio que el licenciado Poveda mostró favoritismo por la Hewlett Packard, pues a ellos sí les avisaron puntualmente —dijo en un español bien articulado—. Pero lo más extraño es que nosotros habíamos ofrecido un precio veinte por ciento más bajo por el mismo equipo, y sin embargo, ellos obtuvieron el contrato. El municipio se hubiera ahorrado treinta millones con nuestra oferta.

Ramón Poveda era otro pájaro de cuenta a quien Jesús tenía en la mira desde varios años atrás. Ya le había descubierto algunos peculados menores, pero esta vez se había pasado de tueste. Prometió a Kim Jae Won que impugnaría el contrato y solicitaría la realización de un nuevo concurso con las mismas bases para todos los participantes, pero no quiso aceptar su invitación a comer en Las Mañanitas, porque tenía por norma guardar distancias con los contratistas del ayuntamiento. Cuando el representante de la Samsung terminó de hacerle caravanas, agradecido hasta el empalago, Jesús ordenó a Israel que convocara a una junta del cabildo, para revisar en sesión plenaria las anomalías registradas en la licitación.

—Te vas a echar otro alacrán al bolsillo —le advirtió Israel—. Y Poveda te puede cortar el presupuesto para los gastos de la sindicatura.

—Lo sé, pero no me voy a arrugar —Jesús chasqueó la lengua, desafiante y engallado—. Esta ciudad necesita parques, alumbrado, escuelas, y el erario no va a pagar la comisión que se quiere llevar ese hijo de puta.

—¿Y no crees que el alcalde esté metido en el ajo? Estamos en el año de Hidalgo y Poveda no da un paso sin consultarlo.

—Eso lo sabremos cuando el cabildo tome cartas en el asunto —Jesús frunció los labios con suspicacia, pues compartía el temor de Israel—. Pero si Medrano presiona a los regidores se pondría en evidencia. Y recuerda que él se quiere lanzar para gobernador. No le convienen escándalos a estas alturas.

A las dos y media se reunió en el Rincón del Bife, un restaurante argentino al aire libre, pletórico de bambúes y fuentes cantarinas, con dos jueces que estaban a punto de resolver un litigio por un terreno baldío donde el ayuntamiento quería construir un parque. Jesús solicitó a los jueces que antepusieran el bien de la sociedad a los intereses particulares, pues le parecía una terrible paradoja que la ciudad de la eterna primavera casi no tuviera espacios verdes, salvo en las mansiones amuralladas de las colonias residenciales. El pueblo ni siquiera se podía recrear la pupila con ellos. De hecho, si el comité de su partido lo nombraba candidato, dijo, anunciaría un ambicioso programa de expropiación de terrenos baldíos para llenar la ciudad de jardines públicos. Por la buena disposición de los jueces advirtió que en los tribunales ya le veían espolones para obtener la candidatura. Enhorabuena: la campaña de *El Imparcial* estaba empezando a dar frutos.

Hubiera querido quedarse más tiempo en la oficina, para revisar con Israel varias quejas de asociaciones vecinales afectadas por obras de drenaje, pero a las cinco y media tuvo que asistir a la junta del consejo municipal para los festejos del bicentenario de la independencia y el centenario de la revolución, donde fungía como vocal ejecutivo. La sala de usos múltiples del ayuntamiento, adornada con cintillos y cenefas tricolores, ya estaba casi llena de burócratas acarreados. Una gran mampara con el lema "Doscientos años de ser orgullosamente mexicanos" predisponía el ánimo a la exaltación patriotera. Jesús detestaba ese eslogan que había oído desde la infancia, pues le parecía que debilitaba la autoestima del pueblo en vez de robustecerla. Tal parecía que la nacionalidad mexicana era una vergüenza, un pecado original contra el que los publicistas querían vacunar a la masa, presuponiendo en ella un arraigado complejo de inferioridad. ¿Pero cómo podía funcionar una terapia tan estúpida, que de entrada sobajaba al paciente? Ocupó un asiento en la mesa del presídium, a la izquierda de Manuel Azpiri, que lo saludó, como siempre, con gran efusividad.

—Qué gusto de verte, Chucho. Qué bien te sienta el ejercicio, estás hecho un toro. ¿Y la familia cómo está?

—Todos bien, gracias.

Rechoncho, calvo, con gruesos labios negroides y una esquiva mirada de tahúr, el secretario de Desarrollo Urbano jamás le había dado ninguna muestra de antipatía. De hecho, los periodistas que cubrían el evento hubieran podido creer que eran grandes amigos. Obligado a rozar su gelatinosa barriga, Jesús compadeció a la pobre puta acapulqueña que se lo tiró en la hostería Las Quintas. Cuando terminaron de palmotearse las espaldas vino a saludarlo Ramón Poveda, el secretario de Finanzas, un junior alto y esbelto, de ojos azules, undoso cabello castaño y uñas manicuradas. Su finísima guayabera de lino color hueso contrastaba con el vulgar saco a cuadros de Azpiri, que jamás atinaba a combinar la ropa con elegancia. Sobrino de un empresario cafetalero, Poveda se codeaba con la casta divina de los negocios y salía retratado en las revistas de sociales, asistiendo a partidos de polo y eventos de beneficencia, pero por lo visto, le urgía reunir una fortuna propia. Ya debe saber que le caí en la maroma, pensó Jesús, y me viene a saludar en plan retador, como diciendo: conmigo no vas a poder. Simulador discreto, Poveda se limitó a darle un apretón de manos, tal vez porque su condición de niño bien le impedía extralimitarse en la hipocresía. Jesús odiaba ese tipo de rituales, que delataban su falta de oficio político. No había podido inventarse una personalidad social para preservar la suya de raspones y abolladuras. Tenía ganas de bajarse del templete y mandarlo todo al carajo. Soy un mal político, pensó, parezco huraño porque siempre estoy a la defensiva y no sé adivinar lo que la gente espera de mí.

La coordinadora del consejo, Margarita Fábregas, una historiadora de edad provecta, vestida con un elegante huipil oaxaqueño con grecas rojas, hilvanó en su discurso los lugares comunes más sobados de la historia de bronce y propuso un programa de festejos para conmemorar las gestas heroicas de los insurgentes en el estado: conferencias, mesas redondas, ballet folklórico en la explanada del zócalo, concursos de oratoria en secundarias y prepas con el tema "El martirio de Morelos". Cuando la Fábregas terminó de pasar revista a las gestas de la insurgencia ocurridas en el estado, el alcalde Aníbal Medrano, un cuarentón de mediana estatura, con pelo crespo, nariz prominente y tez bronceada en los campos del golf, pronunció un breve discurso en el que ofreció todo el apoyo del ayuntamiento para esa magna celebración.

—Bajo este cielo siempre azul se han escrito algunas de las páginas más memorables de nuestra historia. Por aquí desfilaron las tropas de Morelos, de aquí surgió el grito libertario de Emiliano Zapata, y como alcalde de nuestra capital, me comprometo a dar el mayor realce a este evento tan importante para consolidar nuestra memoria histórica. La grandeza de México está en cada uno de sus hombres y sus mujeres, en la sonrisa de los niños, en la experiencia de nuestros adultos mayores. Somos un pueblo más grande que sus problemas y vamos a demostrarlo con hechos. En esta fiesta popular tendrán cabida todos los sectores sociales y todas las etnias que conforman el rico mosaico de nuestra identidad regional...

Mientras oía perorar a Medrano, un orador monocorde, cansino, aletargado por la inercia demagógica, Jesús pensó que a pesar de haberlo tratado durante más de dos años, jamás había podido romper el turrón con él, porque su blindaje emocional no tenía una sola fisura por donde se pudiera colar la amistad. Simpático profesional, como la mayoría de los políticos, Medrano lo trataba con una calidez que por momentos lo había hecho sentirse apreciado y hasta querido. ¿Pero de verdad Medrano lo estimaba o sólo quería neutralizar a un enemigo en potencia? Jesús no era gente de su entera confianza, como Azpiri, Poveda o el comandante Ruelas. Él había obtenido la sindicatura por méritos propios, no por el dedazo de un poderoso. De hecho, la dirigencia del partido había presionado a Medrano para que cediera la sindicatura a un militante de base, a cambio de que él colocara a sus incondicionales en los puestos clave del ayuntamiento, porque el entonces presidente del comité directivo, don Javier Esponda, un político de la vieja guardia, con temple de reformador moral, quería cuidarle las uñas y traerlo con la rienda corta.

Por desgracia, Esponda falleció poco después de las elecciones y Jesús había tenido que librar una batalla solitaria contra la opacidad administrativa del equipo gobernante. Cuando frustraba o denunciaba algunas medidas poco transparentes de su camarilla, Medrano, lejos de molestarse, le daba las gracias por detectarlas a tiempo. Sin embargo, su aparente desconocimiento de las circunstancias en que se estaban fraguando los malos manejos era inverosímil (en el mejor de los casos delataba una cándida ineptitud) y el hecho de que no despidiera a los culpables lo desacreditaba a los ojos de la sociedad, como bien había señalado en su columna Felipe Meneses, haciéndose eco de la *vox populi*. ¿Sabrá ya que desautoricé el contrato para renovar el equipo de cómputo, a pesar de que lleva su firma?, se preguntó. ¿Cómo reaccionará? Debo ser para él una piedra en el zapato o como dicen los gringos, *a pain in the ass*, pero esa es justamente la función de un síndico: fiscalizar ingresos y gastos, revisar las declaraciones patrimoniales de los funcionarios, impedir la sangría innecesaria de recursos. Sus limitadas facultades no le permitían supervisar los entretelones de la administración tan a fondo como él hubiera querido, porque los contubernios del crimen organizado con la autoridad, por ejemplo, no dejaban huellas documentales. Pero si llegaba a la alcaldía, el hampa del presídium no iba a quedar impune.

Al terminar el acto, César Larios, el presidente del comité municipal del partido, un político sexagenario y encorvado por la reuma, el bigote amarillento de nicotina, le susurró al oído que el miércoles fuera a verlo a su despacho, pues quería hablarle de un asunto muy importante, dijo, guiñando el ojo derecho. En ese contexto, su picardía zorruna sólo podía significar una cosa: la candidatura.

—Claro que sí, licenciado, me dará mucho gusto verlo —sonrió Jesús, halagado por la deferencia.

En el trayecto a casa, con el pulso a galope, intentó fundamentar sus esperanzas de obtener la nominación. El descontento ciudadano había crecido al parejo con la delincuencia y el partido necesitaba postular a una persona intachable, eso no tenía vuelta de hoja. Claro que el propio Larios, un político surgido del ala ultraderechista del partido, no podría dar lecciones de moralidad a nadie. Durante su gestión como presidente municipal de Jojutla se le acusó de haber cuadruplicado la deuda del municipio y de haber invertido en la Bolsa los empréstitos, embolsándose las ganancias, pero los diputados del PAD, en alianza con la bancada del Partido Institucional Revolucionario, lo eximieron del juicio político que la izquierda quiso montarle. Condenado por la sociedad y absuelto por los jueces, ahora buscaba reivindicarse desde la burocracia partidaria, y por eso Jesús creía tenerlo de su lado. Quiere utilizarme para lavarse la cara, pensó, en política nadie regala nada así nomás. ¿Qué hago si me pide impunidad para Medrano y su equipo a cambio de la postulación? Yo no voy a encubrir a nadie, aunque tal vez me convenga aceptar y luego romper la promesa.

Después de un atorón en la congestionada avenida Río Mayo, una vialidad estrecha que en los últimos años se había vuelto un infierno, por la concesión indiscriminada de permisos de uso de suelo comercial (otro negocio impune de Medrano y su banda), dio vuelta a la derecha para internarse en la colonia Los Volcanes, siguió por Venus, una calle ancha y arbolada, con el pavimento alfombrado de pétalos de buganvilia, pasó por la Tallera, la vieja guarida del muralista Siqueiros, dio vuelta a la derecha en Sol y tras cruzar una verja vigilada por un guardia con metralleta, llegó a su modesta privada, en el fondo de un callejón empedrado. Remedios y los niños estaban merendando en el comedor. Apenas traspuso la puerta, Juan Pablo le anunció a gritos que su equipo de básquet había vencido a la selección del colegio Williams, y él había metido cuatro canastas.

—Bravo, campeón —exclamó Jesús—, vas que vuelas para la NBA.

Como siempre, Maribel se le colgó del cuello para devorarlo a besos, y su perro, Zeus, un Basset Hound con una histérica necesidad de afecto, no cesó de ladrar y saltar hasta que Jesús le hizo algunas carantoñas. Solo Remedios lo saludó con frialdad, la vista clavada en su tazón de algas y garbanzos cocidos al vapor.

—¿Qué crees? —la besó, ignorando su hostilidad—. César Larios quiere hablar conmigo pasado mañana. No dijo el motivo de la entrevista, pero creo que me va a proponer la candidatura.

—Yo en tu lugar no me haría ilusiones —lo enfrío Remedios—. A lo mejor sólo te quiere dar atole con el dedo.

Su pesimismo era otra señal inequívoca de disgusto, y para no amargarse la cena, Jesús prefirió conversar con los niños de sus faenas escolares, mientras devoraba uno de los tamales oaxaqueños colocados en la bandeja del centro, pues aunque Remedios fuera macrobiótica, no había podido obligar a la familia a seguir su régimen alimenticio. Terminada la cena, Jesús se tendió a leer en el sofá del estudio, el único reducto de la casa que le pertenecía en exclusiva. Apenas abrió el libro, *El último encuentro* de Sándor Márai, su mujer apareció en el estudio, con una sonrisa taimada que le inspiró recelos. Con el tono entusiasta de una agente de viajes ofreciendo una ganga, Remedios intentó venderle la idea de mandar a los niños a una excursión a Italia, organizada por su encopetada escuela, el Holy Ghost College, que aprovechaba el menor pretexto para esquilmar a los padres de familia. Después de cortas escalas en Venecia, Verona, Padua y Florencia, explicó, el tour culminaría con la asistencia de los pequeñines a la misa papal en la plaza de San Pedro, y por fortuna el viaje no saldría caro: sólo cuarenta mil pesos por cabeza. Los bodoques se merecían ese premio por su magnífico rendimiento escolar. ¿Verdad que era un justo premio a su esfuerzo?

—¿Estás loca? —Jesús enarcó las cejas—. A duras penas me alcanza para las colegiaturas. Soy un funcionario decente, no un ratero.

—Tienes cuatrocientos mil pesos en el banco. ¿No puedes darle un gusto a tus hijos?

—Esa lana es nuestro seguro de vida por si me quedo colgado de la brocha el próximo sexenio. En la burocracia nadie tiene un empleo seguro, y tú lo sabes.

—Dinero no te va a faltar. Acabas de decirme que vas a ser alcalde.

—Todavía no hay nada concreto, la política es un albur y todo puede cambiar de un momento a otro.

Remedios argumentó que la misa en el Vaticano fortalecería la fe de los niños, amenazada por todos los flancos en una sociedad sin valores, donde las drogas circulaban en cualquier fiesta de mocosos. En unos años más serían adolescentes expuestos a toda clase de peligros y necesitaban encaminarse desde ahora por la senda de Jesucristo.

—No me vengas con mamadas —Jesús se irguió en el sofá con gesto desafiante—. Los niños tienen valores muy firmes, porque yo se los he inculcado. Lo que te preocupa es que tus hijos queden como pránganas si no van a la excursión. Quieres darte taco de señora pudiente con las otras mamás, ¿verdad?

—Yo sólo quiero que mis hijos sean buenos cristianos.

—Para eso no tienen necesidad de ir a Roma, mándalos a la Villa de Guadalupe.

—Me imaginé que ibas a ponerte así —Remedios gimoteó con despecho—. Ya sé que nunca puedo contar contigo para nada. Pero gracias a Dios tengo otras fuentes de financiamiento. Le voy a pedir diez mil dólares a mi papá, y te aseguro que no me los va a negar, porque él sí quiere a sus nietos.

—No seas cabrona —tronó Jesús—. Va a pensar que te estoy mandado a pedir limosna.

—A eso me obligas por ser tan mezquino.

—Hablo en serio, Remedios. No te atrevas a humillarme de una manera tan pinche.

—¿Me estás amenazando? —Remedios tembló de coraje—. Pues te guste o no voy a conseguir esa lana. Y si te opones al viaje, le digo a los niños que tú no los quieres mandar a Italia, ¿cómo la ves?

Jesús la mandó a la chingada y esa noche durmió en el sofá, o más bien lo intentó sin éxito, herido por una certeza desoladora: ni siquiera su propia mujer respetaba la dorada medianía que había enarbolado como ideal de vida. Ella confundía medianía con mediocridad y en su escala de valores, el dinero era el único parámetro para medir el éxito o el fracaso. Desde varios años atrás las riñas menudeaban porque Remedios no comprendía ni respetaba sus ideales. Hija de un rico importador gallego de ultramarinos que la mimó en exceso, tenía un hipertrofiado orgullo de clase y a pesar de su aparente rectitud moral, en el fondo sólo veneraba los signos de estatus, que para colmo, revestía con los oropeles de la virtud. Y como él no le permitía llevar un tren de vida fastuoso, como el que tuvo de niña, acudía al patrocinio de su papi para sobajarlo. ¿Con qué cara iba a saludar al viejo en la próxima reunión familiar?

En el fondo, Remedios era idéntica a las sabandijas del ayuntamiento que se mofaban de su honradez con una puta sentada en las piernas. En el frente político y en el frente doméstico, sus enemigos lo atacaban por el mismo flanco. Daría lo que fuera con tal de taparles la boca. Tal vez por eso había buscado tan afanosa y disciplinadamente el poder. Pero si codiciaba ese puesto para hacerse respetar por todos los que ahora lo despreciaban, incluyendo a Remedios, ¿no sería en el fondo un resentido con deseos de venganza? Paradojas de la ambición: necesitaba encumbrarse para servir a la sociedad, pero ese ascenso lo podía igualar moralmente con los enanos montados en zancos de la clase política provinciana. Ten la grandeza de conservar la humildad, pensó, no te vayas a marear por subirte a un ladrillo.

A las dos de la madrugada seguía dando vueltas en el sofá sin poder conciliar el sueño. Se levantó a orinar y de camino al baño, escuchó una sucesión de maullidos discretos, refrenados por el pudor. Venían de la alcoba que había compartido con Remedios por más de quince años. Pobre mujer, ni en sus placeres solitarios podía desmelenarse un poco. Se masturbaba con buenos modales, a la chita callando, como una ladrona furtiva de sus propios orgasmos. Se la imaginó a oscuras, escondida de sí misma, frotándose el clítoris con el índice y el pulgar, atormentada por la insufrible vulgaridad de la carne. ¿Sabría que la estaba escuchando? ¿Le reprochaba de ese modo que fuera un mal proveedor? Gracias por excluirme de tu placer: no sabes el peso que me quitas de encima.

II. La victoria del miedo

—Lo llamó el licenciado Vicente Granados, de la sociedad de ex alumnos del Instituto Loyola, para recordarle que hoy
es la comida anual de su generación.

—Gracias, Lidia, no me pase ninguna llamada. Voy a
leer un expediente.

Frente a la ventana de su despacho, con vista a la alberca del antiguo hotel Papagayo, remodelado para acoger la nueva sede del ayuntamiento, Jesús se quedó un rato pensativo. No
tenía ganas de ir a la comida, porque guardaba un mal recuerdo
del colegio jesuita para varones donde había estudiado la secun-
daria y la prepa. De hecho, durante años la sociedad de ex
alumnos nunca lo invitó a sus festejos y sólo ahora se acordaban
de él, cuando su nombre "sonaba" para la alcaldía. Qué casualidad, pensó, de repente les ha entrado el amor por mí. Pero en
vísperas de una campaña política, debía sumar aliados en todos
los sectores sociales. En eso tenía razón Felipe Meneses, que le
recomendaba no aislarse, halagar a los pendejos, utilizar en su
favor las ambiciones ajenas. Nadie podía hacer política encerrado en un despacho, y él necesitaba muchos baños de pueblo.
Resignado a otra estúpida mojiganga social, pidió a Lidia que
confirmara su asistencia a la comida.

Durante la mañana sólo tuvo un momento de tensión,
cuando Israel vino a notificarle que el cabildo había pospuesto
por tiempo indefinido la revisión del contrato de los equipos
de cómputo, porque no hubo quórum suficiente en la sesión
convocada para discutir el tema. Faltando apenas ocho meses
para entregar la administración, eso significaba que el alcalde
Medrano había manipulado a los regidores con el propósito de
consumar el latrocinio. Sin duda él estaba detrás de Poveda,

reservándose la mejor tajada, y esperaba que el próximo alcalde les cubriera las espaldas. La burda maniobra le confirmaba que Medrano, a pesar de darle coba en público, saboteaba su trabajo y sin duda tenía otro candidato para sucederlo. ¿Las instancias superiores del partido lo dejarían salirse con la suya? ¿De qué lado estaba César Larios? Su maniobra ponía en entredicho la autoridad de la sindicatura, y por lo tanto, equivalía a una declaración de guerra, pero antes de proceder legalmente, turnando el caso al congreso estatal, llamó a Medrano por teléfono para pedirle una explicación. Como lo temía, su secretaria le dijo que estaba en junta. No te escondas, culero, atrévete a dar la cara. En toda la mañana, el alcalde no tuvo un minuto para atenderlo.

A las tres de la tarde, Jesús llegó al modesto y avejentado restaurante Bar BQ, a un lado del recoleto parque Melchor Ocampo, en una zona de la ciudad que milagrosamente se había mantenido apacible y sosegada, a pesar de su cercanía con la terminal de autobuses Pullman de Morelos. En ocho mesas rectangulares con las sillas forradas de blanco y moños cursis en los respaldos, departían los viejos compañeros de prepa, la mayoría acompañados de sus esposas. Vicente Granados, el presidente de la sociedad de ex alumnos, se levantó a recibirlo con un júbilo que jamás le había manifestado en la escuela.

—¿Te acuerdas de mí, verdad?

A pesar de la calvicie y las bolsas oculares lo reconoció de inmediato, por su corpulencia y sus anchas espaldas. ¿Cómo olvidar a esa lacra que a cambio de una torta o un refresco, fungía como una especie de sicario en el patio escolar, golpeando sin piedad a los enemigos de sus benefactores?

—Sí, claro, Vicente. ¿Cómo te ha ido? Me contaron que estabas vendiendo seguros.

—No, ahora soy agente inmobiliario, pero el negocio de bienes raíces anda de la patada. Con tanta inseguridad nadie quiere comprar casas en Cuernavaca.

Granados lo condujo a la mesa principal, donde le dieron un cálido recibimiento.

—Bienvenido a la prehistoria —lo abrazó Jacinto Malpica, un alfeñique de lentes bifocales, con cara de pájaro carpintero, que en la prepa adulaba descaradamente a todos los profesores y les llevaba manzanas al escritorio—. Es un honor que nos hayas aceptado la invitación. No me extraña que hayas llegado tan alto: eras el alumno más brillante del grupo.

Todos los comensales de la mesa lo felicitaron en términos encomiásticos y le desearon suerte en la contienda por la alcaldía.

—No estoy haciendo campaña, con la sindicatura tengo de sobra —mintió—. Mañana ya veremos, pero de momento no quiero calentarme la cabeza con sueños de opio.

Pretenden hacerme entrar en confianza, pensó, pero no voy a soltar prenda, y aunque todos estaban tomando tequila, pidió al mesero un agua mineral para mantener la cabeza fría. A su lado estaba Heladio Güemes, que en el Instituto Loyola había sido un futbolista estrella y ahora, hinchado por las parrandas, mofletudo y con los ojos amarillentos, parecía quince años mayor. De todos los comensales era el más cercano a Jesús, quien lo había admirado como deportista. Hasta lo dejaba copiarle en los exámenes, porque Heladio iba a entrenar todas las tardes en las fuerzas básicas del Zacatepec y tenía poco tiempo para estudiar.

—¿Y ahora que estás metido en política, sigues haciendo listas de buenos y malos? —preguntó Heladio en son de broma—. Eras un sheriff muy severo, nunca perdonabas a los maloras, aunque te rogaran de rodillas.

Se refería a las listas que Jesús anotaba en el pizarrón cuando era jefe de grupo, para mantener el orden entre una clase y otra, cuando ningún maestro los vigilaba. En esos intervalos se producían estallidos de indisciplina que a veces lindaban con el motín. Para frenarlos, el prefecto Ayala le había conferido la facultad de bajar o subir puntos en conducta a sus compañeros.

—Ahora tengo una lista negra mucho más larga —dijo Jesús—, pero en vez de bajar puntos en conducta, ordeno auditorías.

—Bien hecho, duro con los políticos transas —terció Jacinto Malpica—. Hace falta alguien que tenga los pantalones bien puestos y se atreva a limpiar ese nido de ratas. Cuenta con mi voto si te nombran candidato.

Sólo falta que me pida chamba en el ayuntamiento, pensó Jesús, desconfiado, y agradeció el embarazoso cumplido con una leve inclinación de cabeza. Vicente Granados recordó el sistema de pambas que Jesús había instaurado para mantener el orden en clase, cuando advirtió que sus listas ya no espantaban a nadie. Pamba al que hable, gritaba desde el estrado, y la amenaza imponía un silencio tenso, en el que las toses y los zumbidos de las moscas adquirían una insólita resonancia. Algunos pellizcaban a sus vecinos de banca para sacarles quejidos o les daban patadas por debajo del pupitre, otros recurrían a las cosquillas o las señas procaces para hacerlos reír, pero como nadie quería recibir la tunda colectiva, por lo común los maestros encontraban la clase en perfecto orden.

—Me dejé arrastrar a la violencia porque no sabía cómo controlarlos —admitió Jesús—. Creí que el salvajismo se podía utilizar con fines pacíficos. Lo malo es que a veces los profesores entraban en plena pamba, y entonces el regañado era yo.

—¿Te acuerdas cuando entró Parra, el profesor de ética, y nos encontró encaramados en el escritorio, dándole una madriza al Camello Gutiérrez? —intervino con entusiasmo Heladio Güemes, nostálgico de aquella entrañable barbarie—. Por cierto, el Camello está sentado en la mesa del fondo. ¿Ya lo saludaste?

Jesús comprendió que debía recorrer las mesas saludando a todo el mundo, pues como ahora era una pequeña celebridad, su importancia cohibía a los demás. Por conveniencia política hizo la ronda de saludos, fingiendo interesarse por las trayectorias profesionales o laborales de todos los ex alumnos. Veinticinco años atrás, cuando él era el odioso matadito de la clase, los hipócritas que ahora le rendían vasallaje lo habían excluido de todas las palomillas, convirtiéndolo en un triunfador marginal y apestado. Pero de cualquier modo les prodigó las muestras de aprecio, para infundirles la esperanza de obtener un beneficio personal si lo elegían alcalde. Mírenme bien, grábense mi apellido, el día de mañana puedo repartirles los huesos que anhelan.

Volvió a la mesa cuando su crema de chicharrón ya estaba fría y la charla se había desviado al tópico de moda: el apogeo de la criminalidad. La esposa de Vicente Granados, una morena entrada en carnes, sobrecargada de pulseras y maquillaje, comentó en voz baja, como si recelara de los meseros, que su hermana Clotilde había encontrado en el zaguán de su casa un cadáver destazado en un bote de basura. Válgame Dios, qué salvajismo, ¿hasta dónde hemos llegado?, exclamaron a coro las damas de la mesa. Heladio Güemes contó que un compadre suyo había cerrado una tienda de telas en la avenida Plan de Ayala, porque los Culebros, uno de los cárteles sanguinarios que operaban en la región, le pedían una cuota de treinta mil pesos al mes por dejarlo funcionar. Moderadas expresiones de alarma, seguidas de toses y carraspeos. Otro ex alumno, Dagoberto Ponce, narró el viacrucis de una prima suya a quien le secuestraron el marido en la carretera a Tepoztlán. A pesar de haber pagado un rescate de medio millón, meses después la policía encontró el cadáver del pobre infeliz en un terreno baldío. Ya era un montón de huesos y su prima sólo pudo identificarlo por las coronas de las muelas. Esta vez nadie se inmutó, como si la acumulación de horrores nulificara su efecto dramático. Jesús oyó el rosario de quejas con un sentimiento de culpa. Nadie le había reclamado nada, y sin embargo, por ser la única autoridad presente en la mesa, cada delito impune le dolía como una afrenta personal.

—Basta de crímenes, vamos a hablar de cosas más agradables, ¿no? —propuso Heladio Güemes—. ¿Se acuerdan de Gabriel Ferrero, al que expulsaron de la escuela por puñal?

—Sí, claro, cómo olvidarlo —Vicente Granados hizo una mueca de repulsión—. Ha de estar taloneando en alguna esquina, con un bikini de chaquira. O a lo mejor ya se cambió de sexo.

—Pues resulta que es un escultor muy importante y recorre el mundo exponiendo sus obras —prosiguió Heladio—. En el Facebook tiene como diez mil seguidores.

—¿Y qué? ¿Le mandaste una solicitud de amistad? —se mofó Granados—. ¿O de plano le pediste una cita? Aguas, güey, no te vaya a pegar el sida.

—Sólo me asomé al catálogo de sus obras —se justificó Heladio, un tanto cohibido por la socarrona presión de Granados—. Lo que sea de cada quien tiene mucho talento.

—Cómo no, debe hacer estatuas de negrotes muy bien dotados —continuó machacando Granados, que ahora parecía lastimado por el éxito de Gabriel.

Jesús escuchó sus sarcasmos con creciente incomodidad. Tanto empeño en reafirmar su pertenencia al núcleo de la gente normal denotaba en Granados un agudo sentimiento de fracaso. Pero además, el imbécil pretendía que por el solo hecho de elogiar a un puto, Heladio había contraído una especie de roña.

—Pues yo me llevaba muy bien con Gabriel y quisiera verlo de nuevo —miró a los ojos a Vicente Granados—. Era un tipo estupendo, con una mente muy ágil.

Hubo un silencio incómodo y preñado de reproches, pues todos sabían que la defensa de Jesús no sólo buscaba reivindicar a Gabriel: también conllevaba una condena a los maltratos que Granados y otros gorilas adolescentes le habían infligido en la escuela. Por temor a irse de la lengua en un arrebato de indignación, Jesús prefirió guardar silencio el resto de la comida. Pensaba a menudo en Gabriel con una nostalgia teñida de culpa, y de hecho, su injusta expulsión del colegio le había dejado secuelas traumáticas que nunca pudo superar del todo. En materia de encanto y simpatía ninguno de esos imbéciles le llegaba a la punta del pie. Rubio, lánguido, con finos modales de aristócrata y una indumentaria de dandi posmoderno, siempre con un toque de audacia fuera de lo común (zuecos, pulseras de oro, chalecos de fantasía, cintas de cuero en la blonda melena), Gabriel se atrajo enemistades desde su llegada al colegio en segundo de prepa. El Loyola era un colegio de medio pelo, con bajas colegiaturas, al que asistían hijos de familias luchonas pero ahorcadas por la carestía. Gabriel era el único alumno con chofer, lujo que también predispuso a los demás en su contra.

Sólo Jesús le perdonaba esas extravagancias. Simpatizaron desde que Gabriel lo encontró leyendo *Demian* en el patio de recreo y trabaron una larga conversación sobre la simbología de la novela. Como el resto de sus compañeros sólo leía por obligación los libros del programa oficial, le alegró encontrar a otro lector hedonista. Por fin tenía un interlocutor que no estaba embrutecido por la televisión. Católico y temeroso de Dios, Jesús no comulgaba con el relativismo moral que Max Demian inculcaba a su discípulo Emil Sinclair (la necesidad de aceptar el valor formativo de las tentaciones para crecer como ser humano), ni mucho menos quería adoptarlo como programa de vida. Reconocía, sin embargo, que el libro le estaba sembrando algunas inquietudes existenciales. Gabriel creía, en cambio, que el culto de Abraxas, la deidad que en la novela personificaba las nupcias del pecado y la virtud, era una creencia liberadora, pues nadie que rehuyera por sistema las tentaciones podía conocerse de verdad a sí mismo. Como la novela se iniciaba con la llegada de un adolescente andrógino a un colegio alemán, Jesús sintió que la irrupción de Gabriel en su escuela, una inquietante correspondencia entre literatura y vida, los convertía en personajes de otra novela escrita por el azar. Ignoraba si debía participar en esa trama o limitarse a leerla, pero después del recreo, cuando Gabriel se cambió de pupitre para instalarse a su lado, no hizo nada por apartarlo. Al contrario, ese acercamiento le pareció una consecuencia natural de su afinidad literaria.

A partir de entonces se volvieron inseparables. Marginados por distintas razones, el afeminado y el matadito hicieron una alianza defensiva contra la zafiedad dominante. Como Gabriel era pésimo para los deportes, y en la clase de educación física no podía hacer ejercicios rudos, o los hacía con torpeza, de inmediato fue objeto de burlas y se ganó el mote de Gaby. Sus padres consiguieron librarlo de esa tortura, alegando en una charla con el director que todos los días nadaba en casa más de una hora, pero la prebenda que obtuvo le concitó odios mayores. Cuando lo escarnecían en clase, Jesús anotaba en la lista negra del pizarrón a sus agresores, lo que le daba cierta inmunidad, pero no podía hacer nada para defenderlo en otras áreas de la escuela. Gabriel tenía ingenio de sobra para defenderse, pero no lo empleaba tan a fondo como hubiera querido, pues lo habían expulsado de otras dos escuelas por liarse a golpes con sus malquerientes, después de haberles picado la cresta con su ponzoña verbal, y no quería causar otro disgusto a sus padres. De hecho, había ido a parar al Loyola porque ya no querían admitirlo en colegios más exclusivos. Negado para las matemáticas, destacaba sin embargo en dibujo, historia y literatura, pero nadie podía obligarlo a memorizar una sola fecha.

Los padres de Gabriel, un neurólogo renombrado y una corredora de arte alemana, pensaban que Jesús era una buena influencia para él, y lo recibieron con beneplácito la primera y única vez que fue de visita a su casa, una mansión de estilo colonial en la colonia Vista Hermosa. Fascinado por las viguerías del techo, la enorme biblioteca con libros en varias lenguas y el pequeño acueducto de tezontle que desembocaba en la piscina, Jesús sintió que había entrado en un reino encantado. Como él vivía en un modesto departamento de dos recámaras, dormía en una vieja litera y tenía que hacer la tarea en el comedor, hostigado por el ruido de la tele que sus hermanas veían a todas horas, la amplitud de los espacios y la elegancia del mobiliario lo sedujeron a primera vista. Entre biombos filipinos y otomanas forradas de seda, Gabriel se movía como pez en el agua, como si su natural distinción se desprendiera de aquella escenografía.

Antes de comer nadaron en la alberca. En traje de baño, la piel sonrosada de su anfitrión contrastaba con su broncínea tez de mestizo. Gabriel nadaba sin salpicar, deslizándose por el espejo de agua con rítmicas brazadas de sirena. A su lado, Jesús se sintió un renacuajo recién escapado de un charco. Por la tarde ayudó a Gabriel con la tarea de matemáticas. Agradecido, el anfitrión le regaló un dibujo en tinta china del ave fantástica que en la novela de Hermann Hesse debía romper el cascarón del mundo para nacer. Ya desde entonces era un artista original, con una rara capacidad para imprimir un hálito fantástico a las figuras en movimiento. Terminadas las ecuaciones, bailaron la nueva canción de Prince que sonaba con insistencia en la radio, Jesús con movimientos acartonados, Gabriel contoneándose frente a un espejo de pared, en flagrante idilio consigo mismo. *You don't have to be rich to be my girl, you don't have to be cool to rule my world.* Sin darse cuenta Jesús cedió a la tentación de mirar fijamente a Gabriel a través del espejo, espantado y a la vez atraído por su voluptuoso descaro. Más provocador que nunca, su amigo le sostuvo la mirada tomándose la melena con ambas manos para hacerse un coqueto chongo que luego dejó caer. Hipnotizado por el fulgor opalino de sus ojos, Jesús poco a poco se fue adentrando en el espejo, soltó las amarras de la conciencia, y cuando volvió en sí, Gabriel ya le había echado los brazos al cuello y lo estaba besando en la boca. La providencial entrada de una sirvienta que venía a traerles café con galletas los obligó a separarse. Roto el hechizo, Jesús tuvo un arrebato de compostura y se colocó a prudente distancia de su amigo, en el lado opuesto del sofá. Pero tras haber conquistado una cabeza de playa, Gabriel quiso llegar más lejos, y cuando se pusieron a repasar el capítulo de la Revolución Francesa en el libro de historia universal, apoyó la mano en su rodilla con aparente descuido. Jesús tuvo un pálpito de terror porque el contacto le provocó una erección. Gabriel aprovechó su desconcierto para deslizarle por el muslo una mano alevosa que reptaba en pos de su bragueta. Asustado de sí mismo, Jesús se levantó del sofá, negando compulsivamente con la cabeza.

—No, por favor, ya párale, me siento mal.

La erección tardó un buen rato en ceder, y aunque Gabriel se abstuvo de intentar mayores avances, no perdía de vista el bulto de su entrepierna, con una mirada enternecida y menesterosa. La conversación entre ambos perdió naturalidad, como si el abrupto distanciamiento los condenara a seguir un protocolo opresivo. Hablar de lo sucedido hubiera significado asumir la transgresión cometida, un paso en falso que Jesús no quiso dar. Ofendido por su cobardía, pero demasiado orgulloso para emitir una queja, Gabriel optó por ignorarlo: se puso a dibujar silbando la canción de Prince y Jesús, incapaz de soportar la tensión, llamó a su madre antes de tiempo para que viniera a recogerlo. Esa noche durmió intranquilo, con espinas en la conciencia, pero no quiso comentar nada a sus padres. En un acto de contrición tardía, cubrió con una toalla el espejo de su recámara, para no verse desnudo al salir del baño. Antes de apagar a luz, rezó el Salve con un fervor inusitado: A ti llamamos los desterrados hijos de Eva, por ti suspiramos gimiendo y llorando en este valle de lágrimas. Maldita la hora en que leyó esa historia de pervertidos aderezada con toques de misticismo. El pecado no podría doblegarlo si fortificaba su voluntad con el bálsamo de la oración. Pero esa noche tuvo una pesadilla en la que su amigo, con la indumentaria guerrera del arcángel San Gabriel y unas alas de murciélago que delataban su índole proterva, se inclinaba ante su cama y lo lamía de pies a cabeza. Despertó con un charco de semen en la entrepierna. Al día siguiente, Gabriel le dejó en el pupitre un papelito rosa en forma de corazón con una cita de la novela que los había flechado:

"Usted le tiene miedo a sus deseos y tiene que superar esa situación."

Vaya atrevimiento, Gabriel ya no disimulaba sus intenciones de seducirlo. Y con una arrogancia de diva daba por hecho que era correspondido. ¿Sería brujo además de marica? ¿Tenía el don de adivinar los sueños? Arrugó el papel con rabia, se cambió a una banca lejana y le retiró la palabra, con una dignidad de mesías ultrajado. Tres días después, Gabriel se le acercó en el recreo con ánimo de limar asperezas, y le convidó de su torta.

—Déjame en paz, ya no quiero ser tu amigo —rechazó morderla.

—Dime una cosa, Jesús mío. ¿Estás arrepentido por haberme besado? ¿Por qué me rechazas?

—Te rechazo porque no me gustan los hombres. Y no me digas Jesús mío.

—¿Pero entonces por qué se te paró?

—No lo sé, a veces se me para en el camión o en la clase, sin estar excitado.

—Pues yo creo que tenías ganas, pero te da miedo ser como yo. O mejor dicho, le temes a tu destino.

Indignado por su diagnóstico, una especie de bofetada moral, Jesús se dio la media vuelta y lo dejó con un palmo de narices. Ambos resultaron lastimados con el distanciamiento. Jesús perdió al único amigo con quién podía hablar de los temas que le importaban, y volvió a ser un ermitaño encerrado en su propia superioridad académica, pero el que más lo resintió fue Gabriel. Una semana después se presentó en la escuela con carmín en los labios, párpados delineados con kejel, rímel en las pestañas y las mejillas untadas de rouge. Al verlo en la fila Jesús sintió que ese acto de terrorismo suicida era un reproche por su cobardía. Quiere darme una lección de valor, pensó, avergonzarme por mi falta de huevos. ¿Tan enamorado estaba para echarse la soga al cuello? Gabriel ni siquiera pudo entrar a la clase: el prefecto Ayala lo sacó de la fila, le dio una fuerte reprimenda y lo mandó a lavarse la cara. De camino al baño, los alumnos de cuarto que lo vieron de cerca le lanzaron silbidos y piropos obscenos. Pero Gabriel no se arredró. Llevaba en la mochila su estuche de maquillaje y a la hora del recreo volvió a salir al patio más embadurnado que antes, con falsos lunares de puta callejera. Desde la banca donde leía *La vida de Jesús* de Renan, un antídoto de emergencia contra la filosofía corruptora de Hermann Hesse, Jesús lo contempló con una mezcla de dolor y piedad. Los matalotes de sexto año que jugaban espiro fueron los primeros en hostigarlo: Adiós, mamacita, ¿en qué esquina te paras? ¿Cuánto cobras por una mamada, mi reina? Atraídos por la gritería, Vicente Granados y su grupo de facinerosos llegaron a jalonearlo, reclamando la custodia del rehén por pertenecer a su grado escolar. Lo acorralaron contra el muro que separaba el patio de la cooperativa. Sentado cerca de ahí, Jesús oyó sus bravatas:

—¿No te da vergüenza ser tan puto? Nomás te falta venir al colegio de minifalda.

—Límpiate la cara, pinche maricón. ¿Qué no oíste al prefecto?

—Yo me arreglo como quiero —respondió Gabriel, valeroso—. Déjenme en paz.

Inmovilizado por varios agresores, Vicente Granados escupió un gargajo en su pañuelo y le limpió la cara con él. Como Gabriel no dejaba de patalear, entre todos le hicieron "calzón chino", una tortura que consistía en alzarlo en vilo cogido de los calzones hasta reventarlos, descubriendo con gran regocijo que llevaba pantaletas de encaje. Al presenciar la tortura, Jesús sintió que se reavivaba su cariño por Gabriel. Se perdería el respeto a sí mismo si toleraba ese linchamiento. Debía intervenir en su auxilio, salir corriendo en busca del prefecto, cualquier cosa que lo pusiera a salvo, pero temió que los demás lo tacharan de maricón y su vida escolar se volviera un infierno.

—¡Suéltenme ya, pinches nacos! —gritó Gabriel, cuando terminaron de arrancarle las pantaletas.

El insulto clasista atizó el resentimiento social de los torturadores, que lo patearon salvajemente en el suelo. Jesús se acercó un poco más, compenetrado en cuerpo y alma con el dolor de su amigo. Desde el suelo, con un hilillo de sangre en el labio, la víctima le dirigió una mirada implorante, pero Jesús no se atrevió a defenderlo, aterrado por el estigma nefando que podía contraer. Se quedó clavado en la banca, con el libro de Renan en el regazo, y si el prefecto Ayala no hubiera llegado a detener la golpiza, quizá Gabriel hubiera terminado en el hospital con varias vértebras rotas.

Servidos los postres, Jesús volvió a tomar parte en la charla para no dejar una mala impresión entre los comensales. Durante quince minutos se trenzó en una charla sobre los últimos estrenos cinematográficos con Heladio Güemes, pero apenas comenzó a tocar el conjunto musical que amenizaba la fiesta, salió disparado sin querer tomarse la foto conmemorativa. En el Tsuru, de vuelta al ayuntamiento, procuró aplacar los reconcomios que una vez más lo habían asaltado al recordar a Gabriel. Si bien le seguía doliendo haberlo abandonado a su suerte, no debía exagerar la gravedad de esa mala experiencia. ¿O acaso era un crimen haber actuado en defensa propia? ¿Quién le mandaba llegar a la escuela con la cara pintarrajeada y para colmo, volvérsela a pintar después de que el prefecto lo regañó? Bastante había hecho al defenderlo contra la homofobia de Vicente Granados. No podía permitir que ningún recuerdo amargo lo desmoralizara en vísperas del crucial encuentro donde se definiría su futuro político.

Después de una rápida escala en la oficina, donde firmó una pila de documentos y echó un vistazo al presupuesto para repavimentar la colonia Cantarranas, caminó cuesta abajo, con una grata sensación de ligereza, rumbo a las oficinas del PAD en la calle Hermenegildo Galeana. La secretaria de Larios le pidió que esperara un momento, mientras el licenciado se desocupaba. Hojeando el insulso boletín del partido trató de aplacar los nervios. Cuántos años de trabajo para llegar pisando fuerte a esa antesala. Estaba tan cerca de la gloria que ya empezaba a levitar. Colocaría a Israel Durán en la Dirección de Gobierno, un puesto clave para sanear la administración, y encomendaría a un honorable militar retirado, el general Mario Alberto Gandía, una reestructuración a fondo de la policía, o mejor dicho, una refundación, aunque en esa tarea se viera obligado a cortar cientos de cabezas. Erradicando el desvío de fondos en todos los departamentos y coordinaciones, el municipio obtendría un importante superávit (quinientos millones al año, quizá mil) para arreglar el complejo problema del abasto de agua en las colonias miserables de la periferia. Con un cosquilleo de gozo se imaginó a Remedios y a su suegro aplaudiendo en la toma de protesta: "Agradezco al comité la confianza que ha depositado en un servidor y me comprometo a luchar con tenacidad por los ideales de nuestro partido".

—Ya puede pasar, licenciado.

Larios tenía una elegante oficina con un escritorio estilo Chippendale, lámparas art déco y un hermoso tapiz huichol en la pared del fondo. Un enorme Cristo tallado en marfil añadía un toque devoto a la decoración. El calor lo había obligado a quitarse el saco y a desanudarse la corbata, pero esa informalidad contrastaba con su gesto sombrío, en el que apenas se insinuó una leve sonrisa en el momento de los saludos. Después de una breve charla sobre los últimos fracasos de la selección mexicana de futbol, recién eliminada en la Copa América, Larios fue al grano:

—Como tú sabes, querido Jesús, se acerca la votación interna para elegir el candidato a alcalde. Tú eres uno de los precandidatos más mencionados en la prensa y por eso te mandé llamar. Con el fin de escoger a nuestro mejor hombre, en las últimas semanas hemos realizado una auscultación entre los miembros del comité y quería comunicarte que la mayoría se inclina por el licenciado Manuel Azpiri, por la destacada actuación que ha tenido al frente de la secretaría de Desarrollo Urbano.

Jesús recibió el hachazo sin parpadear, el ritmo cardiaco acelerado al tope. ¿Destacada actuación? ¿Tan pronto se les había olvidado el escándalo del paso a desnivel? Por asignación directa, pasándose por los huevos la normativa de licitación, Azpiri le había encargado la obra a un cuñado suyo y quedó tan defectuosa que al poco tiempo de inaugurarla fue necesario bloquear el acceso para hacer unas reparaciones casi tan caras como la obra original. ¿Lo estaban premiando por ese atraco?

—Tú eres otra de nuestras cartas fuertes, y sin duda tienes merecimientos para ocupar ese cargo —Larios acentuó el tono de pésame con voz aterciopelada—. Muchos miembros del comité admiran tu labor, empezando por mí, pero nos hemos inclinado por Azpiri por su tacto político. Tú eres un fiscal muy escrupuloso, Jesús, y has contribuido en forma notable a transparentar el gasto público, pero creemos que Manuel tiene más mano izquierda para lidiar con grupos de presión.

Jesús escuchó impasible sus argumentos, con un cardo atravesado en la glotis.

—Por supuesto, la democracia de nuestro partido te permite participar en la contienda interna, si lo crees pertinente, pero como amigo y camarada, es mi deber anunciarte que no tienes posibilidad alguna de ganarla.

Las vísceras le pedían a gritos que ajustara de una vez cuentas con Larios y le echara en cara los verdaderos motivos de su exclusión. Era obvio que necesitaban en el puesto a un miembro de la mafia gobernante, a un incondicional que solapara todas las corruptelas del alcalde en funciones. Azpiri les garantizaba esa impunidad, pues él mismo tenía una larga y retorcida cola de dinosaurio. Veinte años de integridad política tirados a la basura. Eso se sacaba por ser un dechado de virtudes cívicas. Así le cobraban su estricta vigilancia del ejercicio presupuestal: dándole una patada en el culo por argüendero y latoso.

—Por mi parte no tengo empacho en retirarme de la contienda —respondió Jesús, conteniendo a duras penas un borbotón de injurias—. Pero me temo que la población quedará defraudada y el partido se echará en contra a un sector de la prensa. La oposición estará de plácemes con un candidato tan cuestionable.

—Sería perjudicial para todos que esta decisión mayoritaria sembrara la división en nuestras filas —repuso Larios en tono conciliador—, y de ninguna manera queremos perder a un colaborador de tu talla. Por eso te ofrecemos postularte para regidor del cabildo.

La propuesta era peor que un insulto: querían maicearlo dándole el mismo puesto que había tenido diez años antes. De vuelta al sótano, como en el juego de serpientes y escaleras. Que el sacristán pendejo cobrara un sueldito a cambio de estarse sosiego y los dejara repartirse a gusto el botín. Al carajo con su pinche premio de consolación. ¿Tan bajo creían que se cotizaba?

—Gracias, licenciado, pero no me interesa volver a donde empecé. Voy a meditar con tranquilidad a qué me voy a dedicar en el futuro.

Volvió al ayuntamiento caminando a grandes zancadas. No quiso enfrentarse a la conmiseración de Israel, que atendía una llamada telefónica en el cubículo aledaño, y sólo entró a la oficina a recoger su computadora portátil. En el coche, de camino a casa, sopesó la posibilidad de postularse como candidato en la elección interna, aunque llevara las de perder. ¿Pero qué ganaría con eso? Mostrarse ante todo el mundo como un resentido, ser objeto de burlas y chascarrillos soeces en los mentideros políticos. No, señor, le habían bloqueado el acceso al poder con una valla de acero y no haría el ridículo de intentar removerla echando los bofes. Le quedaba, claro, el recurso de afiliarse a otro partido, al PIR o al PDR, como tantos despechados de Acción Democrática. El mundillo político estaba lleno de tránsfugas, y algunos salían ganando al cambiar de chaqueta. Pero en los prostíbulos de la competencia, controlados por gente de la misma ralea, ¿quién diablos iba a recibir con gusto a un místico de la ley?

Llegó a casa más temprano que de costumbre, en busca de comprensión y afecto. Necesitaba el cariño familiar como un amuleto contra la adversidad. Juan Pablo le informó que

Remedios no estaba: había ido de compras con Natalia Cervantes, su mejor amiga, una dama de alcurnia, propietaria de una tienda de antigüedades, a quien Jesús no podía tragar por su esnobismo. Al entrar en el estudio echó un vistazo a los recados de su teléfono celular. "¿Cómo te fue con Larios? Avísame, por favor", le preguntaba su amigo Felipe Meneses. No tuvo ánimos para usarlo como paño de lágrimas. Obviamente, la influencia de un comentarista político honesto era nula en un país devastado por el analfabetismo funcional, donde los escándalos de corrupción ventilados en la opinión pública jamás tenían consecuencias penales. Si conocía de sobra esa maquinaria, ¿por qué lo había ilusionado tanto el respaldo de un periódico independiente, y de algunos comentaristas de radio? Por una vanidad estúpida, no encontraba otra explicación. Le inflaron el ego, como al gatito de la tarjeta postal que se veía en el espejo con cabeza de león. Echada en el sofá de la sala, su hija Maribel hablaba por teléfono. Su voz melódica y aguda siempre lo alegraba, pero esta vez hubiera preferido no escucharla.

—Mucha gracias por tu regalo, abuelito, estoy fascinada, no sabes cuánta ilusión tenía de conocer Italia. Te quiero mucho por ser tan lindo conmigo.

Odió al munificente anciano por robarle el cariño de su hija. Él nunca tendría dinero para mandarla a Europa. Sería siempre el segundón, el ya merito, el fracasado que se quedó a la orilla del camino, y cuando los niños crecieran, quizá lo verían con lástima. Sacó de una gaveta la botella de whisky Glenfiddich que Israel le había regalado la navidad anterior. Necesitaba con urgencia un trago para capotear la tormenta. Se bebió un buen fajazo de golpe, como si deglutiera un amargo jarabe para la tos. Llevaba tres o cuatro meses sin probar una gota de alcohol, y una llamarada de lucidez melancólica le templó el ánimo. El golpe de esa tarde no debía sorprenderlo, pues a decir verdad, había fracasado en política desde que instituyó las pambas en el colegio Loyola y los vándalos del salón frustraron su tímido intento por implantar un Estado de derecho. Desde entonces era un fanático de la ley sin liderazgo para imponerla. Guardando las proporciones, la pandilla victoriosa de Vicente Granados prefiguraba a la de César Larios, Azpiri, Poveda y el alcalde Medrano. Jamás había sabido imponer su autoridad, ni cuando era edil de la clase, ni en la sindicatura, ni en su propia familia, donde su suegro pagaba y por lo tanto mandaba. Tampoco dominaba el arte de las relaciones públicas. Tenía un carácter introvertido y una predisposición innata a la equidad, virtudes contraindicadas para hacer roncha con la gente ambiciosa. Tal vez por eso había congeniado en la escuela con un artista como Gabriel. Pero los artistas buscaban las atalayas inaccesibles y despreciaban con altivez al prójimo en vez de querer gobernarlo. Había errado el camino en algún momento de flaqueza, quizá por falta de valor para romper del todo con el rebaño.

Reconfortado por el segundo vaso de whisky, que le aflojó la tensión de la nuca, trató de tomarse más a la ligera su infortunio; ni que fuera el fin del mundo, carajo, estás poniéndote muy trágico, y se metió a navegar en Google, con la computadora portátil en la barriga, buscando información sobre Gabriel Ferrero. Antes de revisar el catálogo de sus obras examinó sus fotos en Google. De su melena rubia sólo conservaba una cola de caballo al estilo de los hare krishna, que le brotaba de una calva lisa como bola de billar. Debía de tener la vista cansada, pues ahora usaba unos lentes redondos de *hipster*, pero la arracada en la oreja y su penetrante mirada de halcón aún le daban un aura de vampireso. Cosmopolita, libérrimo, triunfador, debía recordar con infinito desprecio a la fauna del colegio Loyola, si acaso la tenía presente en algún momento. Y su recuerdo más triste de esa escuela debo ser yo, el Iscariote que lo dejó morir solo, se reprochó con amargura.

Heladio Güemes tenía razón: sus figurillas en madera eran estupendas. Entre ellas le llamó la atención una mujer con alas reclinada en un diván, provista de un falo erecto que empuñaba con la mano izquierda. El texto colocado como pie de foto aclaraba el significado esotérico de la pieza: "Felicidad combinada con angustia, hombre y mujer entrelazados, lo más sagrado y lo más perverso, la mayor de las culpas bajo la sombra más inocente, este era mi sueño de amor, este era Abraxas." Reconoció de inmediato la cita de *Demian* y dedujo que Gabriel seguía obsesionado con ese libro. Lo más enigmático de la escultura era la placentera expresión del hermafrodita que entrecerraba los ojos en un gesto de plenitud autosuficiente. Los ladridos de Zeus anunciaron la llegada de Remedios. Se asomó al jardín por la ventana del estudio y le sorprendió verla juguetear alegremente con el perro. Venía contenta, qué milagro. Pero apenas entró a la casa, cuando lo vio parado en mitad de la sala, depuso la sonrisa y recuperó su habitual gesto huraño. ¿Tanto le disgusta mi presencia?, se preguntó, cohibido y tentado a no decirle nada. Pero como tarde o temprano se iba a enterar de su fracaso por otro conducto, la invitó a pasar al estudio.

—Siéntate, por favor, necesito decirte algo muy importante.

Remedios oyó la breve crónica de su entrevista con César Larios sin mover un músculo facial, tal vez porque había previsto ese desenlace.

—Después de esta puñalada no me queda más remedio que abandonar la política, o por lo menos, la política partidaria —terminó Jesús al filo del llanto—. Ya no tengo futuro en ese albañal y creo que debo dedicarme a otra cosa.

Remedios lo tomó de las manos en actitud comprensiva, con un destello de ternura en sus ojillos de lémur. Gratificado por esa caricia maternal, Jesús volvió a sentir por ella un afecto profundo.

—Ahora estás muy dolido, mi amor, y no te conviene tomar decisiones precipitadas. Date unos días para pensar con la cabeza fría. Pero toma en cuenta el bienestar de tu familia. Yo en tu lugar no echaría en saco roto la oferta de Larios. Como regidor del cabildo ganabas bastante bien.

Jesús le soltó las manos, herido por su drástico retorno al pragmatismo.

—Yo no soy un chambista que mueve la cola cuando le tiran un hueso. Me están mandando a la congeladora porque les estorbo para robar. Están de por medio mis convicciones, ¿no lo entiendes?

—Por favor, Jesús, trata de ser realista. Las convicciones no dan de comer.

—Pues no me doy por vencido y voy a seguir peleando desde afuera. El país se está desangrando porque todos los luchadores sociales claudican tarde o temprano. Tal vez pueda fundar una ONG o trabajar como articulista político. Felipe ya me ha propuesto que escriba en su diario.

Cansada de su necedad, Remedios soltó una risilla burlona.

—¿Y de qué vamos a vivir? Los periodistas se mueren de hambre.

—Con mis ahorros podemos poner una papelería, y turnarnos para atenderla.

—Por favor, Jesús, pon los pies en la tierra —se alarmó Remedios—. Tienes dos hijos y una hipoteca a medio pagar. Haz de tripas corazón y ve a felicitar a Manuel Azpiri, como un buen perdedor.

—¿Felicitar a ese hijo de la chingada? Primero muerto. ¿Crees que no tengo dignidad?

—Si te quedas en la calle, tendré que ir de pedinche con mi papá, y eso tampoco te va a gustar.

—Deja de pensar en la lana, aunque sea por un minuto —Jesús se levantó en pie de guerra y la tomó de los hombros—. Cuando eras joven compartías mis ideales, ¿te acuerdas?

—¿Me estás acusando de ser una interesada?

—Pues la mera verdad, actúas como si lo fueras.

—Seguramente lo soy, por eso me casé con un magnate como tú —Remedios le encajó una sonrisa cruel en la zona hepática, y antes de salir se detuvo en el marco de la puerta—. Sal a pedir limosna si quieres, o pon tu papelería, pero no cuentes conmigo para vender estampitas del cura Hidalgo.

Jesús ahogó en el vaso de whisky su impulso de estrangularla. Nada los unía ya, salvo la prole compartida. Su divorcio se había consumado varios años atrás, aunque ninguno de los dos hubiera querido aceptarlo. Con la botella de Glenfiddich camuflada en una bolsa del súper, salió a la calle por la puerta trasera, que daba al callejón. Político en desgracia y marido vilipendiado, justa recompensa por veinte años de sensatez, normalidad y decencia. La vida ordenada lo estaba matando de asfixia. Una bocanada de oxígeno, por favor. Al volante del Tsuru se tomó un trago a pico de botella. Necesitaba hacer algo imperdonable, romper a martillazos las tablas de la ley. Necesitaba una noche de libertad en el reino de Abraxas.

III. Safari nocturno

La cantante no quería complacerlo y por tercera vez tuvo que pedirle "Debut y despedida, por favor", en un tono de mendigo orgulloso, a la vez implorante y mandón. Quizá la mujer lo ignoraba por ser el único bebedor solitario del piano bar Sahara, frecuentado por parejitas y grupos de oficinistas. La soledad era una lepra que la gente repudiaba y temía. Muy mal ha de irle a usted en la vida cuando ni siquiera tiene con quién beber. Eso pensaba quizá el adusto mesero que acababa de servirle el cuarto jaibol de la noche. Que se metiera por el culo su condena moral. Sí, me estoy empedando y qué, ¿algún problema? Por fin la cantante accedió a responderle: "lo siento mucho, ésa no me la sé", y enseguida se arrancó cantando "A mi manera": *El final se acerca ya, lo esperaré serenamente...* La canción favorita de los cretinos que se ufanan de haber elegido la pertenencia al rebaño. Los conozco muy bien porque soy idéntico a ellos. Siempre hice lo que los demás esperaban de mí. El albedrío maniatado por el miedo al ridículo, la mímesis con el prójimo elevada al rango de valor supremo. Un soldado que siempre obedeció órdenes, y cuando no las recibía, se esforzaba por imaginarlas para complacer a un amo invisible. Pero ese soldado no soy yo, ni esta vida me corresponde: tomé un sendero equivocado y me llevó tan lejos de mí que nunca pude volver a encontrarme, pero en otra dimensión, en un mundo paralelo, tengo un doble que nunca se ha dejado poner el cabestro, un rebelde victorioso que de verdad hizo su puta gana.

Desde la adolescencia imaginaba la vida del otro Jesús, el que no se arrugó en el patio de recreo y entró en defensa de Gabriel Ferrero. Recaía con frecuencia en la morbosa elucubración de su biografía alterna porque esa cobardía le pesaba cada vez más, aunque en largos periodos de amnesia la hubiera relegado al olvido. A veces, en los fantaseos de la duermevela tenía fugaces vislumbres de la vida que no se atrevió a vivir y ahora, con un dolor insobornable y lúcido, vio con más claridad adónde lo hubiera llevado esa decisión. ¿Tú por qué te metes, pinche matadito? ¡Aquí no estamos en clase! Golpe del gigantón Granados y caída al suelo, junto a Gabriel. Gargajo, pisotón, patada en las costillas. Te metes a defenderlo porque es tu camote, ya ni la chingas, siempre van juntitos a todas partes. Largo de la escuela, putos, métanse a un colegio de señoritas. Salvados del linchamiento por la intervención providencial del prefecto Ayala, que los lleva como reos a la oficina del director, entre la gritería y los abucheos de todo el colegio. Por tu buen nivel académico sólo te vamos a suspender tres días, pero tu amigo se hizo acreedor a la expulsión definitiva. No es justo, señor director, debería expulsar a los montoneros que lo golpearon. También ellos tienen una sanción, pero Ferrero provocó el pleito. Usted es un buen alumno, Pastrana, le aconsejo que no se junte con malas compañías. Tragedia familiar por el bochornoso incidente, lloriqueos maternos, iracundo regaño de su papá: ¿Por qué te metiste a defender a ese maricón? ¿No me digas que tú también…?

—Sírvame un jaibol bien cargado, el que me dio no sabía a nada.

—Le serví la medida normal —refunfuña el mesero.

—Pues entonces deme uno doble.

Radicalizado por la injusticia, se habría convertido sin duda en una lacra insolente. Corte de cabello a lo mohicano, tatuaje en el brazo, arracada en la oreja, toques de mota en un terreno baldío con una pandilla de punks. Anoche volviste de madrugada, hijito, a este paso vas a acabar muy mal. ¿Y estas yerbas que encontré en tu mochila? ¿Ahora me vas a salir drogadicto? Pero las consecuencias más funestas las habría padecido en la escuela, por el encarnizado acoso de sus compañeros. ¿Gabriel te daba para tus tunas o tú a él? ¿También tú llevas pantaletas de encaje? Pamba al puto de Pastrana, encuérenlo. Cesado como edil de la clase por la caída en picada de su rendimiento escolar. El odio a la autoridad convertido en fobia a los maestros. Cuatro en Química, cinco en Geografía, cero en Civismo. Tres materias reprobadas, ¿no te da vergüenza? Sigue de huevón y te cambio a una prepa de gobierno. Como último recurso para meterlo en cintura, su padre intentaría llevarlo a un psiquiatra. Ni madres, papá, el que necesita un loquero eres tú, mira nomás cómo le gritas a la pobre de mi jefa. Perro malnacido, a mí no me vas a faltar al respeto. Largo de la casa, si ya estás grande para repelar, también puedes mantenerte solo.

Comuna juvenil en un departamento abandonado de la Carolina, un barrio bravo con vecindades en ruinas, jaurías de pandilleros, tiraderos de basura en cada esquina y un olor permanente a fruta podrida. Dormir tendido en un jergón, entre músicos callejeros, carteristas, tragafuegos y putillas adictas al crack, cuidando que nadie le birle los zapatos. Cada noche un reventón hasta el amanecer. El vértigo de malvivir sin tener asegurada la comida de mañana. Y en esas orgías juveniles, ¿cuántas frutas prohibidas no habría mordido? Mujeres, hombres, tríos, enredaderas de piernas y brazos, un curso intensivo de lujuria lumpen. De día, robo de autos, atracos a los turistas del centro, conecte de drogas en las bodegas infestadas de ratas del mercado Miguel Alemán. Un descenso al inframundo que tal vez hubiera terminado en una correccional.

Creía, sin embargo, que pasado ese periodo de trasgresión y libertinaje, el otro Jesús le hubiera dado un sentido más constructivo a su vida. Era un buen estudiante, y frente al riesgo de volverse un vicioso mediocre, tal vez habría recapacitado. Trabajando de día y estudiando de noche habría terminado la prepa, alejado para siempre de las drogas duras. A la edad en que los jóvenes contraen el marxismo, quizá hubiera sido uno de esos ultras de izquierda que arrojan bombas molotov a los granaderos. Pero ningún radicalismo exaltado podía durar mucho, tarde o temprano hubiera dado un viraje al reformismo pacífico y gradualista. Su vocación por el derecho era más fuerte que cualquier avatar existencial y no se imaginaba ejerciendo otra profesión. Sólo hubiera puesto su talento al servicio de mejores causas. Sería quizás un abogado laboralista, un asesor de sindicatos independientes con largo colmillo para negociar contratos colectivos. Trasnochador y bohemio, pero responsable en el trabajo, alérgico al matrimonio y a cualquier cadena que pretendiera reglamentar el deseo. Aunque tal vez no hubiera construido ninguna relación estable, cuando menos, la promiscuidad lo habría puesto a salvo del tedio conyugal. ¿Y cómo viviría hoy ese clon imaginario, ese yo potencial nacido de una decisión valiente? Sería un idealista pobre con varias chambas mal pagadas, se respondió. No le envidio las angustias por llegar al fin de mes. Pero ha llegado a la madurez en paz con sus anhelos más hondos, sin sentir, como yo, que la vida me ha quedado mucho a deber, o peor todavía, que por falta de valor estoy en deuda con ella.

¡Pendejo, cuánto tiempo me tuviste amordazado, cuánto te esforzaste por aniquilarme!, despertó el otro Jesús, cuando estaba a punto de romper en llanto. Todavía estoy vivo, todavía puedes escapar de la ratonera. Y no quieras hacerme un exorcismo porque esto no es una posesión diabólica, yo siempre estuve dentro de ti. Pidió la cuenta al mesero, jurando solemnemente que nunca más compartiría el inmundo solaz de las almas muertas. Necesitaba un tugurio canallesco, donde las pasiones humanas no tuvieran que ceñirse a los cánones del buen gusto y el medio tono. Salió del piano bar Sahara con el último jaibol en un vaso de plástico. Beber manejando, el mayor pecado de un servidor público. ¿Y qué? Nada podía darle vergüenza ya, ningún dedo acusador lo intimidaba. Tomó la autopista rumbo al sur, con una mano en el volante y la otra empuñando el vaso. Ábranla, cabrones, que llevo bala. Descanse en paz el perdedor que tuvo un largo noviazgo de manita sudada, el que llegaba a las fiestas a ligar chavas del montón, porque las guapas le daban miedo. Cuánto conformismo, carajo. Eras el típico matadito acorazado en su timidez que temía exponerse a decepciones con las mujeres, y dudabas, para colmo, de una destreza sexual que jamás habías puesto en práctica. Ni a las gringas de UCLA te les arrimaste, de veras que eras pendejo. Regresaste a México como un triunfador, presumiendo tu mención honorífica, pero tú sabías que en el fondo estabas jodido. ¿Cómo carajos pudiste creer en la farsa igualitaria de Remedios? Fingió que tenía inquietudes sociales, porque ya estaba medio quedada y le urgía pescar un marido. Los buenos partidos de su clase la habían desdeñado, por eso se conformó con un abogadillo de medio pelo. Aunque iba contigo a los conciertos de Serrat, a los seminarios de teología de la liberación, y llevaba víveres a los damnificados por el huracán Gilberto, en el fondo siempre fue una burguesa con estiércol en el cerebro.

Cuidado, buey, vamos a tomar el bulevar Cuauhnáhuac y la curva de la desviación es muy cerrada. Bienvenido al municipio de Jiutepec, la única zona de la ciudad donde todavía hay antros abiertos. Te la estás jugando, aquí hubo ochenta muertos el mes pasado y los secuestros están a la orden del día. La policía de Jiutepec es más corrupta que la de Cuernavaca, desde hace tiempo le entregó la zona al crimen organizado, y los matones cobran derecho de piso a los comerciantes. A toda velocidad por el ancho bulevar alumbrado con luz mercurial. Aguas, una patrulla, vete más despacio y esconde el vaso. Tú como si nada, ni voltees a ver a los tiras. Roedores inmundos, buscando borrachines para hincarles el diente, pero bien que se le cuadran a los hampones. Una zona industrial donde ya no hay un peatón en la calle. El bar Amazonas, un putero varias veces clausurado por riñas y crímenes, lo tienta con su gran marquesina multicolor, pero solo hay dos autos en el estacionamiento, quizá los del dueño y el cantinero. Ni madres, yo aquí no me bajo, voy a ser el único cliente y seguro venden bebidas adulteradas.

Más allá del crucero de Tejalpa, en una zona más populosa, donde todavía circulan peatones, el otro Jesús encuentra por fin lo que secretamente anhelaba: un ramillete de travestis en la parada del autobús. La nostalgia de lo que pudo ser le susurra al oído el retrato hablado de Max Demian: "Era ángel y demonio, hombre y mujer en uno, ser humano y animal, bien y mal, virtud y pecado." No le saques, arrímate al fuego, sin una locura de vez en cuando nadie puede aguantar esta pinche vida. Pero un somero examen del ganado lo decepciona. Guácala, son travestis fornidos de piernas correosas, tetas infladas con gas butano y hombros de estibador. Víctimas de la mala cirugía plástica, la misma nariz porcina se repite en todas las caras. Te la mamo rico, mi amor, ya estoy mojadita nomás de verte. Quiero chupar tu caramelo, ¿me subo? Avanza unos metros para esquivar su asedio. Más allá, recargada en un poste, ajena a la indigna mendicidad de sus compañeras, una mariposilla de menor edad, con grácil porte de bailarina, lo mira con una mezcla de altivez y coquetería. Sabe que vale mucho y no se abalanza sobre los clientes. Aquel que de sus labios la miel quiera debe rendirle pleitesía con el debido respeto. Lleva un short de lentejuela dorada, medias de red, tacones blancos de plataforma y una ombliguera negra con tirantes. Fuma con un garbo de mujer fatal y sin embargo, todavía parece vulnerable a las emociones. El contraste entre sus labios gruesos, un poco amulatados, y la infantil coquetería de su barba partida le da un aire de inocencia provocadora. El dulce veneno de su mirada, su voluptuosa languidez de cisne, incitan a protegerla, y al mismo tiempo a domarla con látigo. Cuando Jesús baja la ventanilla, la reina del bulevar se acerca al carro con un obsceno vaivén de caderas.

—Hola, bebé, ¿vas a querer oral o servicio completo? El completo te sale en ochocientos y vamos a mi depa.

El último estertor de su conciencia le ordena apretar el acelerador y salir huyendo de ahí. Pagar por acostarte con un mujercito, qué inmundicia. Mira esa peluca rubio platino, cuando se le caiga te vas a espantar. Todo en ella es artificio, engaño, sordidez, añagazas para seducir a las mentes enfermas. En casa tienes una mujer verdadera, corre a pedirle perdón de rodillas. Pero en vez de asustarlo, el sermón aguijonea su turbio apetito de manjares exóticos.

—Anímate, mi rey, no muerdo.

Abre la puerta del copiloto, sorprendido de su propia temeridad. Aunque tiembla de miedo, el perfume narcótico del travesti lo desinhibe, lo incita a confiar. Beso en la mejilla, el travesti se estira la falda para no enseñar de más. Es una encantadora damisela con buenos modales, sin la menor traza de sordidez.

—Me llamo Leslie, ¿y tú?

—Jesús —responde, tartamudo por los nervios.

Pendejo, se arrepiente enseguida, ¿quién te mandaba dar tu verdadero nombre? Qué estúpida manera de arriesgarse. Mañana puede ver tu foto en el periódico y chantajearte, por las placas te puede localizar en internet. Bájala del coche, todavía estás a tiempo de entrar en razón. La gente de su calaña siempre está coludida con criminales, quizá su padrote ya nos viene siguiendo. Pero en vez de incitarlo a la cordura, el peligro lo calienta. Enciende el radio y pone una estación de música tropical: "Procura coquetearme más y no reparo de lo que te haré…". Leslie baila y canturrea la letra, con un desparpajo que aligera la tensión. Lleva apenas una delgada capa de maquillaje, no necesita más por la lozanía de su cutis, y Jesús calcula que tendrá cuando mucho veintiocho años.

—¿Qué hace un bombón como tú taloneando en la calle? Deberías estar en un show de Las Vegas.

—Gracias por la flor —se sonroja Leslie—. Me estás cayendo muy bien.

Le ofrece su jaibol y ella bebe un sorbo largo, con una confianza instintiva que halaga a Jesús. Podría estarle dando un somnífero, piensa, pero ella sabe por un sexto sentido que soy una persona honesta. Como dice el bolero: antes de amar debe tenerse fe. Yo también sé apostar a ciegas, cariño. Va mi resto por ti.

—Qué bueno que te animaste, la noche estaba muy muerta. Con tanto malandro, la clientela ha bajado mucho.

—Me calentaste con ese short, mi reina.

Leslie lo conduce a un viejo multifamiliar mal iluminado, con grafitis en las paredes y áreas verdes convertidas en terregales, a espaldas de una fábrica de cemento donde todavía hay obreros saliendo del último turno. Por suerte, el patio de la entrada está desierto: se hubiera muerto de vergüenza si algún vecino lo veía llegar con su ligue. Al bajar del coche descubre con morbo que Leslie le saca cinco centímetros de estatura. Una yegua de buena alzada, lo que siempre había soñado. El turbio aroma de la basura amontonada en la entrada del edificio C lo predispone a la lujuria. Perdido el pudor, enterrados ya sus escrúpulos, en la oscura escalera olorosa a gas, la acorrala contra un muro y la besa en la boca. Si ha de condenarse, que sea con todas las agravantes. Leslie le responde con pasión, o al menos la aparenta muy bien. La esgrima de su lengua insinúa que su profesionalismo no excluye la posibilidad del amor y Jesús le responde con una erección de hierro. Cuando Leslie se detiene en la puerta le arrima el pene a las nalgas, como lo hizo días antes con su gélida esposa.

—Qué dura se te puso —ríe juguetona, palpando su miembro—. Eres un cachondo de lo peor.

—Tú me pones así, bizcocho.

—Espérame tantito, déjame abrir —interrumpe la caricia para dar vuelta a la cerradura—. No te fijes en el tiradero, por favor.

—¿Vives sola?

—No, comparto el depa con una amiga, pero la llamaron a un servicio.

Leslie y su amiga podrán ser señoritas muy delicadas, pero el sofá cama con quemaduras de cigarro, el papel tapiz desprendido de las paredes, la montaña de hormigas en los restos de comida, las prendas íntimas colgadas en los muebles y las latas de cerveza tiradas por doquier delatan una negligencia típicamente varonil. Tanto empeño por nulificar la testosterona y hela aquí, más presente que nunca. Su mala impresión se desvanece cuando Leslie lo lleva de la mano a la recámara. Esa mano grande, nudosa, uno de los pocos reductos de su cuerpo que no ha podido feminizar, le recuerda que hay un hombre agazapado detrás de las lentejuelas. O mejor dicho, una mujer con verga: un milagro de la ingeniería erótica. Apenas entrados en la recámara la desnuda con apremio. Se regodea chupando sus implantes mamarios, maravillado por su textura suave, casi natural. Con el apremio de un lactante en ayunas le yergue los pezones y ella le pide que se los muerda. La complace con delicadeza, temeroso de romper el implante. Repara entonces en el altar de la Santa Muerte instalado en una cómoda, junto a la mesita de noche. Profusamente alumbrada con veladoras, la calaca engalanada con un manto de reina parece darle su bendición. ¿O quizá lo condena? Blande una guadaña y pisa el globo terráqueo, soberbiamente adueñada de su destino. En un parpadeo, Jesús pasa del miedo a la excitación y de vuelta al miedo. Le repugna ese culto amoral, extendido como la gangrena en los bajos fondos, ¿pero acaso no es un complemento perfecto para la misa negra que ha venido a oficiar? Después de calzarle el condón, Leslie se hinca en el suelo, dispuesta a chupar su miembro. En un arranque de audacia igualitaria, Jesús le pide que se levante. Póntelo tú también, le ordena y se tiende en la cama para hacer un sesenta y nueve. Bien lo decía mi abuela: el que de santo resbala hasta el infierno no para. El condón barato de Leslie sabe a hule quemado. ¿En qué vulcanizadora lo compraría? Pese al feo sabor no ceja en el abnegado empeño de alebrestar su pene dormido, renuente a desempeñar funciones masculinas, y cuando por fin lo consigue le ordena empinarse, con un donaire de libertino experimentado.

Ella sí alza la grupa como un dócil cuadrúpedo, y engulle su miembro con una golosa ondulación de caderas. Su culo es un exprimidor de jugos, un vórtice turbulento que absorbe la savia del universo. Jesús le responde con una tanda de fuertes embates pélvicos, suaviza el ritmo de las penetraciones, la vuelve a embestir con vigor. Papito, qué bien coges, no me la saques nunca. Ya no teme a la calaca, ahora la mira de frente, con ánimo de pelea. Para esto deben adorarla los criminales, para convertir el miedo en poder. Santurrón de mierda, siempre deseaste algo así, no lo niegues. Únete a los fuertes, milita en el único partido que nunca pierde. En su escroto se incuba un cataclismo cósmico. Pero tarda mucho en venirse, algo lo refrena. Jamás había durado tanto en un palo y no entiende por qué. ¿La Divina Providencia entrometida en sus huevos? ¿El comité directivo del PAD también le quiere negar este premio? Leslie muerde la almohada, sacudida por violentos espasmos. Dame tu leche papi, dámela toda. La pobre suda a chorros, ahíta de placer, ha tenido que trabajar tiempo extra y pide clemencia con gemidos lastimeros. Por fin se anuncia allá abajo, en los yacimientos de fuego líquido, el primer brote de libertad. Las recias nalgas de la yegua salvaje presienten la erupción, lo estrangulan con egoísmo, quieren aprisionarlo en el hoyo negro. Híncale las espuelas en los ijares para enseñarle quién manda. La energía que brota de sus cojones lo encumbra en las lides políticas, lo catapulta a Los Pinos, le coloca la banda tricolor en el pecho. Pastrana, amigo, el pueblo está contigo. Se asoma desde el acantilado al mar que azota los riscos. Un paso más y serás espuma, vamos, cobarde, salta a las olas, entrega una vida que ya no es tuya.

Al día siguiente se levantó en el sofá del estudio pasadas las nueve. Apenas entreabrió los ojos, la cruda y el remordimiento se disputaron la primacía para torturarlo. Todavía llevaba en la boca el horrible sabor a hule quemado del condón que le puso a Leslie. Pero si la boca le apestaba a chamusquina, la conciencia le apestaba a cadáver. Rápido, necesitaba con urgencia unos buches de Astringosol. Hizo gárgaras con un fervor puritano, hasta irritarse el paladar. En la ducha se roció el glande con alcohol, dejando que algunas gotas penetraran hasta la uretra. El condón nunca se rompió, estaba seguro, pero de cualquier modo no le venía mal una desinfección. Ese ardor era una merecida penitencia, la primera de muchas otras que necesitaba para enmendarse. Lástima que la conciencia no se pudiera desinfectar con alcohol.

Por fortuna, Remedios no estaba porque se había llevado a los niños al colegio. Se puso a las carreras un traje gris claro y pidió a Wendy, la sirvienta, que le hiciera unos huevos rancheros con chilaquiles. Mientras los comía, frente a la reproducción de *La última cena* colgada en el comedor, su atribulada conciencia lo acusó de haber cruzado un punto de no retorno. Lo de anoche no sólo había sido una aberración, también era una apostasía. Le había entregado el cuerpo a un puto operado, y el alma a una deidad infernal. ¿Cómo recuperarla, si acaso tenía escapatoria? El dolor de la caída, que ahora lo acongojaba tanto, podía disiparse pronto, a la primera tentación. ¿Y entonces tendría fuerza para resistirse? Le gustara o no, con Leslie había gozado hasta el paroxismo. Que él recordara, nunca se había entregado tanto en la cama. ¿Cómo estar seguro, entonces, de no volver a pecar? Ahora se arrepentía, pero quizá mañana se arrepintiera de arrepentirse: un círculo vicioso que lo alejaría más y más de la salvación. Lo peor de todo era que un íntimo gozo bullía bajo la penumbra de su duelo moral. El cuerpo tenía su propia escala de valores, una escala convenenciera y cínica. Estaba satisfecho, efervescente, ingrávido, una monstruosidad más aborrecible que el pecado mismo.

Las obligaciones de la vida práctica no le permitieron flagelarse tanto como hubiera querido. En el celular tenía cuatro mensajes de Felipe Meneses y tres más de Israel Durán. Ambos estaban ansiosos por saber cómo le había ido en su fatídica entrevista con Larios. Ya no podía mantener el mutismo, ellos no iban a gozar con su desgracia y quizá le sentara bien abrirles el corazón. Los citó en el restaurante El Secreto a las once de la mañana, sin adelantarles nada por teléfono. Pero antes de partir a la cita descubrió con horror que Leslie también le había mandado un mensaje: "Te voy a extrañar, papi. ¿Cuándo vuelves?". No recordaba en qué momento le había dado su número telefónico. Una estupidez imperdonable, como todas las bajezas del otro Jesús. Al parecer, el tierno hermafrodita quería iniciar un romance en regla. Borró el recado con ansiedad culposa. ¿Y si ahora Leslie lo bombardeaba con mensajes y llamadas? No quería protagonizar la versión gay de *Atracción fatal* y activó el bloqueador de llamadas: lo siento, mami, dame por muerto. Por fortuna, en El Secreto había pocas mesas ocupadas. La clientela del desayuno ya se había marchado, y en la sección del jardín, donde lo esperaban sus amigos, no había un comensal en varios metros a la redonda. Podrían hablar en confianza sin molestos testigos.

—Eres Alfred Hitchcock, el mago del suspenso —se quejó Israel—. Primero nos anuncias la gran revelación y luego no te dignas contestar el teléfono.

Meneses se levantó a darle un abrazo. Pálido y chaparro, con lóbulos frontales prominentes y una cara larga de caballo juicioso, sus ojillos astutos, enmarcados con lentes bifocales, daban la impresión de adivinar al vuelo las intenciones ocultas.

—Sí, magister, ya nos tenías con pendiente —lo regañó en tono afable—. ¿Andabas muerto o andabas de parranda? Yo estuve insistiendo hasta las doce para dar la exclusiva en el periódico, pero tenías el celular apagado.

—Anoche me fui a tomar unos tragos después de hablar con Larios. Los necesitaba porque tenía la moral muy baja.

Les narró los pormenores de su entrevista con el presidente del comité directivo y ambos hicieron una mueca de perplejidad cuando les reveló que el gordo Azpiri había ganado la partida.

—Se están haciendo el harakiri —sentenció Israel—: con ese candidato, la oposición lleva toda las de ganar.

—Eso le dije a Larios, pero él cree que tiene un buen gallo —Jesús se encogió de hombros—. Los cuadros superiores del partido esperan ganar la elección a billetazos, comprando la voluntad popular con dádivas populistas. Pero es la última chingadera que me hacen. El PAD se ha vuelto una cloaca. Terminando la administración me retiro de la política.

Hubo un largo silencio en el que Meneses se mesó los cabellos, tratando de sacar alguna idea salvadora de su cabeza. Israel se había quedado atónito, con la mirada perdida en un laberinto de dudas.

—El país nunca va a cambiar por el camino de la lucha electoral —continúo Jesús, con voz de réquiem—. Hay que demoler toda esa maquinaria podrida.

—¿Y qué? ¿Te vas a ir al monte con una escopeta? —ironizó Felipe—. Tú siempre has creído en la ley, Jesús. ¿Ahora vas a violarla?

—Claro que no, yo soy reformista, ya lo sabes, pero creo que la sociedad debe liberarse de la clase política para refundar el Estado.

—¿Y quién la va a reemplazar? —gruñó Felipe, mirando su taza de café—. Los voluntarios que hagan esa tarea tarde o temprano se volverán profesionales de la política. Satanizar en masa a los políticos no resuelve nada, y en una de ésas, nos podría llevar a una dictadura militar.

—Quizá tengas razón, Felipe, pero entiende mi hartazgo: ya me cansé de hacer méritos en un partido que siempre me ha ninguneado.

—Si me permiten opinar, yo creo que la lucha en el interior del partido no está perdida del todo —se atrevió a intervenir Israel, que por su juventud prefería escuchar a los mayores—. Azpiri ha dejado una larga estela de corrupción y todavía podemos echar para atrás su candidatura, si lo investigamos a fondo.

—Israel tiene razón, no te rindas al primer golpe, todavía faltan muchos rounds —Felipe trató de infundirle ánimo—. De hecho, antes de que llegaras, tu compadre me estuvo contando lo que pasó con la licitación de los equipos de cómputo. Ahí tenemos un argumento muy bueno para desacreditar al alcalde en funciones.

—¿Y eso en qué afecta al gordo Azpiri? —se impacientó Jesús—. El que otorgó la licitación fue Poveda, con el apoyo de Medrano, que ahora está manipulando al cabildo para sacar adelante el fraude.

—Israel ya me dio toda la información —terció Felipe— y voy a publicarla en primera plana el mismo día que destapen al candidato, junto con una entrevista al representante de la Samsung. De ese modo vamos a opacar el nombramiento de Azpiri, porque todo el mundo comentará el escándalo de las computadoras compradas con sobreprecio. Y después de ese madrazo, nos lanzamos duro contra el candidato.

—Por supuesto, vamos a recordarle a la gente el despilfarro que su cuñado cometió en la construcción del paso a desnivel —añadió Israel.

—Todo eso es bien conocido y no le ha hecho daño —rebatió Jesús, mirando con tristeza a su ingenuo discípulo.

—Pero Azpiri tiene muchos enemigos que antes fueron gente de su entera confianza —Israel argumentó con vehemencia, disgustado por el derrotismo de su jefe—. Lo conocen bien y a lo mejor nos sueltan información, si les ofrecemos algo a cambio. La idea es obligar al comité a que rectifique su decisión, ¿verdad, Felipe?

—A huevo, esto no se acaba todavía. Si logramos hacer grande la bola de nieve, a lo mejor tenemos éxito.

—Lo veo difícil —suspiró Jesús, escéptico, creyendo que sus amigos sólo buscaban consolarlo con sueños de opio—, pero si quieren intentarlo cuentan con todo mi apoyo. No saben cuánto les agradezco esta prueba de amistad. Les confieso que ya había perdido toda esperanza, pero si ustedes quieren seguir peleando, yo no voy a bajar los brazos. De perdida le abollamos la corona a ese marrano.

Media hora más tarde, sentado en su escritorio frente a un vaso donde se diluían dos pastillas de Alka-Seltzer, Jesús recayó en la contrición atormentada. Los retratos de sus hijos lo incitaron a un examen de conciencia más duro. ¿Cómo pude hacerles esto?, se acusó, evocando los momentos más bochornosos de su aquelarre con Leslie. No había cogido con ella, había cogido contra la familia, contra la naturaleza, contra Dios, creyendo, para colmo, que un doble lo empujaba a elegir un destino superior. Las burbujas del analgésico le refrescaron la memoria obnubilada por la resaca, pero en vez de sentir alivio, recordó lo que hubiera preferido olvidar: Leslie acompañándolo al auto, un beso largo y hollywoodense en plena calle. Toma, papi, la próxima vez llámame, dijo, deslizándole en la mano una tarjeta con su teléfono. Me gustas en serio, no sólo para una noche. Y pensar que lo había conmovido ese detalle romántico. Estúpido, lo mismo le dice a todos sus clientes. Sacó la tarjeta de su cartera con la punta de los dedos, como si tuviera residuos de ántrax. Llevaba impreso su nombre de batalla y un eufemismo en inglés: *shemale escort*. La arrugó con furia y la echó al bote de la basura. Nunca más volvería a creer en el destino contrahecho que su perversa imaginación había coloreado de rosa. Dos criaturas inocentes lo llamaban a la cordura, le imploraban en nombre de Dios que no les destrozara la vida.

Abrió el *Diario de Morelos* para ver si ya se había publicado algo sobre la postulación de Azpiri. Ni una palabra todavía, el comité quería cubrir las formas democráticas antes de hacer el anuncio oficial. La noticia de primera plana era el hallazgo de veinticuatro cadáveres en Ocoyoacac, un paraje de La Marquesa, en el Estado de México. Diez de ellos estaban decapitados. Según las primeras investigaciones, las víctimas eran albañiles que habían construido un narcotúnel en Mexicali, contratados por el cártel de Sinaloa. Los mataron por exigir su paga o por temor a que identificaran a sus patrones. Muertos por resistirse a la esclavitud en pleno siglo XXI. ¿Dónde estaba la autoridad? Si había desaparecido ya, que entregara las armas al pueblo. En la sección de nota roja se detuvo a leer un desplegado a plana completa de la Policía Federal, con la foto del narcotraficante Lauro Santoscoy, presunto jefe de los Tecuanes, una de las organizaciones delictivas más temibles de la región. El gobierno ofrecía cinco millones de pesos a quien diera información para su captura. Conocía muchas hazañas sangrientas de ese bandido, pero no se imaginaba que fuera tan joven. Al verlo con atención se quedó estupefacto: era el vivo retrato de Leslie en versión masculina. La misma barba partida, la boca de labios gruesos, la nariz grande y fina, el ángulo quebrado de las cejas enmarcando una mirada sumisa y beligerante, la mirada de un cordero con alma de tigre.

Una semejanza tan asombrosa no podía ser casual. ¿Acaso Leslie tenía un hermano gemelo? ¿O Lauro y Leslie eran la misma persona? ¿Por eso adoraba a la Santa Muerte, la patrona del hampa? Elucubró una película obscena y amarillista en la que Lauro, desde la tumbona de su piscina, controlaba los aterrizajes y los despegues de una flotilla de avionetas cargadas de coca, sobornaba a militares, ordenaba ejecuciones, y de noche, para relajar los nervios, vendía placer en el bulevar Cuauhnáhuac. Imposible, nadie respetaría a un transexual en un submundo tan machista. Pero en México, los márgenes de lo verosímil se habían ensanchado a fuerza de estiramientos. En esa tierra incógnita cabían las mayores aberraciones que pudiera concebir una mente enferma. ¿O era lógico y razonable haber ejecutado a veinticuatro albañiles en absoluto secreto, sin llamar la atención de ningún policía? Imaginó a Lauro en la intimidad, cambiándose las botas picudas por los tacones y el sombrero texano por la peluca rubio platino, embelesado con la fusión de sus dos personalidades. Cuánto le hubiera gustado asistir a esa metamorfosis: verlo temblar de perversidad, erizado por el roce de la lencería femenina con las cicatrices de los balazos. Y al imaginar su morbo, él también se calentó, no en balde tenía tan fresco el recuerdo de Leslie. Qué vergüenza, otra vez me la paraste, mi reina, mi rey, mi delirio. La tentación volvía, reforzada por la culpa. Hurgó en el basurero en busca de la tarjeta que había tirado. La desarrugó con esmero y volvió a metérsela en la cartera, por si acaso le flaqueaba la voluntad.

IV. La revancha

La estrategia planeada por Israel y Felipe sólo dio resultado a medias. La revelación del fraude en la licitación del contrato para renovar los equipos de cómputo, publicada en la primera plana de *El Imparcial* y comentada en todas las columnas políticas del estado, causó más revuelo que la elección de Manuel Azpiri como candidato a la alcaldía por el PAD. Obligado a enfrentar el escándalo, el alcalde Medrano había pedido la renuncia a Ramón Poveda, para que la autoridad competente pudiera investigar el caso. Por supuesto, el acusado se amparó de inmediato para quedar a salvo de la acción penal. Desde la tribuna del cabildo, Jesús exigió al alcalde una explicación por su aparente complicidad con el secretario de Finanzas. El alcalde eludió responder en forma directa, pero revocó el contrato concedido a la Hewlett Packard, aceptando tácitamente que se había cometido una grave irregularidad. Su enfrentamiento con el síndico ya era abierto y los malquerientes de Jesús, azuzados sin duda por la cúpula del partido, comentaban en los diarios locales que se había enfrentado a Medrano al perder la candidatura, en una típica voltereta de resentido. Pancho Tijeras, un columnista de *El Morelense*, un periodicucho vendido al mejor postor, lo acusó de estar en tratos con el PIR para contender por el cargo como candidato de ese partido. El categórico desmentido de Jesús no logró acallar los rumores. De manera que la mafia del ayuntamiento había salido hasta cierto punto ilesa, en especial Azpiri, que no tenía vela en el entierro y seguía frecuentando las tertulias etílicas del presidente Salmerón, que había palomeado su candidatura. Esa amistad lo inmunizaba contra cualquier ataque y le daba un aura de caudillo invencible.

Como la ofensiva de Jesús contra Medrano implicaba renunciar al hueso que el comité directivo del PAD le había ofrecido para la siguiente administración, la hostilidad de Remedios había subido de tono. Llevaban diez días sin hablarse, utilizando el correo electrónico para intercambiar mensajes de índole práctica, en medio de una atmósfera tensa que los niños empezaban a resentir. Una noche, Juan Pablo había entrado al estudio donde ahora dormía y le preguntó muy compungido:

—¿Ya no vas a dormir en tu cama? ¿Estás enojado con mi mamá?

—No, es que el colchón está demasiado blando y aquí duermo más a gusto —respondió, sin convencer del todo al niño, que no tenía un pelo de tonto.

La guerra conyugal subió de tono un domingo por la mañana, a la hora del desayuno, cuando Remedios, con una crueldad risueña, le anunció que el lunes iba a tomarse un café con Lucero Campos, la esposa de Manuel Azpiri.

—Hace tiempo que no la veo y quiero darle la enhorabuena por el nombramiento de su marido.

—Cancela tu cita, no voy a permitir que tengas ningún trato con esa gente —furioso, Jesús casi vomitó el jugo de naranja.

—¿Por qué no? Somos buenas amigas y creo que debo limar asperezas con ella, pensando en el futuro. Cuando se te acabe el dinero vas a tener que pedirle trabajo a su esposo, te guste o no.

—Azpiri es mi peor enemigo, peor incluso que el alcalde Medrano —Jesús endureció la expresión—. Esto no es un juego, Remedios. Si te atreves a hablar con su esposa, te corto el cuello.

Y para recalcar que no estaba bromeando, clavó el cuchillo en la mesa. Con un rictus de víctima inocente, Remedios corrió a encerrarse en su alcoba, donde lloró largo rato. Media hora después, mientras Jesús veía un aburrido juego de futbol, repuesto ya del entripado, deploró haber llegado a esos extremos de violencia con su mujer. Aunque nunca había sido un marido golpeador, temía perder los estribos si Remedios lo seguía provocando. Por la salud mental de los dos, la separación era impostergable, pero lo detenía la incertidumbre sobre su futuro económico. Tal y como iban las cosas, el año próximo podía quedarse sin empleo. Un divorcio en esas condiciones era suicida, porque duplicaría sus gastos. Por lo pronto tendría que rentar un departamento amueblado. Y sin entradas de dinero, ¿cómo iba a pagar la pensión de los niños? Cambió de canal para ver el futbol americano, o más bien, para seguir encerrado en sí mismo con un distinto paisaje visual. No quería dejar a sus hijos desamparados, y sin embargo, hacia allá lo estaba llevando la lucha política. En eso Remedios tenía razón: la confrontación directa con un enemigo tan poderoso quizá lo reduciría a la miseria. ¿Qué alternativa le quedaba? ¿Doblar las manitas y aceptar el puesto de regidor? Ni madres, claudicar de esa manera lo aniquilaría moralmente. Si viviera en un país civilizado y próspero, donde todo marchara a la perfección, quizá no le hubiera importado tanto pactar con esos canallas. Pero en México la corrupción ya estaba desmoronando el tejido social. Como el pragmatismo nulificaba las convicciones, ningún movimiento popular tenía suficiente fuerza para frenar la lenta demolición del estado, y todos estaban padeciendo ya sus consecuencias: secuestros, extorsiones, terror, sangría del erario por la corrupción invicta, miseria creciente, caída del turismo, bancarrota en las provincias bajo control del hampa. La impunidad absoluta conduciría tarde o temprano al caos absoluto. De modo que si renunciaba a dar su batalla, si veía la catástrofe cruzado de brazos, estaría condenando a sus hijos a vivir en un polvorín. ¿Cuál de las dos traiciones era peor?

En la oficina dedicó la mayor parte de la mañana a la lectura de un largo informe sobre los problemas registrados en la recolección de basura por el cierre del tiradero de Yecapixtla, adonde iban a parar los desechos de la ciudad. Cuando apenas empezaba a comprender la magnitud del problema, entró Lidia con un sobre grueso de papel manila:

—Le vinieron a dejar esto.

Examinó la cubierta sin hallar los datos del remitente.

—¿Quién lo trajo?

—No sabría decirle, me lo subieron de la recepción.

Intrigado, Jesús abrió el sobre con un cortaplumas. Adentro había tres legajos de documentos en inglés, con una escueta nota manuscrita en español: *Una modesta contribución a su lucha por sanear el ayuntamiento.* Los documentos eran copias de las escrituras de varios inmuebles: una casa en la isla de Coronado con valor catastral de cuatro millones de dólares a nombre de Manuel Azpiri, un departamento en la Jolla a nombre de Lucero Campos, su esposa, valuado en millón y medio de dólares, y un rancho ganadero en Calexico a nombre de los dos, por el que pagaron tres millones más. Fechadas el año anterior, durante la gestión de Azpiri en la Secretaría de Desarrollo Urbano, las escrituras no dejaban lugar a equívocos. Releyó las cifras, engolosinado. ¿Modesta contribución? No, una bomba atómica. El cerdo no se iba a levantar de ese madrazo, aunque tuviera vara alta en Los Pinos. ¿Quién lo quería hundir? Pensó, de entrada, en los estrategas del PIR, que no se resignaban a militar en la oposición y querían recuperar el poder a cualquier precio. Pero era bien sabido que Azpiri se llevaba de maravilla con ellos. De hecho, en sus primeras declaraciones como candidato les había ofrecido puestos importantes en su equipo de trabajo, para formar un gobierno de unidad. Los intereses eran el único vínculo de la clase política, muy por encima de las ideologías, cada vez más difusas en todos los partidos. Bajó al vestíbulo para preguntar a la recepcionista quién había dejado ese paquete.

—Un mensajero que vino en una camioneta gris, ¿verdad, poli?

El policía asintió.

—Sí, era una Grand Cherokee del año, con vidrios polarizados. Se quedó parada en doble fila pero no le tomé las placas.

Por lo visto, el informante anónimo era una persona de mucho dinero, quizá un ex socio a quien Azpiri había defraudado. No sería nada raro: en su historial delictivo, todo gánster se granjeaba enemistades que tarde o temprano podían destruirlo. El misterioso delator conocía las pugnas internas del ayuntamiento, pues había elegido la mejor coyuntura para descargar el hachazo y al único funcionario que podía dar buen uso a esa información. Cualquier otro habría extorsionado al candidato, pidiéndole un puesto o una fuerte cantidad a cambio de no presentar la denuncia. Alguien quería utilizarlo con fines inconfesables, pero apartó de su mente los melindres puritanos: a caballo regalado no se le veía el diente. Convocó a Israel y a Felipe Meneses, a una reunión urgente esa misma tarde en el bar La Luciérnaga del bulevar Juárez. Ambos se quedaron perplejos cuando les mostró las escrituras de las propiedades.

—Es más rata de lo que todos creíamos —silbó Meneses, atónito—. Y esto es nomás la punta del iceberg. Debe tener diez veces más en sus cuentas bancarias.

—¿Pero quién te mandó el regalito? —dijo Israel, que hojeaba con asombro uno de los legajos.

—Obviamente es alguien muy cercano a Azpiri —conjeturó Jesús—. Un colaborador resentido, un ex socio, una amante despechada. Ve tú a saber.

—Pues yo tengo otra teoría —Meneses meneó la cabeza con aire dubitativo—, a lo mejor es alguien que puede salir perjudicado si Azpiri llega a la alcaldía. Tal vez contrató a un detective gringo para que buscara estos títulos de propiedad. Por supuesto, el cabrón ese le ha seguido la pista desde hace tiempo, pues ya sabía dónde tenía que buscarlos.

—Sea quien sea el informante, esto hay que celebrarlo —Israel alzó su caballito de tequila—. Brindemos por el maná caído del cielo.

Los tres chocaron sus vasos con un regocijo de niños malcriados. Después de pedir la tercera ronda de tragos se enfrascaron en una discusión sobre el origen de la fortuna de Azpiri. Meneses, con su larga experiencia en casos de corrupción, se inclinaba a creer que estaba en tratos con alguno de los dos cárteles de la droga que se disputaban el territorio: los Culebros y los Tecuanes. Quizá les había permitido usar la Secretaría de Desarrollo Urbano como fachada para construir una pista de aterrizaje en las afueras de Cuernavaca, o al menos les había conseguido los permisos para construirla, valiéndose de terceros. Israel sospechaba que le había adjudicado todos los contratos de obra pública a empresas de su propiedad, camufladas con prestanombres, pero tal vez había llevado al baile a un compinche, que ahora clamaba venganza. Jesús no quería enredarse en suposiciones y desvió la charla al asunto que más le importaba en ese momento: ¿Cómo utilizar esa información para que tuviera la mayor contundencia posible?

—Me encantaría que me la dieras como exclusiva, pero eso puede limitar su difusión en otros medios y esa noticia se merece una resonancia mayor —reconoció con humildad Felipe Meneses—. Yo te aconsejaría que dieras una conferencia de prensa pasado mañana.

Israel propuso que primero levantara un acta en el ministerio público, para que no lo acusaran de litigar en los medios antes de presentar una denuncia formal, pero Jesús no estuvo de acuerdo. Eso podía mitigar el impacto del obús, pues temía que Azpiri se apresurara a negar la autenticidad de los documentos. Por la tensión nerviosa, los tragos se le subieron de prisa y a las diez de la noche salió del bar a medios chiles. La ciudad ya estaba desierta, como si hubiera un toque de queda. Los pocos automovilistas que aún circulaban ni siquiera se volteaban a ver en los semáforos, temerosos de hacer enojar a los susceptibles matones apoderados de la ciudad. Y pensar que en otras épocas, Cuernavaca había sido una ciudad bullanguera y alegre, donde la gente trasnochaba en paz. Dobló a la derecha en la glorieta de Juárez, y subió por la empinada calle Motolinía. Toparse en casa con la jeta de Remedios no le atraía en absoluto: necesitaba compartir su euforia, su amor, su ternura, con alguien que de verdad le tuviera cariño y respeto. Además tenía ganas de coger, ¿para qué negarlo?, y no con cualquiera: deseaba a Leslie con un apetito excluyente y rabioso.

Pero ese lirio del pantano, con quien apenas había cruzado palabra, ¿podía brindarle la comunión afectiva que andaba buscando? Quizá no fuera del todo ingenuo soñar con los Santos Reyes. La otra noche Leslie le había dado algo más que placer: una calidez de hermana, un bautismo de fuego que en la despedida, cuando volvieron a besarse en la boca, saciada ya la urgencia sexual, le infundió una sed agónica de inmensidades.

Por algo conservaba su tarjeta: la ilusión de volver a verla pesaba más en su corazón que la vergüenza y la culpa. ¿Siempre fui un depravado, desde aquella tarde en casa de Gabriel?, se preguntó con alarma. ¿Me reprimí todos estos años? ¿Por qué no busco entonces un varón hecho y derecho? ¿Prefiero un transexual porque temo asumirme como puto? ¿Me aferro así a una vaga ilusión de virilidad? Debo ser un enfermo, concluyó, pero sabía que para bien o para mal, esa patología era la esencia de su carácter, el infeccioso huitlacoche que le daba carácter y sabor al maíz. Negar sus impulsos en nombre de la cordura, la sensatez, la discreción o la disciplina sólo le había dejado frustraciones y sinsabores. ¡Al diablo entonces con la salud mental! Se detuvo en una callejuela oscura y llamó a Leslie por el celular.

—¿Quién habla? —respondió una voz húmeda, profesionalmente sexy.

—Soy Jesús, ¿te acuerdas de mí?

—Claro, bebé, nunca me olvido de un tipo guapo y cachondo. Tú eres el que me tiene muy abandonada —reclamó con voz quejumbrosa—. Ni siquiera me contestas los recados. Creí que nunca me ibas a llamar.

—He tenido mucho trabajo, princesa, pero ahorita estoy libre. Quisiera conocerte mejor, platicar un rato contigo, no llegar directo a la cama. ¿Qué tal si nos echamos unos tragos en tu casa?

—Ya me había puesto el piyama. Dame una hora para arreglarme, ¿sí?

Al colgar el teléfono lo asaltó una súbita desazón. ¿Cómo sería Leslie sin el remozamiento que necesitaba para salir a escena? ¿Detrás de esa máscara había una persona o un personaje? ¿Podría hablar en serio con ella de las cosas que le importaban o debía mantener la conversación en un tono de inocua frivolidad? ¿La vida convertida en teatro mejoraba o se empobrecía? Ya no estaba seguro de nada, como si viviera una segunda adolescencia. En el Superama de avenida Río Mayo compró una botella de champaña de la Viuda de Clicquot, con la que esperaba impresionar a Leslie. Se llevó de pasada una bandeja de sushi para botanear mientras charlaban y unos condones de lujo sabor frambuesa, porque no quería chupar de nuevo un trozo de llanta. Circuló un rato en las inmediaciones de la unidad habitacional Campestre, dando vueltas como un patrullero, y a la hora fijada volvió a llamarla por el celular. Leslie salió a recibirlo con una escueta minifalda de mezclilla, tacones dorados de aguja y el cabello lacio castaño oscuro, seguramente su color natural, pensó Jesús. Era una Leslie menos glamorosa, pero más auténtica. En el garage del multifamiliar había un grupito de facinerosos tomando cerveza, que oían un equipo de sonido a todo volumen. Se les quedaron viendo cuando Leslie abrió la reja y Jesús sintió en la espalda tres pares de banderillas. En vez de cohibirse tomó retadoramente a Leslie de la cintura, como un perro marcando su territorio.

—Buenas noches —los saludó con aplomo.

A juzgar por la respuesta cortés de los chavos, su actitud desafiante les impuso respeto. ¿O el bulto del celular les había hecho creer que llevaba pistola? Afiebrado por la sensación de peligro, apenas entraron al departamento acorraló a Leslie contra la mesa del comedor, besándola en el cuello con una voracidad de licántropo.

—¡Qué bárbaro! Vienes echando lumbre —Leslie se repuso del ataque jalando aire—. ¿Quieres tomar una copa o de una vez te saco el veneno?

—Primero vamos a destapar la botella. Mira lo que te traje.

—¿Champaña y sushi? —Leslie se quedó boquiabierta—. Caramba, qué espléndido.

—Quiero mimarte mucho, mi reina, para que te dé gusto verme —le pellizcó una nalga.

—Para esos no necesitas ningún regalo —y Leslie se le colgó del cuello con una ternura que no parecía fraudulenta.

A falta de copas, se sirvieron el champaña en vasos de plástico, y después de un brindis "a la salud de las niñas malas", Jesús se apresuró a ventilar la inquietud que lo había rondado en los últimos días.

—El otro día salió en el periódico la foto de un narco idéntico a ti. Se llama Lauro Santoscoy. Me quedé impresionado por la semejanza. ¿No tendrás de casualidad un hermano gemelo que anda en malos pasos?

Leslie torció los labios, ofendida por la pregunta.

—Yo en mi familia soy hija única y nunca he visto a ese narco. ¿Trajiste la foto?

—No, pero puedes verla en internet. Es un narco muy famoso y bastante galán, no en balde se parece a ti. La policía ofrece cinco millones por su captura.

—Pues yo ni me había enterado. Vivo en la luna porque nunca leo periódicos ni veo noticieros. Sólo me interesan las revistas de modas.

Refirió a Leslie la morbosa fantasía que había elucubrado al contemplar la foto de Lauro. Se le ponía dura, dijo, sólo de imaginarlo metamorfoseado en puta callejera.

—Qué mente tan cochambrosa —Leslie se relamió los labios—. Por eso me encantas, mi rey.

—Dime la verdad, muñeca —le acarició la pierna—. ¿De día eres Lauro Santoscoy y de noche Leslie? ¿No tendrás escondida una Cuerno de Chivo en el clóset?

Leslie soltó una carcajada, y por poco se atraganta con el champaña.

—Sólo tengo una pistolita, para cuidarme de los malandros, porque en este oficio nunca sabes con quién te vas a topar.

Y Leslie le hizo un relato de sus desventuras cotidianas: el doble derecho de piso que debía pagar semanalmente a la policía y a los rufianes que controlaban la zona, las peleas con clientes borrachos que se negaban a pagar cuando no se les paraba el pito, los celos profesionales de otras colegas molestas por su éxito, que le robaban ropa, joyas y le hacían brujería. De vez en cuando, para ayudarse, vendía uno que otro guato de mota, o algunas grapas de coca, pero sólo a gente de mucha confianza. Otras chicas del oficio ya estaban muy maleadas y de plano vivían de la delincuencia. Coludidas con los patrulleros, llevaban al cliente a un callejón oscuro, y cuando apenas le estaban bajando la bragueta, llegaban los policías a extorsionarlo. Como la mayoría eran hombres casados, soltaban un chingo de lana con tal de evitar el escándalo.

—La mera verdad es muy peligroso para cualquiera andar levantando vestidas —Leslie le acarició el cabello—. Tienes suerte de haber caído en buenas manos, mi amor.

Complacido por la espontánea confesión de Leslie, Jesús creyó oportuno sincerarse. Le dijo que estaba aburrido de su matrimonio, principalmente por el carácter avinagrado de su mujer, a quien ya no deseaba, y aquella noche, sin ninguna experiencia previa en el mundo gay, salvo un leve escarceo con un compañero de prepa, había salido a emborracharse después de un pleito con ella.

—Contigo perdí la virginidad, preciosa —concluyó, acariciándole el mentón—. Nunca supe quién era hasta conocerte.

Conmovida, Leslie le preguntó si no había pensado en el divorcio.

—Muchas veces, pero adoro a mis hijos y temo hacerles daño. No puedo imaginarme la vida sin ellos.

Leslie se arrellanó en el sofá, mirándolo fijamente a los ojos. Parecía querer decirle con su actitud que no descartaba con él una historia de amor.

—Y si no es indiscreción, ¿en que trabajas? Has de ganar muy bien, para darte estos lujos —dijo, señalando la botella de champaña.

—Soy gerente de recursos humanos en una compañía farmacéutica —Jesús reculó al terreno de la mentira—. Gano un sueldo mediano, pero todo se me va en las colegiaturas y en los gastos de la casa. No creas que me doy estos lujos todos los días.

Los interrumpió la entrada de un transexual de tez cobriza, ancho de espaldas, grueso de caderas, con recios muslos de futbolista y una prominente manzana de Adán que delataba su hombría. Llevaba un vestido verde perico muy apretado y una peluca rubia con caireles que parecían tallados por un ebanista. Prognata, de facciones toscas, y mandíbulas prominentes, su nariz chata cincelada en el quirófano le sentaba tan bien como una risotada en un funeral. Jesús recordó haberlo visto entre los adefesios que lo asediaron en el bulevar Cuauhnáhuac.

—Te presento a Frida, mi *roomie*.

—Encantado —Jesús le tendió la mano—. ¿Quieres una copa?

—Muchas gracias, ando a las carreras —declinó Frida—. Nomás vine a buscar una maleta porque me invitaron a una fiesta en un rancho.

Jesús se preguntó si ese engendro extorsionaría a sus clientes. Había que estar muy ciego o muy desesperado para levantarlo en la calle, y sin embargo tenía su pegue. Se reprochó la sandez de haber llevado una botella de champaña a ese humilde cuchitril. Ahora Frida lo tomaría por un millonario y no tardaría en dar el pitazo a una banda de secuestradores. Quizá le cayeran encima esta misma noche, cuando saliera del edificio. Por fortuna, Frida ni siquiera vio la botella, hizo su maleta de prisa y se despidió enseguida mandándoles besitos con la mano. La sala se quedó impregnada de una fragancia intensamente femenina que intentaba, sin éxito, sofocar el hedor a macho cabrío.

—¿Y tu amiga es de fiar? —preguntó Jesús muy mosqueado.

—Sólo roba carteras de vez en cuando, pero con mis clientes nunca se mete.

Renuente a prolongar una conversación que lo obligaría a seguir mintiendo, Jesús se pasó al sofá de Leslie, la besó con urgencia y le metió la mano por debajo de la falda. Hincada en el suelo, ella le bajó la bragueta y se metió su miembro a la boca sin condón, mientras Jesús le hacía piojito en el pelo. Espérate, vamos a la cama, le pidió cuando empezaba a sentir ganas de venirse. En la recámara estrenaron los condones sabor frambuesa, que Jesús le puso a Leslie con la devoción de un acólito. Su sabor le recordó el de las paletas Tutsi Pop que vendían en la cooperativa del Instituto Loyola. Esta vez cogieron con más calma, mejor acoplados, saboreando cada movimiento con una lujuria pausada y serena. Pero aunque la cópula duró casi tanto como la vez pasada, Jesús advirtió que Leslie mantenía una extraña ecuanimidad y no estaba gozando a fondo. Le sacó la verga, desconcertado.

—¿Te pasa algo? Estás muy fría.

—Es que no me quiero venir, mi amor. El médico me lo prohíbe por mi tratamiento hormonal. Cuando eyaculo, mi sistema endócrino anula el efecto de las pastillas. El otro día tuve un orgasmo divino contigo, pero si lo repito muy seguido, me saldrían pelos en las piernas y un vozarrón horrible.

—Si tú no gozas, yo menos —Jesús hizo una mueca de disgusto—. A mí lo que me gusta es darte placer.

—No seas caprichoso, bebé —Leslie le acarició el pene para mantener su erección—. Si no sigo el tratamiento, al rato voy a ser la mujer barbuda del circo.

—Te pago el doble, pero quiero que goces conmigo.

Convencida y a la vez halagada por tanta galantería, Leslie se puso bocarriba, para que Jesús la masturbara mientras la penetraba con un ímpetu vikingo. Remedios le había hecho creer que era un mal amante, como parte de su estrategia para bajarle la autoestima. Pero ahora la tenía por las nubes, y esa sensación de poderío, recién descubierta, lo elevaba más allá de la mezquindad terrenal. Cuando los dos se vinieron, casi al unísono, Jesús sintió que su cuerpo había echado raíces en esa cama, que Leslie le pertenecía desde una vida anterior y jamás podría abandonarla. En el reposo, cuando ella encendió un cigarro, la socarrona expresión de la Santa Muerte, que Jesús había preferido ignorar, volvió a ponerlo nervioso. ¿Habría suscrito ante ese macabro testigo un pacto firmado con semen?

—Me da miedo esa calaca —le dijo—. ¿Por qué la adoras?

—Porque necesito creer en algo —suspiró Leslie—. Yo de niña era católica, pero la Iglesia no acepta a la gente como yo. En Izúcar de Matamoros, donde nací, me corrieron de la parroquia por llevar falda cuando apenas tenía quince años. Cualquier cura me pediría que dejara esta vida. En cambio, la Flaquita sí me comprende. Por eso le pongo flores y diario le cambio sus veladoras.

Jesús no quiso impugnar su fe, ni mucho menos asestarle un sermón. El desamparo espiritual podía llevar a la gente a las mayores aberraciones, pero un creyente en la libertad de cultos, como él se preciaba de ser, no debía satanizar religión alguna. Se levantó al baño para tirar el condón en el excusado, y al cruzar el pasillo descubrió con sorpresa un librero con las obras más conocidas de Marx, Engels y Lenin, *Las venas abier-*

tas de América Latina de Eduardo Galeano, *Los condenados de la tierra* de Frantz Fanon, y el *Zapata* de John Womack, entre muchos otros libros del mismo tinte colorado.

—¿A poco eres rojilla? —le preguntó al volver a la alcoba.

—Ni Dios lo quiera —dijo Leslie, que ahora se ponía la falda—. Yo de política no sé nada.

—Tienes un montón de literatura subversiva. ¿Es de Frida?

—Son libros de mi papá, que en paz descanse —Leslie bajó la cabeza en señal de duelo—. Me los quedé cuando se murió.

—¿Y él sí era comunista?

—Luchó toda la vida en el sindicato de maestros y por revoltoso, los líderes charros le quitaron la plaza. Con otros compañeros hizo una huelga de hambre y por poco lo dejan morirse —quebrada, Leslie soltó un hilillo de llanto—. Lo reinstalaron, pero desde entonces quedó muy enfermo. Y para colmo, mi mamá, que trabajaba de enfermera en el Seguro Social, se cansó de tantas penurias y se largó con otro cuando yo era una escuincla. El pobre de mi papá nunca se repuso del golpe.

—¿Cómo se llamaba?

—Demetrio.

—Debes de sentirte orgullosa —la consoló Jesús, enjugando su llanto, que le había corrido el rímel—. Tu padre fue un luchador valiente. Y eso tiene un mérito grande, aunque le haya ido de la patada.

—Pobrecito, le di muchos dolores de cabeza pero al final logré que me aceptara tal como soy. Lástima que ya tuviera un pie en el estribo.

Conmovido, Jesús no quiso hurgar más en la herida de Leslie, aunque la vida de ese maestro le despertaba una fuerte curiosidad. En la sala se tomaron la última copa de champaña, ya tibia, y al despedirse, Jesús le deslizó dos mil pesos en el corpiño. Sumando la botella de champaña y la bandeja de sushi, se había gastado una fortuna, pero el despilfarro no lo culpabilizó. De momento quería que Leslie lo considerara su mejor cliente. Después, si lograban intimar más a fondo, quizá se atreviera a ir más lejos.

Al día siguiente, desde su propia casa y con el auxilio de Israel, convocó a los periodistas a una conferencia de prensa en el auditorio del Jardín Borda, adelantando que haría un anuncio "de gran importancia para la opinión pública", sin precisar el tema. No quiso utilizar a su secretaria, ni hacer las invitaciones desde el ayuntamiento, para no poner sobre aviso a los espías del bando enemigo. Por la tarde, Felipe Meneses le informó que los periodistas esperaban el anuncio de su candidatura independiente. Mejor para ellos: así la revelación tendría un efecto más sorpresivo. Remedios merodeó toda la mañana por el estudio, llevándoles café, pero Jesús le había advertido a Israel que su mujer no debía enterarse de nada y él guardó un mutismo que le picó más aún la curiosidad.

—¿Se puede saber qué están tramando? —le preguntó esa noche, inquieta.

—Mañana voy a dar una noticia importante, pero no te puedo dar detalles.

—¿No le tienes confianza a tu esposa? ¿Tanto me odias?

—Mira, Remedios, no te metas en mi vida y yo no me meto en la tuya, ¿de acuerdo? —dijo, y le cerró la puerta en las narices

Con su dulzura, Leslie le había descubierto una nueva dimensión de la feminidad, y ahora le disgustaba más que nunca el intervencionismo crónico de Remedios. Lástima que de momento sólo pudiera excluirla de sus decisiones políticas. Esa noche durmió poco, tratando de calcular las repercusiones de la denuncia, y antes del amanecer prefirió darle un repaso al comunicado, para afinar algunos detalles. A las diez de la mañana, cuando llegó al pequeño auditorio, más de veinte periodistas habían ocupado ya las tres primeras filas de butacas. Había reporteros de todos los diarios, cámaras de televisión de las cadenas locales y un racimo de micrófonos colocados en el podio: una cobertura inmejorable, que reflejaba su creciente popularidad entre los periodistas. Leyó con voz firme y dicción clara la denuncia contra Manuel Azpiri, poniendo énfasis en los precios de las propiedades. Por el asombro dibujado en el rostro de los reporteros calculó la magnitud del terremoto que iba a desatar la revelación y al terminar la lectura, seguro del triunfo, hizo a un lado los papeles para improvisar un mensaje político.

—Sé que la dirigencia de mi partido puede considerar este anuncio una deslealtad, pues le causará sin duda un grave perjuicio electoral, en caso de que sostenga la candidatura del licenciado Manuel Azpiri. Pero mi lealtad a la ciudadanía está por encima de cualquier interés partidario. No podemos permitir que un funcionario corrupto rija los destinos de la ciudad. La corrupción debe tener consecuencias penales o jamás lograremos erradicarla. Tengo la firme convicción de que sólo una autoridad fuerte, respaldada por la sociedad, puede librar a Cuernavaca de caer en las garras del crimen.

Gran ovación, un fusilamiento de flashes lo dejó ciego. Fungiendo como maestro de ceremonias, Israel concedió la palabra a los periodistas que previamente se habían anotado en una libreta. Díganos, licenciado, ¿quién le proporcionó esa información? ¿Cree que su partido anulará el nombramiento de Manuel Azpiri como candidato a la alcaldía? ¿Esta acusación significa su ruptura con el PAD? Capoteó las preguntas lo mejor que pudo, sin revelar cómo había obtenido los títulos de propiedad; procuró deslindar esa denuncia de su lucha por la candidatura a la alcaldía y dijo que esa misma tarde, saliendo de la conferencia, acudiría al Ministerio Público para presentar una acusación formal. La noticia corrió como reguero de pólvora por las redes sociales. Como había previsto Felipe Meneses, llamó la atención de los diarios y los noticieros de radio con cobertura nacional, que pidieron de inmediato copias digitales de las escrituras.

Por la tarde corrió el rumor de que Manuel Azpiri había salido intempestivamente del país, una fuga que lo incriminaba ante la opinión pública. El alcalde Medrano trató de comunicarse varias veces con Jesús, y ahora él se dio el lujo de no tomar su llamada. Que se joda, estoy muy ocupado para atenderlo. Por haber protegido al candidato a lo largo de su administración, Medrano también quedaba embarrado en el escándalo y desde esa tarde comenzaron a circular en twitter ataques mordaces de agitadores que pedían su cabeza: "Medrano medra con nuestros impuestos". "Juicio político al socio de Azpiri". "Colecta de firmas para exigir la renuncia del alcalde". A la mañana siguiente, Jesús alcanzó el pináculo de la fama cuando Matilde Urióstegui, la periodista radiofónica más influyente del país, le solicitó una entrevista telefónica. Aunque hasta entonces había reprimido con éxito la vanidad (le parecía ridículo envanecerse de un hallazgo fortuito), no pudo evitar que ese honor le inflara el ego:

—Tenemos en la línea a Jesús Pastrana, el síndico del ayuntamiento de Cuernavaca, un funcionario que desde varios años atrás libra una batalla solitaria contra la corrupción en su municipio, y se ha ganado por ello el respeto de la sociedad civil morelense. Muchos simpatizantes de su partido creían que Pastrana sería nombrado candidato a la alcaldía, pero en una polémica decisión, el comité directivo del PAD postuló al ingeniero Manuel Azpiri, que fungió como secretario de Desarrollo Urbano en la actual administración. Ayer, Jesús Pastrana sacudió a la opinión pública, no sólo de su estado, sino de todo el país, al exhibir pruebas fehacientes de que Azpiri compró el año pasado bienes inmuebles en el sur de Estados Unidos con valor de ocho millones y medio de dólares. Díganos, licenciado Pastrana, ¿cómo pudo un funcionario municipal juntar semejante fortuna en tan poco tiempo?

Jesús no quiso formular ninguna hipótesis sobre el enriquecimiento ilícito de Azpiri, asunto que ahora estaba en manos de la Procuraduría estatal, ni aprovechar la entrevista con fines electoreros. Serio, preciso en sus respuestas, sin el menor asomo de vanagloria, dio la impresión de ser un luchador social aguerrido, pero exento de ambiciones. Se fue a comer con Israel Durán al restaurante Gaya, donde brindaron con tequila por el éxito de la denuncia. Jesús no compartía del todo el optimismo de su joven discípulo. Temía que Medrano y Larios contraatacaran de un momento a otro, levantándole algún infundio para desprestigiarlo. Había noqueado de un golpe a su candidato. No se iban a quedar cruzados de brazos, tarde o temprano tomarían represalias. Volvieron al ayuntamiento a pie, y en la plaza mayor, una vendedora de jícamas quiso tomarse una foto con Jesús. Qué fuerza tenían los medios: en un santiamén se había vuelto una celebridad. En su oficina lo esperaba un distinguido señor de traje y corbata, que bordeaba la cuarentena y parecía sacado del aparador de una exclusiva boutique. Alto, de ojos verdes, el cuello largo y la tez sonrosada de los criollos maduros, lo saludó con un firme apretón de manos. ¿Cómo pudo haberse metido hasta la cocina, sin anunciarse previamente?, receló Jesús. Lidia todavía no regresaba de comer, pero siempre dejaba cerrada la oficina con llave. ¿Cómo chingados abrió y quien lo había dejado pasar en la recepción?

—Hola, don Jesús. Antes que nada permítame presentarme. Soy Fabio Alcántara, el abogado de la persona que le dio la información sobre Azpiri. Es un admirador de usted que desde hace tiempo sigue con atención su carrera política.

El visitante le tendió la mano, risueño y confiado. Tenía acento jarocho y un timbre de voz enérgico, de patrón acostumbrado a mandar.

—Mi cliente está muy complacido con su denuncia y por mi conducto lo invita a hablar en privado.

—Antes dígame cómo entró aquí —Jesús lo dejó con la mano tendida.

Alcántara sonrió con un aire de superioridad canalla.

—Las influencias de mi cliente me abren todas las puertas.

—¿Y se puede saber quién es él?

—Lo sabrá si acepta la entrevista. Él quiere hablar con usted en privado, para proponerle un trato.

Jesús comprendió que el allanamiento de su oficina era un alarde de poder con fines intimidatorios. No era el primer funcionario al que le ocurría algo así. Se rumoraba que el mismo día de su toma de posesión, un ex gobernador de Sinaloa había recibido en su despacho la visita de un capo omnipotente que había comprado a todo su equipo de seguridad, nomás para enseñarle quién mandaba en la provincia.

—Yo no hago citas a ciegas. Si su jefe quiere hablar conmigo, que se identifique.

—No sea ingrato, Pastrana —se impacientó el licenciado—. Mi jefe ya le demostró que está de su lado. Ahora le toca a usted corresponderle con un gesto amistoso.

Jesús trató de aplacar su incertidumbre. ¿Y si todo fuera una trampa de Medrano? Acudir a esa cita era muy peligroso, la cúpula del partido quizá intentara vincularlo con una organización criminal. Pero al mismo tiempo temía perder el contacto con ese misterioso informante. Quizá una alianza con él le proporcionara más documentos para combatir a fondo la corrupción en el ayuntamiento. Al fin y al cabo nadie podía hacer justicia sin embarrarse las manos de lodo. Desechó esa opción de inmediato, porque no tenía ninguna garantía de que Alcántara en verdad lo representara. Necesitaba meditar con calma su siguiente jugada.

—Voy a pensarlo. Déjeme sus datos y lo llamaré cuando tome una decisión.

—Está bien, pero no tarde mucho —Alcántara le entregó su tarjeta—. A mi cliente no le gusta esperar.

Cuando Alcántara salió, Jesús tuvo un vahído de náusea. ¿En qué se estaba metiendo? Cuidado, el hampa no tenía palabra de honor y pactar con ella podía conducirlo a la ruina. Odiaba sentirse utilizado, más aun cuando no sabía con quién estaba tratando. De buenas a primeras lo habían envuelto en una tenebrosa conjura con ramificaciones impredecibles, que en un descuido podía empañar su reciente victoria moral. ¿O sus escrúpulos de puritano lo atormentaban gratuitamente? ¿Se estaba arrepintiendo antes de haber pecado? Al estirar los pies para aligerar la tensión, tropezó con un maletín negro Louis Vuitton colocado debajo del escritorio. Qué intruso tan espléndido, él jamás había tenido un maletín de marca. Menos todavía un maletín repleto con gruesos fajos de dólares en billetes de a cien.

V. El poder en la sombra

—Licenciado Alcántara, venga a recoger su maletín —ordenó Jesús por teléfono, con una voz dura y fría—. No recuerdo haberle pedido ninguna dádiva.

—Es un regalo para usted, Pastrana. Mi cliente se lo manda con la mejor intención.

Por el ruido de cláxones y motores, dedujo que Alcántara no podía andar muy lejos, quizá atrapado en un embotellamiento del centro.

—Yo no puedo aceptar ese tipo de obsequios, la ley me lo prohíbe —Jesús alzó la voz con molestia—. Su cliente está equivocado si cree que así me va a persuadir.

—No le conviene desairarlo, se lo aseguro. Como amigo, mi cliente es una excelente persona, pero como enemigo es muy rencoroso.

—No quiero enemistarme con él —Jesús suavizó el tono—, pero tampoco puedo aceptar su regalo.

—Pues entonces dónelo al Teletón o a la Cruz Roja —se burló Alcántara—, pero no muerda la mano que le ha dado fama y renombre.

Un abrupto corte de la comunicación le impidió continuar con el alegato. Mala señal: querían comprometerlo a devolver un favor no pedido, sin concederle siquiera derecho de réplica. Traducido al español, ese corte significaba: la última palabra siempre la decimos nosotros, ¿entendido? Al parecer, querían ponerlo en la disyuntiva de aceptar plata o plomo. Metió el maletín en una bolsa negra de plástico, pues no quería que nadie lo viera con él, y salió de la oficina con el sobresalto de un ladrón en fuga.

—Cancele todas mis citas —pidió a Lidia—, me siento mal y tengo que salir a una consulta médica.

Los guardias de la entrada no se atrevieron a mirarlo de frente. Culeros de mierda. Según el reglamento debían pedir identificaciones a todos los visitantes, verificar por teléfono que tuvieran cita con los empleados del ayuntamiento, y en caso afirmativo, hacerlos pasar por un detector de metales. Las constantes amenazas que recibían los funcionarios de la dependencia los habían obligado a implementar esos controles. Pero al parecer, el jefe de Alcántara ya los tenía en su nómina. Siempre había sospechado que un poder subterráneo gobernaba el ayuntamiento, el gobierno estatal y hasta el federal, pero nunca se imaginó que lo tuviera tan cerca. Si denunciaba a los guardias, ¿qué ganaría? Sus reemplazos quedarían de inmediato bajo las órdenes del mismo amo que había corrompido a esos pobres diablos. Atolondrado por la tensión, manejó su auto como un cafre, mudando abruptamente de carril y sin frenar en las bocacalles, imprudencias que le granjearon varias mentadas de madre. Llegó a casa con una palidez de ánima en pena y ni siquiera devolvió el saludo a la sirvienta. Encerrado bajo llave en su estudio, contó los billetes del maletín sin abrir las fajillas, las manos ateridas de miedo: virgen santa, doscientos cincuenta mil dólares. ¿Qué haría con esa fortuna si no podía devolverla? Entregarla al Ministerio Público y denunciar la visita de Fabio Alcántara lo pondría bajo la sospecha de andar en tratos con el crimen organizado, un escándalo que debilitaría la acusación contra Azpiri. Quedarse callado significaba aceptar una complicidad que le repugnaba. Y si alguien le descubría ese maletín, adiós a su reputación de líder moral.

El regalo envenenado lo ponía en una situación tan incómoda que volvió a sentirse víctima de un complot, probablemente orquestado en la oficina del alcalde. ¿No sería ésa la represalia que estaba esperando por parte de Medrano y la dirigencia estatal del partido? ¿Querían imputarle una asociación delictuosa con los enemigos del candidato prófugo? Cualquier canallada podía esperarse de esos chacales. Cuando recomenzó a contar el dinero, embriagado con el fresco olor de los billetes nuevos, su secretaria lo llamó al celular para avisarle que el gobernador Obdulio Narváez quería tener una entrevista con él.

—¿Puede ser mañana a las diez en su oficina del Palacio de Gobierno?

—Sí, claro, dígale que ahí estaré.

Vaya sorpresa: ¡el gobernador de Morelos quería hablarle en privado! Qué importante se había vuelto de la noche a la mañana. El simple hecho de recibir su llamada ya era un halago, porque él estaba muy por debajo en el organigrama para tratar directamente con la máxima autoridad del estado. Pero cuidado: tampoco Narváez era confiable, había palomeado la candidatura de Azpiri, quizá para congraciarse con el presidente Salmerón. Podía considerársele hasta cierto punto el cabecilla del grupo que lo había excluido. ¿Lo iba a regañar por haber destapado esa cloaca? ¿Estaba molesto por el golpe propinado a la imagen pública del partido? El gobernador no era responsable por los malos manejos del ayuntamiento capitalino. Pero como las corruptelas de Azpiri se habían convertido en asunto de interés nacional, quizá pretendiera llamarlo al orden. Cuando acababa de colgar, Remedios llegó a casa con los niños y Juan Pablo se abalanzó a besarlo, eufórico.

—¡Te estás volviendo famoso, papá! ¡Mi maestra de inglés te vio en la tele! ¿Es verdad que vas a meter en la cárcel a un político ladrón?

—Está escondido, pero la policía lo anda buscando —lo cargó con esfuerzo, porque ya estaba enorme.

—¿Lo vas a perseguir echando balazos como en las películas?

—Eso le toca a los judiciales, yo nomás denuncié sus robos.

Ninguno de los elogios que había recibido en las últimas horas lo halagó tanto como la admiración de su hijo. Maribel le mostró su aprecio con más ternura, tomándolo del brazo y reclinando la cabeza en su hombro. Para oxigenarse un poco la mente, los llevó a ver la cuarta secuela de *Harry Potter* y al salir del cine cenaron pizzas en un restaurante italiano de Plaza Galerías. Como Maribel había leído enterita la saga del niño mago, les dio una cátedra sobre las diferencias entre la novela y la película. Quería presumir sus proezas de lectora y para que pudiera lucirse mejor, Jesús le hizo preguntas sobre la evolución futura de todos los personajes. Consideraba un triunfo personal que Maribel devorara libros, pues si hubiera dependido sólo de su mamá, que a duras penas hojeaba el *Hola!*, jamás habría contraído ese gusto. Yo le puse el buen ejemplo —suspiró satisfecho—, se hizo lectora para ser como su papá. La convivencia con los niños le infundió una serena alegría, y en el camino de vuelta a casa, con una mezcla de candor y cinismo, pensó que sería un padre completamente feliz si hubiera procreado a sus hijos con Leslie. Pero en casa lo esperaba Remedios, y cuando se estaba poniendo el pijama, irrumpió como una tromba en el estudio donde ahora pernoctaba.

—Dime una cosa, Jesús. ¿A ti no te importa la seguridad de tus hijos? —preguntó muy compungida.

—Claro que me importa.

—Pues no lo parece. Debiste pensarlo dos veces antes de presentar esa denuncia. ¿Qué tal si Azpiri toma represalias contra tu familia?

—Soy síndico y tengo el deber de combatir la corrupción, ¿no te has enterado?

—Ya lo sé, pero nos estás poniendo en peligro a todos.

Enfurruñada y con los brazos en jarras, Remedios era la viva estampa de la mezquindad burguesa. Jesús hizo un gran esfuerzo por aplacar la cólera.

—Si nadie se arriesga un poco de vez en cuando —dijo en tono didáctico—, este país nunca va a cambiar.

—¡Y dale con el país! ¡Yo te estoy hablando de tu familia!

—¿Y dónde vive mi familia? ¿En Noruega? —Jesús alzó también la voz, exasperado—. No quiero que mis hijos vivan en un país gobernado por estafadores y criminales, donde nadie puede vivir en paz. Por eso lucho, Remedios, ¿cuándo lo vas a entender?

—Te encanta el papel de héroe, pero a mí no me engañas, Jesús. Sólo buscas los reflectores, sin medir las consecuencias de tus actos. Ya estás en el candelero, ¡bravo! —Remedios le aplaudió con sorna—. Disfruta tu fama porque no te va a durar mucho.

—Si piensas eso de mí, entonces no tenemos nada de qué hablar. ¡Largo de aquí! —Jesús la sacó a empellones del estudio—. Tienes la mente llena de pus. Por gente como tú vivimos en el país más corrupto y sanguinario del mundo.

Después de ponerle seguro a la puerta para evitar una nueva incursión del enemigo, tuvo que tomarse media pastilla de tafil, o de lo contrario el coraje lo tendría en vela toda la noche. Lo que para todo el mundo era una muestra de valor civil, para esa urraca era un acto de egoísmo. No podía seguir tolerando ataques tan arteros por parte de la persona que supuestamente debería darle comprensión y apoyo. Pero sobre todo debía impedir que Remedios descubriera el dinero: eso elevaría al cubo su mala fe. Al día siguiente, recién levantado, sacó del clóset el maletín, cambió los fajos de billetes a una caja de herramientas que cerró con candado y metió sus documentos de trabajo en el flamante maletín Louis Vuitton. Más tarde, cuando quemaba grasa en la bicicleta fija, recibió una llamada de Felipe Meneses.

—¿Ya leíste mi artículo de hoy?

—No, apenas estoy haciendo ejercicio.

—Pues échale un ojo cuando termines. Tu denuncia desató una guerra de acusaciones entre los patrocinadores de Azpiri. Ayer aparecieron dos narcomantas donde los Tecuanes y los Culebros se acusan mutuamente de haberlo financiado. Nunca había estado tan clara la implicación de los cárteles en las luchas políticas del estado.

Jesús reprimió la tentación de contarle la visita del dadivoso abogado jarocho, pues temió que su instinto periodístico lo incitara a dar un campanazo informativo. Hasta un analista político tan discreto como él podía irse de la lengua con tal de dar una noticia bomba. Y entonces, el éxito mediático que había cosechado se revertiría en su contra, haciéndolo aparecer ante la sociedad como un peón de ajedrez al servicio de fuerzas oscuras. Su prudencia estaba plenamente justificada y sin embargo, se sintió levemente culpable, como si Alcántara hubiera logrado ya involucrarlo en un juego sucio. Como el periódico todavía no llegaba, encendió su teléfono inteligente, y buscó en Google la columna de Felipe:

¿Para quién trabajaba Azpiri?

Ayer aparecieron dos narcomantas en lugares muy céntricos de Cuernavaca. La primera, colgada en un puente peatonal de avenida Emiliano Zapata, a cien metros de la glorieta de Tlaltenango, tildaba a Manuel Azpiri de corrupto, de haberse vendido al cártel de los Culebros, y remataba con una bravata digna de tomarse en cuenta: DATE POR MUERTO, AZPIRI, LOS TECUANES NO PERDONAN A LOS TRAIDORES. El bando enemigo replicó dos horas después con una manta colgada en la avenida Teopanzolco, cerca del cruce con Díaz Ordaz, que llevaba como firma el logo de esa organización: la culebrita que se ha vuelto tristemente célebre en el estado por aparecer junto a cientos de cadáveres. El mensaje desmentía la acusación del bando enemigo: ES FALSO QUE AZPIRI HAYA TRABAJADO PARA NOSOTROS. ESE BATO ERA GENTE DE LOS TECUANES Y AHORA NOS QUIEREN EMBARRAR SU MIERDA, PINCHES MUGROSOS. Los criminales de ambos bandos, al parecer, se consideran moralmente superiores al candidato prófugo. La función pública se ha degradado a tal extremo que sus principales representantes ocupan, al parecer, un lugar nada honroso en el escalafón de la mafia.

El escandaloso enriquecimiento ilícito de Manuel Azpiri, que no obstante haberse dado a la fuga, sigue siendo candidato a la alcaldía por el Partido Acción Democrática, pues el comité directivo no ha revocado su designación, obliga a la Procuraduría Estatal, y quizá a la General de la República, si decide atraer este caso, a investigar a fondo los nexos entre la clase política morelense y los dos cárteles que desde hace varios años libran una guerra de alta intensidad por el control del estado. Dicha investigación debe tomar en cuenta los antecedentes y la historia de ambas organizaciones. Los Culebros son un ejército criminal vinculado al cártel de Sinaloa, cuyos miembros se distinguen por llevar botas, cinturones y chamarras de piel de víbora, un signo de estatus que al mismo tiempo delata su catadura moral. El cabecilla del cártel, Jorge Osuna, alias el Tunas, es un chilango nacido en el popular barrio de Tepito, que emigró desde la adolescencia a Culiacán, donde al parecer hizo migas con el Yaqui Labrada, quien más tarde lo comisionó para extender las actividades de su cártel en Morelos y Guerrero.

Los Tecuanes, una organización con más arraigo en la entidad, al parecer está en desventaja frente al enorme poder de sus rivales, pero todavía domina plazas importantes como Yautepec, Jojutla, Cuautla, Temixco y Tepoztlán. Los Tecuanes surgieron a mediados de los noventa y según la leyenda popular, antes de tomar las armas para delinquir, sus miembros pertenecían a un grupo de danza folclórica que amenizaba las fiestas populares en el municipio de Yautepec, bailando con máscaras de jaguares al son de teponaxtlis y chirimías, una tradición que al parecer se remonta a la época prehispánica, cuando la palabra tecuán designaba a un animal mitológico que se alimentaba de carne humana. Fieles a sus raíces, los Tecuanes continúan usando esas máscaras, pero ahora les sirven para ocultar sus identidades cuando cometen secuestros y asesinatos. Lauro Santoscoy, el jefe de la organización, popularmente conocido como "El Tecuán Mayor", recibió instrucción militar en cuerpos de élite del ejército mexicano, donde alcanzó el grado de subteniente. Se dio de baja en 2002 y a partir de entonces encabeza la banda.

A la luz de las narcomantas aparecidas ayer, la autoridad no puede soslayar las acusaciones de uno y otro bando, pues los mensajes divulgados parecerían indicar que alguna de estas organizaciones patrocinaba la candidatura de Azpiri, o que el funcionario hizo negocios con ambas en distintas épocas. De hecho, el procurador Genovevo Larrea declaró ayer que no descarta esa línea de investigación. Sería imposible descartarla, añadimos, pues hay fuertes motivos para sospechar que los socios de Azpiri están contentos con esta administración y apuestan por el continuismo. Es previsible, entonces, que ante la caída de su candidato, busquen a otro político más o menos venal que les garantice la impunidad. Y ese político, al parecer, saldrá del mismo equipo de gobierno al que pertenecía el ex secretario de Desarrollo Urbano, a menos de que el comité directivo de Acción Democrática dé un golpe de timón para rescatar la dañada imagen de su partido. El licenciado Jesús Pastrana es, sin duda, la mejor opción con que cuenta el PAD, pero al parecer, el patriotismo y la honorabilidad sin tacha que distinguen al síndico del ayuntamiento se han convertido en defectos imperdonables para los dirigentes de un partido que en otros tiempos, antes de probar las mieles del poder, se ufanaba de su rectitud cívica.

A la luz de estas proclamas, ya nadie puede poner en duda que la guerra entre los cárteles de la droga se ha trasladado al terreno electoral, con todos los peligros que esto conlleva para nuestra débil democracia. Recapitulemos los acontecimientos recientes para tratar de esclarecer su lógica interna. A finales de octubre aparecieron dos cuerpos colgados en un paso a desnivel de la autopista México-Cuernavaca, a la altura del cruce con avenida Diana, en uno de los puntos más visibles de la ciudad. Los asesinos colgaron junto a los cadáveres una manta con la leyenda: ESTO LES PASA POR PASARSE DE VERGAS, CULICHIS HIJOS DE SU PUTA MADRE. Por el gentilicio empleado en el mensaje, se presume que las víctimas eran naturales de Culiacán, Sinaloa, y el crimen fue cometido por los Tecuanes, que se sienten desplazados por los forasteros. Los sicarios de la organización se cobraron así un agravio anterior: la matanza de 14 compañeros suyos en un palenque de Temixco, registrada el 22 de septiembre pasado, que los Culebros se atribuyeron en su portal de internet, exhibiendo fotos de los cadáveres, con los ojos picoteados por los gallos. Ni la policía estatal ni la federal han detenido a los culpables de esta masacre. Sí han desatado, en cambio, una denodada y ruidosa persecución contra Lauro Santoscoy, el Tecuán Mayor, ofreciendo una recompensa de cinco millones de pesos por su captura. Aunque la foto del capo ha sido difundida en todos los medios impresos y audiovisuales, hasta el momento la policía ignora su paradero.

La evidente parcialidad de la procuraduría morelense en el combate a las dos organizaciones sugiere que los Culebros han puesto de su lado a los jefes policiacos, al ayuntamiento de Cuernavaca y quizá al propio gobierno estatal, distribuyendo dádivas al por mayor en todos los niveles de la administración pública. Esta parcialidad, dicho sea de paso, no es privativa de Morelos: en su libro *Justicia en venta*, la destacada periodista Irene Anderson afirma que desde la llegada al poder del presidente Salmerón, tanto el cártel de Sinaloa como sus ramificaciones en el resto del país han recibido un trato preferencial en la guerra contra el narcotráfico. Se les tolera más que a otros cárteles y el titular de la policía federal les ha concedido en los hechos una tregua no declarada, lo que, según Anderson, les ha permitido extender su radio de acción y diversificar sus negocios. A partir del 2006, año en que los Culebros invadieron Morelos, la delincuencia se disparó hasta las nubes, principalmente en el rubro de secuestros, donde ocupamos el segundo lugar nacional. Si esta poderosa organización es en gran medida responsable del clima de violencia y terror que padecemos, combatirla debería ser la prioridad del gobierno. ¿Por qué ha dirigido sus baterías contra el enemigo pequeño?

Terminado el ejercicio, Jesús analizó en la ducha las valientes y fundamentadas conjeturas de su amigo. Se la había rifado lanzando acusaciones tan fuertes. Seguramente los dirigentes del PAD publicarían al día siguiente un desmentido, pero de cualquier modo su reputación quedaba en entredicho. Consideró inútil, en cambio, que Meneses tratara de volver a posicionarlo en la contienda interna por la candidatura a la alcaldía. No cometería otra vez la ingenuidad de creer que su limpia trayectoria política podía granjearle ese nombramiento. Por debajo de las siglas que aparecían en la boleta electoral había otros membretes inconfesables que definían la verdadera adscripción de los candidatos. Tal y como estaban las cosas, quizá ningún político pudiera llegar a la alcaldía sin el respaldo de los Tecuanes o los Culebros, un factor que lo excluía de la contienda. Se puso un traje azul marino con corbata roja, satisfecho con su apariencia, pues los piropos de Leslie le habían robustecido el ego, y al cruzar el jardín rumbo al garage se topó con Remedios, que venía de llevar al colegio a los niños. Despintada, sucia, legañosa, la resequedad extrema de su tez blancuzca y las mechas de pelos con orzuela proclamaban su absoluto desinterés en la estética. Es una represalia en mi contra, pensó Jesús: no se arregla para joderme. Quiso esquivarla, pero ella se le plantó enfrente con ánimo de pelea.

—¡Qué elegancia, Louis Vuitton! —acarició la fina tapa del maletín—. ¿De cuándo acá eres tan fashion?

—Necesito estar presentable porque ahora doy muchas entrevistas.

—Qué bonito —sonrió con gesto acusador—, te sobra dinero para un maletín de marca, pero no para mandar a tus hijos a Italia.

—No tienes derecho a fiscalizar mis gastos —se indignó Jesús—. Menos aún después de haberme declarado la guerra.

—Estás muy raro en los últimos días, Jesús. Llegas muy tarde a la casa, cantas en la ducha, me ignoras como si fuera un mueble.

—No me culpes de algo que tú provocaste —Jesús la hizo a un lado con delicadeza—. Cada vez que hablamos chorreas veneno. Así ni ganas me dan de verte.

Caminó a largas zancadas para alejarse de ahí, mientras Remedios lo miraba con odio, farfullando entre dientes alguna maldición que Jesús ya no alcanzó a escuchar. Su guerra fría iba subiendo de tono, tal vez porque ahora Remedios lo veía rela jado, contento, triunfador, y eso le bastaba para sentirse agraviada. ¿Pero cuál era su delito? ¿Haber roto el pacto no escrito que les ordenaba compartir la infelicidad?

Llegó a la cita con el gobernador cinco minutos antes de la hora fijada, predispuesto a una tensa escaramuza verbal. Aunque había varias personas en la antesala, la secretaria lo hizo pasar enseguida. La flamante oficina de Narváez, con un escritorio de fina caoba tallada, tan amplio como su ego, una vitrina con piezas de cristal de Murano, fotos enmarcadas en sepia de las viejas haciendas morelenses, mapas antiguos de Cuernavaca y un retrato al óleo del cura Morelos pintado por Siqueiros, delataba las ambiciones de un político farolón que aspiraba a la exquisitez. Junto al escritorio había una acogedora salita con sillones forrados de cuero marrón y en la mesa de centro, una foto del gobernador besando la mano del papa Benedicto XVI, el golpe de pecho que no podía faltar en la oficina de ningún jerarca del PAD. Narváez se levantó a recibirlo con una desenvoltura perfectamente calculada para inspirar confianza. Empezaba a peinar canas pero conservaba el talle de un joven y sus vivaces ojillos de búho delataban una inteligencia despierta. Pulcro, perfumado, exudando salud y vigor, dominaba con tal maestría el arte de agradar, que nadie hubiera podido percibir nada histriónico en su conducta.

—Qué gusto me da ver a nuestro fiscal de hierro —abrazó a Jesús como si volviera de un largo viaje.

—El gusto es mío, señor gobernador. Le confieso que me sorprendió mucho su llamada. Usted me dirá para qué soy bueno.

—Me permití citar también al alcalde Medrano, pues quiero actuar como mediador para que sostengan ustedes un diálogo fraternal. Licenciado Medrano, pase por favor.

Por la puerta del fondo entró el alcalde, cabizbajo y disminuido, con grietas nuevas en los arcos ciliares. Ya no era el político arrogante de otras épocas. Al parecer, el escándalo le había sacado algunas canas. Se saludaron con un fuerte apretón de manos, pero cuando Medrano quiso abrazarlo, Jesús lo esquivó. Que le hiciera apapachos a su puta madre.

—Los mandé llamar porque nuestro partido necesita un control de daños —explicó Narváez en tono conciliador—. La denuncia que usted presentó contra nuestro candidato a la alcaldía es irreprochable desde un punto de vista jurídico, y yo soy el primero en felicitarlo, licenciado Pastrana. Su obligación como síndico era dar parte al Ministerio Público. Pero tengo entendido que eso ha provocado algunas fricciones entre ustedes y creo que ahora, con una contienda electoral por delante, debemos cerrar filas por el bien de todos.

—Nos dejaste a todos perplejos con esa revelación —carraspeó Medrano, afligido—. Fue un golpe que a mí en lo personal me ha dado muchas lecciones. Nunca sospeché que Azpiri, un hombre de todas mis confianzas, hubiera lucrado con su cargo en forma tan cínica.

—¿No te enteraste de sus corruptelas o no te querías enterar? —Jesús lo paró en seco, harto de su hipocresía.

—Azpiri no desfalcó al erario: al parecer se dejó sobornar por el crimen organizado, si podemos dar crédito a las narcomantas —sonrió Medrano, deglutiendo la ofensa—, y como bien sabes, yo no tengo facultades para supervisar las cuentas bancarias de mis subalternos.

—Azpiri llevaba un tren de vida faraónico —insistió Jesús—. ¿No te despertó sospechas tanto derroche?

—Este caso nos indigna tanto como a usted, Pastrana —entró al quite el gobernador Narváez—, pero en política muchas veces hay que hacer borrón y cuenta nueva, de lo contrario no se puede avanzar. Miremos hacia el futuro, no hacia atrás.

—Yo prefiero hablar del presente y del daño que la gente como el alcalde Medrano le ha hecho a nuestro partido —Jesús ignoró el exhorto del gobernador—. Azpiri era tu candidato, Aníbal.

—No sólo mío —Medrano se aflojó la corbata, incómodo—, el comité directivo lo eligió por votación unánime. Mucha gente creía en él y no podíamos imaginar que hubiera acumulado semejante fortuna.

Jesús le recordó el escándalo del paso a desnivel en el primer año de la administración, cuando la prensa descubrió que Azpiri había encargado la obra a una constructora de su cuñado. Para colmo, las fallas estructurales del puente duplicaron los costos originales.

—Tú lo sostuviste en el puesto y eso le dio confianza para seguir desfalcando al erario —concluyó con una voz mesurada y neutra, que sin embargo rasgaba como un bisturí.

—Es verdad, me equivoqué —admitió Medrano, y por los tensos músculos de su cuello, Jesús advirtió que hacía un gran esfuerzo para soportar esa humillación—. Pensé que era una falta administrativa menor, una pequeña negligencia en los procedimientos. Pero uno aprende de sus errores, Jesús, y por eso te he estado buscando desde que hiciste pública la denuncia. Quería pedirte disculpas por no haber escuchado tus advertencias.

—El licenciado Medrano está pagando un alto costo político por este escándalo, y me temo que yo mismo he salido un tanto raspado —admitió Narváez—, pero ahora debemos pensar constructivamente, sin guardar rencores. Dentro de unos minutos, César Larios anunciará la destitución de Azpiri como candidato de nuestro partido a la alcaldía.

—Ya era hora. Creí que lo iban a sostener a chaleco, aunque hiciera su campaña desde el reclusorio —se mofó Jesús.

—Queremos corregir el rumbo para ser competitivos en las próximas elecciones —Narváez ignoró su sarcasmo—. Y para eso lo necesitamos a usted, Pastrana. César Larios me pidió que le preguntara si aún quiere postularse como candidato. Ambos creemos que en esta coyuntura es nuestra mejor carta.

Jesús guardó un atribulado silencio. Dos semanas atrás, esa propuesta le hubiera causado un júbilo enorme. Ahora no sabía cómo tomarla. Si Larios, Medrano, Narváez y demás sabandijas de la cúpula partidaria habían estado coludidos con Azpiri, que a su vez tenía negocios con el narco, ¿no era lícito suponer que al aceptar esa propuesta se estaba comprometiendo con el mandamás emboscado que manejaba a esas marionetas? Pero las conjeturas de Felipe Meneses eran eso: meros tanteos de un espectador que a partir de señales confusas trataba de adivinar el engranaje de una maquinaria secreta. Y el fundamento de esas hipótesis, las narcomantas que buscaban llevar agua al molino del hampa, podían ser también viles infundios, cortinas de humo para despistar a la opinión pública. En un laberinto tan intrincado, lleno de espejismos y tramoyas para despistar a la galería, ¿quién carajos podía preciarse de saber la verdad?

—Creí que yo no era santo de su devoción —Jesús se arrellanó en el sofá, confundido— y ahora resulta que siempre sí tengo madera de candidato. ¿No me querrán utilizar para sacarles las castañas del fuego?

—Si quieres verlo así, estás en tu derecho —Medrano sonrió con malicia—. Pero toma en cuenta que nos podemos utilizar mutuamente. Tú nos necesitas a nosotros y nosotros a ti. De eso se trata la política, Jesús: de sacarle provecho a las ambiciones y a los apuros de los demás.

—¿No les parece un poco oportunista rectificar ahora, después de haberme ninguneado en la elección interna? —arremetió Jesús, o más bien, su amor propio—. Mi denuncia no sólo dejó mal parado a Azpiri, también a ustedes por apoyarlo. Cualquiera diría que están buscando una exoneración pública.

—Estamos buscando el bien del partido —Narváez se limpió el sudor de la frente con un fino pañuelo de batista que tenía cosidas sus iniciales—. Comprendo su disgusto, Pastrana, usted era el candidato natural y no le hicimos justicia. Pero esta es la oportunidad que ha buscado siempre. No se deje obnubilar por el orgullo, piense con la cabeza fría. Tiene todo a su favor para ser el próximo alcalde.

Jesús tragó saliva, instalado ya en una halagüeña posición de mando. Sólo tenía que estirar la mano para coger la oportunidad por los pelos. Se arredró, sin embargo, al reparar en los inconvenientes de aceptar la candidatura. En primer lugar, su denuncia había debilitado al PAD ante la opinión pública. La gente lo acusaría de prestarse a una comedia para dejar impunes a los socios de Azpiri, a cambio de no seguir haciendo olas. Era previsible que los candidatos del PIR y el PDR usaran ese argumento para golpearlo en los debates televisivos de la campaña. Pero su reputación estaba más limpia que nunca, la sociedad civil lo había alzado en hombros por denunciar penalmente a un miembro de su propio partido, y en el ánimo del pueblo eso contaba mucho. Además tenía de su lado a los periodistas independientes: un aliado nada despreciable cuando comenzara la guerra sucia en los medios. Los contras, por desgracia, eran tan fuertes como los pros: si el hampa ya estaba queriendo cooptarlo con regalos y emboscadas en su propia oficina, ¿qué pasaría cuando fuera candidato oficial del PAD? ¿Se jugaría la vida desafiando a esa estructura de poder paralela?

—Todo esto me ha tomado por sorpresa y la mera verdad, estoy lleno de dudas —se frotó la barbilla—. No quiero tomar una decisión precipitada, necesito tiempo para pensar. Pero les aclaro desde ahora que si acepto, no voy a ser títere de nadie. Yo manejaría mi propia campaña.

—No se preocupe, tendrá plena libertad para formar su equipo y elaborar su programa de gobierno —le garantizó Narváez—. Pero eso sí: el comité directivo necesita que se decida pronto. Por la fuga de Azpiri, el arranque de la campaña ya se retrasó un par de semanas.

Jesús le prometió una respuesta en un plazo de cuarenta y ocho horas, y al salir del palacio, aturdido por el tropel de emociones, un conato de lipotimia lo obligó a recargarse en un poste. El estrés le había bajado la presión, necesitaba pronto un jugo de naranja con mucha azúcar. Se lo tomó en un puesto callejero de la calle Rayón, a espaldas del Palacio de Gobierno. Ironías de la vida: había logrado por la mala lo que nunca pudo conseguir por la buena. Por lo visto, en la política mexicana de nada servía tocar puertas: la única manera de avanzar era derribarlas. Pero la propuesta del gobernador podía encerrar alguna trampa o varias, todo lo que tramaban esos tiburones tenía doble fondo. Había triunfado y sin embargo temía haber extraviado el rumbo, como un aviador piloteando en un banco de niebla. Le urgía reunirse con su pequeño *think tank* y escuchar opiniones juiciosas que le allanaran la toma de decisiones.

En cuanto Israel supo que le habían ofrecido la candidatura, estalló en júbilo y ofreció su casa para el encuentro. Así hablarían con más confianza sin temor al espionaje. Convocado directamente por Jesús, Felipe Meneses no puso objeción para reunirse con ellos esa misma noche. Israel vivía en Rancho Tetela, un fraccionamiento en la zona alta y templada de la ciudad, donde a esas alturas de noviembre soplaba un viento gélido que obligaba a ir bien abrigado. Su esposa Sharon, una espléndida anfitriona, les preparó unos exquisitos canapés de pasta de cangrejo y galletas saladas con tapenade. Era una rubia carirredonda, con ojos de un azul desvaído, que ocultaba la agresiva firmeza de sus senos bajo una holgada camisa de manta. Feminista dogmática, hubiera podido sacarle más partido a sus encantos, pero se negaba a usar ropa ceñida para no sucumbir a los valores de una sociedad patriarcal. Jesús lo sabía por las confidencias de Israel, que había intentado quitarle ese pudor ideológico, topándose con un muro de piedra. Por fortuna, el pequeño Christian había superado ya el trauma provocado por el macabro espectáculo de los ahorcados, y ahora se entretenía muy quitado de la pena con un videojuego.

—Vete a tu cuarto —le ordenó Israel—, los grandes vamos a platicar en la sala.

Sharon se lo llevó escaleras arriba y el conciliábulo empezó diez minutos más tarde, cuando llegó Meneses, a quien Jesús decidió no escatimar información alguna, pues de otro modo le restaría eficacia como consejero. Utilizó el viejo tópico de la noticia buena y la mala, para contarles, primero, los pormenores de su entrevista con el gobernador Narváez y el alcalde Medrano, y en segundo lugar, el allanamiento de su oficina por parte del licenciado jarocho que primero le pidió aceptar una entrevista con su cliente, el benefactor anónimo que le mandó los títulos de propiedad, y después olvidó debajo de su escritorio un maletín de lujo con un cuarto de millón de dólares. Los había mandado llamar para hacerles dos consultas, o mejor dicho, una sola dividida en dos partes complementarias. La primera: ¿debía aceptar la candidatura? La segunda: ¿le convenía entrevistarse con su informante sin saber quién era, después de haber recibido un regalo tan comprometedor, que para colmo no podía devolver?

Sobre el primer punto, Israel y Felipe estuvieron de acuerdo: sería un suicidio político rechazar una candidatura por la que tanto había luchado, aunque la dirigencia del partido se la estuviera ofreciendo a regañadientes. Ninguna de sus objeciones morales les pareció válida. El nombramiento no lo obligaba a solapar como alcalde las trapacerías de su antecesor: al contrario, ya tendría oportunidad de investigarlas a fondo, y en caso necesario, de obligarlo a una rendición de cuentas. La política no era una meritocracia, hasta los estadistas de más renombre llegaban al poder cuando así le convenía a sus partidos, generalmente por razones pragmáticas, cuando no turbias. Pecaría de puritano si desaprovechaba esa oportunidad de oro, que probablemente nunca se le volvería a presentar. Por el contrario, en cuanto a la posible entrevista con el munificente delator anónimo hubo una total discrepancia. Israel creía que debía aceptarla en agradecimiento por la información sobre Azpiri, sin temor a ningún contagio venéreo, pues un político debía dialogar hasta con el diablo si eso le facilitaba su tarea de gobierno. Podía tratarse de un capo, desde luego, pero tenerlo de interlocutor le permitiría conocer a fondo las componendas inconfesables de sus enemigos políticos y establecer, quizá, un pacto de caballeros para pacificar la ciudad. Eso hicieron siempre los gobiernos del antiguo régimen, y por lo menos, lograron que hubiera tranquilidad en las calles.

—Sí, pero por debajo de esa paz aparente se iba pudriendo todo el aparato de seguridad del Estado, y ahora estamos pagando las consecuencias —lo rebatió Meneses en tono aleccionador—. Si Jesús quiere cambiar las formas de hacer política, no puede empezar haciendo tratos con un rufián.

—Hablar con él no significa firmarle un cheque en blanco —insistió Israel.

—No importa, de cualquier modo lo comprometería, y además, la entrevista puede ser una trampa —Felipe se volvió hacia Jesús, ignorando al anfitrión—. Lo que ese tipo quiere es tomarse un video contigo, para después amenazarte con subirlo a internet si no le cumples todas sus exigencias. Por ningún motivo debes aceptar una cita a ciegas, menos aún en vísperas de una campaña.

—¿Y el dinero? ¿Qué hago con él?

—Guárdalo en un lugar seguro, pero no te gastes un quinto —prosiguió Meneses—. A lo mejor el tipo lo manda recoger, cuando se convenza de que no hay manera de negociar contigo.

—¿Y si no lo recoge nunca?

—Pues entonces te lo quedas, ¿cuál es el problema? —intervino Israel, sonriendo con mordacidad—. Con todo respeto, Felipe, creo que esas precauciones salen sobrando. Jesús no firmó un recibo cuando le entregaron esa lana. Si se la gasta, nadie puede reclamarle nada.

—Legalmente no, por supuesto —admitió Meneses—. Desgraciadamente, los criminales no presentan demandas en los juzgados: acribillan a sus enemigos cuando creen que les jugaron chueco. Ellos te dejaron el regalito para calarte, pero si lo rechazas con firmeza, no van a poder alegar que los traicionaste.

—Aunque insistas en devolver el dinero, van a seguir presionándote por haberlo recibido, así operan esos cabrones —Israel porfió en su alegato—. Nos guste o no ya te tienen cogido de los huevos. O negocias o te los echas de enemigos.

—Ya eran sus enemigos desde antes —corrigió el periodista—. Lo han sido siempre por ser criminales, de modo que esa enemistad ya la tenía asegurada.

La polémica se prolongó hasta la medianoche con argumentos reiterativos que sólo daban vueltas en círculo, y cuando todos empezaban a bostezar, Jesús dio por terminada la reunión. Salió de ahí sin saber cómo manejaría el asunto del dinero, pero con una clara certeza: de ningún modo aceptaría entrevistarse con su incómodo benefactor. En eso dio la razón a Meneses, desoyendo el frívolo consejo de Israel, que atribuyó a su juventud y a su carácter atrabancado. En cuanto a la candidatura, ya no abrigaba ninguna duda: tenía que aprovechar ese golpe de suerte y colgar el hábito de sacristán. Durante la campaña adoptaría una moral anfibia, jugando sucio cuando fuera necesario, para mantener la cohesión interna de un partido infestado de cerdos. Más tarde los podría combatir, pero de momento necesitaba su ayuda para ganar la elección.

Manejando a placer en las calles vacías, tardó menos de diez minutos en llegar a casa. El velador ya había cerrado la reja del callejón y tuvo que despertarlo con el claxon. Soplaba un viento frío, el jardín comunitario despedía una suave fragancia, el canto de los grillos incitaba al reposo. Esperaba caer rendido después de tantos sobresaltos. La casa ya estaba a oscuras y abrió la puerta con el mayor sigilo, procurando amortiguar el rechinido de las bisagras, para no perturbar el sueño de los niños. Cuando caminaba a tientas entre la sala y el comedor lo cegó un fogonazo de luz. Llorosa y pálida, con ojeras azules de heroína trágica, el cabello revuelto, las mejillas hundidas y un coágulo de rencores en la mirada, Remedios le tendió un ticket del súper:

—Condones de frambuesa y una botella de champaña. ¡Qué poca madre tienes! Por eso ya no me tocas, ¿verdad? ¿Desde cuándo te acuestas con esa puta?

VI. Anagnórisis

Abrió los ojos con el temor culposo de los borrachos, y cuando por fin consiguió enfocar las imágenes, pixeleadas por el vaho mental de la cruda, tardó un buen rato en hacer una composición de lugar. Al reconocer las cortinas de terciopelo rojo y la lámpara con motivos chinos dedujo que estaba en el cuarto de Leslie. Gracias a Dios no había despertado en casa, le hubiera horrorizado tener que pelear un segundo round con Remedios. La tenue luz del amanecer se filtraba con timidez por debajo de las cortinas. Ovillada como una gatita, Leslie dormía el sueño profundo de las hembras saciadas. Qué linda se veía así, limpia de maquillaje, inocente y lánguida, con el pecho desnudo y la tanga de lentejuela enredada en las pantorrillas. La dejaría dormir un buen rato, la pobre había bailado, reído y cogido hasta caer exhausta. Por primera vez en quince años despertaba fuera del hogar: más le valía irse acostumbrando a esa rara sensación de orfandad. Tarde o temprano tenía que pasar algo así, su matrimonio estaba sostenido con alfileres. Sólo lamentó que Maribel y Juan Pablo se hubieran despertado con los gritos de la pelea. El recuerdo de sus caritas soñolientas asomadas en el vano de la puerta le abrió un cráter en la conciencia. Los pobres tendrían que ir al colegio con la traumática impresión de haber asistido a un cataclismo familiar. Pinche Remedios, pudo haberlo vituperado a solas, pero eso no le bastaba: quería ponerlo ante sus hijos en el papel de villano. Y quizá lo había logrado, eso era lo peor. Debió mantener la ecuanimidad y dejarla desgañitarse, pero le guardaba tantos rencores que no pudo aguantar en silencio su andanada de acusaciones.

—No sólo me estoy acostando con otra —le reviró con desfachatez—, te voy a dejar por ella, porque te has vuelto mi peor enemiga, y desde hace mucho no te deseo. ¿Entendido?

Duras palabras para su robusto ego de niña rica. Pero se las ganó a pulso por llenarle el buche de piedritas. ¿Quería un marido cachondo que la tocara con guantes de látex? Mil agresiones suyas habían contribuido a distanciarlos eróticamente. Después de humillarlo ante su suegro, de escarnecer sus ideales políticos, de aplastar con saña su orgullo viril, ¿con qué derecho se atrevía a exigirle pasión y fidelidad? Se levantó de la cama sin alzar mucho las cobijas y caminó de puntillas al baño. Los azulejos de la pared tenían una espesa capa de cochambre, una rajadura en diagonal partía en dos mitades el espejo del botiquín, la cadena del excusado no servía y para colmo, los pelos negros de Frida, que al parecer se estaba quedando calva, habían tapado la coladera de la ducha. Descartó la idea del regaderazo y se limitó a meter la cabeza bajo el chorro del lavabo.

Junto con la frescura lo invadió una profunda aflicción por la pobreza de Leslie. Qué jodida estaba. Pero su problema no era sólo económico. La noche anterior, más entrada en confianza con él, había inhalado una raya de coca tras otra. Debía gastar en perico la mitad o más de lo que ganaba. Y sabría Dios si no consumía también drogas de diseño. Su adicción explicaba la poca higiene y el estado ruinoso de ese triste leonero. Sin la máscara de frivolidad que se ponía para talonear, Leslie era un ser frágil y atormentado: necesitaba, sobre todo, un cariño verdadero que le devolviera la autoestima. Al calor de los tragos, cuando terminó de contarle su pleito con Remedios, ella también le abrió su corazón. Se quejó de haber sufrido una terrible experiencia a los 16 años, cuando trabajaba de estilista en un salón de belleza y se enamoró de Liborio, un herrero dizque muy buga, que se la llevaba a coger a su taller, entre fierros y tanques de soldadura. Como siempre andaba corto de varo ella tenía que pagar de su bolsa los cigarros y el pomo. Cuando estaba pedo se ponía celoso, y a veces le pegaba rete duro, nomás por haber visto a otro hombre en una cantina. Iba al salón de belleza con doble capa de maquillaje para que no se le notaran los moretones. ¡Cuántas madrizas le aguantó por enamorada y pendeja! Una noche llegaron a su taller y adentro estaban cuatro pandilleros amigos suyos, que habían estado moneando toda la tarde. Uno de ellos la amenazó con un soplete encendido y le dijo que le iba a quemar la cara si no se quedaba quieta. La violaron salvajemente en presencia de Liborio, que no hizo nada por impedirlo. Peor aún: el hijo de la chingada le cobró una lana a los violadores, convertido ya en un padrote sin dignidad. Desde entonces perdió la fe en el amor, empezó a coger por dinero y se volvió calculadora, gandaya, cínica.

—Pero tú eres distinto, bebé, tú sí me das mi lugar. Tienes educación y clase, me encanta que seas tan tierno —se enredó en su cuerpo como una anguila—. Hace mucho tiempo que nadie me trataba así. No sólo estoy enculada, ¿sabes? Me estoy encariñando contigo.

—Yo también, mi reina, y por nada del mundo te voy a soltar.

Lo había dicho con absoluta franqueza, si bien pudo haberlo influido la feliz circunstancia de tener la verga firme, y ella le respondió con una ternura apasionada, libre de cualquier propósito mercenario. Pero ahora, con la cabeza fría, se preguntó si Leslie no estaría demasiado maleada para el amor. En caso de que pudiera protegerla del mundo, ¿lograría protegerla de sí misma? De tanto entregarse a cualquier automovilista que le llegara al precio, quizá tuviera ya la ternura demasiado reseca para corresponder a un afecto profundo. Si estaba tan metida en las drogas, podía desmoronarse muy fácilmente. Para evitarlo tendría que ser a la vez un amante y un padre severo, un doble papel que quizá no supiera desempeñar. En vano buscó una toalla para secarse el pelo. En el toallero sólo encontró colgada una máscara roja de luchador, con vivos dorados alrededor de los orificios para los ojos, y las iniciales NA grabadas a los lados del zíper. La estaba examinando con perplejidad cuando Leslie abrió la puerta del baño.

—¿Y esto qué es?

—Se la dejó un cliente de Frida —soltó un bostezo.

—¿Es luchador?

—Creo que sí, yo nomás lo saludé una vez.

—¿A poco el güey coge con máscara?

—Quién sabe, yo no los he visto.

—Aquí viene gente muy rara, ¿no te da miedo? —la tomó cariñosamente del mentón.

—¿Miedo por qué? Frida se sabe cuidar y yo también.

Leslie se metió a la cocina a preparar café. Las moscas revoloteaban en torno a una montaña de platos sucios y el bote rebosante de basura despedía hedores añejos. Por el borde del fregadero reptaba una cucaracha que ni siquiera se inmutó por la cercanía de Leslie. De noche, el escenario de su idilio tenía una cierta magia, la magia de lo prohibido, pero a la luz del día sólo inspiraba lástima.

—¿Te sirvo una taza?

—No, gracias, mi amor, me tengo que ir —la besó en los labios y le deslizó dos mil pesos en el corpiño—. Ahora que estoy soltero te quiero ver más seguido.

—Claro que sí, papi, ven cuando quieras.

Eran las siete de la mañana, la hora en que Remedios llevaba a los niños al colegio. Apretó el acelerador a fondo, y a pesar del nudo vial que se formaba en el cruce con la autopista, logró llegar a su casa antes que el enemigo. Se dio un rápido duchazo, metió en una maleta varias mudas de ropa, descolgó cuatro trajes y otras tantas corbatas, sacó de sus archiveros toda la documentación importante, y al final, con la ayuda de Fortino, el jardinero, acomodó todo en la cajuela del auto, sin olvidar, por supuesto, la caja de herramientas donde había guardado la dolariza. Ya mandaría más adelante a un chofer de la sindicatura a recoger el resto de sus cosas.

—Se va de viaje, ¿patrón?

—No Fortino, me estoy mudando a otra parte. Mi señora y yo nos vamos a separar.

—Lo siento mucho, licenciado.

—Pero de mis hijos no me separo —aclaró—. Vendré seguido a buscarlos.

Al conducir por avenida Río Mayo en dirección al centro de la ciudad lo invadió un vértigo de libertad: iba a comenzar una vida nueva, la vida de un hombre emancipado, audaz, libérrimo, y quizá la candidatura fuera el premio que se merecía por atreverse a ser él mismo, por haber abandonado el cómodo letargo de su falso destino. No había, por supuesto, una relación de causa efecto entre su reciente liberación y ese nombramiento, pero una voz interior le decía que Dios recompensaba a los atrevidos. Para gobernar una ciudad necesitaba primero gobernar su vida, recuperar una soberanía que jamás volvería a ceder a ningún poder espiritual, a ningún policía del deseo o del pensamiento. Se detuvo a desayunar en el Sanborns de Plaza Cuernavaca. Cuando acababa de llenar su plato con los guisos del bufet sonó su celular.

—Buenos días, don Jesús. Perdóneme la insistencia, pero sigo en espera de su respuesta —el inconfundible acento jarocho del licenciado Alcántara le produjo un escalofrío—. ¿Cuándo se va a entrevistar con mi cliente? Lo está esperando con los brazos abiertos.

—Le repito que no puedo ir a verlo sin saber quién es —a pesar del miedo Jesús trató de modular una voz enérgica—. Pero cuando quiera venga por el dinero, no lo he tocado ni lo voy a tocar.

—Caray, Pastrana, qué desconfiado es usted —Alcántara soltó una risilla torva—. Ya le dije que ese dinero es un regalo, no un soborno. Gástelo como le plazca, no le vamos a exigir nada a cambio.

—Nadie regala una cantidad tan fuerte sin segundas intenciones.

—La única intención de mi cliente es que usted se sienta libre y seguro. Piense en las alegrías que les puede dar a sus hijos —el abogado endulzó el tono, a medio camino entre la cursilería y la perfidia—. No les caería nada mal que papá les diera dinero para su viaje a Italia. Se han malacostumbrado a depender de su abuelo, ¿no le parece?

—¿Cómo supo lo del viaje? —se alebrestó Jesús.

—Sabemos todo sobre usted, licenciado, y queremos que se dé a respetar como padre. Le conviene acercarse al patrón, yo sé lo que le digo. Pero no se tarde, ya está muy impaciente.

Alcántara colgó sin revelar su fuente de información. La llamada le quitó el hambre, no quiso probar el entomatado de res y dejó a medias los chilaquiles. De modo que esa gentuza tenía información sobre su familia. ¿De dónde carajos la habían sacado? Él sólo había hablado del viaje a Italia con Israel, quejándose de la trastada que le hizo Remedios. Pero ella, su suegro y los niños podían haber hablado del asunto con mucha gente. Por lo visto, el benefactor anónimo lo estaba espiando desde varias semanas atrás. ¿Habría sobornado a Lidia, su secretaria? ¿Lo tenía ya cogido de los huevos, como pensaba Israel? Urgido de protección, llamó por el celular al gobernador y le dijo sin rodeos que aceptaba la candidatura.

—Pues me alegra mucho que haya tomado la decisión correcta —lo felicitó Narváez—. Usted tiene madera para llegar muy alto, Pastrana, ya verá que la alcaldía es apenas el primer peldaño de su carrera. Larios sólo estaba esperando su respuesta para convocar una asamblea del comité directivo. A más tardar la designación oficial será dentro de una semana.

—Iré preparando mi plataforma de campaña, pero quisiera pedirle un favor personal —Jesús bajó la voz, temeroso de ser escuchado por algún fisgón—. La denuncia que presenté contra Manuel Azpiri afectó a mucha gente y me están bombardeando con llamadas anónimas. Necesito una escolta para mi familia y otra para mí.

—Cuente con ellas, le pediré a mi secretario de seguridad que le mande dos equipos de élite. Cuando tome protesta se pondrán a sus órdenes.

Al colgar, Jesús exhaló un suspiro de alivio. No le quedaba otra alternativa que cobijarse bajo el manto protector del Estado, un manto lleno de agujeros, pero que al menos le brindaba una sensación de seguridad. Llegado a la oficina puso a Israel al tanto de su ruptura matrimonial, sin precisarle los motivos. Como él conocía muchas de sus rencillas conyugales, la noticia no lo sorprendió.

—Me apena por tus hijos, pero si ya no puedes convivir con Remedios, quizá sea lo mejor para los dos.

Jesús le pidió que lo ayudara a buscar por internet un departamento amueblado, pues ya no se fiaba de Lidia, ni de ningún otro empleado del ayuntamiento, y quería mantener su nueva dirección en absoluto secreto. La diligente celeridad de Israel en la búsqueda cibernética le dejó en claro que no lamentaba mucho la separación. De hecho, parecía temer que se echara para atrás si tenía demasiado tiempo para pensarlo. Era natural: Remedios lo había tratado siempre con aires de superioridad (a sus espaldas lo tildaba de naco), y por lo visto, su menosprecio había engendrado en Israel una fuerte antipatía. Por la tarde se fueron juntos a visitar la opción más prometedora y céntrica: un departamento de dos recámaras en Leandro Valle, frente a la hermosa barranca de Miraval, rebosante de vegetación en cualquier época del año. Amplio y soleado, con muebles de estilo polinesio, dos camas King Size y un amplio balcón con una mesa jardinera, el departamento sólo adolecía de un defecto: las dimensiones liliputienses de la cocina, donde a duras penas había espacio para abrir el refrigerador. Como el propio dueño se los enseñó, cerraron el trato ese mismo día (ocho mil pesos del alquiler más un mes de anticipo) y Jesús se pudo instalar enseguida, sin tener que pagar una noche de hotel. Cuando terminaron de bajar las cosas del coche, ya para despedirse, Israel lo tomó del hombro:

—Cualquier separación es dura, Jesús, más aún si llevas muchos años de matrimonio. Te veo muy sereno pero debes traer la música por dentro y quizá necesites desahogarte con alguien. Cuenta conmigo para cualquier cosa, para eso son los amigos. Cuando quieras nos vamos a echar unos tragos.

—Muchas gracias, Israel, por ahora estoy bien. Quién sabe si después se me caiga el mundo encima. Yo te busco si necesito terapia.

La despedida de Israel le dejó un amargo sabor de boca y en cuanto se quedó a solas en ese apartamento impersonal y frío, sin ningún detalle de calidez humana, comprendió que no estaba tan contento como quisiera. Su hermetismo era anormal en estas circunstancias y sin duda Israel pensaba que le ocultaba algo. Necesitaba con apremio una catarsis y hubiera querido confiarle las verdaderas causas de su divorcio. Pero por más valiente y osado que se sintiera tras la ruptura con su mujer, el miedo al ridículo le ponía los pelos de punta. "No troné con

Remedios por el viaje de los niños a Italia, tuve una razón más fuerte: me enamoré de un transexual adorable con el que estoy cogiendo de maravilla". Imposible, jamás llegaría a ese grado de confianza con nadie, menos aún con un subalterno. Después de un *strip-tease* tan obsceno, Israel le perdería el respeto.

¿Entonces sólo había cambiado una cárcel por otra? Los secretos vergonzantes mutilaban el albedrío. Del matrimonio al clóset: ¿esa era su gran victoria? Y para colmo, si quería triunfar en la campaña electoral que tenía por delante, necesitaba reforzar su clóset con planchas de acero. Esclavo de las apariencias, sería un alcalde con gran poder sobre los demás y ninguno sobre su propia vida. Pero había aceptado ya la candidatura y ahora no se podía rajar. Era un hombre de palabra, qué carajo, y había trabajado más de veinte años para obtener ese cargo. Como antídoto contra el desaliento vislumbró un futuro glorioso: pancartas y pasacalles multiplicando por mil su fotografía, premios internacionales por haber librado a Cuernavaca del flagelo del hampa, su nombre inscrito con letras de bronce en el Palacio Legislativo. La patria lo necesitaba, ¿qué importaba su mísera existencia cuando estaba en juego el bienestar ciudadano?

Desde la mañana siguiente procuró matar en embrión cualquier idea derrotista y consagrarse de lleno a la lucha por el poder, con un pragmatismo a prueba de aflicciones. Pero antes que nada debía resolver otro problemita. Llamó a Librado Sáenz, un viejo compañero de la Escuela Libre de Derecho, y le pidió que llevara su juicio de divorcio, advirtiéndole que tal vez habría problemas, pues Remedios, seguramente, querría aprovechar la separación para dejarlo en la ruina. Estaba dispuesto a darle una buena pensión y a cederle la casa mientras ella viviera con los niños, pero conociendo su ánimo vengativo sospechaba que no se daría por satisfecha con eso. Lo confirmó dos días después, cuando Sáenz y el abogado de Remedios tuvieron la primera charla, pues Remedios, tachándolo de adúltero confeso, no accedió siquiera a dejarle ver a los niños una vez por semana mientras se tramitaba el divorcio.

Como ella se negaba rotundamente a responder sus llamadas, tuvo que recurrir al correo electrónico para advertirle que si no cejaba en su actitud hostil, en breve obtendría una orden judicial para ver a sus hijos. "Por favor, Remedios, no seas inmadura. Trata de actuar con sensatez, y piensa en el bien de los niños. No los vas a beneficiar en nada al apartarlos de mí". De paso le informó que el partido lo postularía como candidato a la alcaldía y como esa responsabilidad exponía a su familia a graves peligros, había solicitado al gobernador Narváez una escolta para los niños: "Si los quieres tanto como yo, dales todas las facilidades a esos guardaespaldas para que puedan cumplir su labor. Y de ahora en adelante, no difundas en las redes sociales ninguna información o imagen que permita rastrear los movimientos de los niños, ni permitas que ellos lo hagan". El comentario del abogado jarocho encerraba una jiribilla maligna, y aunque jamás cometería la sandez de referírselo a Remedios, quería tomar providencias para conjurar un peligro que ya empezaba a provocarle insomnios.

En los días previos a la postulación, encerrado durante largas jornadas con Israel y Felipe Meneses en una salita de juntas del hotel Villa Béjar, se dedicó a elaborar las principales propuestas de su campaña, entre ellas, un programa anticorrupción que recogía las mejores experiencias de muchos países en esa materia. Quería aplicar en Cuernavaca las medidas de control que los gobiernos federal y estatal no habían tomado por ineptitud o complicidad con el dinero negro: crear una unidad de investigación patrimonial autónoma, formada por auditores de reconocido prestigio internacional, que no sólo investigara los casos de peculado y malversación de fondos en el ayuntamiento, sino también fiscalizara los movimientos bancarios de empresas presuntamente financiadas por el hampa; someter los cuerpos policiacos a escrutinios sociales, organizando comités formados por voluntarios que supervisaran la tarea de la policía en cada barrio y en cada manzana; proponer al gobernador Narváez que reemplazara la Procuraduría Estatal, una institución caduca y enferma, por una fiscalía autónoma, independiente del poder ejecutivo, que pudiera actuar judicialmente contra funcionarios de alto nivel. Si de veras tenía buena fe y voluntad de cambio, no podría negarse a emprender una reestructuración que todas las ONG reclamaban a gritos, aunque implicara una cesión de poder. Con esos instrumentos sería mucho más factible detectar las complicidades entre la delincuencia organizada y la cúpula del poder político, lo que tarde o temprano debilitaría a las fuerzas del crimen.

El plan no sólo incluía medidas de carácter represivo: también contemplaba una campaña de prevención de la delincuencia, a la que asignaría una importante partida presupuestal para construir instalaciones deportivas, centros culturales, bibliotecas y gimnasios en los barrios lumpen donde los ejércitos criminales reclutaban a su carne de cañón. En las obras emplearía como albañiles a los vecinos de cada colonia para mitigar en la medida de lo posible el desempleo en las zonas marginadas. Desde luego, su programa no era una panacea para acabar con todos los males de Cuernavaca. Pero de llevarse a cabo tal y como lo planeaba, cuando menos revertiría un proceso degenerativo que había dejado a la ciudad indefensa frente al terrorismo delincuencial. El problema consistía en pasar de la teoría a la práctica, sobre todo por falta de personal confiable. Desde la primera reunión en el Villa Béjar ofreció a Felipe Meneses la Coordinación de Comités de Seguridad Pública, un puesto clave para poner en marcha ese aparato de vigilancia. Pero Meneses rechazó el cargo, alegando que con ello perdería su credibilidad como periodista, ganada con grandes esfuerzos en veinte años de batallas contra el sistema. Molesto, Jesús lo tachó de puritano, y argumentó que en una situación de emergencia, los mejores hombres del país debían entrar al servicio público.

—Es un puesto muy importante, Felipe y necesito alguien de mi entera confianza. Si falla la coordinación, se cae toda mi estrategia de seguridad.

—Hay mucha gente honesta que puede hacer esa chamba —Meneses se mantuvo en sus trece—. Yo te voy a ayudar desde mi trinchera, señalándote a tiempo los errores de tu gobierno. Si pides mi consejo lo tendrás cuando quieras, pero siempre como amigo, no como subordinado.

A pesar de su decepción, Jesús le tuvo más respeto, pues sabía que a pesar de ser un periodista influyente, Meneses ganaba mal, vivía al día y manejaba una carcacha que lo dejaba tirado por todas partes. Aficionado al buen trago, se gastaba lo poco que ganaba en finas marcas de coñac y whisky. Ejercía el periodismo como un apostolado, y congruente con sus ideales, vestía con un desaliño propio de las viejas órdenes mendicantes: camisas con los cuellos luidos, una mochila de cuero gastada y rota, su eterno saco de pana con parches en los codos, pantalones mal sujetos a la cintura, con la bastilla reducida a hilachos: la viva estampa del intelectual prángana. Pero cuánto orgullo legítimo había en su pobreza. Con el nombre que se había forjado en el periodismo local, hubiera podido hacer fortuna como jefe de prensa de varios gobernadores que intentaron maicearlo. La venalidad periodística era muy lucrativa, sobre todo cuando un pilar del oficio canjeaba su buena reputación por un cargo o una prebenda. Como los libertinos que pagan fortunas por desflorar a las pupilas vírgenes de los burdeles, los políticos compraban a precio de oro el relumbrón de la virtud cívica, pues los engalanaba a los ojos de la sociedad. Y cuando el periodista mancillado ya era un vil cómplice, cuando ya no tenía un prestigio que vender, lo apartaban con desprecio de su entorno cercano, dándole un puesto menor o una sinecura para mantenerlo callado el resto de sus días.

Pero Meneses no había flaqueado ante los intentos de soborno. Tampoco ante las amenazas, a pesar de haber recibido ya varias golpizas por afectar los intereses de mafias políticas y empresariales. No era fácil encontrar en la burocracia gente con ese temple moral. Abundaban en cambio los alpinistas rastreros, los *yes men*, los profesionales de la intriga. Cuando el rumor de su inminente destape como candidato empezó a correr por el ayuntamiento, Jesús adquirió de pronto una enorme popularidad y trataron de cortejarlo decenas de funcionarios trepadores, expertos en tortuguismo administrativo y en maquillar cifras para ufanarse de logros inexistentes. Lidia les vedó la entrada a su oficina, pero de cualquier modo lo atajaban en los pasillos, en la banqueta, incluso en el urinario, para manifestarle su adhesión incondicional. Tenía el teléfono celular y la bandeja del correo electrónico abarrotados de felicitaciones prematuras.

Lambiscones de mierda. Suponiendo que tuvieran las manos limpias, cosa muy difícil de creer, la mayoría estaban acostumbrados a administrar problemas, no a resolverlos. Por las noches, mientras examinaba currículos, tendido en su nueva cama, poniendo taches a granel, se preguntaba si los buenos funcionarios de carrera serían ya una especie en extinción. Qué decadencia, carajo. Concentradas en la rapiña, las autoridades de los últimos sexenios habían cerrado el sector público al personal decente y capaz, para llenarlo de dóciles nulidades.

Como aún debía desempeñar las funciones de síndico y guardar las formas, la víspera de la asamblea extraordinaria convocada para elegir al nuevo candidato asistió a la reunión anual de la asociación civil Mexicanos con Valores, un bastión de la moral conservadora dirigido por damas católicas de alto copete que trabajaban en estrecha colaboración con el obispo de la ciudad. Gracias a un generoso financiamiento privado, la asociación difundía por radio y televisión campañas contra la legalización del aborto, la desintegración familiar, el matrimonio gay, la proliferación de pornografía en internet y el empleo de lenguaje obsceno en los medios audiovisuales, banderas que enarbolaba también el Partido Acción Democrática. De hecho, Mexicanos con Valores era un apéndice del partido, y ningún candidato en campaña podía prescindir de su apoyo financiero.

En la sede del evento, el fastuoso hotel Hacienda de Cortés, una guapa edecán lo condujo al salón Galería de los Conquistadores, la nave mayor de un antiguo ingenio azucarero, que ahora albergaba una colección de carruajes y palanquines virreinales. En una mesa cuadrangular con un macizo de geranios al centro, las integrantes del comité ejecutivo, la mayoría damas de mediana edad, vestidas y enjoyadas con una elegancia discreta, que subrayaba la solemnidad del acto, alternaban con los representantes de los gobiernos municipal y estatal, entre ellos el alcalde Aníbal Medrano, el procurador del estado Genovevo Larrea y el secretario de Seguridad Pública Sebastián Ruelas. Jesús conocía bien a las integrantes del comité porque su esposa se codeaba con ellas, y por el esquivo saludo de la presidenta honoraria, Milagros de la Bárcena, que por poco le retira la mejilla en el momento del beso, temió que Remedios ya las hubiera puesto al tanto de su cornamenta. Sí, entre mujeres esos chismes corrían a la velocidad de la luz. No le extrañaría que esa dama adusta, de cejas alzadas y largo cuello, con un drapeado de pellejos colgantes, le negara el apoyo financiero para la campaña, pues ella y su equipo de inquisidoras defendían con tanto celo la familia tradicional que enviaban a sus hijos a escuelas católicas donde se negaba la inscripción a los hijos de parejas divorciadas.

La propia Milagros inauguró la reunión. Después de agradecer su presencia a todos los asistentes, expuso en líneas generales los logros obtenidos en el último año por la asociación que se honraba en presidir. Para hacer frente a la legalización del aborto en la capital del país, un atropello incalificable que en los hechos significaba tolerar el asesinato, dijo, habían publicado en todos los diarios locales y en varios nacionales un manifiesto que exigía penas de cárcel para las madres desnaturalizadas que segaban vidas inocentes en el estado de Morelos. Sus gestiones habían rendido frutos y ahora la interrupción del embarazo se castigaba con cuatro años de prisión. Hubo un estallido de aplausos por parte de las demás del comité, secundado por todos los funcionarios, menos Jesús, a quien le parecía una barbaridad castigar así a esas pobres mujeres. Pero la asociación había logrado también significativos avances en otros frentes de lucha. A raíz de las denuncias presentadas por su departamento jurídico, más de cuarenta giros negros habían sido clausurados en distintas regiones del estado, principalmente antros de *table dance,* expendios de drogas, cantinas y burdeles camuflados como salones de masaje. Pero el Estado tenía la obligación insoslayable de impedir otros atentados igualmente graves contra los principios básicos de la moral familiar.

—Basta salir a la calle de noche para presenciar espectáculos denigrantes que perturban la paz social y ofenden el pudor de cualquier persona decente —doña Milagros enronqueció la voz—. Lo más lamentable es que estas exhibiciones de libertinaje y depravación ocurren frente a los ojos azorados de la niñez. ¿Qué tipo de sociedad queremos construir, cómo podemos inculcar el buen ejemplo a nuestros hijos, si a diario pueden ver en las esquinas a prostitutos con disfraz de mujer asediados por una larga fila de automovilistas que arrastran por el fango la dignidad humana? Día con día, miles de ciudadanos respetables son testigos de su escabrosa lujuria. ¿Por qué la autoridad permite esas escenas en plena vía pública? Hay testigos que han visto a los transexuales departir alegremente con los patrulleros. ¿Acaso el gobierno lucra con su actividad?

Milagros hizo una pausa para beber agua y miró con ojos de gerifalte al secretario de Seguridad Pública, el comandante Ruelas, que esquivó su mirada haciendo anotaciones en una carpeta, para no darse por aludido. Más perturbado aún, Jesús agachó la cabeza en señal de *mea culpa*, ruborizado como un jitomate. ¿Le sabía algo esa guardiana de la moral? ¿Por eso lo saludó con tanta frialdad?

—No queremos lanzar acusaciones a la ligera —continuó la presidenta—, pero instamos a los responsables de mantener el orden público en Cuernavaca y en la zona conurbada a comprometerse delante de todos los aquí presentes para extirpar este cáncer social.

Hubo un largo y embarazoso silencio en el que las fuentecillas del jardín resonaron como cataratas. El comandante Ruelas, robusto y colorado, sudaba a chorros y se frotaba con nerviosismo el tabique nasal. Como era el centro todas las miradas, no pudo ignorar el ataque.

—Durante mi administración se han reducido en un ochenta por ciento los enclaves de la prostitución callejera en Cuernavaca —se defendió con aplomo—. En cuanto recibimos denuncias de los vecinos, las patrullas acuden al lugar de los hechos y dispersan a los transexuales o las prostitutas que trabajan en la vía pública. Si regresan a la misma calle los arrestan durante setenta y dos horas, la pena que marca la ley. No es en Cuernavaca, sino en Jiutepec, donde se concentra la mayor incidencia de esta actividad.

—Sí, nos hemos convertido en el patio trasero donde ustedes echan su basura —intervino Sergio Marmolejo, el alcalde de Jiutepec, un político informal y socarrón, con pinta de ranchero, que militaba en el PDR, y en otros tiempos había sido líder campesino—. Pero nuestro municipio tiene un presupuesto de seguridad pública y un número de policías muy inferior al de Cuernavaca. Contando a los mandos intermedios y superiores, disponemos apenas de ciento ochenta efectivos, que se ocupan principalmente de combatir el robo, la extorsión de comerciantes y el secuestro, delitos de mayor gravedad que la prostitución. Hemos solicitado al gobernador Narváez un incremento de nuestra partida presupuestal para seguridad, con el fin de atender este problema, pero nos ha negado los recursos.

El procurador Genovevo Larrea, un burócrata circunspecto de lentes bifocales, que asistía al encuentro en representación del gobernador Narváez, aclaró con un tacto de terciopelo que su jefe sí tenía la voluntad política de combatir la prostitución en la zona conurbada, pero el Congreso Estatal había denegado la solicitud de Marmolejo y el ejecutivo no tenía facultades para contravenir una decisión del legislativo. Los dos mienten, pensó Jesús, o cuando menos dicen verdades a medias. Larrea sabe que los diputados piden mochadas millonarias por conceder esos aumentos presupuestales, pero no se atreve a decirlo en público y Marmolejo, que se forra extorsionando a la clientela de los travestis, y cobrándoles derecho de piso, prefiere dejar las cosas como están. Ni que fuera pendejo para tirar por la borda un negocio tan bueno.

—Pasarse la bolita entre ustedes no resuelve el problema —protestó Milagros de la Bárcena, con un mohín de impaciencia—. Los convocamos a esta reunión para exigirles una mejor coordinación entre sus dependencias, no para oír justificaciones.

Jesús advirtió que por venir de una dama tan principal, imbuida con la arrogancia del dinero viejo, el regaño infundió a los funcionarios presentes una vergüenza rayana en el pánico. Cuidado con doña Milagros, la jija de su pelona se creía dueña de Cuernavaca y había mamado desde la cuna el despotismo de los antiguos hacendados azucareros que le tronaban los dedos a la indiada. Decidió que si ganaba las elecciones la obligaría a hacer largas antesalas en su despacho, para bajarle los humos. Conmigo no vas a poder, aunque me eches encima a toda la oligarquía. En cambio, Aníbal Medrano felicitó a doña Milagros por sus fructíferas tareas y con el fin de coadyuvar al combate de la prostitución masculina, una vergüenza para toda la gente de bien, ofreció a su homólogo de Jiutepec media docena de patrullas del ayuntamiento capitalino para que vigilaran mejor las principales arterias del municipio vecino. Aunque Marmolejo fingió aceptar la propuesta de buen grado, Jesús creyó percibir en la tensión de su quijada un brote de cólera reprimida. No era para menos: el favor que le ofrecía Medrano podía reportarle grandes pérdidas. Engolosinadas con su victoria, las damas de la asociación no se dieron por satisfechas y comprometieron a los dos alcaldes a emprender una campaña de redadas con agentes de ambas demarcaciones, para extirpar ese tumor maligno de la vía pública.

Jesús salió de la reunión asqueado y furioso, con serias dudas sobre su futuro político. La gente imploraba protección, había cuatro o cinco ejecuciones diarias, los matones cobraban tributo a comerciantes y restauranteros, las fosas clandestinas rebosaban de muertos y la mayor inquietud de esa élite mojigata era fiscalizar lo que la gente hacía o dejaba de hacer con su culo. El pesado tráfico de la avenida Plan de Ayala no le permitía esquivar el sol de invierno que le quemaba la cara. Olía a diesel, a fritangas y a caca de perro. Pensar que cuando él era niño esa avenida inhóspita y congestionada, llena de camiones de carga envueltos en una negra humareda, era un precioso paseo sombreado por una bóveda de ramas, con un florido camellón y fragantes cortinajes de yedra en los muros de las viejas casonas. Sería una tarea titánica regenerar un paraíso afeado por la incuria de varias generaciones, y temió que si osaba afectar intereses privados o corporativos (única manera posible de cambiar algo), los cuadros superiores del partido iban a torpedear todas sus decisiones. Quizá la única solución posible fuera gobernar la ciudad a espaldas del PAD, con funcionarios sin partido honestos y capaces, reclutados entre la sociedad civil organizada o en el ámbito universitario. Claro que entonces se expondría a las represalias de los militantes inconformes con el reparto de plazas, que tal vez lo combatieran desde el cabildo.

Pero más le valía sortear sus actos de sabotaje mediante recursos legales y administrativos que rodearse de aduladores y transas en los puestos clave del ayuntamiento.

Fiel a su costumbre de redoblar la disciplina en los momentos de mayor aflicción, en la oficina se dedicó a revisar el informe operativo que debía presentar por ley cuando entregara la sindicatura a su sucesor en el cargo, el contador público Salvador Contreras, a quien él mismo había designado. Se le indigestaba más que nunca la jerigonza burocrática, tal vez porque no podía apartar de su mente a Leslie. Tenía que darle pronto el pitazo. Así le ahorraría el oprobio de soportar vejaciones en los separos de la judicial. De ponto concibió una idea temeraria, nacida del corazón sin pasar apenas por el cerebro: ¿Por qué no hacerle una postrera visita y gozarla por última vez? Imposible volver a verla durante su campaña electoral, eso lo tenía muy claro. Pero si le inventaba que su empresa lo había enviado a una ciudad lejana, quizá mitigara el dolor de la separación. Puso el seguro a la puerta de su despacho y la llamó por el celular.

—Hola, corazón, qué abandonada me tienes —le reclamó Leslie, que ya tenía identificado su número—. ¿No que me ibas a visitar más seguido? ¿Volviste con tu señora o qué?

—Estuve agobiado de chamba, hasta hoy no me pude dar un respiro. Y no he vuelto con mi mujer, al contrario: ya me estoy divorciando. ¿Podemos vernos hoy?

—¿Hoy a qué hora?

—A las ocho, ¿puedes?

—¿Tan temprano?

—No puedo desvelarme, mañana tengo que madrugar.

—Está bien, papi, aquí te espero.

Se quedó en el despacho hasta las siete y cuarto, corrigiendo el informe con la parte más ordenada y pulcra de su cerebro, mientras la otra, su imaginación réproba, se anticipaba al inminente placer elucubrando estampas obscenas. Esta vez no se detuvo en el camino a comprar ninguna botella. Quería gozar a Leslie con la mente clara, sin la distorsión anímica del alcohol, para atesorar mejor su recuerdo en la memoria del alma y en la memoria del cuerpo. Ninguna ebriedad inducida debía interferir con la ebriedad natural del deseo. Como el tráfico avanzaba a vuelta de rueda en el libramiento de la autopista, llegó diez minutos tarde a la unidad habitacional Campestre. Empezaba a ser una figura familiar para los vagos reunidos en el patio de la entrada, que ya ni siquiera lo volteaban a ver, abismados en la mota, las caguamas y el reggaetón. Subió de dos en dos los peldaños de la escalera, temeroso de haber molestado a Leslie con su retraso. Al tocar con los nudillos la puerta del departamento 103 descubrió con sorpresa que estaba entornada. Adentro reinaba el caos: la mesa redonda de formica volcada de lado contra la pared, fragmentos de una botella quebrada regados por el piso, una silla rota con las patas arriba, la pared manchada de sangre y un charco de Coca Cola donde naufragaban, deslomados y rotos, algunos libros subversivos que habían pertenecido al padre de Leslie.

Los destrozos habían ocurrido minutos antes, pues aún se consumía la colilla de un cigarro en la mesita lateral de la sala. Si el culpable había huido hacia la azotea al escuchar sus pasos, quizá estuviera a tiempo de atraparlo. Pero refrenó el impulso de perseguirlo al escuchar un gemido que venía de la recámara. No, por Dios, ¿qué le habían hecho a Leslie? La encontró despatarrada junto a su cama, con el *baby doll* en jirones y un hilillo de sangre surcando su cara tumefacta, los labios azules entreabiertos para jalar aire. Tenía las piernas llenas de hematomas, un derrame en el ojo derecho y varias quemaduras de cigarro en los brazos. Al voltearla descubrió que la habían herido en los hombros, las nalgas y los riñones con un arma punzocortante, el picahielos ensangrentado que asomaba por debajo de la cama. No era un simple atraco: la habían torturado con saña. Al ver a Jesús entre las brumas de su derrame ocular, Leslie alzó el brazo izquierdo, como clamando auxilio, y en seguida lo dejó caer, vencida por el dolor. Intentó reconfortarla estrechándola contra su pecho. Más que cariño, la pobre necesitaba atención médica. Le arrojó agua en la cara para reanimarla, con la esperanza de que pudiera andar, y cuando por fin logró recargarla contra la pared, la cabeza hundida en el pecho, abrió los cajones de la cómoda en busca de alcohol para desinfectar sus heridas. Tangas, sostenes, pelucas, cajas de condones, un guato de mariguana envuelto en papel periódico. En el cajón de en medio había una cartera llena de dinero, un indicio más para descartar el móvil del robo, y la credencial de elector de Leslie. Fiel a su personalidad femenina, se había retratado con maquillaje, labios pintados y cabello largo, pero los encargados de expedir la credencial no le permitieron travestir su verdadero nombre: Nazario Santoscoy. Un relámpago lo hizo trastabillar. Maldijo su depravación y maldijo a Leslie por embustera. "Yo en mi familia soy hija única y nunca he visto a ese narco". Mentira: lo conocía desde el vientre materno porque era su hermano gemelo.

VII. Tareas de salvamento

Imaginó el encabezado de los diarios amarillistas: *Candidato a la alcaldía involucrado en la golpiza al hermano transexual del capo de los Tecuanes.* Lo de menos era el baldón de puto que le dejaría el incidente. Aunque el vínculo con ese narco sólo existiera en las apariencias, bastaría para sepultar su carrera política. Nada lo obligaba a sacrificarse por un andrógino de alquiler que lo había engatusado con mentiras y malas artes. Eso le aconsejaba el otro Jesús, el niño aplicado y pacato que le tuvo miedo a la religión de la libertad. Pero el nuevo Jesús, el ave renacida que había roto un mundo para volar, no quiso arrastrar por la vida el peso muerto de otra gran cobardía. Y mientras remolcaba a Leslie escaleras abajo, sosteniendo su peso con el hombro derecho, encorvado como un Quasimodo, admitió que en todo caso, el engaño era mutuo, pues él también había mentido a Leslie sobre su trabajo. Estaban a mano: la misma desconfianza de uno y otro lado, el mismo temor a mostrarse de cuerpo entero.

Exánime, Leslie ni siquiera podía sostenerse del barandal, y en el primer rellano de la escalera se derrumbó como una muñeca de trapo. De nuevo la tuvo que alzar con grandes esfuerzos, los músculos engarrotados por la tensión, y para evitar una nueva caída, se la echó al hombro como un mecapalero, las rodillas flexionadas por el sobrepeso. Los goterones de sangre que chorreaban de sus heridas se les metían a los ojos, y a duras penas atinaba a pisar cada peldaño de la escalera. Por fortuna, el corrillo de vagos del patio se había largado con su música a otra parte, y pudo pasar inadvertido al cruzar ese campo minado. La tendió en el asiento trasero del Tsuru, con el maletín de Louis Vuitton como almohada, y tras comprobar que aún respiraba, se dirigió por una callejuela llena de hoyancos al centro de Jiutepec, donde recordaba haber visto una clínica del Seguro Social. Por el camino arrojó a una alcantarilla la delatora credencial de elector: nadie debía conocer su verdadero nombre. En la sección de urgencias había dos paramédicos con chaleco naranja, fumando muy quitados de la pena en una banca de hierro. Ninguno de los dos le ofreció ayuda cuando bajó del auto cargando a Leslie:

—¿No ven que traigo a una mujer golpeada? ¿Qué hacen ahí parados? Traigan una camilla.

La autoridad de su voz, modulada en años de lidiar con burócratas ineptos y holgazanes, con cientos de mañas para no dar golpe, obró el milagro de ponerlos a trabajar ipso facto. Quería que Leslie pasara de inmediato a recibir primeros auxilios, pero lo atajó en la recepción una secretaria hosca y larguirucha, de facciones rígidas, que había interrumpido de mala gana el tejido de una chambrita.

—Un momento, antes tiene que levantar el acta por lesiones. Pase con el agente del Ministerio Público.

—¿No pueden atenderla mientras yo levanto el acta? La herida está grave.

—No, primero tiene que darla de alta.

El agente Anselmo Barbosa, un abogadillo cacarizo y soñoliento, que daba sorbos a un jarro de café con una parsimonia de sultán, lo sometió a un largo interrogatorio. Jesús declaró que había recogido a esa mujer lastimada en la vía pública, para ser exactos en el camellón de avenida Cauhnáhuac, a la altura del crucero de Tejalpa. No sabía quién era pero si revisaban el bolso que llevaba, quizá pudieran encontrar alguna identificación. Uno de los paramédicos se coló por detrás de la barandilla y le secreteó algo al licenciado Barbosa.

—Me informan que la señorita es un hombre con implantes en los senos —Barbosa sonrió con suspicacia—. ¿No habrá reñido con usted?

—A simple vista puede comprobar que no tengo huellas de haber reñido con nadie. Ya le dije que la recogí en la calle. No sé ni cómo se llama.

—¡Qué raro! ¿Anda usted recogiendo heridos en la vía pública? ¿Por qué no llamó a la Cruz Roja?

—Porque soy cristiano —picado en la cresta, Jesús alzó la voz—. Y por si no lo sabe, el deber de todo buen cristiano es ayudar a los demás.

—No me grite, señor, o lo mando detener por ofensas a la autoridad —se engalló el agente del Ministerio, y después de revisar acuciosamente el bolso de Leslie expectoró un bufido de fastidio—. Aquí no hay ninguna credencial. El paciente no puede entrar a urgencias si no se identifica.

—¿No ve que está malherida? —Jesús se negó a llamar a Leslie con un masculino que la hubiera lastimado en caso de estar consciente—. ¿La va a dejar morirse en la camilla?

—Lo siento, señor, yo me limito a cumplir con el reglamento.

—Ningún reglamento puede estar por encima de la vida humana. Pero como usted no entiende razones, le voy a explicar quién soy —Jesús sacó la credencial que lo acreditaba como síndico del ayuntamiento—. Yo conozco a su jefe, el procurador Larrea. De hecho, acabo de verlo en una junta. Si no quiere tener problemas con él más le vale ordenar que ingresen a la paciente. ¿O prefiere que lo llame en este momento y le presente una queja?

Sacó el celular para darle mayor credibilidad a su *bluff*. Convertido en un respetuoso lacayo, el agente del Ministerio Público hizo una seña a los camilleros, que metieron a Leslie al área de urgencias, y en los términos más comedidos le tomó la declaración. Mientras inventaba en voz alta su versión de lo sucedido, maquillando lo mejor posible la mentira, Jesús descubrió con espanto la foto de Lauro Santoscoy clavada en un pizarrón de corcho junto al escritorio de Barbosa. Por fortuna Leslie estaba inconsciente y el Ministerio Público tardaría horas en interrogarla. Pero tarde o temprano tendría que revelar su verdadero nombre, y entonces sí ardería Troya. Cuando Jesús estaba terminando de referir las circunstancias en las que había encontrado a la víctima, a quien tomó por una mujer atropellada, sonó el timbre de su teléfono celular. Con el rabillo del ojo leyó un mensaje de texto: *A mí ningún pendejo me hace un desaire. Ya sacaste boleto para el infierno.* Conmocionado, pero sin mover un músculo facial, terminó de rendir su declaración con voz pausada y firme. Que no se te note el pánico, eres un buen samaritano orgulloso de su buena acción. Si flaqueas ahora se nos cae el teatro. Tras haber firmado todos los documentos que le presentaron se despidió del agente con una suavidad de modales que restableció la concordia.

—Para cualquier aclaración ya tiene mis datos. Buenas noches, licenciado.

Un irrefrenable temblor del pulso le impidió encender el coche con rapidez. El redactor del mensaje parecía adjudicarse fanfarronamente la golpiza propinada a Leslie. Su primer impulso fue atribuírselo al Tecuán Mayor. ¿Pero sería capaz de maltratar así a su hermano gemelo sólo para presionar a un político reacio a negociar con él? ¿Tan desnaturalizados eran los criminales? ¿No decía la leyenda que protegían a la familia por encima de todo? Sin duda veneraban a su jefecita, a sus hijos, al perro y a la santa esposa que les aguantaba con resignación las borracheras y los maltratos, pero en su código de honor probablemente hubiera un largo capítulo de excepciones. La sexualidad epicena de Leslie quizá eximiera a Lauro de cualquier obligación fraternal. Avergonzado de tener un hermano puto, que para colmo se había puesto implantes en los senos, y enojado con el funcionario mamón que vendía tan cara su virginidad, tal vez había querido darles un doble escarmiento: a Leslie, por embarrar de lodo el nombre de la familia, y a él, por dárselas de incorruptible. Pero si el Tecuán Mayor estaba al tanto de su amorío, si ya poseía esa poderosa arma de chantaje para obligarlo a pactar con él, ¿por qué se ensañaba con Leslie? Cuando él quisiera hundirlo le bastaba con divulgar ese escandaloso romance. Pero eso quizá fuera en contra de sus intereses. Le convenía más tener en el puño al futuro alcalde, no en balde había invertido ya doscientos cincuenta mil dólares para ablandarlo. ¿Tenía sentido aceptar la candidatura en esas circunstancias? ¿No debería mejor declinar el nombramiento "por motivos personales" y salir corriendo a tramitar un amparo, por si acaso la judicial quería involucrarlo en las actividades criminales del capo?

Al volante del Tsuru, manejando por reflejo condicionado, con la conciencia en otra parte, se avergonzó de pensar sólo en él, cuando era Leslie quien estaba metida en el mayor aprieto. Así pensaba el colegial timorato que antepuso el egoísmo a los deberes de la amistad y escapó de la vergüenza pública permitiendo el linchamiento de Gabriel Ferrero. Pero él ya era otra persona y debía confirmarlo con hechos. Aun si Leslie se negaba a dar su verdadero nombre cuando fuera interrogada, el MP podía ordenar un cateo de su domicilio, en el que los agentes encontrarían, sin duda, otros documentos oficiales que le quitarían la máscara. Una vez averiguada su identidad, Barbosa daría aviso a los judiciales y era muy probable, casi seguro, que la torturaran para sacarle información sobre su hermano. Los cinco millones de pesos ofrecidos por la cabeza de Lauro sin duda atizarían su codicia. Si oponía resistencia, malo para ella. Si soltaba la sopa, peor aún, porque entonces el hermano le cobraría la delación con la vida. Tenía que moverse rápido para salvarla de esa fatal disyuntiva. Desde su departamento llamó a Israel Durán, disculpándose por molestarlo a deshoras.

—¿Qué tal, compadre? ¿No te has puesto el piyama?

—Todavía no, estaba jugando ping-pong con Christian.

—Qué bueno, porque necesito verte.

—¿Ahorita? Son las diez y media.

—Es un asunto urgente. Vente de volada a mi casa.

Se sirvió un whisky en las rocas, y arrellanado en un sillón de mimbre, los pies subidos en la mesita tubular de la sala, procuró hilvanar las frases de su confesión con la mayor dignidad posible, anticipándose con el pensamiento al doloroso trance que le esperaba, como se anticipaba de niño al dolor de las inyecciones, sufriendo más en los momentos previos al piquete que en el piquete mismo. Mira, Israel, desde hace un mes he tenido una relación extraña con una persona muy especial… No, esas vaguedades sólo sembrarían confusión. Oye compadre, me da mucha pena tener que revelarte un secreto… Tampoco, la menor señal de vergüenza lo pondría en ridículo.

Entre varones era de mal gusto ventilar intimidades sexuales, salvo cuando se trataba de presumir una conquista prestigiosa. Pero si tenía que salir abruptamente del clóset, más le valía hacerlo con gallardía y pundonor. Comprendió la estrategia defensiva de las locas que joteaban de tiempo completo. Bravo por ellas: habían entendido que la mejor defensa contra la condena moral de los bugas era pasar al ataque, restregarles en la cara una diferencia que ellos querían convertir en estigma, o cuando menos, en motivo de burla. Para desafiar de ese modo al mundo era necesario fajarse los pantalones todos los días, librar una guerra permanente contra el escarnio, más aún si el joto llegaba al extremo de llevar faldas, como en el caso Leslie. Paradojas de la virilidad: quizá ella tuviera más huevos que su hermano, uno de los hampones más temidos de la comarca.

Israel Durán llegó a los diez minutos, intrigado por su perentoria llamada, con pantalones de mezclilla, tenis y una chamarra de pana. Jesús lo invitó a tomar asiento y le sirvió un whisky bien cargado. Olvidando todas las frases indirectas que había pergeñado, dejó hablar a su corazón:

—¿Te acuerdas del día en que Larios me anunció la postulación de Manuel Azpiri? —Israel asintió—. Pues esa noche me puse un pedo solitario en un piano bar y a la salida me levanté a un travesti en la calle.

Israel tragó un sorbo de whisky con el rostro impasible. Sólo el movimiento de su garganta denotaba cierta dificultad para deglutir la intempestiva confidencia. Estaba incómodo, era obvio, pero Jesús ya no podía frenar el torrente de palabras.

—Yo sé que tú y yo nunca nos hemos confiado ese tipo de secretos, y quizá yo nunca lo habría hecho si no estuviera envuelto en un problema que puede afectar gravemente mi futuro político, y por consecuencia el tuyo.

Tras haberle perdido el miedo a la inyección, empezó a sentir el alivio de la catarsis. Atropelladamente, con impaciencia por llegar al final de la historia, le confesó que Leslie, de quien se había enamorado o enculado, no lo sabía a ciencia cierta, ni tampoco atinaba a encontrar una gran diferencia entre ambas cosas, era la verdadera causante de su ruptura matrimonial, pero

Remedios lo ignoraba, pues ella, partiendo de indicios ambiguos, creía que la engañaba con otra mujer. Por último, y en un tono de voz más contrito, el tono de una bestia acorralada, le refirió el asombroso parecido de Leslie con el capo Lauro Santoscoy, cabecilla de los Tecuanes, sus mentiras cuando la interrogó al respecto, la sorpresa que se había llevado unas horas antes al encontrarla salvajemente golpeada, cuando descubrió su verdadera identidad, las dificultades que sorteó en la clínica de Jiutepec donde Leslie ya estaba recibiendo atención médica, y la aparente conexión entre esa golpiza y el amenazante mensaje del narco a quien había desairado.

—Ahora está noqueada, pero me temo que de un momento a otro la policía averiguará su verdadero nombre. Por eso te llamé. Un día me dijiste que tenías un amigo bien colocado en la Comisión Estatal de Derechos Humanos, ¿no es cierto?

—Sí, se llama Ramiro Balcárcel, pero hace tiempo que no lo veo —el rostro cenizo de Israel mostraba ya huellas evidentes de alarma.

—Pues necesito que lo llames. Dile que vaya a supervisar en persona el interrogatorio de Leslie. Tengo que salvarla de la tortura.

—Eso no resuelve tu problema, Jesús —Israel ya no intentaba disimular su enojo—. Diste tu nombre en el hospital donde internaron al maricón y eso, quieras o no, te involucra con él y con su hermano. En vísperas de una campaña electoral, lo que acabas de hacer equivale a un suicidio.

—Lo sé, Israel, y no necesito tus regaños. Ya decidí renunciar a la candidatura y abandonar la política. Como simple mortal, me defenderé lo mejor que pueda de esas acusaciones. Pero en este momento, lo único que me importa es proteger a Leslie.

—¿Tanto lo quieres?

El uso del masculino ofendió la sensibilidad de Jesús. Le pareció que Israel se quería colocar en el bando de la normalidad para afear su conducta.

—Me ha hecho feliz en las últimas semanas y creo que le debo ese favor.

Israel negó con la cabeza en un gesto reprobatorio, adoptando una actitud de papá regañón. Se levantó del sofá y trató de ordenar sus ideas caminando en círculos por la sala.

—Supongamos que Balcárcel acude a la clínica y evita que torturen a tu amante —recapituló Israel—. De cualquier modo, los periodistas sabrán que tú lo llevaste al hospital, cuando vean el acta del Ministerio Público. Y a lo mejor la versión de Leslie no coincide con la tuya. El escándalo no tarda en estallar.

—Ya te dije que la candidatura me vale madres.

—Pues a mí no —replicó Israel con dureza—. He perdido muchas amistades por ser tu brazo derecho. En el partido me ven como una hechura tuya, y si quedas fuera de la jugada, yo también me voy al carajo. Tenemos que taparle la boca al agente del MP.

—¿Cómo?

—Tienes doscientos cincuenta mil dólares, ¿no? —Israel sonrió con astucia—. Para callar a ese güey nos bastarían diez mil.

—Nunca he sobornado a nadie y no voy a empezar ahora.

—Por favor, Jesús, no me vengas con esos escrúpulos de santurrón. Estás metido en una bronca muy seria. Yo te puedo ayudar, pero ayúdame tú también. Le voy a pedir ese favor a Balcárcel, pero a condición de que tú me dejes untarle la mano al agente que levantó el acta.

Repentinamente, Israel había dejado de ser un subordinado y ya estaba imponiéndole condiciones. Al parecer creía que la mengua de su prestigio lo autorizaba a sacar las uñas. Y lo más humillante de todo era que no podía ponerlo en su sitio.

—El Ministerio Público no es la única persona a la que tendrías que callar —Jesús estrujó un cojín de la sala—. El hermano de Leslie, o quien sea el hijo de la chingada que me mandó el mensaje, también sabe que yo era su cliente y me puede balconear cuando se le antoje.

—No creo que le convenga —la serenidad de Israel contrastaba con la inquietud de Jesús—. Ese cabrón le está apostando fuerte a tu candidatura y si aceptas reunirte con él te lo puedes echar a la bolsa.

Jesús no se rebajaría jamás a negociar con Lauro Santoscoy, menos ahora que había vapuleado a Leslie, pero no quiso insistir en ese punto, porque el tiempo apremiaba.

—Está bien, te voy a dar la lana para que sobornes al Ministerio Público. Pero quiero que le llames ahorita mismo a tu contacto en Derechos Humanos —y fue a sacar de su recámara dos fajos de cinco mil dólares, que arrojó sobre la mesa tubular.

Acodado en el balcón, Israel ya estaba hablando con su amigo. A juzgar por sus gesticulaciones, Balcárcel se hacía mucho del rogar. La tarea de convencimiento duró más de quince minutos y cuando por fin volvió a la sala, Israel tenía el semblante abatido.

—No quiere hacernos el paro —se encogió de hombros—. Dice que si interviene en el caso lo pueden acusar de favorecer a un narco.

—Pero el deber de la comisión es proteger a los detenidos contra actos violentos de la autoridad, aunque sean delincuentes —se indignó Jesús.

—Sí, eso dice la ley, pero ya sabes que en México todo el mundo se pasa la ley por los tompeates. Lo siento, Jesús, como dicen los gringos, *I did my best.*

—Ofrécele veinte mil dólares —propuso Jesús—. Se está haciendo del rogar para vendernos caro el favor.

—¿No que eras enemigo de la corrupción? —Israel sonrió con sorna.

—Sí, la detesto, pero esto es un caso de fuerza mayor. No voy a dejar que maten a golpes a una inocente.

—¿Estás seguro de que lo es? ¿No trabajará para su hermano?

—Tendría mucho dinero, y la pobre vive en un cuchitril. Llama de nuevo a tu cuate y adviértele que si no cumple con su deber por la buena, el hermano de la detenida se puede enojar con él.

—Pero entonces pensará que tú y yo estamos coludidos con Lauro —se alarmó Israel.

—Mejor para nosotros. Se trata de meterle miedo. De cualquier modo ya debe creer que somos gente del Tecuán Mayor. Y así lo obligamos a ponerse de nuestro lado.

—Caray, Jesús, yo creía que eras una blanca paloma. Estás resultando un perfecto cabrón. Cuántas sorpresas me has dado hoy —dijo Israel, atónito, y volvió al balcón para hacer la nueva llamada.

Esta vez el telefonema sólo duro cinco minutos.

—Santo remedio —dijo Israel con aire triunfal—. Se cagó de miedo y me rogó que no le pasara nada malo a su familia. Ya va en camino para la clínica. Quedamos de vernos allá en media hora.

A pesar de haber obtenido protección para Leslie, Jesús se tuvo que tomar dos tafiles y ni aun así pudo neutralizar los sobresaltos de la jornada. Un sueño intermitente lo mantuvo en duermevela hasta las siete y media de la mañana, cuando se arregló para asistir a la asamblea del comité directivo. Había soñado tantos años con ese momento de gloria, y ahora que por fin arañaba el cielo no experimentaba gozo, sino temor y remordimiento. Ni el agua de la ducha pudo borrar el virus maligno, la roña invisible que había contraído la noche anterior. Dos funcionarios sobornados, qué vergüenza. Se había sentido gánster por un momento y lo más terrible fue que no le desagradó del todo. Su rectitud estaba en entredicho y a partir de ahora sería muy difícil, cuando no imposible, combatir a los saqueadores del erario con la ley en la mano. A pesar de todo cumplió con desenvoltura su papel en la ceremonia, vestido con un traje nuevo azul marino y una impecable corbata de seda verde. ¡Pastrana, amigo, el PAD está contigo!, gritaron las infanterías sentadas en la gayola del Teatro Ocampo cuando apareció en el escenario lanzando saludos y besos a la concurrencia. Confeti, aplausos, porras, fanfarrias de honor a cargo de la banda municipal. Con la sonrisa de júbilo más falsa de su repertorio, César Larios lo proclamó triunfador en la votación previamente realizada por los delegados del partido para designar al nuevo candidato a la alcaldía.

—Con la postulación del licenciado Jesús Pastrana refrendamos ante la sociedad morelense nuestro indeclinable compromiso de garantizar el orden público y la paz social en una de las ciudades más vulneradas por el crimen organizado.

Que nadie lo dude: el Partido Acción Democrática está del lado de los ciudadanos en la defensa de su vida y de su patrimonio, en la estricta observancia de la ley, en el impulso al desarrollo sustentable y en la lucha por el bienestar de las mayorías.

Durante la lectura de su breve discurso, Jesús no pudo sentir una satisfacción genuina, pues temía recibir en cualquier momento, quizá al bajar del estrado, cuando encendiera de nuevo el teléfono celular, un anónimo letal, anunciándole que su enemigo invisible había divulgado los deletéreos pormenores de su pasión prohibida. Sería quizá rey por un día, o por unas horas, para luego caer en un ridículo atroz. Aunque sintiera en la nuca el roce de la guillotina, leyó con buena dicción los puntos más importantes de su programa de gobierno y en el párrafo final, olvidando por un momento que ya no era un funcionario intachable, lanzó una belicosa dedicatoria a la mafia que lo había designado a regañadientes:

—Soy miembro activo del PAD desde hace veintidós años, empecé desde abajo y ahora, gracias al apoyo de ustedes, me enfrento a la responsabilidad más importante de mi carrera. Si obtengo el voto de la mayoría en las próximas elecciones, no defraudaré a quienes han creído en mí dentro y fuera del partido. Trabajaré sin descanso hasta que los ciudadanos vuelvan a confiar en la autoridad. Nadie estará por encima de la ley en mi equipo de gobierno —hizo una pausa teatral y fijó la mirada en la primera fila de butacas, ocupada por Aníbal Medrano y la plana mayor del ayuntamiento—. Nadie podrá hacer negocios en la asignación de obras públicas. Basta de opacidad en el manejo del presupuesto. Basta de contubernios en lo oscurito. Basta de instituciones pobres y funcionarios ricos. Se acabó la impunidad para los delitos de cuello blanco. La primavera democrática llegó a Cuernavaca y nadie la detendrá.

Los primeros en felicitarlo al bajar del escenario fueron sus padres. Pobres viejos, estaban tan orgullosos de tener un hijo triunfador. Su padre, don Pablo, propietario de una modesta tintorería en la colonia Tres de Mayo, se había partido el lomo para pagarle la carrera de abogado y su madre, doña Josefina, llevaba más de diez años rezándole a San Judas Tadeo para que fuera admitido en las altas esferas del poder. Ambos pasaban ya de los setenta años, pero aún estaban sanos y fuertes. Se habían puesto sus mejores galas, unas galas modestas y endomingadas que desentonaban con el fino guardarropa de la clase política. Los fotógrafos de prensa lo retrataron con ellos. Mientras posaba, Jesús se sintió irresponsable y canalla por exponerlos a una brutal decepción. De un momento a otro, cuando los diarios amarillistas lo crucificaran, su orgullo podía trocarse en vergüenza. Destruidos moralmente por su linchamiento mediático, los infelices cargarían un estigma imborrable. Ojalá tuvieran la grandeza de perdonarlo.

—Me hubiera gustado ver a Remedios con los niños —comentó su madre, compungida—. Espero que su pleito sea pasajero.

—No, mamá, va en serio, ya te dije que nos vamos a separar.

—Válgame Dios, pero si se querían tanto —Josefina casi llora de aflicción—. ¿No habrá manera de componer las cosas?

Iba a desengañarla cuando César Larios lo jaló del brazo. Ya no pudo terminar la charla, ni despedirse, pues una larga fila de militantes obsequiosos del PAD se había formado para darle sus parabienes. Abrazos efusivos con recios palmoteos en la espalda, ramos de flores, un sombrero de charro encasquetado en su cabeza por arte de magia, un mar de gente asediándolo para tomarse la foto. Estamos a sus órdenes para lo que se le ofrezca, señor licenciado. La asociación de comuneros de Ahuatepec le brinda su apoyo incondicional. A nombre del señor obispo lo felicito por su nombramiento. Que Dios lo bendiga y lo ilumine. Hasta Milagros de la Bárcena se dignó sonreírle cuando llegó su turno de apapacharlo, y en voz alta, para hacerse oír por los reporteros, elogió la firmeza de sus principios morales. ¿Ignoraba los motivos de su divorcio o le perdonaba el adulterio por conveniencia política? Terminado el besamanos, dio un par de entrevistas para las televisoras locales, donde los reporteros idiotas lo obligaron a repetir lo que había dicho ya en su discurso. Cuando por fin pudo librarse un momento del asedio, se refugió tras bambalinas para llamar a Israel.

—¿Qué pasó, cómo está Leslie?

—Sano y salvo, ya no se queja de los golpes y ahorita está desayunando.

—Por favor, Israel, cuando hables de Leslie usa el femenino. Ella eligió ese género y se merece respeto.

—Perdón, tu nalguita está desayunando. Antes de que rindiera su declaración al eme pe, la aleccioné para que dijera que la golpiza fue en la calle, donde tú la encontraste. Pero ella no quiso ocultar su verdadero nombre. Dijo que de todos modos la iban a descubrir y no quería despertar sospechas.

—Bien hecho. ¿Y los judiciales ya la interrogaron?

—Sí, llegaron a las dos de la mañana, armados con metralletas y lanzagranadas, como si vinieran a detener a Osama Bin Laden. Se la querían llevar a los separos, pero Balcárcel los paró en seco. Les dijo que no tenían derecho a detenerla sólo por ser hermana gemela de un delincuente, menos todavía cuando apenas estaba reponiéndose de una agresión.

—Y de su hermano, ¿qué les dijo?

—Que no lo ve desde hace ocho años y es completamente ajena a sus actividades ilícitas. Tampoco pudo identificar al agresor, porque según ella iba encapuchado. Pero no cantes victoria: los periodistas se metieron a su cuarto y le tomaron fotos toda madreada. Tu chava se va a hacer famosa.

—¿No le diste su moche al Ministerio Público?

—Le pagué para que borrara tu nombre del acta y lo hizo. Pero el muy vivales quiso sacarle raja al escándalo, porque los periodistas también se mocharon con él.

—Qué poca madre, le damos la mano y se toma el pie —Jesús iba a soltar una mentada, pero la aparición de César Larios, que vino a buscarlo detrás de los bastidores, lo obligó a cortar abruptamente la charla: —Por favor, avísame cuando la den de alta.

—¿Tienes alguna pariente enferma? —le preguntó el presidente del comité directivo.

—Sí, mi tía Ramona, la pobre anda mala de la vesícula. Gracias a Dios salió bien de la operación.

—Me alegra mucho. Acompáñame, por favor, Jesús. En mi oficina ya nos están esperando los dos equipos de seguridad que te manda el gobernador Narváez.

En la madre, se había olvidado de los malditos guaruras. Ya no estaba tan seguro de querer protección: sería un grave riesgo vivir expuesto a la mirada de los extraños, perder una privacidad que ahora, con tantos secretos inconfesables, necesitaba mantener a salvo de intrusos. Pero no podía rechazar una escolta que él mismo había solicitado sin ofender al gobernador, y poniéndole buena cara al mal tiempo, fingió beneplácito cuando Larios hizo las presentaciones. El jefe de su escolta personal, el capitán Herminio Esquivel, un grandulón de anchas espaldas, con porte de indio yaqui, ancha nariz y pómulos tallados en piedra, ni siquiera parpadeó cuando Jesús le estrechó la mano. Su hermética seriedad y sus fríos ojos de cuervo delataban una larga familiaridad con la muerte. Lo acompañaban dos pistoleros de menor estatura, panzones, cobrizos y adustos, con los nudos de las corbatas mal hechos, que se cuadraron al momento de pronunciar sus nombres.

—Melchor Dueñas, a sus órdenes.

—Ernesto Liceaga, para servirle.

—Mucho gusto, señores, vamos a convivir mucho tiempo, así que será mejor ir rompiendo el hielo —Jesús saludó de mano a los tres—. Yo no necesito que hagan guardia en mi casa toda la noche, sólo durante mis actividades diurnas. Y en algunas horas del día, cuando tenga que departir con mis hijos o atender asuntos personales, les voy a pedir que me dejen solo.

—Perdone, licenciado —intervino Herminio—. Tengo entendido que usted ha recibido amenazas. Con todo respeto, no le conviene estar desprotegido en ningún momento.

—Eso lo voy a decidir yo, capitán —impuso su autoridad—. Y por lo pronto, quiero tener esta tarde libre. Preséntense mañana en mi domicilio a las nueve de la mañana.

El jefe del otro grupo de escoltas, el teniente Valerio Nishizawa, un atlético mastín de rasgos orientales, con una charrasca a la altura de la quijada, le pidió instrucciones para salvaguardar la integridad de su familia. Jesús llamó por celular a Remedios, pero como lo temía, tampoco esta vez se dignó contestar. Se obstinaba en aplicarle la ley del hielo, con un ánimo vengativo que rayaba en lo patológico.

—La madre de mis hijos tiene el teléfono apagado. Pero deme sus datos, teniente, y yo lo llamaré después, para que se ponga de acuerdo con ella.

Más tarde se fue a comer con Larios al Madrigal, donde recibió la buena noticia de que el partido le asignaría ciento veinte mil pesos de sueldo mensual durante la campaña. Eso le permitiría sufragar el pleito de divorcio, y quizá, regalar un caballo a los niños, que tantas ganas tenían de aprender a montar. Si no podía competir con la abultada cartera de su abuelo, se conformaba con darles una pequeña alegría. Por la tarde presidió una larga y soporífera junta con los estrategas electorales del partido, en la que le presentaron estadísticas de los distritos ganados y perdidos en la elección anterior, explicando los motivos de los resultados y la tarea desarrollada desde entonces para fortalecer la imagen del PAD. Al anochecer volvió a casa molido de cansancio. Para oxigenarse un poco el cerebro empezó a ver la tercera temporada de *Los Soprano*, que acababa de comprar en versión pirata. Quería escapar de sí mismo, de la falsa importancia que acababa de contraer, pero cuando iba a la mitad del capítulo entró una llamada en el celular. Era Librado Sáenz, el abogado que le llevaba el divorcio.

—Querido Jesús, lamento mucho tener que darte una mala noticia. Desde el miércoles pasado, el mensajero de mi despacho ha tratado de cazar a tu mujer para entregarle los papeles de la demanda. Ya sé por qué no ha podido encontrarla: desde antier se largó de México con tus hijos.

—No mames, ¿te cae de madre? —Jesús dio un puñetazo en el colchón.

—No te anunciaría algo tan grave sin tener datos fidedignos. Llegó a Brownsville el miércoles pasado.

—¿Ah, sí? Pues la voy a acusar de secuestro —amenazó Jesús, iracundo—. No entiendo cómo la dejaron salir del país con los niños. Los agentes de Migración debieron pedirle un acta notarial firmada por mí.

—Parece que se fue por carretera a Estados Unidos. En las garitas de la frontera muchas veces dispensan a la gente de ese trámite.

—Pero los niños están a la mitad del curso. Van a perder el año por su culpa. ¿Cómo se atreve a perjudicarlos así?

—Acabo de hablar con su abogado, Jesús. Dice que estaba muy preocupada por tu postulación como candidato y no quería exponer a sus hijos a un atentado. Según parece, el correo que le mandaste la asustó mucho.

—Pretextos para joderme —gruñó Jesús—. Lo que ella quiere es vengarse, aunque mis hijos salgan lastimados de carambola.

El bombazo de adrenalina le impidió seguir viendo las malandanzas de Tony Soprano. Salió al balcón, donde soplaban ventarrones gemebundos, y tumbado en una silla de mimbre, la cabeza hundida entre los brazos, lloró de impotencia por ese artero despojo. El amor de los niños era su principal fuente de energía. Necesitaba sentirse querido y admirado por alguien para emprender una campaña electoral en circunstancias tan difíciles. Sin esa motivación para luchar, sin la certeza de que sus triunfos alegrarían a Maribel y a Juan Pablo, ¿para qué diablos quería ser alcalde de Cuernavaca? Un hombre estaba muerto cuando no podía hacer feliz a nadie. La falta de afecto mataba con más contundencia y rapidez que un infarto. Pinche Remedios, con cuánta saña se cobraba un desamor que tuvo un largo proceso de incubación y en todo caso era responsabilidad mutua. Le quedaba, por supuesto, la alternativa de emprender acciones legales para obligarla a volver. Pero ella, repartiendo lana en los juzgados, podía prolongar el litigio varios meses, años quizá, y dedicarse, mientras tanto, a envenenar el alma de sus hijos, a predisponerlos contra el padre desertor, con la paciencia de una sierpe que dosifica sabiamente su ponzoña. Se imaginó el amargo reencuentro, pasados seis o siete años, cuando Maribel lo besara a la fuerza, remolona, la boca torcida, y Juan Pablo respondiera a sus bromas con monosílabos glaciales, que le abrirían una úlcera moral del tamaño de un sepulcro. No, por Dios, tenía que llenar pronto esa oquedad insondable a la que le daba miedo asomarse. Cuando sentía con más fuerza que nunca la atracción magnética del fracaso lo llamaron por celular.

—Hola, mi candidato —bromeó Israel—. Felicidades por tu discurso, lo han repetido en todas las estaciones de radio. Yo sigo aquí en la clínica al pie del cañón. Te llamaba porque ya dieron de alta a Leslie. Le dije que tú le habías dado asistencia legal y está muy agradecida contigo.

—Tráela para acá.

—¿A tu departamento? No mames, Jesús. ¿Quieres ser alcalde o reina de la primavera?

—No te metas en mi vida, Israel. Vámonos respetando. Ya veré cómo me las arreglo, pero Leslie se queda conmigo.

VIII. El Ninja Asesino

Llegó lívida y atontada, con un esparadrapo en el ojo izquierdo y una gabardina de Israel sobre los hombros, el brillo natural de sus ojos pardos nublado por un fúnebre desencanto. Adormilada todavía por los sedantes, a duras penas sacó fuerzas para echarse en brazos de Jesús.

—Gracias, mi amor, si no es por ti me desangro ahí tirada —sollozó en su hombro—. Perdóname por meterte en tantos problemas.

—Aquí estás a salvo, mi vida —Jesús le acarició el pelo—. Ya pasó lo peor y ahora yo te voy a cuidar.

La recostó en el sofá y le preguntó si tenía ganas de un trago. No podía porque estaba tomando antibióticos, pero se le antojaba un café con leche. Mientras lo preparaba en la cocina, Jesús sostuvo un breve diálogo con Israel, que venía ojeroso y crispado. Había sacado a Leslie por la puerta trasera de la clínica, le informó, para eludir a los judiciales apostados en la entrada principal, que al parecer querían seguirla a su casa. Por el momento los había burlado, pero la policía no iba a perder tan fácilmente una pista que podía llevarla al jefe de los Tecuanes.

—Yo cumplí con lo que me pediste —concluyó Israel—, pero te quiero pedir prudencia. Un candidato debe llevar una vida privada intachable. No juegues con fuego, Jesús. Leslie puede ser la tumba de tu carrera. Y lo peor es que me llevarías de corbata.

—Cálmate, no voy a dejar que esto nos perjudique —lo abrazó con gratitud—. Te debo un favor enorme, compadre. Nos vemos mañana en la entrega de la sindicatura.

El café despertó un poco a Leslie. Con la boca hinchada y la cabeza envuelta en vendajes había perdido buena parte de su feminidad. Ahora resaltaba más que nunca su parecido con el Tecuán Mayor, como si la violencia hubiera restaurado el cordón umbilical que alguna vez compartieron. Aunque la pobre estaba medio grogui, Jesús no pudo abstenerse de interrogarla:

—Mira, mi amor, sé que la madriza te dejó muy deprimida, y no quiero hacerte más daño, pero hay algo que necesito saber. ¿Por qué no me dijiste que eres hermana gemela de Lauro Santoscoy?

Leslie hizo una larga pausa en la que pareció recapitular los episodios más negros de su pasado.

—Porque nunca hubieras vuelto a verme, así de simple —respondió al fin, con una voz áspera, casi masculina—. Todo el mundo les tiene pavor a los narcos. Nunca le hablo a nadie de mi carnal porque me quedaría sin clientes y sin amigos. Por su culpa he perdido a un montón de galanes.

—Pues ya viste que yo no soy como ellos. Estoy enamorado de ti, Leslie, por eso te traje a mi casa.

Dos lágrimas rodaron por sus demacradas mejillas. Parecía haber esperado toda la vida para escuchar una frase así.

—¿Te estás declarando?

—Sí, necesito que seas mía. No soporto que otros hombres te pongan las manos encima, menos aún para golpearte.

—No creas que taloneo por gusto —se enjugó el llanto con la solapa de la gabardina—. De eso vivo, o vivía, porque la mera verdad, no sé si después de esta madriza voy a gustarle a alguien.

—Ya verás que en dos semanas estás otra vez como nueva —la besó con ternura en el único rincón de la cara que no tenía lastimado—. Y por el dinero no te preocupes: yo te voy a sacar de la mala vida.

Leslie se estremeció de alborozo y su conato de sonrisa dejó al descubierto un diente frontal partido por la mitad.

—¿Va en serio? —entrelazó sus dedos con los de Jesús.

—Tan en serio que por ti dejé a mi señora.

—¿Y vamos a vivir juntos?

—No, cada quien por su lado, para que sea más romántico —Jesús mitigó el ardor pasional con una buena dosis de pragmatismo—. Tú vas a vivir en este departamento y yo en mi casa. Remedios la dejó vacía porque se largó a Brownsville con los niños.

—¿Y mi ropa qué? —protestó Leslie—. Se quedó toda en mi departamento.

—Por eso no te preocupes, mamita. Mañana le pido a mi jefe de escoltas que vaya a recoger todas tus pertenencias.

—¿Tienes guaruras? Con razón me atendieron como una reina en la clínica. Eres muy importante, ¿verdad?

—De mi vida hablaremos después. Ahora quiero que hagamos un pacto: basta de mentiras entre nosotros, ¿de acuerdo? A partir de ahora me vas a decir la verdad, empezando por la madriza de ayer: ¿Quién fue el hijo de la chingada que te golpeó? ¿Lo conoces?

Leslie volvió a callar, esta vez roja de vergüenza, la cara vuelta contra el respaldo del sillón. Parecía que un secreto gordo, del tamaño de un sapo, se abría camino con dificultad en su constreñida laringe. Impaciente, Jesús la sacudió de los hombros.

—¡Contéstame, por favor! ¿El hombre que entró a golpearte era un pistolero de tu hermano? ¿Tienes alguna cuenta pendiente con él?

Leslie negó enfáticamente con la cabeza.

—Hace ocho años que no veo a Lauro. Tuvimos un pleito y nos dejamos de hablar, pero él nunca me haría algo así.

—¿Entonces quién fue? —Leslie volvió a encerrarse en el mutismo y Jesús perdió los estribos—: ¡Contesta, carajo!

—¿Si te digo la verdad me prometes que no te vas a enojar conmigo?

—Te lo juro por ésta —besó la cruz con un gesto huraño, molesto por su truco infantil para capotear la tormenta—. ¿Quién te pegó?

—El Ninja Asesino —murmuró Leslie, abochornada.

—¿Y ese güey quién es?

—Un luchador que me tenía amenazada de muerte.

Jesús recordó la máscara escarlata que había visto en el baño de Leslie, con las enigmáticas iniciales NA, y se sintió estúpido por haber imaginado una intriga tan absurda para explicar la golpiza. Eso le pasaba por creerse el centro del universo. Todo iba embonando en un rompecabezas vulgar, tal vez porque así era la realidad: una película barata con el argumento escrito sobre las rodillas.

—¿No que ese luchador era camote de Frida?

—Te mentí: fuimos amantes un tiempo, pero lo mandé al carajo porque nomás quería sacarme lana.

—¿Y encima te padroteaba? —Jesús contuvo el impulso de abofetearla y estrujó con rabia un cojín del sofá—. Además de puta, pendeja.

—Dijiste que no te ibas a enojar —Leslie se enconchó en el sofá temiendo una nueva andanada de golpes.

—Yo también digo algunas mentiras —Jesús la miró con odio—. No te voy a pegar, ese no es mi estilo. Pero explícame por qué le aguantabas los malos tratos a ese infeliz.

Entre gimoteos de María Magdalena, Leslie comenzó el relato de su borrascoso amorío. Reconocía que al principio la halagó ser cortejada por un luchador famoso y galán, que salía retratado en las revistas con el Enfermero Satánico, su pareja de relevos australianos, y hasta tenía un club de admiradores en internet. En la vida real se llamaba Raymundo, pero ella de cariño le decía Mundo. No sólo era rudo en el ring, también en la cama, y eso, que Dios la perdonara, le fue debilitando la voluntad y el orgullo. Qué droga tan dura era el placer, dios santo: jalones de pelo, mordidas en los pezones, fuetazos en las nalgas. En pocas palabras, el domador atrabancado y malora con el que siempre soñó. Desde niña, cuando su papá la llevaba a las luchas en Izúcar de Matamoros, se había imaginado que ella ocupaba el lugar de los luchadores sometidos por una llave, sólo que en sus fantasías, después de arrancarle la máscara, el villano del ring se la cogía sin misericordia, en plena cara del réferi, desatando un pandemonio en el graderío. Estaba, pues, predestinada a ese viacrucis que no le deseaba ni a su peor enemiga. Como además, Mundito la colmaba de atenciones y regalos (joyas, vestidos, cenas de lujo, fines de semana en buenos hoteles de Acapulco), creyó tontamente que de verdad la quería.

Casado y con tres hijos, él nunca le prometió que dejaría a su esposa. Pero a ella no le importaba ser el segundo frente: al contrario, lo prefería, y después de cogérselo, con su semen escurriéndole entre los muslos, cantaba feliz en la ducha: "Soy ese vicio de tu piel, el de la entrega sin papel, soy lo prohibido". Por complacerlo dejó de putear en la calle, cambió las minifaldas por vestidos decentes, las medias caladas por los pantalones. Con tal de hacerlo feliz, hasta se hubiera vestido de hombre: así de enculada estaba. Los problemas empezaron cuando Mundito se aficionó al cristal, según él, para aliviarse los dolores musculares que le venían después de las luchas. Antes cuidaba mucho su condición física, sólo tomaba chelas y de vez en cuando un parís de noche, pero esa maldita droga le pudo mucho. Y no era para menos, el cristal tenía un efecto mucho más potente que el de la coca. Destruía de volada a los adictos, les deformaba la cara bien gacho, por eso ella nunca se lo había metido. Enganchado al vicio, Mundo perdió el sueño, el apetito y hasta las ganas de coger. Cuando se malviajaba era violento con todo el mundo, y una vez golpeó sin piedad a un taxista. Ya no iba al gimnasio, le cancelaron varias peleas porque no estaba en forma, nadie lo quería contratar y lógicamente se desquitaba con ella.

—La tonta de mí creyó que se podía rehabilitar y hasta le pagué un tratamiento que nunca tomó. En vez de internarse en la clínica, se gastó el dinero en la droga. Unos paramédicos lo recogieron medio muerto en un terreno baldío, allá por el rumbo de Acapantzingo. Ya no me mantenía, claro está, pero cuando le dije que necesitaba regresar al talón se puso furioso y me tachó de ninfómana. Tú a mí no me engañas, decía, no te basta conmigo porque extrañas el surtido rico, ¿verdad, puta? Tampoco le gustó que invitara a Frida a vivir a la casa, para compartir los gastos con ella. La tachaba de gata mugrosa, espantaba a sus clientes, le quemó un abrigo por dormirse con un cigarro encendido en los dedos. Como ya no me mantenía y sin embargo, seguía creyéndose mi dueño, llegó un momento en que decidí cortarlo. Fue al día siguiente de nuestra primera vez. Me quedé tan fascinada por tus modales de caballero que dije: ¿y yo por qué voy a soportar a este barbaján? Entonces fue cuando la cosa se puso fea. Los energúmenos de su calaña no soportan que una mujer los mande a volar. Como ya no le respondía el teléfono, un día vino drogado a echarme bronca y casi tira la puerta a patadas.

Obligada a recibirlo, tuvo que ponerle buena cara para evitar un mayor escándalo y soportar a pie firme su andanada de reproches. Ya vi que ahora te visita un señor muy catrín, de tacuche y toda la cosa. ¿Estás enculada con ese pendejo? ¿A poco la tiene más grande que yo? Le dio un par de bofetadas y quiso besarla a la fuerza. Como apestaba a rayos porque la adicción le estaba pudriendo los dientes, ella se vomitó del asco. Indignado, Mundito la derribó en el suelo bocabajo, se montó a horcajadas en su espalda y le quiso torcer el cuello con una de sus llaves chinas. En ese momento llegó Frida como caída del cielo. Suéltala, maricón, o aquí te mueres, lo amenazó pistola en mano. Con el cañón de la 38 en la espalda, el muy cobarde se quedó quietecito y callado, porque el pánico anula el efecto de cualquier droga, y se largó a la calle con la cola entre las patas. Al día siguiente empezó a bombardearla con recados amenazantes: "¿Qué prefieres: una muerte rápida o pasar el resto de tu vida en silla de ruedas?". "Sacaste boleto, mamita, ni tu santa calaca te va a salvar". "Ya estás muerta, nomás no te han avisado".

—¿Y no le pediste ayuda a tu hermano? —la interrumpió Jesús—. Él tiene pistoleros que te hubieran protegido.

—Primero muerta que pedirle un favor a Lauro. Se creería con derecho a gobernar mi vida, y eso no se lo aguanté ni a mi padre, menos a él. Mi carnal no tiene ninguna autoridad sobre mí. Les tronará los dedos a sus matones, pero conmigo se la pela.

La fiereza de su expresión denotaba una enconada rivalidad con Lauro, que tal vez venía de muy atrás. Por lo visto, el recuerdo de sus riñas fraternas le sacaba del corazón, o de los huevos, al gallo de pelea que había intentado sepultar con su tratamiento hormonal. Pero Jesús quería escuchar el desenlace de la historia y no quiso distraerla con preguntas sobre su hermano.

—Después del tremendo susto que se llevó, creí que ya no iba a volver —continuó Leslie, en voz más baja, dando claros signos de agotamiento—. Aquella mañana encontraste su máscara en el toallero porque Frida la usa como gorro de baño, pero Mundito ya tenía rato de no venir a la casa. Por si las dudas, yo siempre me asomaba por la mirilla antes de abrir la puerta y no salía a la calle sin llevar mi fusca en el bolso. Pero ayer, cuando me llamaste, la casa estaba hecha un asco y no te quise recibir en medio de un cochinero. Hice una limpieza rápida, y como el bote de basura estaba lleno hasta el tope tuve que bajar a tirarla en el contenedor del patio. Allí fue donde el cabrón me agarró de bajada. Se había escondido detrás de unos tambos, y cuando acababa de vaciar el bote, me tapó la boca con su manota. No grites o te quiebro el pescuezo. Ningún vecino se asomó cuando subimos la escalera, él atenazándome la nuca, yo cagada de miedo, y esta vez Frida no llegó en mi auxilio. Adentró me traté de zafar, nos caímos sobre la mesa y por eso la encontraste tirada. Lo demás me lo callo, porque la tortura se repite cuando una la cuenta. Con el interrogatorio del Ministerio Público tuve de sobra. Necesito borrar ese mal recuerdo, no echarle jugo de limón a la herida. Si ahora que ya me conoces prefieres terminar conmigo, adelante, mi rey. Eres demasiado bueno para una piruja como yo.

Jesús le ofreció un hombro paternal para que desahogara un nuevo acceso de llanto, pero el orgullo le sangraba y no pudo compadecerla. Ese colofón lacrimógeno bien podía ser una muestra más de su pérfido histrionismo.

—Me duele mucho lo que te pasó, muñeca, pero hay algo que no entiendo —dijo con la voz agria de los despechados—. Si el desgraciado ése por poco te mata, y mañana puede volver a intentarlo, ¿por qué no lo denunciaste a la policía?

—Temí que me buscara para vengarse. La policía nunca encuentra a ningún culpable, pero el que denuncia un delito se juega la vida. Tú eres influyente, bebé, pero yo soy de la prole.

—¿No será que a pesar de todo lo sigues queriendo? —receloso, Jesús apartó su cabeza para mirarla fijamente a los ojos—. ¿No será que le perdonas todo: los putazos, las quemaduras y los piquetes con picahielos, porque en el fondo te gustaría volver con él?

—Estás celoso, qué lindo —Leslie esbozó una sonrisa de triunfo—. Te sienta muy bien esa cara de cabrón.

—No me has respondido, Leslie. Dime a lo macho: ¿sigues queriendo a ese güey?

—A lo macho no puedo decirte nada, pero te voy a responder a mi modo —suspiró impaciente—. ¿De a tiro me crees tan pendeja? ¿Tengo cara de suicida o qué?

Su argumento no lo convenció. Después de todo, Leslie había dicho que de niña fantaseaba con la idea de ser sometida y maltratada por un luchador. Profesaba una religión que la obligaba a coquetear con la muerte y quizá extrañara más tarde los tormentos de su verdugo. Pero a pesar de su escepticismo Jesús se ablandó porque necesitaba creerle. La vida lo había vacunado contra la prudencia. Buscar la seguridad en el amor era estúpido: sólo Cristo pudo caminar sobre las olas. Por cobarde, jamás había corrido el riesgo de vivir una pasión mal correspondida. La sensatez y el orden lo habían protegido hasta la asfixia durante el largo periodo de catatonia en que había dado la espalda a su verdadero yo. Pero el punto muerto al que llegó con Remedios era mucho más letal que los aparentes peligros del amor loco. El Ninja Asesino o cualquier otro miserable podían robarle a Leslie en cualquier momento, si ella dejaba de quererlo o si se aburría de la monogamia. ¿Y qué? ¿Les tenía tanto miedo a las decepciones? ¿Qué necesitaba para entregarse? ¿Una póliza de seguro? ¿Un contrato de compra venta registrado ante notario público? Iba a jugársela, qué chingados, al diablo con sus precauciones mezquinas de pequeño burgués. Pero mientras besaba con suavidad a Leslie, para no lastimarla, se comenzó a gestar en sus vísceras un ánimo vengativo que alcanzó con rapidez el grado de ebullición.

—No voy a permitir que ese hijo de puta vuelva a ponerte una mano encima. Dime dónde puedo encontrarlo.

—No te metas en líos, mi cielo. Mundito ya no tiene fuelle para luchar, pero de todos modos te puede hacer mucho daño.

—No voy a ponerme con Sansón a las patadas. Quiero meterlo a la cárcel.

—Cálmate, bebé. Mundo ya no me puede encontrar. Ni siquiera sabe dónde voy a vivir.

—Pero no le costaría trabajo averiguarlo —Jesús se levantó del sillón apretando los puños—. Contigo viviendo aquí sola, no voy a dormir tranquilo hasta que ese pinche sicópata esté tras las rejas. Tú lo conoces bien: dame información para detenerlo.

Dubitativa, pero obligada a ceder después de tantas pruebas de amor, Leslie respondió que antes de caer en la droga, cuando era un hombre de bien, el Ninja Asesino vivía con su mujer y sus tres hijos en Xochitepec, cerca del aeropuerto. Pero ya no se paraba nunca por ahí, porque ni su familia lo aguantaba. En los últimos meses había frecuentado un gimnasio en el que entrenaban algunos luchadores, para sablear a sus viejos amigos.

—¿Dónde está ese gimnasio?

—Ay Jesús, todo esto me da mucho miedo —Leslie se mordió los nudillos—. Mundito es muy rencoroso y aunque le echen diez años de cárcel, cuando salga es capaz de venir a matarme.

—¿Ves cómo lo sigues protegiendo? —Jesús la zarandeó de los hombros sin apiadarse de su fragilidad—. ¿No que ya dejaste de quererlo?

Ante la vehemencia de su reclamo, Leslie tuvo que soltar la información: el gimnasio estaba detrás del Banorte de Plan de Ayala, por la glorieta del antiguo supermercado La Luna, en una callecita cuyo nombre no recordaba. Satisfecho con las señas, que anotó en una libreta, Jesús condujo a Leslie al cuarto de las visitas, donde cayó dormida como una piedra. Al día siguiente le preparó unos huevos fritos con salsa verde y un jugo de naranja grande. Cuando le llevó el desayuno a la cama, en una bandeja adornada con un clavel, Leslie recobró una buena parte de su coquetería.

—Gracias, mi rey, qué consentida me tienes.

Instalado ya en el papel de marido munificente, Jesús le ofreció que en una semana o dos, cuando se sintiera más repuesta, la llevaría a un buen dentista, para que le arreglara el diente roto, y luego a operarse las cicatrices con un cirujano plástico del D.F. Su beatífica sonrisa de gratitud le recordó la de Maribel cuando la arropaba y le contaba cuentos antes de dormirse. No sólo quería mimarla y embellecerla, también reeducarla, moldear su nueva personalidad como un Pigmalión. Pero sobre todo quería darle seguridad, convencerla de que podían tener un proyecto de vida en común. Para cumplir el pacto de franqueza mutua contraído la noche anterior, le confesó que era candidato a la alcaldía de Cuernavaca por el PAD.

—Ay, qué emoción, ¿entonces voy a ser primera dama?

—En secreto ya lo eres, pero no puedo mostrarme contigo en público —sonrió Jesús, imaginado el shock de la plana mayor del PAD si se presentaba con Leslie en su primer mitin—. Ante el mundo soy un divorciado que por el momento no quiere comprometerse. Como en las próximas semanas voy a estar muy ocupado con la campaña, no creo que pueda verte diario. Pero aquí no te va a faltar nada, yo cubro todos los gastos de la casa. He notado que no te gustan las faenas domésticas, me di cuenta desde la primera vez que entré a tu chiquero —Leslie hizo un mohín de niña regañada—, pero si aspiras a ser una primera dama tienes que cambiar tu estilo de vida. Quiérete un poquito, por favor. Busca una señora que te cocine y te haga el aseo. Su sueldo va por mi cuenta, pero no quiero ver esto hecho un muladar.

Le dejó en el buró tres mil pesos para sus gastos más urgentes, le dio el beso del adiós, y cuando ya iba de salida, Leslie lo jaló de la corbata.

—Una pregunta, señor alcalde —acarició su barbilla con el dedo índice—. ¿Frida puede venir a verme?

—Nomás de visita, pero que no se le ocurra traer a sus clientes —la señaló con un índice admonitorio—. Y te advierto una cosa, nena: vas a tener que dejar el perico. Si me encuentro una grapa de coca, con mucha pena te voy a correr de aquí.

—Mejor enciérrame en un convento —rezongó Leslie—. Yo estoy acostumbrada a la libertad y no sé si pueda…

—Las drogas no dan libertad, te la quitan. ¿Quieres seguir los pasos de tu ex? —la interrumpió Jesús, terminante—. Si la coca te importa más que yo, eres libre de irte ahora mismo. Pero si aceptas ser mi mujer, vas a tener que seguir mis reglas.

Demudada Leslie, dejó escapar un hilo de llanto y Jesús trató de suavizar la reprimenda.

—Entiéndelo, mi reina, quiero gozar la vida contigo, no ver cómo te destruyes —enjugó su llanto con la servilleta—. Estoy enamorado de ti, pero necesito que pongas algo de tu parte. Prométeme que vas a quitarte ese pinche vicio.

Leslie prometió intentarlo con una voz tan trémula que no podía garantizar nada, pero, de momento, y en consideración a su estado físico, Jesús se abstuvo de presionarla más. Afuera lo esperaba Herminio, el jefe de su escolta, en un BMW negro estacionado en el zaguán del edificio. Detrás, en un Spirit blanco, los otros dos guardaespaldas leían periódicos deportivos. Los llamó desde el balcón y les pidió que subieran a buscar las dos grandes maletas grandes donde había metido la mayor parte de su ropa.

—Esto lo llevan a mi casa y se lo entregan a Fortino, el cuidador de la privada —les dio la dirección—. Allá voy a estar viviendo, y aquí se va a quedar mi novia. ¿Entendido?

Aunque Herminio le abrió la puerta trasera, Jesús prefirió subir al asiento del copiloto, para ir entrando en confianza con ese inexpresivo atlante al que veía durante tantos meses. En el camino le ordenó que después de dejarlo en la oficina y llevar las maletas a su casa, fuera a recoger la ropa de Leslie a su departamento de la unidad Campestre, y le pasó otro papel con la dirección.

—Mi novia es una persona fuera de lo común, lo notará en cuanto la vea. Nada de bromitas con ella, ni de usted ni de sus hombres, ¿entendido? —el capitán Esquivel asintió—. Y tampoco quiero indiscreciones: todo lo que tenga que ver con mi vida privada es estrictamente confidencial. Si alguna información malintencionada se filtra a la prensa lo voy a responsabilizar a usted. Pero si cumple su deber con discreción, yo sabré recompensarlo cuando llegue a la alcaldía. Nunca olvido a la gente que me ha demostrado lealtad.

Sabía que depositar su confianza en Herminio entrañaba un peligro. El hampón que lo amenazaba, o los estrategas electorales de los demás candidatos, le pagarían a precio de oro cualquier información sobre su romance con Leslie. Pero mostrarse débil ante un subalterno sólo agrandaría ese riesgo. La experiencia política le había enseñado que la pérdida de autoridad ante los subordinados provocaba tarde o temprano la caída de un funcionario. Si no manejaba con audacia su vida secreta, si jugaba con el capitán a las escondidas o le daba señales de vergüenza o miedo al escándalo, perdería automáticamente su respeto. Entre líneas acababa de advertirle: "Seré un puto asqueroso, si así me quieres catalogar, pero cuidado con traicionarme porque te puede llevar la chingada". Desde el día anterior había notado los efectos mágicos del poder y confiaba en ellos para salir ileso de cualquier intriga. Era apenas un aspirante a la alcaldía, pero la gente ya lo veía como un redentor. Las expectativas que despertaba su aura de mandamás le granjeaban simpatías por doquier y atemorizaban a posibles enemigos, que no desearían vérselas con él por miedo a las represalias. Para ganar una elección era fundamental comportarse como ganador desde antes de iniciar la contienda. Nadie debía verlo preocupado por tener una vida sexual atípica. Los líderes naturales comían lumbre con una sonrisa de suficiencia. Si manejaba el asunto con tacto y astucia, sus allegados pensarían que la murmuración lo tenía sin cuidado porque ya tenía la victoria en la bolsa, y con un poco de suerte, la fe en el triunfo de su núcleo más cercano se propagaría en círculos concéntricos al resto de la sociedad. Sin quererlo había encontrado un lema de campaña: yo no vengo a ver si puedo, sino porque puedo vengo.

Llamó por el celular al comandante Ruelas, el jefe de la policía municipal, uno de los funcionarios que el día anterior lo había felicitado con mayor júbilo, a pesar de haber sido siempre su enemigo en el ayuntamiento.

—Me da un gusto enorme escucharlo, señor candidato —Ruelas se le puso de alfombra desde el saludo—. Qué trabajador es usted, tan temprano y ya dando guerra. Yo en su lugar todavía estaría celebrando la postulación. Dígame, licenciado, para qué soy bueno.

Por su tono solícito, Jesús confirmó lo que ya sospechaba: Ruelas estaba ansioso de congraciarse con él para evitar que lo investigara a fondo si resultaba electo.

—Le quería pedir su intervención para detener a un ex luchador muy peligroso, que ahora comete asaltos a mano armada.

—Ah caray, ¿cómo se llama?

—No conozco su nombre de pila —mintió—, pero en el ambiente de la lucha libre se hace llamar el Ninja Asesino. Antier entró a robar a mi casa, aprovechando que mi señora se fue a Brownsville con los niños. Pudo entrar con facilidad porque al parecer era amante de la sirvienta, que se dio a la fuga después del asalto. El jardinero quiso detenerlo y se llevó una tremenda golpiza. Como la sirvienta tenía su cuarto lleno de fotos y carteles del luchador, identificó plenamente al ladrón. Por ahora no puedo ir en persona a levantar un acta, pero me parece muy peligroso que ese rufián ande suelto.

—Sin duda alguna, licenciado, voy a encargar el caso a mis mejores agentes. Les pediré que lo busquen hasta por debajo de las piedras.

—Tengo un dato que puede facilitar la pesquisa. Según mi jardinero, el Ninja se deja ver muy seguido en un gimnasio frecuentado por luchadores —y a continuación Jesús le dio las señas del lugar.

Ruelas le prometió resolver el asunto a la mayor brevedad. Complacido por sus enfáticas promesas de acción inmediata, entró al ayuntamiento alegre, optimista, agigantado, como si de pronto hubiera aprendido a volar. Con razón el poder intoxicaba a la gente: ninguna droga podía compararse al placer de convertir los deseos en actos. En la entrega de la sindicatura estuvo locuaz y bromista, rompiendo el rígido protocolo con un dominio de la escena que dejó perpleja a la concurrencia. El joven licenciado Salvador Contreras, a quien hizo entrega del puesto, lo miraba con una admiración embobada, y los compañeros que lo conocían de años atrás no podían creer que ese opaco burócrata, formal y esquivo con todo el mundo, se hubiera convertido de pronto en un mago de las relaciones públicas. Ni él mismo se explicaba su transformación. ¿De dónde sacaba esa naturalidad, esa frescura para congeniar con el prójimo? Quizá el arrojo mostrado en el salvamento de Leslie le había cambiado el carácter. Ahora desafiaba al mundo, ya no le pedía permiso para existir, porque había dejado de interpretar un papel ajeno a su verdadera naturaleza. Qué inmenso alivio, qué fabulosa liberación era romper la cuarta pared del escenario donde había representado tanto tiempo una mala comedia.

Después de los discursos y la sesión de fotos, se encerró un momento con Israel Durán en su despacho para planear las actividades de la semana. El partido quería someter a su aprobación un tupido programa que incluía visitas a colonias de precaristas, entrevistas con líderes de asociaciones civiles, encuentros a puerta cerrada con empresarios, recorridos por mercados y guarderías. Dio preferencia a los actos de campaña que lo mantuvieran en contacto con el pueblo, pues quería conocer de viva voz sus problemas y necesidades. Cuando terminó de ajustar la agenda respondió llamadas de diputados locales y militantes distinguidos del PAD que no habían podido asistir a su toma de protesta pero querían demostrarle su firme adhesión. Muchos de ellos habían respaldado ruidosamente a Manuel Azpiri, vitoreándolo en la cámara, y ahora cambiaban de chaqueta con un cinismo ejemplar. Agradeció sus palabras de aliento con una efusiva diplomacia que daba por abolido el pasado.

—Felicidades —lo aprobó Israel—, por fin te estás volviendo hipócrita.

A las dos y media de la tarde se despidió de Israel. Tenía una comida en La India Bonita con Librado Sáenz, para precisar los términos de la demanda contra Remedios. Jesús quería ponerle un ultimátum: o regresaba en seguida o le quitaría la patria potestad de los niños. Confiaba en que ahora, espantada por el poder que le daba la candidatura, doblara las manitas para no meterse en problemas. En la puerta del ayuntamiento los esperaba el suntuoso BMW conducido por Herminio.

—¿Fue a recoger la ropa de Leslie?

—Sí, señor, ya le entregué todo a la señorita.

En el breve trayecto al restaurante escrutó la cara de Herminio por el espejo retrovisor, sin advertir en su hermético rostro ninguna señal de sorna. O era muy respetuoso o era muy buen actor. Cuando llegaron a La India Bonita ya estaban haciendo guardia en la puerta Melchor y Ernesto, sus otros dos guardaespaldas. Sus panzas cerveceras no amedrentarían a ningún matón, pensó Jesús: ojalá fueran por lo menos buenos tiradores. Melchor les abrió la puerta mientras su compañero bloqueaba el paso por la banqueta de la calle Morrow.

—Adelante, licenciado.

—Buenas tardes, Melchor.

Cuando entraron al restaurante, ambos se quedaron en la entrada, tiesos como esfinges, mientras Herminio iba a estacionar el auto, pues Jesús le había dado órdenes expresas de no cometer abusos que bloquearan el tránsito. La peor publicidad para su campaña sería dar señales de prepotencia en sus traslados por la ciudad. Antes de saludar a Librado escapó un momento al baño para descargar la vejiga. Tenía programada a las cuatro y media la primera visita a su cuartel general de campaña, una casa recién acondicionada en la colonia Vista Hermosa, y a las seis, un mitin en un centro deportivo de la colonia Antonio Barona, en el que pronunciaría un discurso. Decidió improvisar en vez de leer el texto que había escrito, para restarle solemnidad al acto. Nada de acartonamientos: tenía que hacer política tuteando a la sociedad. Cuando se subía el cierre de la bragueta salió del escusado un mastodonte prieto de traje negro, ágil a pesar de su corpulencia, que lo acorraló contra la pared del lavabo y le arrimó a las costillas una pistola.

—Usted me tiene que acompañar.

—¿Acompañarlo a dónde?

—Cállese y camínele.

Lo obedeció por instinto de supervivencia, despojado abruptamente de su ilusorio poder. Al salir de los urinarios, el secuestrador ocultó su pistola en el saco, pero le siguió apuntando muy de cerca, tomándolo del brazo, mientras cruzaban un patiecito con una fuente colonial. A lo lejos vio a su abogado de espaldas, en una mesa cercana, hablando por el celular. Imposible gritarle sin exponerse a un balazo en los riñones. Salieron a un jardín trasero, con una alberca flanqueada por plantas y helechos, que desembocaba en un estacionamiento. Ahí los esperaba una camioneta Grand Cherokee con vidrios polarizados, de la que salieron dos matones con sombrero texano. A empellones lo subieron al tercer asiento, le confiscaron el celular y le pusieron una capucha que apestaba a meados. Jesús encomendó su alma al Señor.

—¿A dónde me llevan?

—El patrón quiere hablar con usted. Si se porta bien no le va a pasar nada.

IX. Regalo de bodas

Sentado en una confortable silla playera, bajo un toldo que lo protegía del sol y con un caballito de mezcal en la mano, Jesús contempló a sus anchas el enorme y fastuoso jardín del rancho. El césped semejaba una mesa de billar, salpicada aquí y allá con setos de geranios, nochebuenas y aves del paraíso. En el centro del jardín, una parvada de flamencos abrevaba en un espejo de agua. Al fondo, tras una hilera de cipreses, alcanzaba a ver las cuadras de caballos, ocupadas por finos ejemplares que sacaban la cabeza por encima de las portezuelas. A su derecha, una gran alberca en forma de media luna, con un jaguar de piedra en el islote central. De sus fauces brotaba un potente chorro de agua. ¿Sería una pieza prehispánica original o una réplica muy bien hecha? A la izquierda se erguía la mansión del jefazo, una residencia modernista en forma de pagoda, que custodiaban seis guardias con metralletas. Todo era hermoso y apacible, un bucólico edén distante de cualquier carretera, donde sólo se oía a lo lejos el mugido de una vaca y el ronroneo de un tractor.

Llevaba quince minutos esperando al misterioso personaje que había decidido traerlo a la fuerza. Cuando supo que no lo iban a matar se había serenado y ahora tenía más curiosidad que miedo. Por la duración del trayecto, menos de media hora, y por la calidez del clima, supuso que ese rancho estaba en las inmediaciones de Temixco o de Yautepec. Una duda lo atormentaba: ¿cómo supieron sus raptores que tenía una comida en La India Bonita? ¿Lo había traicionado alguien de su entorno cercano? ¿Herminio trabajaba para el enemigo o estaban espiando sus llamadas por celular? De cualquier modo algo estaba claro: el "patrón" se había cansado de su insolencia y había querido bajarle los humos de un manotazo. Lección número uno, señor licenciado: vaya sabiendo quién manda en esta provincia, cuando yo le pida una entrevista tiene que venir en chinga. Entendido, señor: ya me quedó bien claro que yo le hago los mandados. ¿Fue usted quién me consiguió la candidatura? ¿El gobernador, el alcalde y el presidente del partido le consultaron el nombramiento? Sorbió el mezcal en busca de las agallas que necesitaba para enfrentarse a ese impaciente mandón sin corona. ¿Qué le pediría, o más bien, qué le ordenaría? ¿Impunidad total para delinquir? ¿Protección para su red de traficantes en Cuernavaca? ¿Perseguir al cártel rival para dejarle el campo libre? Y si se negaba, ¿cómo iba a poder combatirlo con una disparidad de fuerzas tan obvia? Cuando el mezcal empezaba a calentarle el cerebro, apareció en lontananza un helicóptero que poco a poco perdió altura y se aproximó a la hacienda, espantando con su ruido ensordecedor a las aves exóticas del jardín, que se echaron a volar despavoridas.

Sujetó el caballito de mezcal con el puño bien apretado, porque el ventarrón casi se lo arranca de la mano. Era él, sin duda, y su espectacular aparición también estaba calculada para apabullarlo. A un costado de la residencia había una explanada con un círculo rojo, en la que un mecánico agitaba una banderola. El estruendo arreció con el aterrizaje y Jesús, despeinado, reducido a la categoría de insecto, apuró el vasito de mezcal con un nudo en las tripas. El mesero de uniforme que montaba guardia a sus espaldas quiso servirle de nuevo, pero Jesús declinó el segundo trago. Un temple obtenido por medios artificiales podía traicionarlo: tenía que dominarse para darle una impresión de fortaleza. Bajaron del helicóptero tres hombres que se agacharon al pasar debajo de las aspas. Dos de ellos llevaban metralletas colgadas en bandolera. El desarmado ha de ser el jefe, pensó Jesús, camina pisando fuerte y desde lejos se nota su arrogancia de águila real. Uno de sus guardaespaldas entró a la casa y acompañado del otro, un coloso que le sacaba diez centímetros de estatura, el aparente capo caminó en dirección al jardín. Llevaba una cuera tamaulipeca, playera de jugador de polo y una gorra de beisbolista. Desde lejos refulgían sus esclavas de oro. Cuando lo tuvo a veinte metros, Jesús reconoció al doble de Leslie, en versión tosca y vaquera. Sólo se diferenciaba de ella por sus pobladas cejas, y por tener una leve desviación en el tabique nasal, tal vez a consecuencia de una riña. Estaba guapo el condenado. Y pensar que se lo había cogido tantas veces en la imaginación, cuando le quitaba a mordidas la lencería de su hermana. Alto ahí, nada de coqueteos, dale una lección de orgullo y dignidad. Aunque Lauro ya estaba a tres metros, tuvo la osadía de no levantarse a saludarlo, en señal de protesta por el maltrato que había recibido. Sólo accedió a ponerse de pie cuando el mesero, advirtiendo el desaire, le acarició la nuca con el cañón de su rifle.

—Qué gusto de verte, cuñado —Lauro lo abrazó y él dejó caer los brazos con enfado—. Perdóname que te haya traído a la fuerza, pero no me quedaba de otra. ¿Te están atendiendo bien? Sírvale mezcal al señor —ordenó al mesero.

—No gracias, ya me tomé uno.

El enorme guardaespaldas, un antropoide con mandíbula cuadrada y ralos cabellos de conscripto, trajo una silla de tijera que colocó junto a la de Jesús y se paró a espaldas de su jefe, cruzado de brazos como una estaca. Atendido de inmediato por el mesero, Lauro dio un sorbo largo a un mezcal servido en copa coñaquera. Eructó con descaro y sacó un habano Cohiba de su cuera tamaulipeca. El mesero se lo encendió con una solicitud canina.

—Quería agradecerte personalmente lo que hiciste por mi hermano —exhaló el humo de su habano en una pausa teatral—. El pinche Nazario no se sabe cuidar, siempre anda metido entre las patas de los caballos. Pudiste dejarlo morir solo, pero te la jugaste para salvarlo. Eres un tipo bien riata, verdad de Dios.

—No tiene nada que agradecerme —Jesús blandió el profiláctico "usted" como escudo para marcar distancias—. Leslie ha sido muy cariñosa conmigo y no podía dejarla tirada.

—Así se habla, chingao, eso es amor del bueno —Lauro le dio una violenta palmada en la espalda, más agresiva que afable. Parecía incomodarle que se refiriera a su hermano en femenino—. Pero tú no te conformaste con salvarlo. Mandaste a un visitador de Derechos Humanos para que no pudieran llevárselo a los separos. Eso fue lo mejor de todo y lo que más te agradezco. Si esos cabrones lo llegan a torturar, quién sabe qué les hubiera dicho de mí.

—Leslie me dijo que no tiene nada que ver con sus negocios desde hace mucho.

—Claro que no, mi trabajo es cosa de hombres —se ufanó con orgullo—. Pero de cualquier manera sabe dónde tengo este rancho y otras propiedades. Mi hermano y yo nos hemos distanciado, pero antes venía a todas mis fiestas.

—¿Por qué se pelearon?

—No creas que yo lo repudié por su homosexualismo. Soy liberal y siempre lo dejé hacer con su culo un papalote, pero él se pasó de la raya —afloró en sus labios una sombra de rencor—. Yo tenía un chofer acapulqueño, carita él, un mulato espaldón, muy bueno con la pistola. Se llamaba Pioquinto y en las fiestas del rancho, Nazario siempre le tiraba los canes. Quería agarrarlo borracho, pero el Pioquinto no le daba entrada. En ese tiempo mi carnal todavía no se operaba los senos. Como él se ponía pantalones muy entallados y playeritas de mariposón, la gente nos distinguía con facilidad. Pero con ropa de macho era idéntico a mí. ¿Va usted a creer que el cabrón me suplantó para convencer a Pioquinto? Yo le hubiera perdonado cualquier cosa, menos que me enredara en sus porquerías. Le caí en la maroma un día en que mi chofer y yo estábamos en una camioneta *pick up*, esperando una avioneta cargada de mercancía, en una pista clandestina por el rumbo de Jojutla. Hacía mucho calor y ya teníamos más de media hora esperando. Pioquinto puso música en el radio y reclinó el asiento, bostezando como si quisiera echar una siesta. De repente el güey se baja la bragueta, se saca la verga y me dice: "Con este calor ya se me antojó una mamada, llégale a tu vicio, mi rey". Saqué la Magnum de la guantera y le apunté a la cabeza. ¿Qué te pasa, pendejo? Se puso morado del susto. Perdón, como el otro día me la chupaste yo creía que te gustaba. ¿Que yo te la chupé? Sí, me dijiste que nadie se iba a enterar de nuestro secreto. Por andarme levantando falsos le solté un plomazo en la sien.

Lo lamentaba de corazón, pero así era él de susceptible y delicado en asuntos de honor. Enfriado el coraje, sospechó de su hermano. Esa misma noche, después de llevar el cadáver a la bodega donde almacenaban la droga, mandó a uno de sus hombres a buscar a Nazario para aclarar paradas. Esposado a una silla, y con un puñal en la yugular, el muy maricón confesó la verdad. Reconoció que la semana anterior, vestido con una cuera tamaulipeca y botas picudas, como las que él usaba, y con una de sus pistolas al cinto, le había ordenado a Pioquinto que se bajara los pantalones. La voluntad de Lauro era ley para todos sus subordinados, de modo que el pobre se sintió obligado a complacerlo, y al parecer, la mamada le gustó.

—Corrí a Nazario a patadas y desde entonces no he vuelto a verlo —concluyó—. En esta chamba uno tiene que tratar con gente brava, maleada, pendenciera y con un hermano así no podía imponer mi autoridad.

Interrumpido por una llamada telefónica, Lauro se retiró a diez metros para hablar sin testigos. Jesús hubiera preferido ignorar esa hazaña de Leslie, porque tras haberse comprometido con ella no quería beber el veneno de la desconfianza en dosis tan fuertes. Pero el mal estaba hecho: el herrero canalla, el Ninja Asesino, Pioquinto, ¿cuántos más lo habían precedido? Recordó con tristeza un viejo bolero: "Yo perdono tus pecados, pues también tengo los míos, pero pienso en tu pasado, y en el alma siento frío". Disgustado por ese golpe moral, que lo llenó de resquemores, cuando Lauro volvió a la silla, Jesús quiso bajarle los humos:

—¿Me mandó traer acá para hablar de Leslie o estoy secuestrado?

—¿Qué pasó, cuñado? Si quisiera secuestrarte no estaría aquí chupando contigo. Tú ya formas parte de la familia y para mí la familia es sagrada —Lauro se removió en la silla con impaciencia—. Te ofrecí mi amistad antes de saber que eras el protector de mi carnal. ¿No te mandé las escrituras de Azpiri? Gracias a mí lo bañaste de lodo y ahora eres candidato a la alcaldía.

—Es verdad, esa información me fue muy útil, pero yo no se la pedí, ni estoy en deuda con usted. Ya se lo dije a su enviado, el licenciado Alcántara, y se lo repito ahora: yo no acepto sobornos.

—A ver, a ver, ¿cuál soborno y cuál licenciado Alcántara? —Lauro reaccionó con sorpresa—. Ningún cabrón con ese
nombre trabaja para mí.

Más perplejo aún, Jesús vio caer en pedazos el rompecabezas de conjeturas que había armado con tantos esfuerzos.
Explicó a Lauro que al día siguiente de haber presentado la
denuncia contra Azpiri, un licenciado con ese apellido, jarocho
por más señas, se presentó en su despacho, atribuyó el regalo
de las escrituras a su misterioso jefe, y le dejó un maletín con
doscientos cincuenta mil dólares.

—¿El tal Alcántara te dijo que iba de mi parte?

—No me quiso dar el nombre de su jefe, pero yo pensé...

—Pensaste mal, yo sí te mandé las escrituras, pero no el
billete —Lauro se quitó la gorra y se mesó los cabellos con enfado—. Me huele a una chingadera del Tunas. ¿No crees, Rufus?

—Chance, jefe —asintió el guardaespaldas—. Ya ve que
siempre nos quiere comer el mandado.

—No entiendo cómo se enteró de que la información
sobre Azpiri provenía de una fuente anónima —murmuró Jesús,
confundido.

—Ese cabrón tiene orejas en todos lados —Lauro se
mofó de su ingenuidad con una sonrisa de hielo—. ¿Y qué te
pidió el licenciado a cambio de ese varo?

—Sólo quería que fuera a ver a su jefe. Me negué dos
veces y a la tercera, él o su patrón me mandaron una amenaza
anónima a mi celular.

—Hijo de la chingada. ¿Ya oíste, Rufus? Como su puto
candidato valió madres, ahora nos quiere dar baje con el nuestro.

—Un momento, yo no soy gente de usted ni de nadie
—se atrevió a precisar Jesús—. Represento a la sociedad que
está harta del crimen.

Lauro hizo una mueca de disgusto, exhalando el humo
del puro por las narices. Su agitada respiración denotaba que le
había tocado una llaga sensible. Jesús temió salir del rancho con
los pies por delante, pero no se desdijo ni murmuró una disculpa. A lo hecho pecho, qué carajos. Pasado el arrebato de ira,

Lauro pareció relajarse y extendió su brazo al mesero, que le sirvió otro mezcal doble.

—La sociedad está harta de la miseria, y la miseria la empuja al crimen. Tú trabajas para los de arriba, que soltando lana se abren todas las puertas, pero yo vengo de muy abajo y para los jodidos no hay ley que valga. Eso lo supe desde niño, viendo batallar a mi padre con los líderes charros del sindicato de maestros. Pobre viejo, cómo peleó por su plaza en los tribunales, y pura verga que le hacían caso. Mientras le resolvían las apelaciones, nosotros en la casa pasando hambres. Hubo días en que mi señora madre sólo nos daba un té de hojas de naranjo, porque no había ni tortillas. Nazario y yo estábamos tan flacos que en la escuela nos decían los charales. Varias veces nos agarramos a madrazos con los burlones, ahí fue donde aprendí a meter bien los puños. Un día me desmayé de hambre y me tuvieron que llevar a la enfermería. ¿Qué desayunaste?, me preguntó la enfermera. Saqué el orgullo y le dije: huevos con tocino. Si hubiera confiado en la pinche ley, todavía estaría pasando hambres. Por eso yo no creo en la justicia de ustedes, nomás en la mía.

—La corrupción ha prostituido la justicia, es cierto, por eso quiero acabar con ella en Cuernavaca. Pero primero tenemos que pacificar la casa —Jesús adoptó un tono conciliador—. Si esto sigue así, al rato vamos a tener que implantar el estado de sitio.

—No me lo vas a creer, pero yo también estoy harto de tanta matazón —Lauro exhaló un suspiró filosófico y le dio una larga calada a su puro—. He perdido a gente muy querida, colaboradores valiosos, hasta a una novia que me quebraron en un tiroteo. Por eso necesito poner mis negocios en regla, sentar cabeza y hacer lo que más me gusta: cuidar mis tierritas, mi ganado, mis aguacates. Qué más quisiera yo que vivir en santa paz, pero los Culebros no me dejan y lo peor es que la autoridad está de su lado. Con mucho sudor y esfuerzo junté unos centavos para poner seis casinos, cuatro en Cuernavaca y dos en Cuautla, que me estaban dejando una buena utilidad. Le pagué al Gordo Azpiri un millón de dólares por los permisos de Gobernación, ya ves que él se empedaba con el presidente y tenía vara alta en Los Pinos. Eran casinos para gente VIP, con acabados de lujo, edecanes chulas, restaurante, bar, arañas de cristal cortado y pantallas gigantes. En la inauguración del primero, el que está en avenida Plan de Ayala, tocó la Banda El Recodo y hasta vinieron estrellas de la tele a cortar el listón. Pero el Tunas se moría de la envidia y le ofreció el doble al Gordo para que se volteara en mi contra. Lo sé de buena fuente porque lo tengo infiltrado. Sin deberla ni temerla, un día llegan los inspectores a ponerme los sellos de clausura, que por tener bloqueadas las salidas de emergencia, hazme el puto favor. El pinche Azpiri se pasó de lanza cobrando moches por los dos lados.

—¿Por eso lo amenazó de muerte en la manta que colgaron en la glorieta de Tlaltenango? —preguntó Jesús en tono acusatorio.

—Ni que fuera pendejo para amenazarlo en público —Lauro arrojó al pasto la ceniza del puro—. Cuando yo me quiero quebrar a un güey no le aviso. Y tampoco me gusta llamar la atención con ejecuciones de gente famosa: el ruido que levantan es malo para mis negocios. Esa manta la pusieron los Culebros, para hacerle creer a la gente que yo soy el violento, el loco, el terrorista, y quedar ellos como guardianes del orden.

—Pero de cualquier modo usted quiere vengarse de Azpiri.

—A huevo, se lo merece por traidor —despidió el humo por las fosas nasales—. Por eso te mandé las escrituras de sus propiedades. Pero el Tunas no se conformó con echarme a perder el negocio, ahora quiere sacarme de Morelos. ¿Por qué crees que le pusieron precio a mi cabeza? Como no tiene huevos para echarse un tiro conmigo, el zacatón me echa encima a la policía. Es íntimo del procurador Larrea, a cada rato lo agasaja en su rancho y le lleva chavitas vírgenes, para que las estrene. Por instrucciones suyas, el procurador pidió auxilio a la federal, pero nomás para perseguirme a mí. Al Tunas ni quién lo toque.

Tomó aliento y después de otro largo sorbo de mezcal, emprendió una vehemente defensa de su organización, comparando la nobleza y la valentía de los Tecuanes con la saña homicida y la mala entraña de los Culebros. Desde mediados de los noventa ellos habían conquistado ese territorio a fuerza de tesón y entrega, rifándosela contra el ejército y la federal a punta de metralleta. La gente los quería porque derramaban su riqueza entre el pueblo: despensas, refrigeradores, bicicletas para los chavos. Cuando el Tunas llegó a Morelos, acompañado por un ejército de sicarios traídos de Culiacán, creyó que iba a ser el rey de la plaza, que todos se le iban a hincar. Impresionados por las armas que traían los culichis, algunos de sus hombres querían emigrar a Puebla, pero él les dijo, ni madres, voy a enfrentarme con ese güey.

—Tuvimos una entrevista en el hotel Camino Real y le dije espérate, papá, esto ya tiene dueño, vamos a negociar. Tragándome el orgullo, porque no me convenía una guerra con fuerzas tan disparejas, le propuse que nos repartiéramos los territorios fifty fifty, pero el bato creyó que mi oferta era una rendición. Me quiso imponer condiciones y lo mandé a chingar a su madre, ¿verdad, Rufus? —el guardaespaldas asintió—. Se cree la gran cagada porque lo respalda el cártel del Pacífico, pero no vale nada sin sus pilmamas.

—Y además del procurador Larrea, ¿quién trabaja para él en el gobierno estatal y en el ayuntamiento de Cuernavaca?

—Mejor pregúntame quién no es su gato —Lauro soltó una risilla irónica—. Del gobernador para abajo todos le deben algún favor.

—Si llego a la alcaldía, lo voy a combatir, pero necesito pruebas y nombres.

—Primero salva el pellejo, cuñado —Lauro lo tomó del hombro en un gesto paternal—. No es por espantarte, pero los Culebros ya te traen de encargo. Tenemos enemigos comunes y deberíamos unirnos. Yo en tu lugar no confiaría en la escolta que traes. Ves lo que pasó hace rato: ni las manos metieron. Si quieres te presto a mi gente para que te cuide.

—No, gracias, prefiero cuidarme solo.

—Para gobernar Cuernavaca vas a tener que aliarte con alguien y mejor que sea con tu cuñado, ¿no te parece?

Lauro se le acercó mucho y lo miró fijamente con sus seductores ojos de cobra. Jesús le sostuvo la mirada con la misma intensidad, aspirando su aliento a tabaco. Pensó que en otras circunstancias ese intenso cara a cara podría ser el preámbulo de un beso.

—No puedo entrar en componendas con organizaciones delictivas —mantuvo su pétrea impavidez de funcionario—. Los Culebros han matado a muchos inocentes, pero ustedes no se quedan atrás. Si nomás traficaran droga, el impacto social de sus delitos sería más o menos tolerable. Pero el secuestro y la extorsión de comerciantes han creado un clima de terror que ningún gobierno puede aguantar.

—Quería retirarme de eso, te lo juro por Dios, pero el cierre de los casinos me quitó mi mejor entrada de lana —se justificó en tono de serafín—. Quiero ser un empresario legal y no me dejan. De algún modo tengo que recuperar las pérdidas, ¿no? Yo te ofrezco una amistad sincera y todo el financiamiento que necesites para tu campaña. Sólo te pido que me ayudes a chingar al Tunas. Lo demás corre por mi cuenta.

—No puede comprometerme a ningún…

—Piénsalo, cuñado, no me respondas ahorita —lo interrumpió Lauro, impaciente—. Apenas estás empezando la campaña y todavía no le mides el agua a los camotes. A lo mejor cambias de opinión cuando los Culebros empiecen con su guerra sucia.

—Hay algo en lo que sí quiero pedirle ayuda —carraspeó Jesús—. Ya denuncié al luchador que golpeó a la pobre de Leslie, pero no confío en la policía municipal. ¿Sabe dónde puedo encontrar al Ninja Asesino?

Lauro intercambió una mirada de inteligencia con el Rufus, que hizo una seña con la mano a los guardias apostados en la residencia.

—Mis muchachos lo encontraron ayer en una pulquería de Jiutepec y me lo trajeron para acá —Lauro sonrió con picardía—. No es la primera vez que se madreaba a Nazario y lo teníamos vigilado, ¿verdad, Rufus?

El corpulento neandertal asintió con una mueca de alegre ferocidad. El pistolero a quien había llamado venía corriendo hacia ellos.

—¿Lo va a entregar a las autoridades?

—No, te lo voy a entregar a ti. Es mi regalo de bodas, para celebrar que ya le pusiste departamento a Nazario.

El hombre llegó jadeando y entregó a su jefe una caja redonda de color crema con un lazo y un moño azules. Lauro la sopesó un instante y se la entregó a Jesús. Adentro, la cabeza enmascarada del luchador, con un racimo de venas colgantes, reposaba de sus combates sobre una almohada de hielo.

—Así les va a los infelices que se meten con mi familia. Por eso me da tanto gusto que Nazario haya encontrado a un hombre decente. Ojalá y puedas llevarlo por el buen camino.

X. Entrega a domicilio

De vuelta a la ciudad, volvieron a enjaretarle la hedionda capucha. Ensimismado en su noche interior, procuró defenderse del caos que lo arrastraba cuesta bajo, hacia el eclipse total de la razón. Perder el autocontrol sería un suicidio, necesitaba sobreponerse al miedo, erigir frente a la barbarie una sólida muralla de silogismos. Sólo así podía evitar la parálisis de la voluntad que lo amenazaba después de un shock tan tremendo. Lauro quería negociar poniéndolo de rodillas, ni siquiera le proponía un trato entre iguales. Estaba jodido si permitía que se devaluara tanto su autoridad antes de haberla obtenido. Quizá lo más sensato fuera renunciar a la candidatura, poner la humilde papelería que Remedios había desdeñado y ser un oscuro comerciante, ajeno a las luchas sociales, como millones de mexicanos honestos, pero indolentes, que habían seguido el ejemplo de los avestruces, una alternativa cómoda mientras la balacera no los obligara a desenterrar la cabeza para correr por su vida.

Sitiado entre dos fuerzas criminales tan poderosas, su margen de maniobra política sería mínimo en caso de ganar la alcaldía. El Tecuán Mayor, que tanto lo había deslumbrado con su boato y su red de espionaje, era apenas un segundón en el submundo criminal de Morelos. Por encima de él estaba el enigmático jefe de los Culebros, a quien sólo conocía por los artículos de Felipe Meneses. La ausencia de sus fotos en la prensa y en internet era el indicio más claro de su enorme poder. Frente a esos dos caudillos, el gobierno del Estado ocupaba un bochornoso tercer lugar en capacidad de fuego, no por falta de efectivos policiacos, sino porque la infiltración del hampa los anulaba. ¿De qué servían entonces las elecciones, la judicatura, la constitución, el lábaro patrio, las cámaras, el cabildo? ¿Y cuál era la tarea de un alcalde? ¿Hacer como que gobernaba? ¿Sostener con alfileres la faramalla decorativa que la dictadura criminal necesitaba como tapadera?

Después de un largo trayecto por un camino de terracería lleno de hoyancos, llegaron por fin a una carretera pavimentada. Apretaba el calor y con la capucha puesta sudaba a chorros. La tortura se agravaba por la horrible música grupera que venían oyendo sus custodios. Pero el cese de los tumbos y la cercanía de su liberación revirtieron la corriente de pensamientos lúgubres que lo había llevado a un callejón sin salida. Cuando las instituciones se derrumbaban, la misión más importante de un líder honesto consistía en reconstruirlas con ayuda del pueblo. Esa tenía que ser la misión de su gobierno y la premisa básica de su campaña. Lo dejaron libre en el mismo estacionamiento donde lo habían subido a la camioneta, ordenándole que no volteara a ver las placas, o volverían por él para quebrarlo. Sus amenazas le sonaron más sinceras que los hipócritas y socarrones elogios de Lauro. Sin girar el cuello subió la escalinata que conducía al patio con alberca y entró al restaurante por la puerta trasera. Sólo habían pasado dos horas desde su llegada a La India Bonita. En un alarde de profesionalismo, los hombres de Lauro habían calculado con exactitud la duración del secuestro exprés, para que nadie se inquietara por su ausencia. Como lo suponía, Librado Sáenz ya se había marchado. En el celular tenía tres mensajes suyos. Lo llamó para disculparse: una reunión de trabajo lo retuvo en una colonia popular, dijo, y con tanto ajetreo no advirtió que la batería de su teléfono se había acabado.

—Pero no te preocupes, Librado, le voy a pedir a mi secre que programe la comida para otra fecha.

Herminio y Ernesto hacían guardia en la puerta principal del restaurante.

—¿Por qué no vigilaron la puerta de atrás? —los increpó furioso.

—¿A poco hay otra puerta? —respondió Herminio, perplejo.

—Sí, es lo primero que deberían haber revisado. Por ahí me sacó hace dos horas un sicario de los Tecuanes. ¿No se les ocurrió asomarse al restaurante?

—Creíamos que estaba comiendo —se disculpó Ernesto.

—Pa' mí que ustedes estaban de acuerdo con el cabrón que me secuestró y se hicieron pendejos aquí en la entrada —los acusó Jesús.

—¿Cómo cree, licenciado? —respingó Herminio—. Nos descuidamos pero somos gente derecha.

—Derecha mis huevos. Ya no quiero tenerlos de guardaespaldas. Vayan con el señor Larios y díganle que los mandé a la chingada.

Afuera, en la calle Morrow, Melchor le abrió la puerta del BMW. Lo ignoró olímpicamente y caminó cuesta abajo en dirección al zócalo. En un puesto callejero pidió dos flautas de pollo bañadas en guacamole, crema y queso panela. De postre se tomó un helado de mamey en la nevería La Michoacana. Una señora humilde lo reconoció y le pidió un autógrafo: "Usted me cae bien, licenciado, porque no roba ni se anda con rodeos para decir verdades". Deambular así, libre de ataduras, arropado por la gente, le devolvió la fe en la voluntad ciudadana. Había en el pueblo una gran reserva de honradez, una fuerza regenerativa que alguien debía movilizar para combatir a los hijos de las tinieblas.

En la calle Guerrero tomó un taxi que lo llevó a la residencia oficial de campaña. En el zaguán lo esperaba Israel, departiendo con otros militantes del PAD, que habían salido a fumar un cigarro. Recorrió las instalaciones en compañía de una comitiva, saludando a todo el equipo de campaña: el coordinador de mítines Pedro Latapí, la asesora de imagen Cristina Mandujano, el jefe de propaganda Hilario Maldonado, el contralor administrativo Pascasio Linares, secretarias, choferes, redactores de boletines. Los exhortó a trabajar fuerte por la victoria, decepcionando a quienes esperaban de él un derroche de simpatía, pues el colapso nervioso había mermado sus facultades histriónicas. Cuando terminó la ronda de presentaciones se encerró con Israel en su nueva oficina, amplia y elegante, con vista a un hermoso jardín sombreado por jacarandas y limoneros que le pareció modesto, casi pobretón, en comparación con el vergel de Lauro. Frente al escritorio había una salita con sillones de cuero, un televisor de pantalla líquida y una pequeña cantina pertrechada con refrigerador enano y licores de buenas marcas. Se sirvió un trago de etiqueta negra, en busca del arrojo y la claridad mental que había perdido al abrir el regalo de bodas.

—Cierra la puerta con seguro, por favor —pidió a Israel—. No te imaginas lo que me acaba de pasar. Todavía no me repongo del pinche susto.

Le contó en voz baja, la lengua entumida por los rescoldos del miedo, los pormenores del secuestro, la conversación con Lauro y el cruento epílogo de la entrevista.

—La situación está mucho más jodida de lo que yo pensaba —concluyó con pesadumbre, las manos en las sienes—. Si Lauro, que anda de capa caída y tiene orden de captura, me secuestró con tanta facilidad, imagínate el poder que tiene el Tunas.

—Nos guste o no, en algún momento vas a tener que negociar con él y mejor que sea pronto —Israel se irguió en el sillón de cuero—. Si ya te entrevistaste con Lauro, ¿qué te cuesta hablar con su rival? Una conversación no te compromete a nada. El Tunas controla el territorio y debes conseguir, por lo menos, que te deje en paz durante la campaña.

—No puedo inclinarme por ningún bando, si lo hago estoy perdido.

—Pero hay que ser realistas, Jesús —Israel insistió, persuasivo hasta la impertinencia—. Tienes un programa muy ambicioso en seguridad, y está bien que lo anuncies con bombo y platillos, pero aquí entre nos, tú y yo sabemos que no lo vas a poder cumplir. Date de santos si los Culebros y los Tecuanes te dejan gobernar.

—Te has vuelto demasiado pragmático, Israel —se disgustó Jesús. —Tú antes no eras así. Suponte que me acerco al Tunas y lo apaciguo un rato. ¿Para qué quiero gobernar atado de manos? ¿De qué me sirve ser alcalde si él manda por encima de mí?

—Una autoridad acotada es mejor que una derrota electoral.

—Cuando buscas el puesto para hacer negocios, sí, claro. Pero yo no soy un trepador corrupto: entré a la política para resolver problemas y limpiar lo que está podrido. Decide si jalas conmigo o te bajas del carro, porque no quiero tener un jefe de campaña que me esté desmoralizando.

—Perdón, Jesús —reculó Israel—. Intentaba sacarte de este atolladero, pero sea cual sea tu decisión, ya sabes que me la juego contigo.

Una hora después, a un costado de la glorieta donde termina la avenida San Diego, frente a la escultura en bronce de una bailarina arqueada con los brazos en alto, Jesús arengó desde el templete a un centenar de simpatizantes congregados en una cancha de basquetbol, que vestían camisetas del PAD y lo vitoreaban agitando matracas. La colonia Antonio Barona tenía los índices delictivos más altos de la ciudad, y Jesús la había elegido para el arranque de la campaña por su valor emblemático. Después de la lección que acababa de recibir, calibró con más exactitud la magnitud del reto que tenía por delante y en su discurso no se anduvo con medias tintas:

—Ciudadanos: cuando un proceso degenerativo se prolonga demasiado tiempo, el organismo corroído por el cáncer ya no tiene defensas para frenarlo. Eso es lo que ha ocurrido en los últimos años en Morelos y en varios territorios de la república. De ser un estado fallido hemos pasado a ser un estado delincuencial, gobernado a trasmano por el hampa, y cualquiera que intente negarlo por conveniencia política sólo favorecerá a las fuerzas del crimen. No vengo, pues, a ofrecerles seguridad y protección. Vengo a pedirles que nos defendamos juntos del enemigo común: la delincuencia descubierta y la embozada, la que opera descaradamente al margen de la ley y la incubada en el interior del Estado. Vengo a pedirles que tomemos las armas para sacudirnos ese doble yugo. Vengo a pedirles, en suma, que me ayuden a refundar las instituciones.

Una tormenta de aplausos lo interrumpió. A su lado, César Larios lo reprobó con una mirada que le recordó la del prefecto Ayala en el Instituto Loyola. Su evidente enfado le infundió aliento para delinear la propuesta con más precisión:

—Si llego a la alcaldía, mi primera acción de gobierno será disolver la policía municipal y crear cuerpos de autodefensa comandados por ciudadanos elegidos en asambleas vecinales. Los secuestradores, los traficantes, los extorsionadores, ya no podrán escudarse en un aparato de seguridad que finge combatirlos cuando en realidad los protege. La cultura de la corrupción tiene que ser derrotada con valor civil o seguirá emponzoñando la conciencia del pueblo. Es urgente revertir los estragos de la corrupción engreída, de la impunidad triunfante y cínica, de la riqueza mal habida que engendra en los jóvenes un ansia de emulación. Sólo así lograremos recuperar la soberanía que nos ha robado la alianza del crimen con el poder político.

Se detuvo a tomar aliento, imaginando la reacción de Lauro si estuviera presente. Lo acusaría, sin duda, de organizar una cruzada de los ricos y las clases medias contra los jodidos. Tenía muy fresco el alegato igualitario que había esgrimido para justificar sus crímenes y quiso responderle como si lo tuviera delante, ahora que ningún gatillero lo encañonaba:

—Es verdad que la injusticia social ha sido en buena medida responsable de esta revuelta nihilista. El abismo entre los dos Méxicos, el México desarrollado y flamante de las zonas residenciales y el México miserable, hundido en el atraso, que por su enorme tamaño es el verdadero México, ha ido creciendo en las últimas décadas. El resentimiento provocado por la miseria incita a los más pobres, a los más desesperados, a cobrarse con saña nuestra indiferencia. Para colmo, el régimen corporativo que se niega a morir engendró una de las burocracias más corruptas del mundo. Las consecuencias de esa podredumbre están a la vista: la frontera entre el hampa y el gobierno ha desaparecido. Literalmente, nuestra Iglesia está en manos de Lutero. Los hampones más audaces han sabido aprovechar esta situación para acumular enormes fortunas, imponer candidatos a puestos de elección popular y tener garantizada la impunidad. Algunos, incluso, pretenden seguir el ejemplo de los bandidos que en otras épocas robaban a los ricos para ayudar a los pobres. Pero la dictadura de los matones sólo engendra un tipo más atroz de injusticia. Jorge Osuna y Lauro Santoscoy no se parecen en nada a Chucho el Roto o a Robin Hood. El poder los ha intoxicado y ya no respetan siquiera a sus hermanos de clase. Prueba de ello son los atropellos que han cometido contra la gente humilde de esta colonia. Más de cincuenta muchachas desaparecieron en la Barona el año pasado, reclutadas a la fuerza para dedicarse a la prostitución. ¿Es así como redimen al pueblo? ¿Resucitando la esclavitud? Si el voto del pueblo me favorece, me comprometo a brindarles armas y adiestramiento para combatir a los asesinos que han impuesto este régimen de terror. Sólo así terminará la pesadilla que ha costado tantas vidas inocentes.

Cuando terminó de agradecer las ovaciones, lo rodeó un grupo de jóvenes que le ofrecieron tomar las armas de inmediato para defender su colonia. El que habló a nombre de todos, rapado y con una arracada en la nariz, le confesó que ellos tenían armas cortas y podían ponerse a patrullar de inmediato. De hecho, meses atrás ya lo habían hecho, pero la policía municipal, en complicidad con los Culebros, había detenido a tres de sus compañeros. Tenía el aspecto de un delincuente pero sus ojos de águila, veteados de verde y oro, irradiaban una fuerza moral incontaminada.

—¿Cómo te llamas?

—Néstor Lizárraga.

A Jesús le agradó que no añadiera el tradicional "para servirle". Ya era tiempo de que la juventud abandonara esas costumbres lacayunas, heredadas de la colonia.

—Mira, Néstor, todavía no tengo facultades para organizar las autodefensas, lo haré si gano la elección. Pero necesito un equipo de seguridad. Elige a cinco de tus compañeros, los más valientes, y vengan a verme mañana a las once —dijo, y le entregó una tarjeta con la dirección del cuartel general de campaña.

Después de atender con abnegada cortesía las demandas que otros asistentes al mitin le presentaron a título individual (componer una coladera tapada, construir una zanja para evitar inundaciones, regular los tianguis que competían ventajosamente con el comercio formal), caminó hacia el estacionamiento adoquinado donde Israel había dejado su coche, seguido de cerca por César Larios. Ya era de noche y la luz mercurial los bañaba de un resplandor naranja. En cuanto se alejaron de la gente, el presidente estatal del PAD le hincó las uñas en el brazo:

—Te pasaste de la raya, Jesús, tu discurso deja al partido muy mal parado, y el mitin estaba lleno de reporteros —refunfuñó, prolongando el berrinchudo apretón—. Hablas como un candidato opositor y por si no lo sabías, aquí somos gobierno. Te valieron madre los importantes logros del gobernador Narváez y el alcalde Medrano en materia de combate a la inseguridad.

—¿Cuáles logros? ¿No has visto las estadísticas? Somos el segundo estado más peligroso del país.

—No puedo permitir que dañes la imagen del partido para erigirte en héroe —Larios sacó el celular—. Voy a llamar a todos los directores de periódicos y noticieros para pedirles de favor que no difundan tus loqueras.

—Yo no acepto censuras —Jesús le arrebató el teléfono—. Me garantizaron libertad absoluta para definir mi programa de gobierno, y acabo de exponer uno de sus puntos esenciales. Quiero la mayor difusión para este anuncio.

Larios se puso verde, implorando con la mano tendida la devolución del teléfono.

—Estás pateando el pesebre y eso no se vale.

—Los primeros en patearme fueron ustedes. Les pedí una escolta confiable y me asignaron a unos traidores. Hace rato, a la hora de la comida, Lauro Santoscoy mandó a unos sicarios a secuestrarme y mis guaruras se quedaron en la pendeja. Estoy vivo de milagro. Después de eso, ¿todavía pretendes dictarme líneas?

—Perdona, Jesús, yo no sabía…

—Pues ya lo sabes. Tuve una larga conversación con el Tecuán Mayor. Dice que su rival, el Tunas, maneja todos los hilos del gobierno estatal.

—¿Cómo puedes darle crédito a un delincuente? Quiere enlodarnos porque le echamos encima a la policía.

—Puede ser, pero los hechos le dan la razón. Si el Tunas no manda en Morelos, ¿por qué nadie lo persigue? Si todos ustedes son blancas palomas, ¿por qué le dieron la candidatura al Gordo Azpiri?

—El caso de Azpiri está cerrado, no sigas mirando atrás —Larios pasó del enfado al tono didáctico—. Tienes que ver hacia adelante, pero con tacto político, sin echarle más leña al fuego. Sería un disparate repartir armas al pueblo: así comienzan las guerras civiles.

—Querían un reformador, ¿no? Eso estoy haciendo, anunciar mis reformas. Si no les gustan es problema de ustedes.

—Pero tus reformas violan la constitución.

—¿Y tú quién eres para darme lecciones de legalidad? —Jesús soltó una risilla cruel—. Cuando desfalcaste al erario de Jojutla, te salvaste de ir a prisión por una chicana legislativa. El municipio todavía no acaba de pagar la enorme deuda que le dejaste.

—Calumnias inventadas por mis enemigos —Larios se puso verde—. Nunca pudieron demostrarme nada.

—A lo mejor yo sí puedo: Lauro Santoscoy sabe muchas cosas de todos ustedes y ahora es mi confidente. Así que más te vale no meterte conmigo. Dile a Medrano y a Narváez que esta campaña se hará a mi modo, les guste o no.

Israel ya había sacado su auto, un Jetta color aluminio, y esperaba en la calle, parado en doble fila. Sin despedirse, Jesús le devolvió el celular a Larios y subió al auto con la adrenalina en llamas. Israel lo vio tan perturbado que hizo un prudente mutis. Jesús no le preguntó su opinión sobre el discurso, temeroso de escuchar otro regaño, y abrió la ventanilla para oxigenarse el cerebro. Al recobrar el sosiego, temió haberse extralimitado con Larios. Quizá fuera demasiado pronto para una declaración de guerra tan directa. Tener a la cúpula del partido en contra no era la mejor manera de iniciar una campaña. Pero él se lo había buscado por querer amordazarlo. Si aceptaba esa intromisión acabaría siendo una marioneta de otras marionetas. Y a fin de cuentas, ¿qué represalias podía tomar en su contra el comité directivo? ¿Quitarle la candidatura? No se atreverían después del papelazo que hicieron con la postulación de Azpiri. Era inevitable que el carácter belicoso y radical de su campaña le concitara enemistades, dentro y fuera del partido. Pero no se arrepentía de nada: prestarse a disimulos o componendas cuando estaban de por medio tantos crímenes impunes hubiera sido una cobardía. En el celular tenía un mensaje escrito de Leslie: "Estoy muy chípil, ¿no vas a venir?". Había planeado dormir esa noche en su casa y no visitarla hasta el viernes, pero su necesidad de afecto le recordó que en la vida había cosas más importantes que la política.

—Llévame al departamento, por favor.

—¿No que ibas a regresar a tu casa?

—Sí, pero dejé mi coche ahí. Lo necesito para moverme porque ya corrí a mis guaruras.

En el trayecto hizo un esfuerzo por limar asperezas con Israel, que ahora lo trataba con pinzas, lastimado por la ríspida discusión en la oficina. Se interesó por su vida conyugal, por el rendimiento escolar de Christian, elogió la organización del mitin y trató de minimizar sus discrepancias políticas. Pobre Israel, había aguantado vara en momentos críticos. Se extralimitaba como consejero, y a veces perdía la brújula, pero le había demostrado lealtad y no podía darse el lujo de perder a un colaborador tan valioso. Llegó al departamento a las nueve de la noche y abrió con su llave. Leslie veía un concurso de belleza echada en la cama, con el rostro muy mejorado por la desinflamación. Ya casi parecía un ser humano. Quiso levantarse a recibirlo, pero seguía muy adolorida. Compadecido de sus quejumbres, Jesús le pidió que siguiera acostada.

—Estoy negra del coraje, ¿no has visto los periódicos? —Jesús negó con la cabeza y Leslie estiró el brazo para alzar del suelo una pila de diarios—. Mira nomás cómo me retrataron esos ojetes.

Jesús vio las fotos en las que Leslie yacía en cama con la cara tumefacta y la cabeza vendada, casi ciega por la hinchazón de los párpados. El pie de foto de *El imparcial*, el periódico menos amarillista, se limitaba a informar: "Golpean salvajemente al transexual Nazario Santoscoy, hermano gemelo del Tecuán Mayor". Pero en otros periódicos lo tildaban de lilo, mujercito, sexoservidor y lugarteniente de Lauro en el bajo mundo de la prostitución masculina.

—Tantos años de cuidar el rostro y la figura para que me hagan esto, de veras que no tienen madre —Leslie apretó la sábana con rabia—. Pero les voy a mandar por internet mis fotos de estudio, donde salgo maquillada y vestida como una reina.

—No creo que te las publiquen, les conviene más sacarte fea —la disuadió Jesús—. Yo en tu lugar no le movería más al asunto.

—Pero van a pensar que soy un adefesio, no hay derecho.

Jesús se sentó en la cama y la tomó de la barbilla.

—Mañana pasará el escándalo y nadie recordará tus fotos. No te atormentes por tonterías, hay cosas más importantes de las que te quiero hablar. Hoy conocí a tu hermano Lauro.

Sobresaltada, Leslie alzó la cabeza y se apoyó en el codo.

—¿Estuviste con él?

—Sus matones me obligaron.

Le contó cómo lo llevaron a la fuerza a su fastuoso rancho y resumió con deliberada vaguedad la charla que sostuvieron. Sólo entró en pormenores al narrarle la versión de su hermano sobre el pleito que los había separado.

—Es verdad que me disfracé de Lauro para seducir a Pioquinto —Leslie suspiró con nostalgia—. Yo era una loquita necia y el mulato ése me tenía muy herida con sus desaires. Pero el asunto no terminó como dice Lauro.

—¿Entonces qué pasó?

—Cuando vi el cadáver de Poquinto me dio harto coraje —su rostro se enlutó como si volviera a vivir el episodio traumático—. No podía creer que Lauro hubiera cometido esa barbaridad por una bromita sin importancia y me lancé a golpearlo. El Rufus y otros de sus guaruras sólo me dejaron arañarle el brazo. Querían matarme, pero Lauro no los dejó. Es mi carnal, suéltenlo, dijo, les entregó su pistola y se arremangó la camisa. Tuvimos un pleito a puño limpio, como cuando éramos chavos. No es por dármelas de marimacha, pero siempre fui mejor que él para los madrazos y lo dejé tendido en el suelo con el hocico floreado. Desde entonces me tiene tirria: no pudo soportar que lo dejara en ridículo delante de sus matones.

—Cuanto más sé de tu vida, más miedo me das, Leslie.

—¿Por qué?

—Por puta y por cabrona. No creo que puedas serme fiel ni siquiera un mes.

Leslie esbozó una pícara sonrisa de doña Juana que más bien parecía una mueca de dolor.

—Eso depende de ti, bebé. Si me tienes bien cogida, yo no necesito andar buscando a nadie fuera de casa.

La respuesta lo exasperó más aún. Nunca hablaba de amor: lo supeditaba todo al rendimiento sexual, como una ninfómana de caricatura. Tanto empeño por volverse una muñeca de aparador tenía que dejarle taras irreversibles. Y él estaba apostándole todo a ese maniquí hueco, insensible, artificial, que aprovecharía la menor oportunidad para largarse con otro. Harto de su frivolidad, quiso darle un descolón brutal para ver de qué estaba hecha.

—Al final de la entrevista le pregunté a Lauro si podía ayudarme a encontrar a tu ex, y adivina lo que me regaló.

Leslie alzó las cejas con un temblor expectante en los labios. A quemarropa, Jesús le asestó la brutal revelación, solazándose en los detalles sanguinolentos con una morbosidad pueril. Leslie hundió la cabeza en la almohada, sacudida por violentos sollozos.

—Hijo de puta, no hay derecho. ¿Por qué siempre se ha de meter en mi vida? ¿Por qué? —golpeó la cabecera con el puño.

Su consternación la humanizó a los ojos de Jesús, pero ahora sintió celos retroactivos y una envidia feroz al amante decapitado. Por lo visto, Leslie lo había querido mucho más de lo que reconoció la noche anterior. A pesar de su crueldad lo lloraba como una viuda. Sólo era superficial en apariencia, debajo de los implantes y el maquillaje escondía un yacimiento de fuego líquido. Pero temió que un tipo como él, anodino y suave de maneras, jamás podría despertarle una pasión tan fuerte.

—Lo querías mucho, ¿verdad?

—No te pongas celoso, por favor.

—Tu príncipe azul te quiso matar antier, ¿ya se te olvidó?

—Eso no se lo perdono, pero también viví cosas buenas con él —y lo reafirmó con un nostálgico rebrote de llanto.

Jesús no se atrevió a seguirla recriminando. Su duelo imponía respeto, por aberrante que fuera. Mientras la veía llorar desconsolada, se avergonzó de su reclamo egoísta, de su policiaca exhortación a la congruencia. Haberle concedido asilo no lo autorizaba a reprenderla por tener una sensibilidad contrahecha. Desde su primer encuentro con Leslie supo de cierto que no era una persona normal. Pero él tampoco lo era ya, para bien o para mal se había pasado al bando de los engendros mutantes. Más le valía irse acostumbrando a ese mundo canalla, tal vez el único verdadero, en donde nadie pretendía tener sentimientos puros. La sobrestimación del equilibrio y la cordura que le inculcaron desde la cuna seguía pesándole demasiado. En rebeldía contra su conciencia se acurrucó junto a Leslie, que reclinó la cabeza en su pecho, ávida de consuelo. Jesús le acarició el pelo, tusado por los médicos en distintas áreas. No sufras, niña, papá te comprende. Quizá estuviera llevando demasiado lejos su apostasía. Era doloroso renunciar al hemisferio soleado de la existencia, a la ilusión de rectitud en el comportamiento propio y ajeno. Pero al perder de golpe la tierra firme que hasta entonces había pisado, la reemplazó por un principio más fuerte: la solidaridad entre monstruos.

Despertó con buen ánimo, reconfortado por una placentera expansión del espíritu. Al revisar los periódicos en el cuartel general de la campaña descubrió que Larios había cumplido su amenaza: los reporteros reseñaban el mitin sin decir una palabra de su convocatoria a formar grupos de autodefensa. Claro, la amenaza de retirar la publicidad gubernamental amordazaba a todos los editores. Sólo *El Imparcial* sacó la noticia en primera plana, dándole su justa importancia. Otra vez Felipe Meneses ponía en alto la libertad de expresión. En cuanto a la televisión local y las estaciones de radio, monitoreadas por el equipo de propaganda, únicamente el noticiero radiofónico *Buenos días* había dedicado espacio al tema, pero el editorialista de la difusora, Mario Cabañas, un mentecato que vivía del chayote, condenó su propuesta, alegando que sólo agravaría la violencia. Por fortuna, el discurso había tenido una fuerte repercusión en las redes sociales. Más de mil trescientos *likes* en

Facebook no eran una mala cosecha, tomando en cuenta el sabotaje informativo emprendido por la cúpula del partido. ¿Cuál sería su siguiente jugada? ¿Escamotearle los fondos para la campaña? Que se atrevieran, a ver quién salía más raspado. Se les olvidaba que era una figura pública bien conocida en todo el país y una denuncia suya podía dejarlos expuestos en paños menores. Cuando meditaba la estrategia a seguir en el enfrentamiento con Larios, Leslie lo llamó por el celular. Dudó si debía responderle o no, pues temía que se malacostumbrara a molestarlo en horas de trabajo, pero en consideración a su convalecencia tomó la llamada.

—Perdona que te moleste, mi cielo, pero pasó algo espantoso. ¿Te acuerdas de Frida, mi *roomie*?

—Sí, claro, ¿cómo olvidarla?

—Pues ayer la agarraron en una redada y está presa en los separos.

Con tantos motivos de preocupación, Jesús había olvidado ya la campaña moralizante emprendida codo a codo por los ayuntamientos de Cuernavaca y Jiutepec.

—No te preocupes, puede salir pagando una fianza.

—Pero es que la pobre no tiene un quinto, y para colmo, los judiciales se metieron a robar a la casa.

Para eso sí son muy eficientes, pensó Jesús, asqueado. Pidió a Leslie el nombre verdadero de Frida (se llamaba Camilo Dávalos) y ordenó a Israel que mandara a un ayudante a pagar la fianza, sin mezclar su nombre en el asunto. A las once llegó Néstor Lizárraga, con un traje que le quedaba corto, y sin la arracada en la nariz que llevaba la tarde anterior. Lo acompañaban dos jóvenes fornidos de elevada estatura a los que Jesús había conocido en el mitin. Como niños obligados a guardar una circunspección antinatural, parecían llevar a disgusto sus gastados trajes oscuros. Néstor hizo las presentaciones.

—Buenos días, licenciado, le traje a los escoltas que me pidió. Ellos son mis primos, Urbano y Erasmo. Los demás se quedaron esperando afuera.

Urbano era un fortachón barbilampiño con una cara ingenua que desentonaba con su corpulencia de oso polar. Agustín, menos robusto pero con bíceps más recios, trabajados en el gimnasio, tenía un afilado rostro de coyote y la melena recogida en una cola de caballo.

—¿Tienen antecedentes penales? —les preguntó Jesús.

—No, licenciado, cómo cree —se defendió Néstor—. Nosotros somos gente honrada. Compramos armas de fayuca porque allá en la colonia la cosa está dura, pero nomás para defendernos.

—¿Los han entrenado para ser guardaespaldas? —preguntó Israel, que no parecía muy convencido de su profesionalismo.

—No, pero podemos aprender —intervino Erasmo—. Un barrio bravo es la mejor escuela para cualquier guarura. Ahí te defiendes o te lleva el diablo.

—Vayan con el licenciado Linares y preséntenle sus documentos. Él les dirá cuánto van a ganar —decidió Jesús, complacido por la frescura juvenil de los tres. Eso necesitaba: gente espontánea, sin dobleces, que no hubiera pasado por ningún cuerpo de policía—. Quiero que empiecen desde hoy. Pero no vengan de traje. Vístanse a su manera, como estaban ayer.

Cuando salieron, Jesús explicó a Israel que deseaba romper con la imagen tradicional de los políticos en campaña. En vez de llevar un séquito de guaruras de traje negro, que inspirarían temor y recelo, quería rodearse de chavos informales y alegres, para lograr una mayor identificación con los votantes juveniles de las barriadas. En otras palabras, quería utilizar la contracultura como instrumento del marketing político. Israel no estaba de acuerdo con esa extravagancia y le aconsejó recurrir a una de las muchas compañías de seguridad privada que habían brotado como hongos por el terror a los secuestros. Esas compañías reclutaban ex militares con amplia experiencia, justamente lo que Jesús necesitaba para estar protegido. Interrumpió su discusión un intempestivo grito de Lidia, que entró a la oficina como una tromba.

—Pasó algo espantoso, licenciado. Echaron un muerto en el zaguán.

Salieron disparados hacia la puerta, donde había ya un corrillo de curiosos, la mayoría empleados del equipo de campaña, pero también algunos fisgones del vecindario. A empujones, Jesús se abrió paso hacia la banqueta. Sobre la rampa de acceso al garage, flanqueado por los veladores de la residencia, yacía bocarriba el cadáver del gordo Azpiri, con dos heridas de bala en el pecho, las mandíbulas sujetas con un paliacate amarillo y los brazos atados al cuerpo con cinta canela. El rigor mortis aún no borraba del todo la astucia porcina de su rostro, como si todavía quisiera intentar un trueque de favores con el Espíritu Santo. Era un muerto inconforme, levantisco, rabiosamente aferrado al mundo. El fajo de dólares arrugados que le habían metido en el bolsillo de la camisa proclamaba el motivo de la ejecución. Fulminado por la semiología truculenta del hampa, Jesús leyó con estupor la cartulina pegada en su abdomen: SIGUES TÚ, PASTRANA.

XI. Lío de faldas

La entrega a domicilio del cadáver de Azpiri obligó a los medios impresos y audiovisuales a divulgar la versión íntegra del discurso que Jesús pronunció en la Barona, porque la amenaza de la cartulina parecía una represalia directa por su llamado a formar grupos de autodefensa. Los analistas políticos atribuyeron el asesinato a los Tecuanes, por la narcomanta en que habían amenazado de muerte al ex candidato. Jesús tenía motivos para dudar de esa versión, pues horas después del hallazgo, Lauro le mandó un mensaje de texto en el que se declaraba inocente de lo ocurrido: "No te arrugues, cuñado. Los Culebros te quieren espantar, pero ya sabes que estoy de tu lado". Jesús no podía creerle del todo, pues su discurso en el mitin había sido una declaración de guerra a los dos cárteles, y de hecho, en algunos pasajes lo atacaba directamente. Lauro tenía una mente maquiavélica, y quizá él mismo hubiera escrito el mensaje de la cartulina, para forzarlo a aceptar la alianza que le había propuesto. Tampoco descartó, sin embargo, que una vez más el Tunas quisiera presentar a su adversario como un energúmeno fuera de control. La cartulina pegada en la panza de Azpiri no llevaba la culebrita con que los sicarios del Tunas firmaban sus ejecuciones, pero esa omisión pudo haber sido deliberada, si querían adjudicarle el crimen al bando enemigo.

Tanto Lauro como el Tunas querían intimidarlo, eso era obvio, y a partir de entonces no volvió a sentirse a salvo en ningún acto de campaña. La noche del macabro hallazgo tuvo una pesadilla en la que se veía encajonado entre un mar de cuerpos, como Colosio en Lomas Taurinas, sin poder defenderse de un hombre armado que le apuntaba a la sien. Pero la cartulina también le había picado el orgullo y en su siguiente mitin, en una plazuela de la colonia Chipitlán, abarrotada de estudiantes y amas de casa, reiteró su propuesta de formar autodefensas, pues ahora más que nunca las creía necesarias para mantener el orden público. Su radical desafío a las instituciones llamó la atención de los medios impresos y audiovisuales de circulación nacional. Todos le dieron amplia cobertura y hasta un reportero español del diario *El País* le pidió una entrevista, donde Jesús interpretó lo sucedido como una prueba de que su candidatura representaba una seria amenaza para los hampones que operaban dentro y fuera de las instituciones públicas del Estado. La respuesta inmediata de la policía morelense fue solicitar auxilio a la federal para arreciar la persecución contra los Tecuanes. Efectivos de ambas corporaciones incautaron un rancho de Lauro en el municipio de Axochiapan, con un decomiso importante de armas y drogas. Según el parte oficial, Santoscoy estaba en el rancho poco antes del operativo, pero pudo escapar gracias a un oportuno pitazo de sus halcones. Al ver las imágenes de los noticieros, Jesús advirtió que no era el rancho donde se había entrevistado con él. Desconfiaba por instinto de los aparentes éxitos policiacos, y la misma noche en que se anunció el golpe al capo, el comandante Ruelas robusteció su incredulidad, al anunciarle que ya había detenido al Ninja Asesino.

—Lo agarraron mis hombres llegando al gimnasio —le informó por teléfono—. El infeliz confesó un montón de robos a mano armada. Se llama Gumaro Fernández y nomás estamos esperando que venga tu jardinero a identificarlo.

Jesús estaba desayunando en la terraza del jardín y por poco se atraganta con la noticia. Su primer impulso fue acusarlo de fabricar culpables y ordenarle que dejara libre al detenido. Pero no podía contarle que Lauro le había entregado la cabeza del luchador como regalo de bodas, ni quiso involucrar en el asunto a Fortino. Se imaginó al inocente sometido a tortura en los separos de la judicial, con los huevos chamuscados y la cabeza hundida en el proverbial "pocito". Pendejo, ¿quién le mandaba involucrar a Ruelas en la persecución del Ninja? De sobra sabía cómo se las gastaba la policía local. Pero en vez de mentarle la madre como se merecía, tuvo que hacer de tripas corazón.

—¿Ya corroboraste su identidad?

—A huevo, varios luchadores que van al gimnasio lo señalaron como el Ninja Asesino.

—No quisiera encarcelar a un inocente, Sebastián. Te encargo mucho que verifiques sus datos.

Enseguida llamó al abogado penalista Sergio Arozamena, que había sido su compañero en la Escuela Libre de Derecho, y le pidió que tomara la defensa de Gumaro Fernández, sin revelar quién lo había contratado, pues sospechaba que Ruelas había cometido una grave arbitrariedad para resolver el caso. Por fortuna, el cadáver acéfalo del luchador apareció tres días después en un cañaveral por el rumbo de Zacatepec. Su esposa lo identificó y Arozamena no tuvo dificultad para sacar de prisión a Gumaro. Libre de ese remordimiento, Jesús se dedicó a recorrer la ciudad con paso de triunfador, recibiendo en todos los actos de campaña grandes muestras de simpatía popular. La gente sabía que se estaba jugando la vida por una causa noble y se le entregaba en los mítines con una euforia espontánea que rayaba en la idolatría. Como había previsto, la vestimenta informal de sus guardaespaldas, que no se le despegaban un segundo, contribuyó a granjearle el favor del pueblo. Considerándolo uno de los suyos, una banda hip hop le ofreció tocar en sus presentaciones públicas. Los contrató para grabar el *jingle* de su campaña, con una letra irreverente y pegajosa:

No engordes a los ratones
que se roban nuestra lana:
mátalos a pisotones,
vota por Jesús Pastrana.

Pero cuando apenas llevaba un par de semanas llenando auditorios y plazas públicas, el PIR anunció la postulación de Arturo Iglesias, un candidato joven y guapo, que no tenía experiencia política ni habilidad para arengar a las masas, pero estaba casado con Alhelí, una famosa estrellita de televisión, pecosa y rubia, con una pizpireta sonrisa de caramelo, que en ese momento protagonizaba la telenovela *Besos robados* en el horario estelar del canal 2. Alhelí acompañó a Iglesias a sus primeros mítines, donde sonaba como música de fondo la canción tema de la telenovela, y lo posicionó de golpe como un serio aspirante a la alcaldía. Lerdo, ignorante, vacuo, sin dominio de la palabra, Iglesias a duras penas hilaba tres frases coherentes, pero el carisma de Alhelí, que atraía a un sector del electorado tradicionalmente ajeno a las contiendas políticas, lo ubicó a cinco puntos de Jesús en las encuestas de intención de voto. Era el candidato de la gente bonita, y sin embargo, por un fenómeno aspiracional que sus estrategas de mercadotecnia explotaban con astucia, su aureola de niño bien seducía al populacho. En cambio, el candidato de la izquierda, el ex diputado Valentín Rueda López, no lograba despertar el interés de las masas, quizá porque la mayor parte de la juventud politizada simpatizaba con Jesús.

Desde el mitin en la Barona, César Larios se abstuvo de asistir a sus actos de campaña, y no se inmutó por la seria amenaza que representaba la candidatura de Iglesias. Tampoco tuvo la gentileza de llamarlo cuando los asesinos de Azpiri lo amenazaron de muerte y por confidencias de terceros, Jesús supo que ahora la cúpula del partido lo tachaba de traidor. Tanto Aníbal Medrano como Óscar Narváez se habían deslindado oportunamente de su llamado a disolver los cuerpos policiacos y a formar autodefensas, calificándolo de irresponsable, y lanzaron una campaña de televisión, difundida en cadena nacional, en la que se ufanaban de haber librado una exitosa guerra contra el hampa, gracias al invaluable auxilio del presidente Salmerón. Más enfático en el jalón de orejas, César Larios declaró que la convocatoria lanzada por Pastrana contravenía los principios fundacionales de Acción Democrática, un partido respetuoso de la legalidad, que buscaba por encima de todo salvaguardar el orden constitucional. Pero como a los ojos de la opinión pública Jesús gozaba de mayor credibilidad que el líder del partido, la pugna refrendó su imagen de candidato independiente, sin compromisos con la mafia política. Interpretando el sentir popular, Felipe Meneses se mofó del "fuego amigo" desatado en su contra en un artículo que sacó ámpula:

La amenaza de muerte contra el candidato Jesús Pastrana no parece inquietar a la dirigencia del PAD. En cambio, su llamado a la integración de comités de autodefensa provocó urticaria en los militantes más ilustres de su partido, empezando por el gobernador Narváez. ¿Y cuál es el pecado del aspirante a la alcaldía? Atreverse a decir en voz alta lo que todos sabemos: que este gobierno ya claudicó frente a los intereses del hampa, si acaso no los comparte en secreto.

Como Jesús había calculado, la dirigencia del partido no llevó el enfrentamiento al extremo de querer destituirlo, ni le regateó los recursos que el Instituto Estatal Electoral les había adjudicado para la campaña. Tampoco las bases del partido lo abandonaron, de modo que hasta cierto punto, el berrinche de los jerarcas padistas lo tenía sin cuidado. Ya le llegaría el momento de ajustar cuentas con Narváez y Medrano cuando llegara a la alcaldía. Un vuelco favorable en el pleito legal que libraba con Remedios fortaleció su optimismo: gracias a un acuerdo entre los dos abogados que llevaban el pleito, Jesús logró tener una conferencia por Skype con Maribel y Juan Pablo. Por conveniencia diplomática no dijo una palabra en contra de su madre. Remedios, en cambio, no tuvo la misma gentileza y utilizó a Maribel como muñeca de ventrílocuo para lanzarle recriminaciones:

—Estás amenazado de muerte, papá, mejor retírate de la política, no juegues con fuego —hizo un puchero, enfurruñada—. ¿Nos quieres dejar huérfanos? ¿Te importa más el poder que tu familia?

Le indignó que la niña de sus ojos lo tildara de ambicioso, pero reprimiendo la cólera trató de refutarla con suavidad.

—Nada me importa más que ustedes, mi amor, por eso estoy metido en esta batalla. Quiero que tú y Juan Pablo puedan vivir sin miedo en su país. La corrupción se ha propagado como la gangrena, por eso estamos tan mal. Pero si nadie pelea por el bien común, la situación va a seguir igual, ¿me entiendes?

La niña guardó un escéptico silencio, tal vez porque la madre, fuera de cuadro, no podía soplarle una respuesta. Por fortuna, Juan Pablo sí lo comprendió y hasta elogió su valerosa decisión de seguir adelante con la campaña, sin acobardarse por las amenazas.

—Cuídate mucho, papá, ponte un chaleco antibalas y lleva una pistola para defenderte. Las Magnum son las mejores.

—No te preocupes, yo me sé cuidar —lo tranquilizó, satisfecho de que Remedios no le hubiera podido lavar el cerebro.

En cuanto al litigio, los dos abogados habían llegado a un acuerdo preliminar. Sea cual fuere el resultado de las elecciones, Remedios volvería a México en cuanto terminara la campaña y firmaría enseguida los papeles del divorcio. De lo contrario perdería la patria potestad de los niños. Como ella había abandonado el país, Jesús quedaba eximido de pasarle pensión alimenticia mientras permaneciera en el extranjero. Aunque le doliera prolongar seis meses más la separación, Jesús aceptó el convenio sin reparos, pues en el fondo era lo mejor para todos. Estaría mucho más tranquilo y concentrado en la campaña sabiendo que los Culebros y los Tecuanes no podrían meterse con su familia. Instruyó a su defensor para que no permitiera ninguna dilación en el convenio pactado, porque si antes de haber concluido el juicio, Remedios descubría que andaba con un transexual, quizá trataría de arrebatarle para siempre a los niños. Tarde o temprano se tendría que enterar, pero Jesús quería escoger el momento más oportuno para esa revelación, y suavizarla de tal modo que dañara lo menos posible a sus hijos.

Repuesta de la golpiza tras un mes de reposo y con la boca reconstruida por el dentista, Leslie recuperó el encanto juvenil que lo había hechizado cuando la vio taloneando en el bulevar Cuauhnáuac, y con la cara afilada por la pérdida de peso, ahora tenía un aire soñador de heroína romántica. Jesús la visitaba tres o cuatro veces por semana, y a veces se quedaba a dormir. Con grandes dificultades iban forjando un proyecto de vida en común que los obligaba a limitar su albedrío, a negociar decisiones, a modificar gustos y creencias muy arraigados. Jesús logró convencerla de ser menos puta en su atuendo, sobre todo cuando salía al súper por las mañanas, y se gastó una pequeña fortuna para comprarle un guardarropa de señora decente. Logró también alejarla de la coca, un triunfo mayúsculo que lo colmaba de satisfacción. También accedió a dejar los estrógenos para poder eyacular cuando hacían el amor, un sacrificio que le dolía en lo más hondo de su identidad femenina, pues a partir de entonces tuvo que depilarse los profusos vellos de las piernas con rayo láser y forzar las cuerdas vocales para atiplar la voz. La única ventaja era que ahora gozaba más en la cama. El placer la recompensó en cierta medida por su sacrificio, pero en materia de religión no quiso hacer concesiones y se mantuvo fiel a la Santa Muerte, desoyendo las quejas de Jesús, que intentó convertirla al culto guadalupano. En cuanto se sintió con fuerza para salir a la calle, Leslie fue a su antiguo departamento en busca de la estatuilla macabra. Por consideración a Jesús, aceptó sacar el altar de la recámara y lo puso en la sala. Pero como ahora tenía más espacio, lo adornó profusamente con flores, veladoras, exvotos y una foto de su padre, el maestro disidente Demetrio Santoscoy, enarbolando una bandera de huelga en la descubierta de una marcha.

Empeñado en reeducarla, Jesús le llevaba cada semana dos o tres videos de comedias musicales famosas, que Leslie ni siquiera conocía de oídas, por haber vivido enganchada desde la infancia a la infrahumana programación de la televisión abierta. Vieron juntos *Cantando bajo la lluvia, Mi bella dama, El último cuplé, Amor sin barreras, Cabaret, Chicago.* Después de cada función, transformada en Liza Minnelli, en Sara Montiel, en Natalie Wood, Leslie montaba un show privado imitando las coreografías de la película, y aunque su sentido del ritmo era bastante rudimentario, Jesús le prodigaba aclamaciones. Al notar su interés en las vidas de reinas y princesas, le regaló una biografía de María Antonieta y otra de Lady Di. Apenas avanzaba dos o tres páginas al día, porque leía muy despacio y la fatigaban los bloques de texto sin ilustraciones. Tampoco logró que se interesara en política, a pesar de sus esfuerzos por adoctrinarla. Cuando trataba de inculcarle el ABC de la cultura cívica, sus bostezos le indicaban que debía cambiar de tema. Pero aunque tuvieran pocas afinidades, Jesús la animaba a hablar de su dura infancia, de la evolución psicológica que la llevó a sentirse mujer, de sus mayores anhelos, fungiendo, sin que Leslie lo notara, como una especie de terapeuta con quien podía pensar en voz alta. Pero un resorte cerebral defectuoso dio al traste con su tarea de Pigmalión. Cuando empezaba a creer que podían formar una pareja sólida, la participación de Alhelí en la campaña de Arturo Iglesias le despertó una envidia feroz. Pidió a Jesús que lo llevara a sus mítines, y como él se negó, lo acusó de tenerla refundida en un calabozo.

—Un mitin no es un espectáculo de cabaret —reviró Jesús—. ¿Para qué me quieres acompañar si la política te vale madres?

—Quiero que me des mi lugar. Yo soy más guapa que esa tilica dientona, pero me tienes aquí encerrada porque te avergüenzas de mí.

—No me avergüenzo, al contrario, te quisiera presumir en todas partes, pero entiende mi situación: si me presento contigo en público pierdo las elecciones. No estamos en Suecia: aquí la gente sigue siendo muy persignada.

Tuvo que comprar su perdón con una pulsera de oro constelada de brillantes, que pagó con un buen fajo de dólares sustraído de su involuntario botín. Y sólo fue un perdón momentáneo, porque Leslie, susceptible y quisquillosa, no tardó en sentirse víctima de otro agravio más infundado aún. Jesús había recurrido a su asesora de imagen, Cristina Mandujano, para que le diera lecciones de vocalización, corrigiera su lenguaje corporal y lo rejuveneciera con un nuevo vestuario, porque en ese renglón, se sentía en desventaja frente a Arturo Iglesias, un muñeco engominado de exquisitos modales, con gran popularidad entre las damas. Cristina era una señora mundana y con clase, hija de una familia rica venida a menos, que había pasado la adolescencia en un internado suizo. Divorciada y sin hijos, parecía disfrutar al máximo la independencia y la libertad que había elegido. Ya bordeaba el medio siglo, pero la tersura de su piel y su fino talle labrado en el gimnasio la mantenían apetecible y esbelta. Su distinción, discreta y coqueta a la vez, atraía las miradas de hombres y mujeres dondequiera que se presentara.

Jesús pasaba largas horas encerrado con ella en el cuartel general de la campaña, tratando de pulir sus rudas maneras, y a veces la citaba en su casa por la noche, para revisar juntos los videos de los mítines y corregir errores de entonación o postura. Al irla conociendo mejor, descubrió que tenía un fino olfato político, una cultura general bien asimilada y que además compartía muchos de sus ideales. También Cristina soñaba con regenerar la vida política del país, y a diferencia de Israel, que lo exhortaba tercamente a mantener su perfil de candidato conservador, ella lo animaba a radicalizarse y a incluir en su programa reivindicaciones feministas, como la despenalización del aborto. En sus sesiones de trabajo nunca se le insinuó, ni Jesús galanteaba con ella, pero como Cristina lo acompañaba en los templetes, junto con otros colaboradores de su equipo, y Leslie la veía con frecuencia en los noticieros de televisión, pegada como lapa al candidato, no tardó en identificarla como una temible rival.

—A mí no me haces pendeja, tú andas con esa puta. Con ella no te da pena salir en la tele, ¿verdad? Es una momia restirada, ¿cómo te puede gustar?

—No me gusta, ni yo a ella. Es una colaboradora muy valiosa, pero de ahí no pasamos.

—Pues entonces bájala de la tarima. ¿Qué hace ahí, arrimándote las chichis?

Una noche, al filo de las once, cuando trabajaba con Cristina, modulando la voz frente a un espejo, Leslie lo llamó a su casa. Como Jesús estaba lejos del teléfono, la asesora de imagen tuvo la maldita ocurrencia de responder.

—Habla Leslie, la mujer de Jesús Pastrana, ¿con quién tengo el gusto?

Cristina dio su nombre.

—Quiero hablar con Jesús —exigió en tono crispado, y cuando Jesús tomó el teléfono arremetió con furia—: ¡Qué poca madre tienes! Te oigo la respiración agitada. Los agarré en la cama, ¿verdad?

—Claro que no, estaba ensayando mi discurso de mañana. Cristina me corrige la dicción.

—Corre de tu casa a esa pinche vieja. ¿O qué? ¿Ya duermen juntos?

Exasperado, Jesús tuvo que mandarla al diablo y Cristina, muy compungida, le aseguró que lamentaba mucho haberlo metido en un problema con su pareja. Si Jesús lo creía conveniente, ella podía buscarla para aclarar el malentendido.

—No, gracias, prefiero manejar este asunto en privado.

—Tiene bronquitis, ¿verdad? Le oí la voz muy ronca.

—Sí, la pobre está enferma y eso la pone de mal humor.

En represalia, Leslie se largó con Frida a correrse una parranda en el D.F. Jesús no lo supo hasta dos días después, cuando Leslie publicó en su muro de Facebook varias fotos de ella y su esperpéntica amiga, besándose con una pareja de *strippers* semidesnudos en el salón Marrakesh. La muy puta llevaba la pulsera que Jesús le regaló. Otro escupitajo en su dignidad. Para colmo, en una somera navegación por los anuncios homoeróticos de internet, descubrió que Leslie seguía ofreciéndose como travesti interactiva, con el nauseabundo eslógan: "Llámame cuando quieras portarte mal". Acompañaba el anuncio un álbum cibernético de fotos obscenas. Le había pedido que retirara esa publicidad hedionda, pero ella, por lo visto, quería seguir en circulación, previendo, quizá, que su romance no duraría demasiado. ¿Atendía a sus clientes cuando no la veía? ¿Los llevaba al departamento?

En la oficina, frente a un jaibol, se preguntó cuántas humillaciones estaba dispuesto a tolerar por ese amor canalla. Criada en el lodo, como las lombrices, Leslie no podía estar mucho tiempo fuera de su elemento. ¿Para qué se esforzaba en regenerarla? Era natural que una joven como ella, liviana y sedienta de licores fuertes, saliera a buscar gañanes vigorosos que le aguantaran el trote. Agiotista de la pasión, le exigía una entrega absoluta y sólo daba a cambio mendrugos de amor. Si continuaba cediendo, si por cada berrinche idiota le regalaba una joya, sólo conseguiría crear un monstruo. Dispuesto a ganar el juego de vencidas o a morir en el intento, en la siguiente visita la trató con un desdén cargado de ponzoña. Ella se había puesto un baby doll rojinegro muy provocador, con liguero y tacones de aguja. Estaba seductora, pero Jesús no le dijo ninguna galantería. Tampoco le pellizcó las nalgas: que la tortearan los chichifos del

Marrakesh. Como de costumbre pidieron pizzas, pues Leslie creía que la cocina era incompatible con su personalidad de diva. Cuando accedía de mala gana a freírle unos huevos, se los daba con las yemas reventadas. Hablaron poco en la cena, como dos generales en guerra fría. En los silencios de la conversación, sentían una corriente magnética de hostilidad mutua. Jesús creía que si no mencionaba la foto con los *strippers*, ella dejaría de imputarle su presunto amorío con Cristina. Pero en la cama, cuando empezaban a ver un capítulo de *Mad Men* y Jesús, bostezando, rechazó una juguetona caricia de Leslie, que le hacía cosquillas en el pecho, la tensión contenida estalló:

—Claro, estás rendido de cansancio porque ayer te cogiste a Cristina —lo acusó Leslie—. La ruca te dejó deslactosado, ¿verdad? ¿Cuántos palos se echaron?

—Mira quién habla. Te besuqueas con dos padrotes en el Facebook y encima quieres darme lecciones de fidelidad.

—Sólo estábamos vacilando, esos chavos ni siquiera jalan —sonrió Leslie, halagada por sus celos—. Pero si tú no te separas de Cristina ni para ir al baño, yo también tengo derecho a divertirme por mi lado, ¿no crees?

—Sí, claro, y por eso mantienes tus anuncios en internet —Jesús se levantó de la cama, rugiendo como un león rampante—. Quedamos en que te ibas a retirar. Si vas a seguir puteando, que te paguen la renta tus clientes.

—No necesito limosnas de nadie —vociferó Leslie, sin cuidarse ya de modular un timbre de voz femenino—. ¿Quién te pidió que me mantuvieras? Por mí puedes guardarte tu mugroso dinero, yo vivía muy contenta cuando era pobre.

—Vivías en un muladar —contraatacó Jesús—. Te saqué de una pocilga para darte una vida mejor, y mira cómo me pagas.

—En eso tienes razón, contigo pasé a mejor vida, sólo me falta dormir en un ataúd —Leslie hizo una mueca despectiva—. Antes me sentía viva, femenina, regia. Ya me había cambiado la voz, ya no me salían pelos en las piernas, pero por tu culpa interrumpí mi tratamiento hormonal. Ahora tengo voz de camionero, ¿y todo para qué? Para que me tengas aquí encerrada y te enredes con una ciruela pasa —rubricó el reproche con un hilillo de llanto.

—Te juro que no tengo nada con Cristina. Estás viendo moros con tranchetes.

—¿Entonces la quieres de tapadera? Debería darte pena ser tan clóset.

—Ya entendí tu juego: rezongas de tiempo completo para que te dé buenos regalos —Jesús golpeó la pared, exasperado—. Cualquier pretexto es bueno para ponerme el tacón encima: los mítines, Cristina, tus hormonas. ¿Crees que así me vas a sojuzgar? Te equivocas, perra. ¡Si no te gusta la vida conmigo, lárgate a la chingada!

—Ahorita mismo hago mi maleta —Leslie corrió al clóset y llorando a chorros sacó una enorme valija roja con ruedas—. Frida no ha rentado mi cuarto, puedo volver cuando quiera. Le dejo el campo libre a Cristina y a todo tu equipo de lambisconas.

—No, el que se larga soy yo —Jesús cogió su saco del perchero, las llaves, la cartera, y caminó hacia la puerta a grandes zancadas—. Quédate hasta fin de mes, la renta está pagada. No te mereces el amor de nadie.

Se despidió con un portazo que cimbró todo el edificio. Después de una noche convulsa en la que apenas concilió tres horas de un sueño intermitente y volátil, se levantó a las seis de la mañana, molido de cansancio, para asistir al mitin que tenía programado en Tlaltenango. Frente al espejo se puso el molesto chaleco antibalas, con el que sudaba a chorros en las plazas soleadas, y una de las nuevas camisas de lino que según Cristina Mandujano le daban un aire juvenil y atlético. Media hora después, sus guardaespaldas llegaron a buscarlo. Néstor le abrió la puerta del BMW. También él llevaba un grueso chaleco antibalas. Lo saludó de mano y con una seña a Urbano y Erasmo, que montaban guardia en un modesto Cavalier color hueso. Los demás escoltas ya estaban en el lugar del mitin, revisando hasta el último rincón en busca de posibles francotiradores. Tomaron la calle Morelos en dirección al norte. Trató de preparar mentalmente el discurso que iba a improvisar, pero la falta de sueño lo tenía atarantado. En la avenida Emiliano Zapata ordenó a Néstor que se detuviera en un Starbucks:

—Por favor, tráeme un expreso doble para llevar —y le dio un billete de a cincuenta pesos.

Mientras Néstor compraba el café, Urbano y Erasmo flanquearon su auto con las metralletas en bandolera, listos para repeler cualquier ataque. Erasmo oteaba el horizonte como un gaviero, muy ufano de su calva mohicana, de la que brotaba una cola de caballo, y Urbano, con sus pantalones bombachos y la pelusilla de su incipiente bigote, parecía un adolescente jugando a la guerra. La molestia de tenerlos encima todo el tiempo se compensaba por la tranquilidad que le daban. Sabía que esos chavos nobles y aguerridos no vacilarían en jugarse la vida por él. No en balde les había prometido regularizar los terrenos donde sus padres habían edificado una intrincada vecindad de dos pisos, estrecha como un hormiguero, que desde veinte años atrás era objeto de un enmarañado litigio. Desde la primera entrevista se había echado a la bolsa al clan de los Lizárraga. Con cuánta alegría lo habían recibido en el patio, adornado con banderitas de papel, agasajándolo con una hospitalidad entrañable: siéntese usted, licenciado, pruebe el mole de guajolote que preparó mi señora. Haber establecido esos vínculos de gratitud le daba tranquilidad y confianza, como si hubiera comprado un seguro de vida.

Despabilado por la cafeína, recapituló con amarga lucidez la bronca de la noche anterior, en busca de argumentos para blindar su amor propio. Había atacado en legítima defensa: no podía dejarse pisotear como un pelele. Pero los inmerecidos reclamos de Leslie aún le ardían como rejones de fuego. ¿Se le había olvidado ya cómo la llevó a la clínica, jugándose su carrera política? ¿No le bastaba con esa prueba de amor? Iba rodando cuesta abajo: Remedios había tardado tres o cuatro años en sacar los colmillos; Leslie, apenas un mes. Sólo podía sostener relaciones enfermas. Más le valía casarse con la política, porque no estaba hecho para la vida en pareja. Cuando sopesaba la idea de ver a un psiquiatra recibió una llamada de Felipe Meneses.

—Hola, Jesús, tengo una mala noticia que debes conocer para estar prevenido —ronco de tanto fumar, su voz parecía brotar de un banco de niebla—. Los líderes de tu partido te están jugando chueco. Ya se coludieron con el enemigo. A Iglesias le están prestando camionetas de la Secretaría de Obras Públicas para que lleve a sus acarreados. Un candidato del PIR apoyado por un gobernador del PAD, cosas veredes, Sancho. Ya puse las fotos de las camionetas en internet, échales un ojo cuando puedas.

—Gracias, Felipe. Voy a presentar una denuncia ante la comisión de honor y justicia, pero no creo que sirva de nada —Jesús chasqueó la lengua, escéptico—. El partido de la corrupción tiene distintos membretes, pero es muy unido a la hora de proteger sus negocios. Todos van en el mismo carro: Narváez, Medrano, Iglesias, y por encima de todos, el Tunas.

En el atrio de la iglesia de Nuestra Señora de los Milagros, lo esperaba ya un millar de personas de distintos estratos sociales, una asistencia estupenda, considerando que todos estaban ahí por su voluntad. Había prohibido expresamente a su equipo de campaña que reclutara acarreados. A diferencia de Arturo Iglesias, que regalaba despensas, enseres domésticos y tarjetas de prepago con quinientos pesos de crédito para tener abarrotados sus actos de campaña, él sólo tenía simpatizantes genuinos, que habían cifrado en él sus anhelos de cambio y esperaban mucho de su gobierno, quizá demasiado. Una banda de músicos andrajosos lo recibió con la marcha de Zacatecas. Néstor le abrió camino hacia el templete, detrás venía Erasmo y a su lado izquierdo Urbano, formando a su alrededor un enroque inviolable.

—Y aquí viene ya el licenciado Jesús Pastrana, candidato a la alcaldía de Cuernavaca por el Partido Acción Democrática —lo anunció el animador del mitin—. Recibámoslo con un fuerte aplauso.

Ondear de banderolas, repique de matracas, cohetones silbando, vivas al candidato. Jesús comenzó su discurso en un tono suave, como le había aconsejado Cristina, mirando en distintas direcciones, para repartir equitativamente su atención entre el auditorio. Pintó un panorama lúgubre de la inseguridad en la ciudad, y en una tesitura emocional más fuerte, propinó una buena felpa a las autoridades en funciones. De vuelta a la ecuanimidad, anunció que entre los presentes se encontraba un honesto policía municipal, el sargento Cipriano Ramos, que había acudido a buscarlo para denunciar las iniquidades a las que sus jefes lo sometían.

—Los gobernantes que se ufanan de haber abatido la delincuencia y me señalan como un peligroso agitador, por atreverme a proponer la formación de autodefensas, aseguran que los cuerpos policiacos del Estado están en proceso de regeneración, y velan por el bien común. Don Cipriano: acérquese por favor y cuéntele a la gente de Tlaltenango cómo están las cosas en la corporación a la que usted perteneció.

Don Cipriano se quitó la gorra en señal de respeto, un poco amedrentado por el micrófono.

—Los de abajo no tenemos la culpa de lo que está pasando en la policía. Nosotros nomás obedecemos órdenes. Los que reciben las moches fuertes son los jefes, de teniente para arriba. Algunos se llevan hasta doscientos mil pesos a la semana. Ellos les ordenan a los agentes que se hagan pendejos cuando los Culebros extorsionan a los comerciantes. Yo estoy cesado porque me salí del huacal. En el mercado Miguel Alemán estaban cobrándole derecho de piso a un compadre mío, que tiene un puesto de tamales, y metí a la cárcel al sicario que le cobraba la cuota. Por eso me quedé sin chamba, por cumplir con mi deber. El detenido quedó en libertad, mi compadre anda desaparecido y ahora los Culebros me tienen amenazado de muerte. Pero ya les perdí el miedo, que es lo mero principal. Si me quieren madrugar, de perdida me llevo a dos o tres por delante —desenfundó la 38 que llevaba al cinto—. Ustedes tampoco se dejen, compañeros. ¡Vamos a luchar unidos por nuestras familias!

La sencillez de don Cipriano enardeció a la concurrencia, que le tributó una fuerte ovación y la desafinada banda lo despidió con una diana.

—Han oído ustedes a un representante de la ley cesado por actuar con honestidad —Jesús retomó su discurso—. Como él hay muchos otros ciudadanos hartos de la demagogia y la mentira. El candidato Iglesias anda repartiendo dinero a carretadas para comprar el voto del pueblo. Quiere ganar la elección para que las cosas sigan igual y nadie le quite sus negocios a la mafia en el poder. No se dejen engañar, compañeros. Sólo el pueblo puede expulsar de Cuernavaca a los criminales, y yo quiero darle armas al pueblo para que se defienda. Pero en una democracia, el poder se conquista con votos. Por eso los invito a que hagamos una revolución silenciosa, sin derramar una gota de sangre. Hablen con sus familias, convenzan a sus amigos de acudir a las urnas, ayúdenme a combatir el abstencionismo, la desidia que nos paraliza. Entre todos podemos acabar con el mal gobierno. Entre todos podemos restablecer la legalidad.

Estallido de aplausos, acompañado por un repicar de campanas proveniente de la parroquia. La iglesia se sumaba al mitin, como había sucedido ya en varias colonias. Cuando Jesús comenzaba a explicar la organización vecinal de las autodefensas, subió de un salto al templete una guapa morena con un vestido rojo muy entallado. Como Jesús era miope, de lejos no la reconoció, pero cuando Néstor y Erasmo trataron de bajarla a empellones, un escalofrío le oprimió la garganta: la intrusa era Leslie. Al parecer seguía emputada y venía a reventar el mitin. Jesús miró de soslayo a Cristina Mandujano, colocada dos pasos atrás, junto a Israel Durán, implorándole con los ojos que huyera del estrado, pues temía por su integridad física. La atención del público se había desviado hacia el forcejeo de los escoltas con el transexual, que se quejaba a gritos de su rudeza. Está borracha y viene a joderme la campaña con un escándalo de verduleras, qué poca madre. Pero si quieres mi sangre, no te la voy a negar. Al carajo con mi buen nombre, pisotéalo como has pisoteado mi orgullo.

—Señores, no maltraten a la dama, esto es una asamblea popular. Si quiere darnos un mensaje, déjenla subir para que tome el micrófono.

XII. Angustias decembrinas

Leslie caminó a su encuentro con un lúbrico vaivén de caderas, mirándolo a los ojos en actitud retadora. Los fotógrafos de prensa la tirotearon a mansalva y algunos caballeros alebrestados le lanzaron silbidos. Jesús dio un paso lateral para interponerse entre ella y Cristina. Si la atacaba tendría que bajarla del templete a madrazos. Pero Leslie no estaba borracha ni prestó atención a su asesora de imagen. Estrechó la mano de Jesús como si fueran desconocidos y tomó el micrófono que le ofrecía:

—Gracias, señor candidato, por darme esta oportunidad —forzó al máximo las cuerdas vocales para sonar femenina—. Quiero hablar a nombre de los jotos y las vestidas de esta ciudad. Tenemos nombres más elegantes, pero yo quiero que todos me entiendan. La inseguridad es el mayor problema de Cuernavaca y en eso estoy de acuerdo con el licenciado Pastrana. Pero si de veras quiere representarnos a todos, no puede ignorar que aquí y en todo México se persigue y discrimina a los homosexuales, sobre todo a las hembras que tuvimos la mala suerte de nacer en un cuerpo de varón —más silbidos, gritos burlones de "mamacita" y "puñal"—. Hace un mes, mi mejor amiga, una transgénero como yo, cayó presa en una redada. Los agentes le robaron todo lo que traía, y la agarraron a macanazos por resistirse al arresto. ¿Cuál era su delito? Ganarse el pan como sexoservidora. Si no tuviera clientela se dedicaría a otra cosa, pero los hombres la buscan. Y no son chamacos, ¿eh?, ya están grandecitos para saber lo que hacen. Se sorprenderían si supieran cuántos hombres casados se derriten por nosotras —murmullos de indignación, gritos de ¡bájenla!, algunas mujeres horrorizadas abandonan el mitin con sus hijos—. Pero el gobierno no quiere aceptar esta realidad y después de tantos años de cobrarnos derecho de piso, ahora nos trata como delincuentes. No es justo, señor candidato. Si de verdad es usted tan honrado y batallador como dice, comprométase delante del pueblo a protegernos de la brutalidad policiaca.

Una cáscara de naranja le pegó en la cara, y una parte de la concurrencia celebró el ataque a risotadas.

—Por favor, señores, más respeto a la compañera —intervino Jesús, arrebatando el micrófono a Leslie—. En un foro plural como éste todas las opiniones tienen cabida.

Creciéndose al castigo, Leslie se limpió la cara con un pañuelo, y prosiguió entre sollozos, en un tono de heroína vilipendiada.

—Yo no soy tan distinta de ustedes. Cuando me enamoro quiero que todo el mundo lo sepa y me vea por la calle del brazo de mi galán —un arroyuelo de lágrimas le corrió el rímel—. Pero el hombre que amo no se atreve a confesar lo nuestro ¿y saben por qué? Porque le tiene miedo al rechazo de la sociedad. Tenemos que amarnos a escondidas, en lo oscurito, como si tuviéramos roña. En la capital del país ya se legalizó el matrimonio gay. ¿Qué espera usted, señor candidato, para hacer lo mismo en la capital de Morelos? —Leslie logró hacerse oír por encima de la silbatina—. Quiero ser feliz a la vista de todos. ¡Defienda nuestros derechos y le aseguro que miles de locas votarán por usted!

Los abucheos arreciaron, y junto con ellos la lluvia de proyectiles, aunque también hubo algunos aplausos tibios. A petición de Jesús, Erasmo y Néstor ayudaron a Leslie a bajar del templete, protegiéndola como escudos humanos. Jesús no hizo comentarios sobre el discurso de "la compañera". Sólo exhortó al público a organizarse para la promoción del voto y dio por terminado el mitin. Decenas de simpatizantes lo entretuvieron al bajar del templete, presentándole una variopinta gama de peticiones, y ya no pudo saber a dónde fue a parar Leslie. Cuando terminaron de asediarlo, siempre bajo la vigilancia de sus escoltas, montó al BMW con una mezcla de jaqueca y vértigo. Aunque Leslie no le había montado un escándalo en el templete, de cualquier modo lo había puesto en un grave aprieto. Los periodistas sobornados por la munificente oficina de prensa de Arturo Iglesias andaban a la caza de cualquier noticia que pudiera perjudicarlo. Si reconocían al hermano transexual de Lauro Santoscoy, publicarían la noticia en grandes titulares, para imputarle vínculos con el narco. Maldijo a Leslie por su grotesco afán de competir con Alhelí. Había cumplido el anhelo de acompañarlo en un mitin y encima se dio el lujo de lanzarle indirectas. Te lo digo a ti, mi público, pa' que lo entiendas tú, mi negro. Tal vez quiso demostrarle que no era del todo apolítica. Pero si quería que legalizara el matrimonio gay, ¿por qué no se lo propuso en privado? ¿Qué necesidad tenía de irrumpir en el mitin? ¿De verdad le importaba esa demanda o sólo quería cobrarse un agravio?

Al día siguiente, a primera hora de la mañana, revisó con ansiedad todos los diarios de Morelos. Algunos mencionaban la intervención de un travesti en el mitin, sin dar su nombre, otros ni siquiera reportaban el incidente. Qué alivio, por lo visto no la habían reconocido. Era lógico: en el hospital tenía la cara hinchada y deforme. No podían imaginarse que esa beldad fuera el adefesio al que habían fotografiado en la clínica del seguro. De cualquier modo, su imprudencia hubiera podido perjudicarlo. Una prueba más de su egoísmo. Preferible morirse de calentura que volver a caer en los brazos de una esquizoide que se amaba a sí misma por encima de todas las cosas.

Concentrado en la campaña, que se había vuelto una reñida carrera parejera con Arturo Iglesias, logró olvidarse de Leslie casi por completo. Volcó en la política toda su energía, incluyendo la libidinal, muy disminuida por sus extenuantes jornadas de trabajo. La denuncia contra el gobierno estatal por colaborar en la campaña de su adversario no levantó mucha ámpula en la opinión pública. La sociedad mexicana ya ni se inmutaba por esas marrullerías, y tampoco le inquietaba demasiado tener una democracia que había dejado intactas las viejas redes de corrupción. Iglesias explotó con más desvergüenza la presencia de Alhelí en sus actos de campaña y emprendió una ofensiva para quitarle apoyos: en una reunión con los empresarios de la ciudad, les advirtió que si Jesús Pastrana ganaba la elección, Cuernavaca sería ingobernable, pues al haber roto relaciones con su partido se había convertido en un candidato independiente, que tendría en contra al cabildo, formado en su mayoría por regidores del PAD y el PIR. "Si quieren un alcalde atado de manos, que no pueda tomar ninguna decisión, y paralice la economía de la ciudad, voten por Jesús Pastrana", remató con saña. Su ataque tuvo amplia difusión en los medios. Jesús le respondió al día siguiente, en un encuentro con universitarios: "Si quieren entregarle la ciudad al crimen organizado, si quieren que aumenten los secuestros, si quieren vivir con miedo, voten por Arturo Iglesias". No logró borrar la impresión de que su gobierno podía ser caótico y en las encuestas divulgadas a mediados de diciembre, Iglesias se le acercó a dos puntos de distancia.

Algunos analistas políticos hablaban ya de un virtual empate. La alarma cundió en su equipo de campaña y tuvo una junta de emergencia con Israel y Felipe Meneses, a la que también asistió Cristina Mandujano, admitida ya en su círculo más íntimo de estrategas, pese a la oposición de Israel, que veía con malos ojos su creciente injerencia en la campaña y quería dejarla fuera de las discusiones importantes. De entrada, Felipe Meneses puso en duda la honestidad de los encuestadores que reportaban el avance de Iglesias. Jesús lo rebatió: aun en las encuestas más fidedignas, Iglesias iba repuntando, y por lo tanto debían hacer algo para frenarlo. Israel presentó un plan para atraer a su bando a un buen número de candidatos a regidores que por conveniencia aparentaban fidelidad a la dirigencia del PAD, pero en su fuero interno estaban con Jesús.

—¿Cuántos hay en esa situación? —preguntó Cristina.

—Seguros seis, y otros dos están indecisos. El problema es que del otro lado les ofrecen muchísima lana.

—¿Sabes de alguno que esté recibiendo dádivas del gobierno, o del PIR? —Meneses irguió la cabeza, olfateando las noticias como un sabueso.

—Datos concretos no tengo, pero es obvio que les han untado la mano.

—Sin pruebas no puedo hacer denuncias —lamentó el periodista.

—No se trata de organizar una cacería de brujas, al contrario —replicó Israel—. Creo que si hablo con ellos en corto y les prometo algo bueno, podemos conseguir muchas adhesiones.

—No voy a sobornar a nadie para que me respalde —Jesús pintó su raya—. El único aliciente que yo les ofrezco es subirse a mi carro para llegar al cabildo.

—Eso los puede convencer si vas ganando por una clara ventaja —apuntó Felipe Meneses—, pero si tu victoria está en duda, no creo que se atrevan a desobedecer la línea de César Larios.

—Felipe tiene razón, la mayoría de los regidores son oportunistas y siempre quieren estar con el ganador —intervino Cristina—. Sería muy riesgoso depender de ellos. Yo propongo un acercamiento mayor con las familias de víctimas y desaparecidos, para que la gente apolítica tome conciencia de la gravedad de la situación.

—Excelente idea —aprobó Jesús, jugando con un lápiz—, invítalos a mis actos de campaña, y les damos la palabra.

—Te acusarán de lucrar políticamente con su tragedia —refunfuñó Israel, mirando con disgusto a Cristina.

—Los ataques me valen madre —se impacientó Jesús—. El impacto de sus testimonios puede ser muy fuerte, ¿no crees, Felipe?

—Sí, porque encima de haber perdido a un ser querido, la procuraduría los ha tratado con despotismo o les ha dado el avión sin atender sus denuncias. Y en muchos casos, el que denuncia recibe luego amenazas del hampa. Mucha gente se ha tenido que ir de la ciudad por miedo a las represalias.

—Pero no estaría mal que un grupo de aspirantes al cabildo se pronuncie a favor de Jesús —porfió Israel.

—Sólo nos convendría si son nueve o más —intervino Cristina, juiciosa—, porque el cabildo se compone de diecisiete miembros y reuniríamos la mayoría. No podemos presumir un apoyo minoritario.

—Es verdad, nos meteríamos un autogol —coincidió Jesús y se volvió hacia Israel—. De cualquier modo, tú sigue negociando con ellos. Pero no les ruegues ni les vendas favores. Nomás diles que la dirigencia del partido ya pactó entregar el cabildo al PIR y si no se trepan a mi carro se los puede llevar la chingada.

—Pero no sabemos si eso es verdad —Israel hizo un gesto dubitativo.

—¿Qué importa? —reviró Felipe—. Esta guerra ha sido sucia desde el principio. De cualquier modo nos conviene soltar ese rumor, para meterles miedo. Yo mismo lo voy a difundir en mi columna. Acuérdate de Maquiavelo: divide y vencerás.

Cuando terminó la junta, Cristina se quedó en la oficina para hablar en privado con Jesús y lo invitó a pasar en su casa la Nochebuena. Por primera vez, Jesús temió que su asesora de imagen estuviera intentando un ligue. Su ambigua sonrisa de geisha otoñal no parecía quedar circunscrita al terreno de la amistad.

—Te lo agradezco, necesito compañía en esas fechas porque voy a extrañar a mis hijos —la toreó con diplomacia—. Voy a cenar con mis padres y luego paso a brindar a tu casa.

Eligió hacerle esa visita de cortesía, porque no quería ofender con una negativa a una colaboradora tan valiosa. Si en su casa Cristina hacía mayores avances, tendría que pararle el alto de manera más explícita. Era una mujer atractiva, sin duda, pero todavía no se arrancaba a Leslie del corazón, y le había costado tanto trabajo hacer las paces con sus demonios que no quería una nueva crisis de identidad sexual en plena campaña. Cuando habían pasado dos semanas del infausto mitin donde Leslie tomó la palabra, dos semanas de reuniones con asociaciones de comerciantes y comités vecinales donde todo el mundo quería tomar la palabra, de recorridos a pie por colonias miserables donde los niños harapientos jugaban guerras de lodo entre las ratas, de oír quejas y prometer soluciones que no estaba seguro de poder cumplir, Jesús empezó a caer en una depresión aguda. Una madrugada se despertó a las tres de la mañana y no pudo volver a pegar el ojo. La tortura se repitió cuatro noches más, con esmerada puntualidad. En sus duermevelas, percibía entre brumas el sinsentido de la existencia, la rotunda soledad de todos los hombres. No tengo amor, pensaba, y el oscuro animal que soy protesta por sus carencias. Más que la satisfacción sexual extrañaba la entrega amorosa, la ilusión de importarle a otro. Atarantado por la fatiga, para aliviar la persistente jaqueca tomaba paracetamol y a veces bebía cuatro o cinco cafés al día. Como el exceso de cafeína agravaba su insomnio, cayó en el círculo vicioso del estrés que genera cansancio mental y una renovada crispación de los nervios. Por consejo de Cristina visitó a un psiquiatra argentino, el doctor Mastronardi, que le recetó diez miligramos de lexapro, un antidepresivo que lo haría dormir por efecto acumulativo, cuando llevara una semana de ingerirlo. Aunque el doctor era inteligente y liberal, no se atrevió a hablarle de su ruptura con Leslie. En plena campaña electoral no podía hacer ese tipo de confidencias, y por lo tanto, se negó a continuar con un tratamiento que sus medias verdades condenarían al fracaso. Los jueves se comunicaba con sus hijos por Skype: eran charlas breves, incómodas, en las que necesitaba sacarles las palabras con tirabuzón, sobre todo a Maribel, que porfiaba en culparlo por ese distanciamiento, como si él hubiera obligado a su madre a largarse de México.

El espíritu navideño de la gente atizó su misantropía. Se había puesto de moda decorar con cuernos de reno los vehículos motorizados, como en los nevados suburbios yanquis. Aunque estuvieran sentados en un polvorín, los automovilistas de clase media se desvivían por parecer gringos de segunda. La primera vez que vio una camioneta cornuda en el trayecto a la oficina, pensó que tal vez fuera inútil luchar por la justicia y la dignidad en un país de cretinos. Ni siquiera podían inventarse una personalidad colectiva propia: su autodesprecio no les cabía en el pecho y lo sacaban a pasear por las calles. Cobardes y analfabetos en materia de cultura cívica, preferían fingir que no pasaba nada, negar el desastre cotidiano, aunque las balas les pasaran rozando la nuca. Detestaba a su prójimo, peor aún, ni siquiera lo reconocía como tal. ¿Pero entonces cuál era el móvil de su lucha política? Simplemente le avergonzaba pertenecer a ese rebaño indolente, como lo apenaba, en la preparatoria, ser integrante de un salón donde todo el mundo se quedaba callado cuando el profesor de Historia preguntaba cuáles fueron las causas políticas y sociales de la independencia. Sentía entonces que debía sacar la cara por el grupo, aunque su respuesta correcta le granjeara burlas sangrientas por parte de los populares bufones encargados de escarnecer la excelencia académica. Y ahora sacaba la cara por una ciudad igualmente despreciable, no porque se compadeciera de sus males, quizá merecidos, sino para deslindarse de la apatía ciudadana que la estaba llevando al despeñadero.

Como ahora no disfrutaba siquiera la expectación de sus hijos por recibir los regalos pedidos a Santa Claus, se consideraba totalmente ajeno a la Navidad y al bullicio que provocaba. Pese a todo, en la cena de Nochebuena hizo creer a sus padres que le alegraba departir con parientes a los que sólo veía en esa ocasión, en un rígido ambiente de cordialidad forzada, y hasta pareció alegrarse con el intercambio de regalos. Se despidió pasada la medianoche y a punto estuvo de dejar plantada a Cristina, aterrado por la idea de tener que presenciar el mismo ritual en una casa extraña. El instinto político, sin embargo, derrotó en el último instante a sus jugos biliares y decidió apechugar con el compromiso. Les había dado el día libre a sus escoltas y manejó por primera vez el BMW, como niño con juguete nuevo. Cristina vivía en una señorial residencia del fraccionamiento Palmira. De la opulencia de sus ancestros había conservado un fino mobiliario art déco, dos biombos japoneses, una hermosa araña de cristal y algunos grabados de Saturnino Herrán, colgados en el vestíbulo, que daban la bienvenida a los visitantes. Esperaba encontrar una concurrencia nutrida y le sorprendió hallar en la sala a Cristina con una amiga. Ambas tomaban copas de oporto, y había un caballito de tequila servido para otra visita que tal vez se hubiera levantado al baño.

—¿Ya se fueron todos? —preguntó a Cristina al saludarla de beso.

—Invité a poca gente. No hago reuniones familiares en Navidad porque todos mis hermanos viven en Monterrey.

Cristina le presentó a su amiga Felicia Tancredi, una treintona de cabello corto, sin maquillaje, que llevaba un conjunto blanco de saco y pantalón. Su rostro ovalado no era desagradable y sin embargo, su rigidez facial y la tensión de sus mandíbulas delataban una dureza de carácter casi militar. Jesús pidió un whisky a un mesero de uniforme, y cuando empezaba a saborearlo, Cristina lo miró fijamente a los ojos:

—Me tomé la libertad de invitar a una persona que te quiere hablar en privado. Está esperándote en el estudio. No me tomes a mal haber arreglado un encuentro entre ustedes, lo hice porque a últimas fechas te he visto muy afligido y creo que necesitas un desahogo.

Por un momento, Jesús temió que Cristina hubiera invitado a Remedios. Si le salía con ésas iba a tener que despedirla. Nomás eso le faltaba, una colaboradora de confianza aliada con el enemigo. Pero al entrar al estudio descubrió con sorpresa que le había concertado un encuentro con Leslie. Nunca la había visto tan elegante. Llevaba un vestido de noche negro, con tajo para lucir las piernas, el pelo suelto sobre los hombros, tacones negros de terciopelo y un maquillaje discreto, pero muy favorecedor, en el que advirtió la sabia mano de Cristina.

—Vine a pedirte perdón —se echó en sus brazos—. He sido muy cabrona contigo.

—Creí que odiabas a Cristina.

—Ella me buscó y nos tomamos un café.

—¿Ya no le tienes celos? —Jesús la apartó, desconfiado.

—Ya no, me confesó que es lesbiana, y ahora somos grandes amigas.

Jesús dedujo que Felicia era la novia de Cristina. ¿O quizá debía llamarla marido? Estaba, pues, invitado a una cena de matrimonios. Seguramente Cristina había reconocido la voz de Leslie en el mitin después de hablar con ella por teléfono y quiso aclarar malentendidos entre las dos. Admiró su sagacidad y le cobró un afecto mayor. Restañada la herida de su amor propio, se fundieron en un beso férvido y mordelón de amantes sometidos a cuarentena, sazonado con lágrimas de alegría.

—Te quiero, idiota, ¿hasta cuándo lo vas a entender? —la sujetó del cuello, en un tierno amago de estrangulamiento.

—Yo también, papi, te juro que no he puteado: soy tuya nomás.

Volvieron a la sala tomados de la cintura y sus anfitrionas los recibieron con un aplauso.

—¡Bravo! Así los quería ver —exclamó Cristina—, juntos y felices.

—Creo que Leslie se emocionó demasiado —dijo Felicia y señaló un montículo que le alzaba el vestido a la altura de la ingle.

—¡Qué horror, la tengo parada! —dio un leve codazo a Jesús—. ¿Ves lo que provocas por quitarme las hormonas?

Las dos anfitrionas soltaron una carcajada y Leslie pidió un hielo para aplacar ese rotundo mentís de su feminidad. Cuando pasaron las risotadas, Jesús le preguntó a Cristina cómo supo que él era gay. ¿Acaso se lo dijo Israel o algún otro miembro de su equipo?

—No, mi amor, nadie te sabe nada en la oficina. Por lo menos yo no he oído ningún rumor. Pero tengo un sexto sentido para estas cosas y cuando a vi a Leslie en el mitin, sólo tuve que atar cabos.

Jesús suspiró con alivio. En las visitas a Leslie, había evitado escrupulosamente que sus escoltas tuvieran contacto con ella, pero no descartaba la posibilidad de una filtración accidental o malévola que podía dar al traste con la campaña. El humor corrosivo de sus anfitrionas le descubrió el encanto de la marginalidad compartida y al calor de las copas pudo hablar con una expansión del ánimo que hasta entonces había creído inalcanzable. Sin perder nunca la figura de gran señora, Cristina les contó que había conocido a Felicia diez años atrás en Florencia, donde ella trabajaba como guía de turistas. Se flecharon en el baño de damas de una *trattoria*, y Felicia dejó una prometedora carrera en Italia para seguirla a México. Eran tal para cual, se compenetraban de maravilla en todo, pero les faltaba un hijo. Como Felicia todavía estaba en edad fértil, dudaban entre adoptar a un huérfano o engendrar un bebé con un hombre que accediera a embarazarla.

—¿Alguno de ustedes nos haría el favor? —preguntó Cristina, mirando a Leslie.

—No me mires a mí —se defendió—. El bicicleto es Jesús.

—Pero tú eres mujer y contigo me pondría más cachonda —intervino Felicia, y se volvió hacia Jesús—. ¿Me la prestas?

—Por mí encantado, pero no sé si quiera.

—Claro que no —protestó Leslie—. Yo sólo cojo con mi marido.

—No sabes cómo te envidio —Felicia le acarició la barbilla—. Yo con tu pito haría maravillas.

Sacó a bailar a Leslie y se le arrimó como un macho barbaján, estrujando sus nalgas, mientras Jesús y Cristina disfrutaban el cómico asedio. Cuando Cristina sacó una botella de coñac, pasaron de la euforia y el desmadre a la reflexión política. La anfitriona intentó convencer a Jesús, con buenos argumentos, de pronunciarse a favor del matrimonio homosexual y la despenalización del aborto. Miles de mujeres morían al año en las rancherías de Morelos por hacerse abortos clandestinos con comadronas. La homofobia y los crímenes de odio nunca iban a terminar si la gente no se acostumbraba desde la infancia a la convivencia con gays y lesbianas. El hostigamiento a los niños homosexuales en las escuelas era una plaga, el hijo de una amiga suya se había suicidado por eso.

—Cristina tiene razón. Ya ves cómo se portaron en el mitin —se quejó Leslie—, poco les faltó poco para lincharme. Haznos justicia, bebé, legaliza la putería.

A pesar de sentirse ya parte de la periferia sexual, el pragmatismo político de Jesús se impuso a su deseo de complacerlas.

—Si gano la elección les prometo apoyar las dos causas —concedió—. Pero en la campaña no voy a mencionar el tema. Mi prioridad por el momento es acabar con un gobierno delincuencial y no quiero darle armas al enemigo.

Tomaron y bailaron hasta las cuatro de la mañana. Relajado y alegre, Jesús se quitó de los hombros la insoportable presión de las últimas semanas. Más que el trago, lo colmaba de euforia la sensación de asistir al nacimiento de una sociedad secreta. El mejor regalo de Navidad que podía imaginar era ser acogido en esa nueva familia. Se quedó a dormir con Leslie, a quien la borrachera había puesto muy cariñosa. Hicieron el amor al llegar y reincidieron al despertarse, cuando Leslie se metió a bucear bajo las sábanas para darle una mamada navideña. Vieron películas toda la tarde, apoltronados en la cama, con la dulce beatitud de los amantes saciados. Aunque las actividades de campaña no se reanudarían hasta los primeros días de enero, el 26 de diciembre por la mañana, Jesús acudió a la desierta oficina, pues quería hacer algunos ajustes en la estrategia de la campaña, urgido de arrebatar adeptos al candidato del PIR. Hasta su secretaria estaba de vacaciones, pero en esa atmósfera de paz quizá pudiera concentrarse mejor. En compañía de Israel, revisó cuáles eran las necesidades más apremiantes en las zonas miserables de la ciudad, pues quería proponer soluciones concretas y rápidas para subsanar las carencias de las familias pobres. Cuando terminaron, Israel se despidió: iba a pasar unos días con su familia en Acapulco. Media hora después, Jesús recibió una llamada por el celular.

—Buenos días, licenciado, ¿se acuerda de mí?

—No, ¿quién es usted?

—Haga memoria, yo iba a ser el jefe de su escolta.

—Ah, sí, Herminio, ahora estoy muy ocupado y no puedo…

Intentó cortar la llamada pero lo sobresaltó una pregunta insidiosa:

—¿Cómo está su amiguita Leslie? ¿Sigue yendo a verla al departamento?

—Ese asunto no le incumbe, vámonos respetando, y haga favor de no quitarme el tiempo.

—No sea déspota, licenciado. En la campaña bien que se porta amable con la gente humilde, pero es puro teatro, ¿verdad? Yo soy gente del pueblo, no merezco sus desprecios.

Tenía la voz estropajosa y dedujo que tal vez había bebido para darse valor. Lo más fácil hubiera sido cortar la llamada, pero la mención a Leslie lo tenía en vilo.

—Yo no desprecio a nadie. Usted me puso en peligro por su ineptitud.

—Un error lo tiene cualquiera. Se manchó conmigo, licenciado, reconózcalo. Por su culpa me corrieron de la judicial y ahora en ninguna parte me quieren dar chamba.

—Lo siento, yo tampoco puedo contratarlo.

—No le estoy pidiendo limosna —farfulló con rencor—. Usted me debe una y tiene que pagármela. Sé que su amasio es el hermano gemelo de Lauro Santoscoy. Salió en los periódicos el mero día que le llevé sus vestidos, por eso lo reconocí.

—¿Y qué? —replicó Jesús, engallado—. Mi vida privada es asunto mío.

—Ni madres, la vida privada de un político le interesa a todos —carraspeó Herminio, cada vez más alzado—. A usted se le hace agua la canoa y mucha gente que está de su lado lo abandonaría si descubriera sus malas mañas. Peor todavía si supieran que es cuñado de un narco.

—Ah, ya entendí. Usted quiere sacarme lana, ¿verdad? —lo desafió Jesús, obligado a mostrarse duro a pesar de su pánico.

—Eso suena muy feo. Nomás quiero una indemnización por despido injustificado.

Jesús guardó un largo silencio. Le repugnaba el simple hecho de entrar en negociaciones con ese rufián, pero no tenía otra alternativa.

—¿Y cuánto quiere por su silencio?

—Tres melones en efectivo.

—Está loco, yo no tengo tanto dinero.

—Haga sus buscas, licenciado, a un candidato nunca le faltan patrocinadores.

—¿Y si lo mando a la chingada?

—Entonces rajo con su rival, el licenciado Iglesias. Quien quita y él me pague mejor que usted —Herminio cortó la llamada para imprimir a su amenaza un tono de ultimátum.

Jesús se derrumbó en el escritorio, las manos sudorosas y una fuerte neuralgia en el trigémino. No sentía una culpa tan atroz desde la cruda que tuvo al día siguiente de su primer encuentro con Leslie. Si había sabido siempre que sostener ese romance depravado en plena campaña electoral entrañaba un gran riesgo, ¿por qué chingados metió la cabeza en las fauces del león? Por malinterpretar los arcanos de la providencia, un error típico de los engreídos. Creyó estúpidamente que la suerte lo premiaba con la candidatura por haberse reconciliado con su destino emboscado, y que de ahí en adelante sólo debía tomar decisiones audaces, jugársela en todo momento como un apostador temerario. Pero Leslie ya no era su amuleto de la buena suerte, más bien lo estaba llevando a la bancarrota política. Ahora tenía la soga en el cuello, ¿y todo por qué? Porque tras la fuga de Remedios con sus hijos se había sentido solo y miserable. Cobarde, marica, pocos huevos. ¿Qué le costaba aguantar vara y ponerle un pecho firme a la tristeza? ¡Cuánta fragilidad, carajo! El sueño de llegar a la alcaldía tirado a la basura por un quebranto emocional. Sus ideales de justicia y libertad manchados de semen.

Se encerró en su casa tres días, sin responder los mensajes de Leslie. No tenía derecho a reprocharle nada, ni quería castigarla, sólo castigarse a sí mismo. Afuera, en el jardín comunitario de la privada, las nutridas familias de sus vecinos oían música y jugaban voleibol en medio de una gran alharaca. Cerró las cortinas para aislarse de su repugnante jolgorio. Intentó leer pero pasaba la vista por los renglones sin retener el significado de las palabras. Comió poco, se dejó crecer el bigote y la barba, dormitaba viendo inocuos partidos de futbol. Esos actos de contrición no lo llevaron al arrepentimiento, más bien lo incitaron a la rebeldía. Su delito había sido exigirle mucho a la vida, querer arrancarle amor, poder, gloria y un mejor gobierno. Nada tenía de malo desear lo mejor para uno mismo y para los demás. No se había equivocado al llevar a Leslie a la clínica, ni al ponerle departamento, porque la otra alternativa, la de pasar los ojos por las páginas de la vida sin retener su significado, la de resignarse a la decrepitud anticipada del alma, lo hubiese condenado a un sufrimiento mayor. Le gustara o no, su apuesta ya estaba hecha y no podía meter reversa. Envalentonado por esa reflexión, se dio un duchazo, se rasuró la barba de forajido y pidió a sus escoltas que lo llevaran al departamento de Leslie. La encontró en hot pants, recién salida del baño, poniéndose un juego nuevo de uñas postizas.

—¿Dónde te has metido? —se levantó a besarlo—. Ya estaba con pendiente.

—No tenía ganas de ver a nadie, ni siquiera a ti —recargó la cabeza en su hombro y rompió a llorar—. Estoy metido en una bronca espantosa.

Entre sollozos le refirió la abyecta extorsión de Herminio y su tormento moral de los últimos días, procurando echarse la culpa de todo, para que Leslie no se sintiera causante de su desgracia.

—Herminio me dio muy mala espina cuando lo vi —Leslie enjugó con un klínex las lágrimas de Jesús—. Si hubiera sido un cliente no me habría subido a su coche: tengo buen ojo para detectar a los chacales y la intuición casi nunca me falla. Pero no te apures, bebé: voy a pedirle a la flaquita que nos ayude.

De rodillas ante el altar de la Santa Muerte, le rezó con fervor de beata una plegaria que se sabía de memoria: "Señora Blanca, señora negra, a tus pies me postro para pedirte, para suplicarte hagas sentir tu fuerza, tu poder y tu omnipresencia, contra los que intentan destruirnos". Conmovido por su ingenuo fervor, esta vez Jesús no tuvo corazón para censurarla. Era horrible, sin duda, vivir en un país donde tanta gente quería tener a la muerte de su lado. Pero si la pobre creía que con eso iba a quitarle de en medio a Herminio, que rezara cuanto quisiera y atiborrara el altar de flores. Sólo temió, con un soplo helado en el corazón, que en ese mismo momento, en un sórdido escondrijo, algún aprendiz de chamán pagado por los Culebros o los Tecuanes estuviera murmurando la misma plegaria, con una foto suya recargada en las tibias de la huesuda.

En la cena de Año Nuevo los visitó Frida, que de tanto recalar en el departamento, había terminado por hacer buenas migas con Jesús. Después de su detención seguía trabajando en la calle como si nada. Sólo que ahora, informó, en vez de trescientos pesos a la semana, la policía le había aumentado la cuota a quinientos. Para eso había servido la campaña moralizante de la asociación Mexicanos con Valores. Como Leslie, achispada por el vino, se quejó de que la vida de casada a veces le resultaba un tanto aburrida, Frida la animó a montar un número musical para ofrecerlo en el Delirium Lounge, un bar gay con show de travestis.

—¿Me darías permiso de trabajar ahí, mi amor? —Leslie apretó el muslo de Jesús.

—Sí, claro, yo nunca te he querido tener prisionera.

A la hora de los postres, mientras Frida y Leslie discutían acaloradamente a cuál diva del espectáculo debía imitar haciendo *playback* (¿Shakira? ¿Selena? ¿Paulina Rubio?), Jesús recibió un mensaje de texto y se levantó al baño para leerlo en privado: "No se haga rosca, licenciado. Quiero mi lana el 4 de enero, o suelto la sopa". Cuando volvió del baño estaba tan demacrado que Leslie suspendió su frívola cháchara.

—¿Te pasa algo, mi amor?

—No es nada, creo que se me bajó la presión —mintió, porque no quería mencionar el asunto delante de Frida.

Mientras menos gente lo supiera, mejor. Pero cuando la invitada se fue, Leslie no necesitó que Jesús le informara lo sucedido para inferir el motivo de su congoja.

—¿Herminio sigue chingando?

Jesús asintió.

—Peor para él. Ya sacó boleto con mi comadre —y guiñó un ojo mirando de soslayo a la Parca.

Dichosa Leslie, que podía recurrir a fuerzas sobrenaturales para resolver el problema. Él tenía que mantener los pies en la tierra, y el 2 de enero, cuando se reanudaron las actividades de la campaña, canceló varios compromisos para tener una reunión a puerta cerrada con Israel y Cristina. No convocó a Felipe Meneses, con quien nunca hablaba de intimidades, porque en su paso por el seminario había contraído una homofobia incurable, y temía perderlo como amigo si le revelaba su romance con Leslie. Al enterarse de la extorsión, ambos consejeros guardaron un largo silencio, que tenía algo de luctuoso. Israel fue el primero en hablar: le reclamó con dureza que hubiera cometido el error de balconearse con un subalterno.

—Es verdad, me confié demasiado —admitió Jesús—, y no sabía que iba a correr a ese jefe de escoltas, pero el mal ya está hecho. Ahora necesito soluciones, no regaños. Todavía me quedan doscientos mil dólares del regalito que me dieron. Con eso, más un pequeño préstamo, podría taparle el hocico a esa rata.

—No sabemos por cuánto tiempo —se aventuró a opinar Cristina—. Quién sabe si el tipo se quede conforme después de recibir el dinero.

—Es verdad, podría agarrarte de cliente —coincidió Israel—: esos cabrones se crecen cuando ven débiles a sus víctimas.

—¿Y si de plano me proclamo gay? —propuso Jesús—. A Ricky Martin no le fue tan mal cuando salió del clóset.

Cristina soltó una risilla, pero Israel no encontró graciosa la idea.

—Perderías a todo tu electorado conservador: una caída de quince a veinte puntos en las encuestas —puntualizó—. En la farándula todo se vale, en la política no. Y encima, la revelación te vincularía con el narco. Para mí, eso es lo más grave de todo.

—¿Entonces me rindo? —Jesús se mesó los cabellos—. ¿Renuncio a la candidatura por motivos de salud?

—Esa es una decisión que sólo puedes tomar a solas con tu conciencia —trató de apaciguarlo Cristina—. Pero si renuncias, el partido puede nombrar a cualquier sustituto que le garantice impunidad a los de arriba. Significaría dejar las cosas como están.

Salió de la junta con una ofuscación mejor fundamentada. En casa, dando vueltas en un lecho de brasas, pasó una noche infernal barajando las alternativas que se le ofrecían, todas nefastas. Descartó por completo el pago de la extorsión: Herminio no iba a chuparle la sangre. Negar sus acusaciones en público tampoco era una alternativa sensata. Eso lo llevaría a un duelo de dimes y diretes que le concitaría más publicidad negativa. La renuncia a la candidatura era la única opción que dejaba a salvo su dignidad, pues le quitaría resonancia a la acusación. La celebridad en la política era efímera, nadie lo recordaría a los dos o tres meses de haber abandonado la contienda, y eso amortiguaría, de paso, el golpe psicológico y moral que irremediablemente se llevarían sus hijos. Pero con la renuncia le allanaría el camino al candidato del PIR, una claudicación que le revolvía las tripas. Sin haber pegado el ojo, el 3 de enero llegó al cuartel general de la campaña ojeroso y contrito, al borde del colapso nervioso. Cristina lo vio tan mal que le canceló todas las entrevistas. A mediodía Israel se presentó en su despacho.

—Le estuve dando vueltas al asunto y creo que si renuncias a la candidatura deberíamos tratar de salvar nuestro programa político.

—Sería lo ideal, por supuesto. Pero si el comité directivo nombra al candidato, estamos jodidos.

—Todavía puedes negociar con Larios. Dile que estás muy enfermo y que te quieres retirar de la contienda, a condición de que te permita nombrar a tu sustituto. De lo contrario seguirás en la campaña, aunque sea arrastrando la cobija.

—No es mala idea. Larios quiere librarse de mí a cualquier precio, y quizá le convenga el trato —Jesús dejó caer el lápiz, atribulado—, ¿pero a quién nombro?

—Sería un gran honor reemplazarte, si crees que tengo capacidad —se iluminó el rostro de Israel.

—Déjame pensarlo un poco, tengo hasta mañana para decidirme.

A pesar de su crisis nerviosa, Jesús tuvo suficiente lucidez para deplorar el oportunismo de Israel y discernir que Cristina Mandujano sería una mejor candidata. La mandó llamar a la oficina y le anunció su decisión de abandonar la contienda electoral, siempre y cuando ella aceptara sustituirlo. Cristina se quedó un buen rato pensativa:

—Caramba, me agarras de sorpresa —bajó la vista con timidez—. Yo sólo he tenido puestos menores en el partido y no sé si pueda llenar tus zapatos.

—No te hagas la modesta. Eres la colaboradora más inteligente que tengo, incluyendo a los hombres.

—Te has hecho una idea muy favorable de mí, ojalá fuera tan maravillosa como crees —sonrió complacida—. Pero si quieres proponerme, cuenta conmigo.

Por medio de su secretaria pidió una cita con César Larios, que aceptó recibirlo al día siguiente a las diez de la mañana. Relativamente sereno por haber definido un rumbo de acción, esa noche logró dormir de corrido cuatro o cinco horas. Ya no temblaba de incertidumbre, sedado, quizá por la temprana muerte de sus ambiciones. La oportunidad por la que había luchado toda la vida, derrumbada como un castillo de naipes. Su reputación de luchador cívico, hundida en estiércol. En el trayecto a las oficinas del PAD, mirando las calles de la ciudad por la ventana del BMW, se imaginó la jubilosa mueca de Larios cuando le notificara su decisión. Narváez y Medrano también estarían de plácemes: a enemigo que huye, puente de plata, y aunque aceptaran la postulación de Cristina, seguirían apoyando por debajo del agua al candidato del PIR. Triunfo total para el brazo político de la organización delictiva que había convertido al Estado en un cementerio. Néstor traía encendido el radio y el sonsonete de las noticias locales lo aturdía como un monótono zumbido de avispa. Entre la masa de información anodina sobresalió una noticia que le quemó el oído:

—Ayer por la tarde fue hallado en el estacionamiento subterráneo del supermercado Soriana, sucursal Jacarandas, el cadáver del ex agente judicial Herminio Esquivel Torreblanca. El cuerpo presentaba un tiro en la sien y se encontraba en el asiento delantero de su vehículo, un Stratus rojo modelo 1997. La policía presume que la víctima tenía vínculos con una banda de secuestradores.

Tuvo un espasmo de júbilo, como un porrista festejando un gol de su equipo. Salvado por la campana, cuando ya tenía la cabeza en la guillotina. Demasiado bello para ser real, demasiado oportuno para ser una casualidad. Al sentirse observado por Néstor, la conciencia lo llamó al orden: ¿Aprobaba la barbarie cuando lo beneficiaba? ¿Justificaba un crimen por su utilidad política? Más bien debía poner las barbas a remojar. La muerte lo andaba rondando, se aproximaba a hurtadillas, con pies descalzos, eliminando, por ahora, a la gente que le estorbaba, pero la menor mudanza del viento podía desviar en su contra la orientación de las balas. Recordó las plegarias de Leslie a la reina del inframundo. ¿Debía agradecerle a ella ese favorcito? No, el terror en México tenía una lógica interna, una maraña de causas y efectos, aunque a veces pareciera irracional y caótico. Alguien quería protegerlo, quizá Lauro, que andaba muy necesitado de su amistad. Otro favor no pedido, pero ¿a cambio de qué, cuñado?

XIII. Favor con favor se paga

Siguieron varios días de sobresaltos cada vez que sonaba su celular, esperando la llamada o el mensaje del Tecuán Mayor para cobrarle el muerto con alguna exigencia abusiva y gandaya. Pero como al cabo de dos semanas Lauro no dio señales de vida, terminó por creer en la versión oficial del asesinato. Herminio era un rufián con un largo historial delictivo y no sería extraño que tuviera cuentas pendientes con gente de la misma ralea. A mediados de mes, el procurador Larrea anunció la captura del Rufus, el solícito gorila a quien Jesús había conocido el día del secuestro, y dedujo que Lauro tenía demasiados problemas personales para andar quitándole enemigos de encima. Presentado ante las cámaras como "asesino confeso de Manuel Azpiri", el Rufus era, según el boletín de la procuraduría, "una pieza clave en la estructura jerárquica de los Tecuanes". A Jesús más bien le había parecido un lacayo y la exageración de su importancia lo inclinó a dudar que hubiera ejecutado a Azpiri.

La persecución de los Tecuanes era la mejor carta mediática del gobernador Narváez para dárselas de eficaz en el combate al crimen. Pero en los hechos sólo estaba logrando incrementar el poder de los Culebros. En sus recorridos por los barrios lumpen de la ciudad, Jesús observó con alarma la admiración interesada que muchos "ninis" profesaban al jefe del cártel hegemónico. Hasta los niños de trece o catorce años llevaban en la muñeca la viborita de hule que los identificaba como aspirantes a ingresar en la organización, o cuando menos, a recibir sus migajas. Su altanero porte de perdonavidas delataba que no tenían miedo alguno a la autoridad, o peor aún, que ya consideraban a Jorge Osuna la autoridad máxima en la región. Durante un mitin en la Unidad Deportiva Revolución, frente a la multitud congregada en una cancha de voleibol, Jesús deploró la simpatía que algunos jóvenes confundidos profesaban a los matones encumbrados.

—Admirar a quien impone su ley por la fuerza significa tomar partido por el sojuzgamiento y el odio. La juventud tiene por delante la tarea de cambiar el mundo, no de sumarse con oportunismo a las fuerzas de la opresión. Quienes veneran a los capos del narcotráfico, deslumbrados por su poder, contribuyen a crear una espiral de violencia que acabará por destruirlos.

De pronto un grupo musical norteño agazapado en un rincón de la tribuna se arrancó a tocar un corrido que no estaba previsto en el programa:

Soldados y federales
saben quién manda en Morelos
y con respeto se le hincan
al jefe de los Culebros.

A ver quién es el valiente
Que se atreve a capturarlo.
Los bravos que lo retaban
ya están en el camposanto.

Muchos hombres han querido
tomar asiento en su trono,
pero huyen como gallinas
cuando las espanta el lobo.

Dinero nunca le falta
para ayudar a un hermano,
pero con sus enemigos
nunca le tiembla la mano.

Jorge Osuna nunca pierde
y cuando pierde arrebata,
Nunca hubo amigo más fiel,
Nunca hubo jefe más riata.

Era una burda provocación, y enseguida, sus escoltas aprestaron las armas, temiendo que entre el público hubiera una gavilla de pistoleros. No había en la cancha techada un sólo policía, de modo que si se trataba de una celada, hubieran podido acribillarlo a placer, con todo y escoltas. Aunque el temor le había cortado la inspiración, Jesús intentó retomar el hilo de su discurso:

—Qué repugnante muestra de servilismo —regañó a los músicos—. ¿No les da vergüenza, compañeros, adular a un señor de horca y cuchillo? Los asesinos de gente indefensa, los secuestradores, los traficantes de droga son enemigos del pueblo y no se merecen que nadie les queme incienso. Si triunfa la cultura de la ilegalidad y la corrupción, la anarquía puede arrastrarnos a una guerra civil.

De la tribuna se descolgó un contingente de jóvenes rapados que llevaban camisetas con el logo del PIR y en la espalda, la foto de Arturo Iglesias. La culebrita de hule en la muñeca delataba su adhesión a la familia reptante. Desde el templete, Jesús intentó llamarlos al orden:

—Por favor, señores, vuelvan a sus lugares. Aprendamos a discutir con civilidad. Si quieren rebatirme, nombren a un representante que venga a exponer su punto de vista.

Como si actuaran de común acuerdo con los músicos, los jóvenes rapados respondieron a su exhortación con un apabullante coro de silbidos y mentadas. Agrupados en una compacta falange, se abalanzaron contra los simpatizantes de Jesús blandiendo cadenas, chacos y tubos. El grupo de choque puso en fuga a la mitad de la concurrencia, pero los que no huyeron a tiempo recibieron, indefensos, una paliza artera, propinada con celo profesional. Cercado por sus guardaespaldas, Jesús sólo alcanzó a ver cómo golpeaban y pateaban en el suelo al jefe de la brigada vecinal de autodefensa, don Gumersindo Palacios. Néstor disparó al aire una ráfaga de metralla que dispersó a buena parte de los agresores. Aprovechando la confusión, sus escoltas lo bajaron del templete y lo sacaron de la cancha por una puerta trasera que conducía a un estacionamiento. Horas después, en el cuartel general de campaña, le avisaron que Palacios había muerto de un derrame cerebral a causa del linchamiento. La viuda del difunto, una mujer diminuta y obesa de pelo entrecano, envuelta en un rebozo, le negó el saludo cuando llegó a dar el pésame:

—Usted tiene la culpa por andar echando brava en los mítines —lo increpó delante de los reporteros—. Se siente muy seguro porque tiene a sus guaruras detrás, pero a mi viejo nadie lo protegió. Como siempre, los políticos muy bien cuidados, y los de abajo, que se chinguen.

Aguantó a pie firme la reprimenda sin mover un músculo de la cara, sonrojado de vergüenza. Para colmo, no era la primera tragedia que golpeaba a la familia Palacios. Dos años atrás, el primogénito de Gumersindo había muerto cuando se opuso a un asalto. Por eso el padre colaboraba con tanto ahínco en la organización de las autodefensas. Aunque el equipo de prensa había grabado en video a los autores del crimen, Jesús no quiso llevar esa prueba a la procuraduría para exigir justicia, pues conocía de antemano la respuesta de la autoridad: una solemne promesa de castigo a los responsables y la presentación en público de unos chivos expiatorios, levemente parecidos a los verdaderos culpables, que saldrían de la cárcel en dos semanas. Las televisoras locales se negaron a transmitir el video, por miedo a las represalias de los Culebros, que tenían amenazados de muerte a los conductores de noticieros. Las cadenas nacionales tampoco lo difundieron: ya no consideraban noticia ninguna masacre donde hubiera menos de veinte muertos. No tuvo más remedio que subirlo a *Youtube*, en donde lo vio un buen número de internautas, entre ellos Matilde Urióstegui, la única periodista importante que le abrió su micrófono para denunciar los hechos.

La difusión del ataque provocó un efecto contrario al brote de indignación popular que Jesús esperaba: en los mítines de la siguiente semana tuvo una baja asistencia, porque ahora la gente les tenía miedo a los golpeadores del hampa. Con desesperación, Jesús veía desinflarse la campaña. En sus alocuciones públicas intentó frenar la deserción masiva advirtiendo al pueblo que si caía en el fatalismo indolente, los verdugos de la esperanza iban a perpetuar su régimen de terror. Pero sólo consiguió desmovilizar más aún a sus simpatizantes. A fines de enero, las encuestas reflejaron que la estrategia intimidatoria del enemigo estaba dando frutos: Iglesias ya le sacaba cuatro puntos de ventaja. El reclutamiento de voluntarios para las autodefensas también cayó en picada, pues como Gumersindo Palacios había encabezado ese proyecto en la colonia Centro, la gente creía, con razón, que los futuros capitanes de milicias cívicas eran el blanco favorito de los matones a sueldo. Uno de ellos, Efraín Urbina, un voluntario de Acapantzingo, interpretó el sentir popular al interpelarlo en una asamblea:

—No crea que soy cobarde, licenciado. Yo estoy con usted hasta la muerte. Si por mí fuera, ahorita mismo nos alzábamos contra el gobierno, pero ¿con qué armas? Mientras dure la campaña estamos indefensos y cualquiera nos puede chingar. Si ponemos sobre aviso a los malandros, les damos toda la ventaja para madrugarnos.

Los argumentos de Urbina y la imposibilidad de proteger a los líderes vecinales lo convencieron de postergar la organización de las autodefensas para cuando tomara posesión de la alcaldía. Pero eso le quitaba uno de sus principales instrumentos de presión y el argumento más fuerte que tenía para entusiasmar al electorado. Ninguno de sus colaboradores pudo darle ideas que revirtieran el peligroso declive de su popularidad. El gasto publicitario de Iglesias iba en aumento, rebasando ostensiblemente los topes de campaña. La ciudad entera estaba tapizada con su sonriente jeta, y Jesús, en cambio, apenas había podido rentar media docena de espectaculares mal colocados. Para colmo, empezaba a cundir la división en su equipo de asesores. Cristina culpaba del incidente en la unidad deportiva al equipo de logística comandado por Israel. ¿Quién contrató a ese grupo musical? ¿Por qué la brigada de orden y respeto había dejado entrar a la cancha a la caterva de orangutanes? Israel atribuía el desastre a la errónea estrategia de centrar la campaña en la convocatoria a formar autodefensas, una propuesta descabellada que nunca lo convenció. Estaban a la vista las consecuencias de convertir una lid en electoral en una guerra anunciada: el enemigo había pegado primero y ahora cundía el pánico entre los partidarios de Jesús. Para colmo, los principales grupos empresariales de la ciudad, la clientela tradicional del PAD, se le habían volteado y lo acusaban de sedición, aterrados por su propuesta de armar al pueblo. El radicalismo impulsivo y belicoso de Jesús era el verdadero culpable de la caída, no las fallas de organización en un mitin. Israel no se conformó con hacer ese diagnóstico lapidario. En privado, cuando terminó la junta, le reclamó su marcado favoritismo por Cristina Mandujano.

—No sigues ninguno de mis consejos y a ella la oyes como un oráculo —sudaba copiosamente y le temblaban las aletas de la nariz—. A veces pienso que me haces a un lado porque no soy gay ni lesbiana.

Quiso presentarle su renuncia, pero Jesús no se la aceptó.

—No he tenido la intención de excluirte, sólo he tomado las decisiones que me han parecido correctas —trató de apaciguarlo—. Pero si dejas el barco en mitad de la tormenta, los dos vamos a salir perdiendo. El pleito entre Cristina y tú nos puede salir muy caro. Hagan las paces, por favor. Los dos deben colaborar en vez de crearme problemas.

Sólo la compañía de Leslie le insuflaba agallas para seguir en la brega. Los fines de semana con ella le devolvían la presencia de ánimo que necesitaba para nadar contra la marea negra que amenazaba con engullirlo. Un viernes por la noche, después de haber estudiado en detalle una fatídica encuesta que lo colocaba en segundo lugar, fue a visitarla con el orgullo en jirones, sintiéndose un político torpe y un pésimo estratega. La encontró en bikini, jadeante y sudorosa, ensayando en la sala el número musical con el que esperaba saltar a la fama.

—Ya lo tengo puesto casi todo, nomás me falta la parte donde bailo echada en el suelo, revolcándome como pantera. ¿Quieres verlo?

Jesús se arrellanó en el sofá de la sala y Leslie puso en el equipo de sonido la pieza elegida para su show: *Hips don't lie*, el éxito mundial de Shakira. Su quiebre de caderas adolecía de cierta rigidez, tal vez porque le faltaba elasticidad en la cintura, y por llevar tacones muy altos no podía imprimirle suficiente rapidez a sus giros. Tampoco hacía bien el *playback*. De hecho, el movimiento de sus labios iba siempre dos o tres segundos a la zaga de la letra, pero Jesús la admiró con el fervor incondicional de un padre viendo bailar a su nena en un festival escolar.

—Bravo, estás muy sexy —aplaudió con júbilo—, vas a ser la reina de la variedad.

—¿Crees que le guste al dueño del antro? —Leslie se montó a horcajadas sobre sus piernas.

—Seguro, va a quedar deslumbrado —besó uno de los pechos que se le habían salido del sostén—. Pero prométeme una cosa: no le permitas ninguna confiancita al patrón.

—Ay, Jesús, ¿por quién me tomas?

—Prométeme que me vas a avisar si el güey se quiere pasar de lanza.

—Te lo prometo —dijo Leslie, envanecida por sus celos —y le restregó las nalgas en el glande.

De ahí se fueron a la recámara, trenzados como escorpiones, y cogieron con tanta pólvora que la impetuosa cabalgata rompió una pata de la cama. En el epílogo del placer, predispuesto a la ensoñación romántica, Jesús admiró la capacidad de Leslie para ilusionarse con frivolidades y simplezas. Se había equivocado al juzgarla corrompida sin remedio. No obstante haber vivido experiencias terribles, que hubieran podido amargar a cualquiera, su alma todavía era una playa virgen, con arena fina y aguas de color turquesa. En sus brazos él no podía sentirse puro, porque la culpa y el morbo atizaban su deseo. Pero ella, en cambio, actuaba con una frescura de muchacha enamoradiza y frívola en la que no percibía una pizca de fingimiento. La diferencia de edades también contaba, claro. Con catorce años menos, Leslie aún veía la vida como una fiesta. Enamorado de su juvenil espontaneidad, hubiera dado cualquier cosa por preservarla de la desilusión y la amargura, de la inevitable crisis de la madurez que sobrevendría cuando terminara su idilio con el espejo.

A partir de febrero imprimió un nuevo rumbo a la campaña, buscando una mayor penetración con anuncios pagados en televisión y radio, pues la organización de mítines ya no le redituaba popularidad. Se trataba de borrar la fama de candidato belicoso que le habían endilgado, sustituyéndola por una imagen de político eficaz y propositivo. Pero los poderes fácticos, enfrascados en una contienda paralela a la campaña electoral, no le permitieron bajarse del ring. A principios de mes, en la antesala de una estación de radio, Jesús recibió una llamada enigmática de Lauro Santoscoy:

—Quiúbole cuñado, ya supe que te están rebasando por la derecha —dijo con un retintín de burla—. Te lo dije, el pinche Tunas no sabe ganar a la buena. Hasta coches anda regalando el candidato que apadrinó, y encima su nalguita jala un chingo de gente. Con razón te está poniendo en la madre.

Jesús se levantó del sillón de la antesala y salió a un pasillo en donde nadie pudiera oírlo.

—Todavía puedo ganar —aclaró, herido por la sorna de Lauro—. Tengo de mi lado a mucha gente.

—Eso ni quien lo dude —reconoció Lauro con una seriedad irónica—. Pero si las cosas siguen como van, se me hace que vas a perder.

—¿Llamas para burlarte de mí?

—No, llamo para ofrecerte un trato. Tengo la prueba de que el Tunas y el gobernador están patrocinando a tu contrincante. Con esto le puedes ganar por nocaut.

Como Lauro ya le había entregado información valiosa, Jesús tuvo un sobresalto que reavivó su apetito de victoria, casi extinguido en las últimas semanas. Pero no estaba tratando con un interlocutor confiable, y para evitar un nuevo secuestro a mano armada, que lo obligaría negociar con una pistola en la sien, le impuso algunas condiciones para salvaguardar su integridad: que la entrevista fuera en territorio neutral, en un espacio al aire libre, con tres escoltas de cada lado, y que antes de iniciar la charla ambos se dejaran pasar a la báscula, por si acaso Lauro tuviera la negra intención de grabar la entrevista con fines de chantaje.

—Caray, cuñado, qué desconfiado te has vuelto.

—La mula no era arisca: se volvió así cuando la secuestraron.

—Eso ni secuestro fue. Nomás te di transportación gratuita.

—Gratuita y forzada —le reviró Jesús—. Si rechazas mis condiciones, no hay trato.

Tras una pausa dubitativa, Lauro aceptó a regañadientes. Sólo por tratarse de un cuñado le daba esas garantías, dijo con voz resentida y estomacal, porque un hombre respetable como él no necesitaba dar pruebas de buena fe: con su palabra bastaba. Jesús percibió en su tono quisquilloso la dignidad herida de los mandones quebrados por el infortunio. No era para menos: Lauro andaba de capa caída, le habían confiscado ya buena parte de sus propiedades y sus hombres de confianza estaban en la cárcel, de modo que no podía ponerse muy digno. Fijaron la entrevista para el día siguiente a las once de la mañana, en un merendero ubicado a las afueras de Huitzilac, en un paraje boscoso al que se llegaba por un camino de terracería. Según Lauro, sólo los sábados y domingos se instalaban ahí puestos de quesadillas para la gente que iba de día de campo, pero entre semana estaba desierto, de modo que podrían hablar sin testigos.

En el trayecto a la cita Jesús ordenó a su chofer que diera un largo rodeo para llegar al lugar convenido quince minutos tarde. Tú me necesitas más a mí que yo a ti, pensó, y vas a tener que esperarme un rato. Pero cuando llegó no había nadie en el paraje del bosque: al parecer, Lauro quería doblegarlo con la misma táctica. ¿O era una represalia por haberse atrevido a imponerle condiciones? Pendejo engreído. ¿Quería que se le pusiera de alfombra? Lo esperó con disgusto más de media hora, sentado en una rústica mesa de madera con bancas empotradas en el suelo, mientras sus escoltas inspeccionaban la zona para cerciorarse de que no hubiera pistoleros ocultos detrás de los árboles. Soplaba un vientecillo gélido y se tuvo que poner una bufanda. Cuando había decidido largarse, furioso por el desaire, apareció a lo lejos una camioneta Hummer amarilla que levantaba una densa nube de polvo. Se detuvo a cincuenta metros del merendero y bajaron de ella dos hombres armados. Néstor y Erasmo cortaron cartucho, pero Jesús, con aplomo, les ordenó quedarse quietos. Con un sombrero Stetson marrón, botas del mismo color y cinturón piteado con hebilla de oro, Lauro parecía de lejos un apuesto ranchero triunfador. Pero al verlo de cerca, Jesús percibió en sus ojeras de doble fondo las huellas inocultables de una ansiedad prolongada. Se limpió el sudor de la frente con un paliacate y dejó el sombrero en la mesa. Sus ojos rojos y el perfume a mezcal de su aliento, mal disimulado por una pastilla de menta, delataban que se había corrido una larga parranda. Tan larga que tal vez aún no terminaba.

—Qué gusto verte, cuñado —lo abrazó con fuertes palmadas—. Te felicito por los huevotes que has tenido en tu campaña. Quién lo dijera, saliste más cabrón que bonito. No cualquiera se mete tan duro con el Tunas.

—También me he metido contigo —Jesús abrevió el abrazo—. Yo no combato a un cártel para beneficiar a otro, como el gobernador Narváez. Quiero sacar de la ciudad a los dos.

—Chale, chale, ¿te comiste un chile habanero o qué? —Lauro se tomó a broma su aclaración—. Se supone que vamos a hablar como amigos, ¿no?

—Sí, claro, pero antes vamos a cumplir lo pactado.

Hizo una seña a Néstor, que se acercó a Lauro y lo esculcó de pies a cabeza, mientras que el chofer de la Hummer, un güero de rancho cargado de espaldas, con los brazos llenos de tatuajes, hizo lo propio con Jesús.

—¿Ya estás tranquilo? —preguntó Lauro—. ¿Ya viste que sí soy gente de fiar?

Tomaron asiento frente a frente en la mesa de madera. A un metro de los jefes, los tres escoltas de cada bando miraban con recelo a sus adversarios, midiéndoles las intenciones. A una seña de Lauro, el güero de los tatuajes puso una botella de mezcal sobre la mesa y dos vasos enanos de plástico.

—Yo no quiero, gracias —rehusó Jesús—. Es muy temprano.

—Échate una, cuñado, no me dejes bebiendo solo.

Accedió para romper la tensión, esperando que la embriaguez debilitara a Lauro cuando llegaran al estira y afloja.

—Antes de empezar, tengo un recado para Nazario. Dile que ya terminé de construir la tumba de mi papá, que no sea huevón y siquiera vaya una vez a llevarle flores.

—¿Dónde está?

—En el panteón municipal de Yautepec, el pueblo donde nació.

—Cómo no, yo le paso tu recado.

—Le mandé poner una capilla con dos angelotes de bronce, mírala —y le mostró la foto del mausoleo en la pantalla de su celular.

—Es enorme, ahí podrían vivir dos familias —Jesús quiso darle por su lado, tratando de ablandarlo—. Te ha de haber costado una fortuna.

—Qué importa el pinche dinero, lo importante es la intención. Ya le pedí a mi señora que me entierren con él, al cabo que en la cripta hay lugar para una familia grande —suspiró conmovido—. Pobre viejo, cómo me regañaba por andar de malora. No te juntes con esa pandilla de vagos, me decía, no andes robando carteras en los camiones. Pero nadie lo quiso tanto como yo, por Dios santo. Nunca entendió que yo quería ser bandido para sacarlo de pobre.

—¿Tuviste broncas con él?

—Un chingo. Él creía que violar la ley era un crimen, luchó hasta la muerte por hacerla respetar, y no le pareció que yo me la pasara por los huevos. Era como tú: quería cambiar el mundo con protestas pacíficas. Nunca he creído en sus métodos de lucha. Desde muy chamaco supe que la política era un juego sucio, donde sólo ganan los más gandayas. ¿Y a poco no tenía razón?

—A veces ganan, es cierto, pero de todos modos hay que dar la pelea.

—Eso mismo decía él y mira cómo le fue —Lauro soltó una lágrima que se apresuró a enjugar con su paliacate.

Nostálgico, y al parecer, urgido de una terapia etílica, recordó que de niño vio sufrir a su padre en infinidad de marchas, huelgas y plantones, pidiendo justicia a un gobierno obstinado en aplastar el sindicalismo independiente, y juró que él nunca sería un perdedor. Su padre salía a botear en los semáforos, y aunque estuviera en la chilla, no se guardaba ni un quinto de sus colectas: todo era para la causa. Y él tenía que ir a la escuela con unos pantalones deshilachados que daban lástima. Despreciaba tanto a su padre que se volvió alérgico a los libros. A ver, ¿de qué carajos le había servido leer tanta chingadera? Las lecturas lo habían castrado, y cuando su señora madre se largó con otro cabrón, un bodeguero adinerado al que atendió en la clínica del Seguro Social, ni siquiera tuvo los huevos de vengarse a lo macho.

—Yo en su lugar hubiera buscado al Sancho para meterle un plomazo. Pero él se tragó la rabia, nomás lloraba de repente por las noches, muy quedito, y siguió metido en la lucha sindical, creyendo en la justicia como una beata de sacristía. Cuando lo veía repartiendo volantes pensaba: de grande no quiero ser como mi papá. Por eso en cuanto pude me metí al ejército. No para hacer carrera, qué hueva chingarme toda la vida pasando hambres en los cuarteles, ni pendejo que fuera, nomás quería aprender a manejar las armas. Me salí a los tres años, cuando ya era subteniente y había hecho algunos conectes con los chacas que movían la droga en el Estado. Entonces tuvimos los agarrones más fuertes.

En ese tiempo formó la banda de los Tecuanes con sus amigos de Yautepec. Distribuían el perico en el barrio, vendían protección a los comerciantes y de vez en cuando organizaban algún secuestro de poca monta. Su padre quería que fuera un hombre de bien y estaba muy enojado con él: te van a meter un balazo, le advertía, no te andes pavoneando en la calle con tu pistola. Ignoraba que desde entonces él ya se mochaba con los policías del municipio. Le empezaron a salir buenos bisnes, no hallaba qué hacer con tanta lana, todas las chavas querían con él y para verse acá, más chido, se compró una esclava de oro con incrustaciones de zafiros. Cuando su padre se la vio en la muñeca hizo un entripado tan fuerte que se la quiso arrancar de un tirón. Trabaja, pendejo, no te hagas rico envenenando a la gente, le dijo, te crees muy chingón pero eres una basura. Él no se dejó humillar y le respondió con saña: "¿Si eres tan revolucionario, por qué no te sales a echar bala como Villa y Zapata?

Yo gano bien porque me la rifo: en un jale gano más que tú en un año dando clase".

—Me dio una bofetada y nunca más lo volví a ver —exhaló un amargo suspiro—. Parece mentira, pero a Nazario sí le aguantó sus mariconadas y en cambio a mí no me perdonó que fuera más hombre que él. Pero yo sí le perdono su injusticia. Por eso lo saqué de la tumba jodida donde lo habían enterrado. Cada viernes le lleno la cripta de flores y hace un mes, cuando cumplió diez años de muerto, el cura del pueblo fue a rezarle un novenario. Contraté a noventa plañideras y publiqué esquelas de plana completa en todos los periódicos de Morelos. Gracias a mí ocupa el lugar de honor que nunca tuvo en la vida, pero en sueños, el muy cabrón todavía me pone mis regañadas.

—Es la voz de tu conciencia, nunca la vas a poder callar.

—No, pero la soborno con mezcal —Lauro soltó una risotada—. Tómate otro conmigo, ándale, antes de que empieces a sermonearme.

—Con uno basta, gracias, no bebo antes de comer —lo paró en seco Jesús—. Quedamos en que me ibas a enseñar una prueba contra Iglesias.

—Allá voy, cuñado, no comas ansias —entregó su vasito a un esbirro cacarizo de nariz ganchuda, y cuando lo hubo llenado le ordenó: —¡Pásame la táblet que dejé en la troca!

El video que le iba enseñar no tenía buena calidad, advirtió Lauro, pero la charla se alcanzaba a oír y la imagen era suficientemente clara para identificar a los participantes en la reunión. Lo había grabado a principios de diciembre, en un salón privado del club de golf San Gaspar, un hombre de su entera confianza, infiltrado en la escolta de Osuna, que se había jugado la vida para instalar el celular en una mesa de servicio. En la pantalla de la tablilla aparecieron dos hombres sentados en la esquina de una mesa rectangular de estilo colonial, en algo que parecía una veranda. Al fondo se veía una pequeña colina alfombrada de césped, con una banderola blanca en la cima.

—El que ocupa la cabecera es el Tunas y al lado está el candidato, míralos —indicó Lauro—. Lo que se ve detrás es un ángulo del campo de golf. Voy a subirle el volumen a todo lo que da para que alcances a oír.

El Tunas era un prieto cuarentón de rostro abotagado y tiesa pelambre de jabalí, con una chaqueta de cuero punteada de gris y marrón, al parecer hecha con piel de víbora. Una cicatriz en la mejilla izquierda le cruzaba la cara desde el labio superior izquierdo hasta el pómulo. Pese a la borrosa imagen, el vacío profundo de su mirada causaba vértigo, como si almacenara cientos de cadáveres en la morgue de sus pupilas. Altivo y desdeñoso, como un césar en audiencia pública, su expresión de hastío contrastaba con la sonrisa fotogénica de Arturo Iglesias, sentado a su vera, que llevaba una playera Chemise Lacoste color lila y un tieso copete castaño artificiosamente alzado con gel. Ambos escuchaban con atención a un hombre que hablaba fuera de cuadro, en el lado opuesto de la mesa.

—Calculamos que en un mes Pastrana se va a caer en las encuestas. Ya está jalando menos gente a sus mítines, y en cambio, el licenciado Iglesias va de subida.

Jesús reconoció la inconfundible voz de su ex jefe Aníbal Medrano. Hijo de puta, conspirando en la sombra para entregar la alcaldía a un candidato de otro partido, se indignó sin mostrarlo. Claro, Iglesias le garantiza impunidad al terminar su administración, mientras que yo lo puedo meter en la cárcel.

—Pues yo no la veo tan fácil —negó con la cabeza el capo—. El sacristán ese tiene madera de líder. Con el rollo de las autodefensas alborotó al gallinero y mis jefes de plaza ya están escamados. Mejor le damos baje y a chingar a su madre.

—No creemos que sea necesario tomar medidas tan drásticas, don Jorge —intervino el gobernador Narváez, también fuera de cuadro—. Bastaría con reventar algunos de sus mítines para espantarle a la raza. Pastrana tiene imagen de pendenciero, nomás tenemos que agravarla un poco. El voto del miedo va a ganar esta elección, se lo aseguro.

—¿Para qué arriesgarnos? —porfió el Tunas, inexpresivo y escéptico—. Nomás lleva seis guaruras, cuando quieran mando un comando a quebrarlo.

—Es muy generoso de su parte ofrecernos esa solución —Narváez respondió en un tono suave y lacayuno, que buscaba suavizar al máximo su disenso—. Pero el escándalo nos traería demasiados problemas. Las protestas me obligarían a solicitar ayuda al gobierno federal para controlar la inseguridad en el estado, y no creo que usted quiera al ejército patrullando las calles.

—El ejército está de mi lado, tengo muy buenos amigos ahí —se ufanó el Tunas.

—Pero también nos pueden mandar a la Marina, y eso lo dejaría muy descobijado —volvió a intervenir Medrano—. Ya ve que los marinos trabajan con la DEA.

—Creo que el gobernador tiene razón, don Jorge —intervino Iglesias, mirando con temor al jefe de los Culebros—. La administración del licenciado Narváez ha tenido logros importantes en el combate a los Tecuanes y no debemos dar la imagen de ser un estado fuera de control, como Tamaulipas o Michoacán. Yo me comprometo a ganar esta elección por medios pacíficos si usted me brinda un respaldo financiero más fuerte.

—¿Todavía quieres más billete? Nomás pides y pides pero yo no veo resultados —gruñó con disgusto el Tunas—. Tu campaña me está saliendo muy cara, güerito. Vas a tener que hacerme muchos favores para ponerte a mano.

El Tunas salió abruptamente de cuadro, hubo una rápida sucesión de imágenes barridas y de pronto la pantalla se oscureció.

—Hasta aquí llega el video —informó Lauro—. Un mesero movió el celular de la mesa y mi amigo ya no pudo seguir grabando. Pero con lo que hay tienes de sobra para chingar a Iglesias, al gobernador y a quien se te antoje.

Jesús tardó un buen rato en reponerse del asombro y la náusea. Sospechaba que algo así estaba ocurriendo, pero ver tan claramente la asociación delictuosa de sus adversarios le inflamó las vísceras. Ahora se explicaba el ataque porril en la cancha de básquet: un golpe calculado con maquiavélica precisión para restarle adeptos. La exhibición de ese video provocaría un tsunami político a escala nacional y quizá también internacional. Iglesias, Medrano y Narváez acabarían en la cárcel, a menos de que el presidente Salmerón y la judicatura aceptaran pagar el costo político de protegerlos. Pero no quiso dar señales de su estupor a Lauro para que no encareciera el precio de la prueba.

—La imagen es muy borrosa y no sé si tenga valor probatorio en los tribunales, pero puede ayudarme a debilitar a Iglesias —admitió Jesús—. Ahora dime, ¿qué pides a cambio?

—Quiero apoyar una causa noble para ganarme el perdón de mi padre, que en gloria esté —Lauro volvió al tono emotivo de su relato—. Yo sé que allá arriba el viejo me está viendo y juzga todos mis actos. Me late mucho tu idea de organizar defensas comunitarias. Estoy de acuerdo, sólo así podemos pacificar el estado. Pero quiero que me dejes poner a gente de mi confianza a la cabeza de todos los comités de reclutamiento.

—No mames, Lauro, creí que me ibas a proponer algo sensato —resopló Jesús, atónito—. Lo que tú buscas es usar ese ejército para combatir al Tunas y quedarte con sus negocios. Yo quiero darle armas al pueblo, no a ti.

—Juntos podemos hacer la revolución —insistió Lauro—. Eso fue lo que le faltó a mi viejo: alzarse contra el gobierno. Te estoy proponiendo que hagamos una guerrilla urbana para acabar con tanta injusticia.

Jesús comprendió que Lauro, trastornado por el trago y la persecución de la policía, empezaba a creerse sus propias mentiras, y entre las brumas de la neurastenia culposa ya no discernía la correlación de fuerzas con sus enemigos. Con razón el Tunas lo tenía de cara contra la pared. Sus impulsos erráticos lo dejaban a merced de un rival con entrañas de hielo, que a juzgar por el video, utilizaba como peones de ajedrez a los zorros más pragmáticos de la política.

—No te voy a permitir que metas la mano en las autodefensas —reiteró Jesús, terminante—. Y tampoco quiero hacer una revolución.

—Pensé que tenías más huevos, cuñado —se ofendió Lauro—. Me decepciona que te arrugues y no confíes en mi palabra. Allá tú: por zacatón vas a perder las elecciones.

A pesar del insulto, Jesús mantuvo la sangre fría y trató de incitarlo a usar el cerebro.

—No me des el video, pero exhíbelo por tu cuenta.

—¿Y yo qué gano con eso?

—Joder al Tunas, para que lo persigan a él y de paso exhibir a sus cómplices. Si no haces algo para quitarte la presión de encima, mejor entrégate, porque te andan cazando y ya tienes la lumbre en los aparejos.

—Cuál lumbre ni qué la chingada —sacó el pecho, dolido—. A mí el gobierno me hace lo que el viento a Juárez.

—Pues no te veo muy tranquilo. Todo el mundo sabe que has perdido poder. El Rufus está en el bote y después sigues tú. Yo que tú subía el video a internet y me largaba del estado.

Lauro se levantó de la mesa, iracundo, y tomó a Jesús por el cuello de la camisa. En su precipitación derribó sobre la mesa la botella de mezcal.

—No ha nacido el cabrón que me diga lo que tengo que hacer. Si no me dejé mangonear por mi señor padre, mucho menos por un puñal como tú.

Los tres guardaespaldas de Jesús apuntaron a Lauro, y los escoltas del capo respondieron encañonando a Jesús. Hubo un momento de tensión en que la vida de todos pendió de un hilo. Jesús alzó un brazo pidiendo calma a sus hombres. Al comprender los riesgos de prolongar su rabieta, Lauro lo soltó, pero antes de retirarse lo apuntó con el dedo, sacando espuma por los belfos:

—Conste, cuñado, yo quería ser tu amigo. Allá tú si desprecias la ayuda que te ofrezco de buena fe. Si no estás conmigo, estás contra Dios.

Después de recibir tantas amenazas, la de Lauro no le hizo mucha mella. Pero volvió a la ciudad con un mal sabor de boca por haberse asomado a una cloaca tan hedionda y no poder destaparla. ¿Cómo hacerle entender al electorado que era rehén indefenso de un régimen delincuencial? Ardía de impotencia, sobre todo, por no poder exhibir la simulación de Medrano y Narváez. Qué honorables parecían en las ceremonias oficiales. Cómo se llenaban la boca hablando de democracia, seguridad pública y respeto a los derechos humanos. Habían solapado cientos de crímenes sin perder la figura, sin arrugarse el saco, pavoneándose en las páginas de sociales con sus lindas familias de tarjeta postal. Pero cuidado, no ganaba nada con odiar a esos hipócritas: necesitaba mantenerse lúcido para vencerlos. Eran ellos quienes debían intoxicarse con sus derrames de bilis y para eso tenía que pegarles donde más les doliera.

Esa tarde se reunió en la facultad de Medicina con la Asociación de Médicos de Morelos. El presidente de la asociación, el doctor Sergio Valdovinos, un venerable patriarca de pelo blanco y mejillas hundidas, le presentó una larga lista de atentados criminales cometidos contra su gremio. Los secuestradores se habían ensañado con la gente de bata blanca, porque la sabiduría popular, errada en este caso, suponía que todo médico estaba forrado de lana, y eso le había costado la vida a varios galenos de bajos ingresos, cuyas familias no pudieron pagar el rescate exigido por los hampones. Como muchos médicos habían emigrado a la capital o a otras regiones del país, las clínicas públicas y privadas de Cuernavaca se estaban quedando vacías. A ese paso, varios sanatorios tendrían que cerrar. Ni el alcalde Medrano ni el gobernador Narváez habían tomado en serio sus denuncias, se quejaron varios de los asistentes, nomás les dieron unas cámaras para grabar los asaltos, que ni siquiera servían. Cómo van a servir, pensó Jesús, si se trata de garantizarles impunidad a los esbirros del Tunas. Les prometió encomendar la vigilancia de los hospitales a las nuevas guardias urbanas en caso de obtener la victoria, pero advirtió con tristeza que su promesa no los entusiasmaba. Deben pensar que soy otro político ladrón, pensó, uno más que viene a darles atole con el dedo.

No tenía pensado ir esa noche al departamento de Leslie, pero a última hora, agobiado por los sinsabores de la jornada, fue a pasar un rato con ella para aligerar la tensión, que le había formado un nudo en el cuello. Leslie había salido. Como la sirvienta descansaba los martes, el departamento estaba en completo desorden. Quiso destapar una botella de vino blanco, pero no encontró el sacacorchos en los cajones de la cocina. Lo buscó en el trinchador de la sala y al abrir una gaveta descubrió una bolsita de plástico transparente con cuatro grapas de coca. Sólo esto le faltaba: otra vez Leslie enganchada en la droga. ¿O nunca la dejó? Con razón la notaba tan eufórica en los últimos días. Más que la flaqueza de su voluntad le dolió el engaño. Era una traición a su proyecto de vida, un proyecto irrealizable quizá, pues ahora veía claro que ella era una fichita incorregible. Estaba celoso, como si la coca fuera un rival amoroso que le robaba una parte de Leslie. Se tendió en el sofá, tamborileando con los dedos en la mesa de centro. Dos bofetadas de los gemelos Santoscoy en un solo día. Qué sincronización tan perfecta para enseñar el cobre. Tal para cual: quizá un trastorno genético los orillaba al vicio, al perjurio, a la crápula. No volvería a creer en las propiedades regenerativas del amor. Ni Dios con toda su omnipotencia podía sacar del lodo a una rana. Lo sobresaltó la llegada de Leslie, con un juego de pants y chamarra negros y una pañoleta en el pelo. Traía una bolsa del súper y la cara macilenta. Sus ojeras azules delataban que la droga le había robado el sueño.

—¿Qué haces aquí? ¿No te ibas a quedar en tu casa?

—Quise darte una sorpresa y la sorpresa me la llevé yo. ¿No quedamos en que ibas a dejar el perico? —le arrojó a la cara la bolsa con las grapas.

Perpleja, Leslie agachó la cabeza en señal de *mea culpa*. Jesús fue a su encuentro, convulso de indignación y despecho

—¿Estás a disgusto conmigo? —le sujetó los brazos—. ¿No te hago feliz? ¡Respóndeme, perra!

La zarandeó con violencia y Leslie, al retroceder, se dio un golpe en los riñones con la esquina del trinchador. El dolor aguijoneó su dignidad.

—¿Y a ti qué te importa si me sigo metiendo coca? —apartó a Jesús de un empujón—. ¿Eres mi papá o qué?

—Me prometiste que ibas a dejarla, ¿ya se te olvidó?

—No pude. La vida de señora casada me aburre y el perico me pone contenta.

Jesús la miró con una mezcla de lástima y desprecio.

—Hay maneras naturales de ser feliz. ¿No te basta con nuestro amor?

—Ay, bebé, agarra la onda. ¿Quieres que me vuelva una monja? Si lo fuera no me soportarías ni quince minutos.

Su cinismo de mujerzuela exasperó a Jesús, que esperaba un acto de contrición y una promesa de enmienda.

—Pues si extrañas tanto tu vida de puta, ¡lárgate a la calle!

En silencio, con la altivez de una reina destronada, Leslie caminó a su cuarto y empezó a preparar la maleta. Mientras echaba prendas sin ton ni son, sollozaba con un pudor casi masculino, el pudor de las víctimas injustamente golpeadas. Jesús luchaba también con su propia debilidad y tuvo que salir al balcón para no escucharla. No cometería el error de ablandarse, de salir corriendo a pedirle perdón, aunque el corazón se lo pidiera a gritos. Su salud mental exigía una ruptura total con los mellizos del averno. Se reencontraron en la sala cuando Leslie, de salida, fue a entregarle las llaves del departamento.

—Adiós, Jesús, sabía que lo nuestro era imposible, tú eres muy fresa y yo una bala perdida —gimoteó—. Te dejo con tu vida ordenada y me regreso a lo mío, sin guardarte rencor. Pero no creas que sólo te oculté mis vicios. Tengo otros secretos que por discreción hubiera querido guardarme, pero como ya terminamos, te voy a explicar por qué regresé al perico. Hace un mes llegaste aquí muy agüitado porque tu ex guarura te estaba chantajeando. Cuando trabajaba con mi carnal aprendí algo de estas cosas, y supe que sólo había una manera de cerrarle la boca…

—¿Entonces tú..?

—Sí, bebé, yo enfrié a esa rata y a mucha honra —se palpó las caderas, rencorosa y coqueta a la vez—. Le dije que llevaba de tu parte el dinero que te pidió. Como no soy una gatillera profesional, antes de ir a la cita me tuve que polvear la nariz, para agarrar valor. Así que ya lo sabes, seré puta y drogadicta, pero salvé tu campaña y tuve la delicadeza de no venderte el favor.

Jesús tuvo una súbita lipotimia, recargado en la mesa para evitar que el vértigo lo derribara. Ya tenía un asesinato en la conciencia. Por interpósita persona pero asesinato al fin. A ese precio no quería el poder. Aborrecía la idea de firmar decretos con una pluma mojada en sangre. Toda la vida luchando por un mundo sin víctimas. Y ahora cómo carajos iba a predicar la legalidad sin sentirse un hipócrita, un simulador como Narváez y Medrano. En la mente ociosa de un dios cruel se gestaba una tragedia de la que no saldría ileso, a pesar de haber burlado a la justicia, porque él mismo rechazaba la absolución.

—Qué poca madre, cómo pudiste...

Alzó la mano derecha con ánimo de golpear a Leslie, pero al ver en sus ojos el vapor sulfuroso de las pasiones malditas, obedeció a un impulso más fuerte y se echó en sus brazos, llorando de gratitud, con un frenesí que le perdonaba todo. Más ardiente aún, Leslie le mordió los labios, lo arrojó de un empellón al sofá, le bajó enérgicamente los pantalones, y sin darle tiempo de resistirse lo puso bocabajo para embestirlo con una erección de caballo. ¿Con que me querías correr, cabrón?, farfulló al penetrarlo. Me vas a respetar por la buena o por la mala. Era ella quien debía perdonar. Era ella quien mandaba de ahora en adelante. No, por favor, no, alcanzó a implorar Jesús, avasallado por el ímpetu viril de Leslie, un ímpetu largamente reprimido, que ahora volvía por sus fueros, triunfante, vengativo, soliviantado por tantos años de espera, y entraba a saco en su madura virginidad. Pasado el espasmo desgarrador, Jesús empezó a gozar la penetración, a colaborar con un tímido balanceo de caderas, escarmentado por las duras nalgadas de la machorra que abusaba canallescamente de su poder. La amaba y la odiaba, quería más candela pero su orgullo todavía daba patadas de ahogado. Así, Nazario, así, musitó, fingiendo una sumisión perruna, y con la perfidia de una esposa infiel cuando complace al marido, se imaginó que devoraba la verga de Lauro.

XIV. Ordeñar el aplauso

Rendido de placer, durmió nueve horas de corrido y al día siguiente despertó con la mente serena. El componente femenino de su carácter había encontrado por fin lo que buscaba: un cuerpo invasor, un amo deliciosamente atrabiliario en la repartición de premios y castigos. Ya no le faltaba conocer nada en este mundo, y el orgullo de haber puesto una bandera en continentes inexplorados lo reconfortó más aún que el placer físico. En la oficina, con una claridad mental que pocas veces había tenido desde el inicio de la campaña, decidió duplicar su número de escoltas, por si acaso Lauro se atrevía a cumplir su amenaza. No sólo debía protegerse del Tecuán Mayor: ignoraba cuál había sido la conclusión de la junta en el club de golf San Gaspar y temía que hubiera prevalecido la opinión del Tunas, partidario de matarlo en caliente. Encomendó a Néstor la tarea de reclutar a los nuevos escoltas entre su palomilla, aunque no tuvieran experiencia en esos menesteres, pues confiaba más en los improvisados honestos que en los profesionales corruptos. Nadie que hubiera pasado por una corporación policiaca le inspiraba confianza. Más tarde se reunió con Felipe Meneses y le reveló en detalle el contenido del video que le había mostrado Lauro. Sólo quería ponerlo al tanto del complot, por si acaso Felipe lograba obtener, entre el personal del club San Gaspar, algún testimonio que les permitiera fundamentar mejor la denuncia.

Las pesquisas del periodista dieron magros resultados. Ningún empleado del club se atrevió a decir una palabra sobre la supuesta reunión, un mutismo que Meneses atribuyó a su temor de perder el empleo o la vida. Una vecina dijo que semanas atrás, un helicóptero había aterrizado en el club y el estruendo rompió un vidrio de su casa, que el club de golf se negó a pagarle. Con esas vaguedades era imposible fundamentar una acusación seria. De cualquier modo, como estaba de por medio la vida de Jesús, Felipe reveló el contenido del video, manteniendo en secreto su fuente de información. La denuncia levantó ámpula entre la minoría politizada, pero como se trataba sólo de un rumor, ningún medio de circulación nacional la tomó en cuenta. En una carta publicada a plana completa en todos los diarios locales, el candidato del PIR salió en defensa de su honra, declarando que la supuesta reunión en el club de golf era una vil patraña, urdida por un reconocido simpatizante de Pastrana con la obvia finalidad de restarle votos.

En su afán por detener la caída en picada de mi adversario, Meneses recurre a las mentiras más descabelladas, inventa un complot, y me adjudica una estrecha amistad con un líder del hampa al que no conozco ni conoceré jamás. Declaro categóricamente que el infundio del binomio Meneses-Pastrana es falso de toda falsedad. Mis abogados interpondrán una demanda por difamación ante los tribunales, si el periodista no publica un desmentido en menos de cuarenta y ocho horas.

Ni Meneses se retractó, ni su periódico accedió a despedirlo, a pesar de que el gobernador Narváez pidió su cabeza al dueño de *El Imparcial*. La respuesta pública de Narváez y Medrano fue un desplegado en el que César Larios, a nombre del PAD, descalificaba al periodista y aseguraba que dos militantes tan destacados de su partido jamás respaldarían a un candidato de la oposición, ni mucho menos sostendrían entrevistas con un delincuente a quien el gobierno había combatido con todo el rigor de la ley, decomisándole grandes cantidades de droga. Interrogado al respecto por los periodistas, Jesús declaró que profesaba el mayor respeto a la impecable trayectoria periodística de Meneses, pues jamás había publicado información falsa en veinticinco años de fecunda labor. Por lo tanto, consideraba fidedigna su denuncia y responsabilizaba por cualquier atentado contra su vida al candidato Iglesias y a los dirigentes del PAD que, al parecer, se habían aliado con el jefe de los Culebros para sabotear su campaña.

Diligente y eficaz, Néstor sólo tardó una semana en reclutar a seis elementos que a partir de entonces, sumados al primer sexteto, lo acompañaron a todos sus actos públicos, distribuidos en dos automóviles, uno que marchaba detrás y otro delante de su BMW blindado. Para despistar a posibles francotiradores, Jesús viajaba a diario en un coche distinto. Cuando lo veían llegar a la residencia oficial de campaña, los miembros de su equipo comentaban en broma: "Ahí viene Jesús con sus doce apóstoles". Odiaba las ostentaciones de fuerza y temía que ese comando lo alejara del pueblo, pues ahora era más difícil abordarlo en los mítines. Pero no podía actuar de otra manera, sabiendo que los dos rufianes más poderosos de Morelos se la habían sentenciado. La denuncia periodística tuvo un impacto menor, por tratarse de un rumor sin sustento documental, y no le restó popularidad a Iglesias, que gracias al financiamiento del Tunas siguió ejerciendo con total descaro la compra masiva del voto. Pero como la columna de Meneses había puesto nerviosos a los involucrados en la conjura, el Tunas se apresuró a tomar una represalia sangrienta. A mediados de febrero, en un terreno baldío del fraccionamiento Limoneros de Ahuatepec, apareció el cadáver descuartizado del sicario Miguel Ángel Cabañas Lavalle, alias el Greñas, identificado por la procuraduría como lugarteniente de Lauro Santoscoy. Junto a los restos de la víctima la policía encontró una cartulina con la leyenda: ESTO LE PASA A LOS TRAIDORES QUE SE QUIEREN PASAR DE VERGAS. La culebrita que rubricaba el mensaje no dejaba duda sobre la autoría del crimen, y en su columna, después de consultar a Jesús, Meneses lo atribuyó a la difusión del video, presumiblemente grabado por Cabañas, conjeturando que la prueba audiovisual del contubernio obraba en poder de los Tecuanes y en el futuro próximo quizá provocaría nuevos ajustes de cuentas. Tampoco Lauro se quedó callado después de la entrevista con Jesús. Siguió presionándolo para exigirle que aceptara sus condiciones, ahora por medio de Leslie, a quien exigió por teléfono que influyera sobre su amante:

—Dile a mi pinche cuñado que por andar de hocicón, el Tunas me mató a un amigo muy querido, que no sea manchado y ahora sí acepte mis condiciones.

Las dos primeras veces Leslie se negó a mediar en términos comedidos, alegando que ella no se metía en política, pero a la tercera, cuando Lauro trató de imponerle su voluntad con insultos y amenazas, se vio precisada a evocar la humillante madriza que le propinó diez años atrás.

—¿Quieres la revancha? Tú nomas dime cuándo y nos echamos el tiro.

La reanudación del añejo pleito entre los gemelos alarmó a Jesús, pues sabía que Lauro, alcoholizado y fuera de control, era capaz de cometer cualquier atrocidad, incluso contra su propio hermano. Ya no preveía las consecuencias de sus actos, eso era evidente. De lo contrario hubiera puesto sobre aviso al espía infiltrado en la escolta del Tunas. ¿O el imbécil creía que iba a guardar silencio después de ver el video? ¿Tan atarantado lo tenía el mezcal? Resolvió ponerle un guardaespaldas a Leslie (el más feo de la cuadrilla, para librarla de tentaciones), pero ella, envalentonada por la eficacia de su 22 en el caso de Herminio, y por el papel dominante que ahora desempeñaba en la intimidad, se opuso enérgicamente a llevar cola por todas partes.

—A mí Lauro me la pela, cuantimás sus piches matones. Déjame tranquila, que yo me sé cuidar.

Como la campaña no repuntaba, y en las encuestas publicadas a fines de febrero, Iglesias le seguía sacando la misma ventaja, los conflictos en su equipo de campaña se recrudecieron, tal vez porque nadie quería cargar con la culpa de la posible derrota. Aprovechando el enorme arrastre de Jesús en las universidades, Cristina había organizado una cruzada cívica estudiantil, para que los jóvenes politizados se comprometieran a conseguir el voto de cinco familiares y amigos. Esperaba propagar así, por un efecto de avalancha, la popularidad de Jesús en sectores de la población donde tenía menos adeptos, pues las encuestas revelaban que los adultos mayores de cuarenta años con bajo nivel educativo se inclinaban por Iglesias. Desinformados por no leer periódicos, muchos de esos votantes esperaban que el candidato del PIR les diera algún regalo. Alguien debía hacerles notar el grave riesgo que corrían por vender su voto y Cristina confiaba en la capacidad persuasiva de los jóvenes para abrirles los ojos. Entusiasmado con la idea, Jesús ordenó a Pascasio Linares, el contralor administrativo, que entregara fondos a Cristina para rentar salones donde se pudiera reunir con los voluntarios. Pero por encima de Linares estaba Israel Durán, el jefe de la campaña, que según Cristina, seguía resentido con ella y se negaba a firmar los cheques.

—Ya ni siquiera me saluda —se quejó—. He intentado hacer las paces, incluso lo invité a cenar con su esposa, pero él no me traga, Jesús, y así no puedo trabajar. Israel es el típico macho que no soporta quedar por debajo de una mujer.

Jesús había notado que Israel andaba raro en las últimas semanas: hablaba poco en las juntas, había faltado a la reunión con la asociación de médicos, le mandaba recados por internet en vez de entrar a su oficina. Tal vez él había contribuido a distanciarlo, porque no podía ocultar su predilección por Cristina. Relegado al oscuro papel de administrador, Israel se vengaba poniéndole zancadillas a su rival, una táctica más propia de un burócrata mezquino que de un luchador por la democracia. Lo mandó llamar y pidió a Cristina que los dejara solos. Israel entró cabizbajo, la tez amarillenta y la mirada inerte. Hinchado del rostro, con los botones de la camisa a punto de reventar por el empuje de la barriga, las canas prematuras que le habían salido en la barba de candado daban un pálido indicio de su íntima desazón.

—¿Se puede saber por qué no has firmado los cheques para la cruzada cívica estudiantil? Cristina está detenida por falta de fondos.

—Esas tácticas de proselitismo nunca funcionan —Israel se mesó el espeso bigote—. No podemos tirar el dinero en…

—No te pedí tu opinión sobre la cruzada —lo interrumpió Jesús—. Yo la autoricé y tu obligación es firmar los cheques. ¿O qué? ¿Estás ignorando mi orden?

—También ordenaste redoblar la publicidad en los medios. Creí que esa era la prioridad en esta etapa de la campaña.

Ya estamos sobregirados y le debemos mucho dinero a las estaciones de radio.

—No te hagas pendejo, Israel —lo miró a los ojos con desprecio—. Tú le sigues haciendo la guerra a Cristina, a pesar de que yo te ordené llevar la fiesta en paz con ella.

—¿Por qué no la nombras de una vez jefa de campaña? —Israel sonrió con un rencor de novio despechado—. Yo ya no te sirvo para nada: soy un heterosexual anticuado y pendejo.

—No sólo eso, además eres un envidioso con un ego del tamaño de tu barriga.

Con el amor propio en llamas, Israel no pudo controlarse más:

—Debí largarme hace un mes, cuando ibas a renunciar a la candidatura y le ofreciste a esa marimacha que fuera tu suplente.

—¿Cómo te enteraste? No me digas que también espías detrás de las puertas.

—En una oficina todo se sabe —Israel alzó más la voz, indignado por el tono burlón de su jefe—. Yo te di la idea de renunciar a la candidatura para salir del aprieto en que estabas metido, ¿y cómo me pagas? Heredándole el trono a una tortillera.

—Basta de rabietas —Jesús pegó un manotazo en el escritorio—, no te voy a tolerar esos insultos sexistas. Cristina sólo tiene un defecto: es más capaz que tú, por eso decidí ponerla en mi lugar.

—Cómo has cambiado, Jesús —Israel refrenó con dificultad la cólera—. Perdiste la chaveta desde que ese maricón operado se atravesó en tu vida.

—En mis sábanas no te metas, no tienes ningún derecho a juzgarme. Largo de aquí —le señaló la puerta—. Estás despedido.

—Ya me voy, claro que me voy —se levantó Israel—. Pero antes quiero decirte que me repugna tu falta de ética. Yo no me trago la versión oficial sobre la muerte de Herminio. Es mucha coincidencia que lo hayan matado cuando te estaba chantajeando. Antes eras tan santurrón que ni siquiera querías reunirte con los capos de la droga. Y ahora le encargas a tu cuñado que te quite enemigos de encima.

La acusación enfureció a Jesús, tal vez porque coincidía con sus propios remordimientos. Se abalanzó hacia Israel y le propinó un puñetazo.

—Yo no tuve nada que ver en eso, ¿me oyes? ¡Nada! —lo empujó hacia la puerta—. Además de envidioso, calumniador. Saca todas tus cosas de tu despacho, hoy mismo le daré tu puesto a Cristina. Y pobre de ti si te atreves a repetir ese infundio fuera de aquí.

Lo echó de la oficina sin concederle derecho de réplica. Sólo cuando se repuso del coraje, quince minutos después, en el trayecto a una asamblea vecinal en Lomas de Cortés, reparó con alarma en el inequívoco tinte gansteril de su amenaza. El Tunas y el Tecuán Mayor hubieran hecho lo mismo en una circunstancia como ésa. Quizá los imitaba inconscientemente por haber comprobado la eficacia de sus métodos. Ellos le habían enseñado que el poder se conquistaba intimidando a los adversarios, o despachándolos al otro mundo. Y ahora él aplicaba sus enseñanzas, advirtiéndole a Israel, con la debida ambigüedad, que sostener su acusación en público podía costarle muy caro. Triste manera de acabar una amistad. Pero en eso consistía la segunda lección aprendida de sus mentores políticos: en la lucha por el poder, los amigos eran desechables. Israel había llegado a su nivel de incompetencia. Que se largara entonces a Vancouver a vender chácharas con su suegro.

En Lomas de Cortés, donde presidió una asamblea vecinal en el patio de una escuela pública, escuchó las quejas de costumbre: mala recolección de basura, escasez de agua, extorsión de pequeños comerciantes, defectuoso alumbrado público, tienditas de droga que los propios policías custodiaban como lacayos de los narcos. Era una colonia con distintos grados de urbanización, donde los fraccionamientos residenciales colindaban con barriadas miserables. De un lado albercas, autos importados, canchas de tenis, jardines palaciegos, guapas señoras criollas en ropa ligera; del otro, terregales, familias hacinadas en casuchas de adobe, perros callejeros, obesidad infantil, dengue, ratas y olor a mierda. Las familias pudientes, parapetadas en búnkers de lujo, no necesitaban formar autodefensas porque podían sostener batallones de guardias privados. Los que no tenían protección alguna eran los pobres y sin embargo, en la guerra del hampa con la policía y en la guerra paralela entre los Culebros y los Tecuanes, ellos proveían la carne de cañón para todos los bandos. Mientras oía los reclamos de los colonos, muchos de ellos imposibles de resolver por un alcalde, comprendió que ninguna estabilidad sería posible mientras prevaleciera una injusticia social tan flagrante.

Volvió a casa con esa inquietud y se desveló escribiendo un discurso en el que propuso convertir las autodefensas en el germen de una nueva organización política y social. Una vez alcanzado el objetivo de restablecer la paz, los integrantes de las defensas comunitarias que así lo desearan tendrían cabida en la nueva policía ciudadana, donde ocuparían puestos de mando, en recompensa por los servicios prestados a la sociedad. Además, el ayuntamiento se comprometía a darles créditos para vivienda, becas escolares para sus hijos y una pensión vitalicia para las viudas de los caídos en defensa de la paz social. Pero el sacrificio del pueblo sería inútil si los integrantes de las milicias cívicas no aprovechaban esa experiencia organizativa para crear comités de lucha ciudadana que pugnaran, también, por una mejor distribución del ingreso y un Estado de bienestar para la mayoría. Esos comités podían ser, quizá, el embrión de un movimiento político y social que reconstruyera el país desde sus cimientos y renovara las estructuras de un Estado podrido, tan podrido que ya ni siquiera podía garantizar la integridad física de los ciudadanos. Sólo así la democracia mexicana dejaría de ser una mascarada grotesca, una lucha entre distintas facciones de una mafia que cerraba filas en los momentos de apuro:

Nada cambiará —escribió— mientras la gente humilde mantenga una relación clientelar con el régimen que nos ha hundido en esta guerra fratricida. No malbaraten el poder de su voto. Utilícenlo para fundar un país sin castas divinas, un país en donde la igualdad jurídica sea el primer paso hacia la igualdad social. El pueblo no puede seguir derramando sangre para componer los desaguisados de las élites corruptas. Los defensores de la ley tienen el derecho de cambiar radicalmente un orden social que los condena a la miseria, pero los obliga a tomar las armas para hacer el trabajo de la autoridad.

Leyó el discurso al día siguiente en un centro deportivo del barrio de San Antón, y la respuesta entusiasta de los jóvenes lo animó a convertir su campaña en la génesis de un nuevo frente político, al margen de la partidocracia. De vuelta en su cuartel general, pidió a Cristina que difundiera su mensaje en todos los medios, con inserciones pagadas si era necesario, pues creía que ese nuevo giro en la estrategia de la campaña podía devolverle el apoyo de los simpatizantes que habían perdido la fe en el cambio. Al anochecer, engolosinado en los placeres de la sumisión, que atizaban al máximo su apetito sexual, llegó con una pequeña maleta al departamento de Leslie, para quedarse con ella un par de días. La encontró tumbada en el sofá de la sala, tomando tequila a pico de botella, el rímel de las pestañas corrido, los párpados hinchados y el cabello chamagoso, enmarañado como un trapeador. Llevaba puesto el traje de odalisca que se había mandado hacer para su número musical, ajorcas en los tobillos y un lunar postizo en medio de las cejas, toques de coquetería que realzaban por contraste su estado de abandono. En el suelo había un reguero de klínex con manchas de sangre. Jesús dedujo que había vuelto a tener hemorragias nasales por abusar de la coca. Perdida la batalla contra su adicción, le había rogado que por lo menos se moderara en el consumo del polvo, pero ella tenía la voluntad demasiado flaca. Cuando iba a regañarla por despeñarse en el vicio al extremo de recibirlo así, hecha una piltrafa, Leslie se echó en sus brazos, anegada en llanto.

—Me rechazaron en la audición, ni siquiera pude terminar el playback. Ese puto de mierda me agarró tirria desde la primera entrevista. Dice que bailo muy mal y que no me parezco en nada a Shakira.

Jesús desistió de recriminarla, por lo menos mientras se desahogaba. Con un tacto de psicólogo intuitivo, la llevó al sofá, sirvió tequilas para los dos y se ofreció como paño de lágrimas. Entre suspiros y gimoteos, Leslie narró su dolorosa humillación en el Delirium Lounge. Desde el principio le dio mala espina que Froylán Woolrich, el dueño del bar, una loca decrépita con aires de marquesa, se hubiera dilatado tanto para dignarse ver el número. Más de un mes lo asedió por teléfono, hasta que al fin, por cansancio, accedió a darle una cita. La audición había sido el día anterior y Woolrich, malhumorado, ni siquiera la dejó terminar el número. Pidió al *dj* que interrumpiera la pieza y la puso como lazo de cochino. Que esa vulgaridad no podía gustarle a la clientela culta y chic de su bar. Que para ser baila-rina se necesitaba ritmo, no sólo tener buenas nalgas. Que si quería una vitrina para ofrecerlas, mejor se anunciara en inter-net. Nunca le habían dicho cosas tan feas. Era una inútil, una fracasada que sólo había venido al mundo a dar lástimas. Envi-diaba la cultura y la inteligencia de Jesús, que lo habían llevado a donde estaba por méritos propios. Ella, en cambio, nunca podría levantar cabeza, ni valer por sí misma, porque Dios no le había dado ningún talento.

—No digas estupideces —intentó consolarla Jesús—. Tú vales oro, y si ese pendejo no te supo apreciar, en otros an-tros te puedes sacar la espina.

—¿En cuáles? —suspiró Leslie—. Aquí en Cuernavaca no hay otro bar con show de vestidas. La vida nocturna está muerta por el miedo a las balaceras.

—No te amargues la vida pensando en eso. Ahora ne-cesitas comer algo y descansar, mira nomás cómo estás.

—No tengo hambre, ni sueño, ni ganas de nada. Me quiero morir, agarra mi pistola y pégame un tiro, como a los caballos que tienen rota una pata —imploró, enconchada en el sofá, titiritando de frío a pesar de la cálida temperatura.

Con la perseverancia de un santo y después de infinitos ruegos, Jesús logró quitarle el traje de odalisca y la convenció de tomar una ducha caliente. Mientras se bañaba le preparó unos huevos revueltos con jamón. Tuvo que darle de comer en la boca porque no tenía fuerzas ni para coger el tenedor, y a duras penas consiguió que se comiera la mitad del plato. Para ayudarle a conciliar el sueño le dio un tafil y la arropó en la cama, susurrándole una canción de cuna. No se apartó de su lado hasta que la vio profundamente dormida. Luego se recostó en el sofá, pálido de angustia. La fragilidad anímica de Leslie presagiaba colapsos mayores. Sería imposible convencerla de ver a un psiquiatra, si no había logrado siquiera apartarla del vicio. ¿Cómo luchar contra una vocación de fracaso tan arraigada en el subconsciente? No debía extrañarle que Leslie se comportara como una Marilyn Monroe del arrabal: siempre supo que no estaba en sus cabales. Peor aún, le escrituró el corazón por ese toque de locura. Y no saldría ileso de su naufragio, porque iba en el mismo barco, atado con ella en el mascarón de proa. Sin el incentivo de oírla canturrear en la ducha, de dominarla como un marido y obedecerla como una esposa, de estrenar una perversidad nueva cada noche, ¿con qué fuerza de voluntad iba a empuñar la espada en la arena política? Hasta cierto punto era responsable de su derrumbe, por haberle impuesto un cambio de vida tan drástico. Tenía que salvarla para salvarse, no por compasión sino por egoísmo. Desde las arenas movedizas, Leslie le tendía un brazo desfalleciente que él no había sujetado con suficiente vigor. Era su deber esforzarse con más ahínco, meter la mitad del cuerpo en el lodo para salvarla del hundimiento que representaría, también, la quiebra total de sus ilusiones.

Al día siguiente llamó por teléfono a Salvador Contreras, el nuevo síndico del ayuntamiento, a quien había recomendado para ocupar el cargo, cuando aún gozaba de influencia en el PAD. Subordinado a uno de sus peores enemigos, el alcalde Medrano, Contreras no lo podía apoyar en público, pero en privado acababa de reiterarle su adhesión, cuando Meneses reveló las amenazas proferidas en su contra en la junta clandestina del club San Gaspar. Era un joven contador honesto y capaz, con modestos pero firmes ideales, a quien había prometido la tesorería del ayuntamiento en caso de obtener la victoria.

—Querido Salvador, qué gusto saludarte. Voy al grano porque no quiero quitarte tiempo: Necesito tu ayuda para resolver un problema de unos compadres míos, que llevan varias noches de insomnio por vivir al lado de un bar muy ruidoso. Los policías no han atendido sus quejas, supongo que el dueño les debe pasar una corta. Me comprometí a darles auxilio y quería pedirte, si no es mucha molestia, que me facilitaras un informe sobre la situación legal del antro, porque seguramente ha de tener un permiso de suelo chueco. Se llama Delirium Lounge y está en la avenida Gobernadores.

—Claro que sí, Jesús, encantado de poder ayudarte. Y cuéntame, ¿cómo va la campaña?

Tres días más tarde, Contreras le mandó a su oficina una gruesa carpeta con la información sobre el bar. Examinó los documentos con lupa y halló un sinfín de anomalías que bastarían para clausurar el antro de inmediato: adeudo de tres años de predial, permiso para venta de bebidas alcohólicas vencido, uso de suelo otorgado en los años 80 para una mueblería. Era evidente que el dueño del antro había repartido mordidas a troche y moche para operar al margen de todas las disposiciones vigentes. Le pidió a su secretaria que llamara al número de Froylán Woolrich, que la noche anterior había tomado del celular de Leslie.

—Por si no me conoce, dígale que soy candidato a la alcaldía.

Un minuto después, el dueño del bar se puso al habla.

—Dígame usted, licenciado, ¿a qué se debe el honor de su llamada? —preguntó con voz meliflua de lameculos.

—Estoy revisando la situación legal de los centros nocturnos que operan en la ciudad, para regularizarlos cuando tome posesión de la alcaldía, y he descubierto que su bar viola todos los ordenamientos municipales.

—No puede ser, licenciado —chilló Froylán, alarmado—. Hace una semana vinieron los inspectores del ayuntamiento y me dijeron que todo estaba en orden. Tengo firmados los papeles de la revisión.

—¡Ah, y encima está sobornando a los inspectores! —exclamó Jesús, en severo tono de fiscal—. Por ese cohecho le pueden tocar diez años de cárcel, sin derecho a fianza.

—Debe de haber algún error —se atragantó Froylán—. Le aseguro que he cumplido con todas mis obligaciones.

—Usted no ha entendido la gravedad de la situación —lo frenó Jesús, autoritario—. Podría clausurar su bar hoy mismo con una llamada telefónica.

—No, por favor licenciado, muchas familias dependen de mi negocio. Deme la oportunidad de resolver el problema.

Lo citó esa misma tarde en su casa, porque no quería testigos de la entrevista. Froylán llegó puntual a la cita. Bordeaba los sesenta años, pero se teñía el pelo de negro, aferrado con ahínco a un simulacro de juventud que desmentía su colgante papada de guajolote. Tenía una boca redonda de labios gruesos, apretados en un rictus de avaricia, y una nariz bulbosa de borrachín decadente. Vestido con un traje de lino azul cielo y una camisa negra abierta hasta la mitad del pecho, por donde asomaba una mata de vellos grises, se protegía del sol vespertino con un coqueto sombrero de ala ancha. Jesús le expuso con brevedad todas las anomalías que había detectado en el funcionamiento del antro, recargando las tintas adrede, para infundirle pavor. Le parecía increíble, dijo, que hubiera podido operar así durante tanto tiempo, y ninguna autoridad le hubiera exigido respetar la ley.

—¿No le da vergüenza deber tres años de predial, ganando tanto dinero en su negocio? —lo barrenó con la mirada—. Por evasores como usted, el ayuntamiento no puede hacer obras públicas en beneficio de los pobres.

—Es verdad que no tengo todos mis papeles en regla —reconoció Froylán, la frente bañada en sudor—. Pero le aseguro que nadie en esta ciudad puede abrir un negocio acatando los reglamentos al pie de la letra. Los empresarios somos rehenes de una burocracia que nos pone un obstáculo tras otro para sacar su tajada.

—Conozco de sobra esas corruptelas, no me las tiene que explicar. Cuando llegue a la alcaldía las voy a erradicar por completo, caiga quien caiga. Así que ya lo sabe: tiene la cabeza en la guillotina.

—Mire, licenciado, me apena muchísimo haber incurrido en esas faltas y para subsanarlas quisiera dar un donativo para su campaña —de la bolsa interior del saco, Froylán sacó un abultado fajo de billetes.

—Guárdese su dinero —lo rechazó Jesús con una mueca despectiva—. No lo llamé para pasarle la charola, vámonos respetando, por favor. Puedo darle un plazo razonable para regularizar su situación si usted coopera conmigo de otra manera.

—Dígame, licenciado, estoy a sus órdenes.

—Tengo un ahijado que le ha dado muchos dolores de cabeza a sus padres, porque nació varón, pero él se siente mujer. Y la mera verdad, es una mujer muy bonita. Durante un tiempo se prostituyó en las calles y ahora quiere llevar una vida digna, haciendo números musicales de cabaret. Se llama Leslie y montó un número en el que imita a Shakira.

—Ah, sí, ya recuerdo. Hace poco la vi en una audición.

—Usted no supo apreciar su talento, y ahora la pobre está destrozada.

—Perdón, yo no sabía que… —Froylán se ruborizó.

—Pues ya lo sabe. Yo le tengo mucho cariño a Leslie, como a ella le gusta que la llamen, y quiero apoyarla en su carrera. Mi ahijada necesita con urgencia un éxito que le suba la moral, y por eso lo invité a negociar. Si usted quiere evitar el cierre inmediato de su negocio, tiene que incorporar a Leslie a la variedad.

—Por supuesto, licenciado. Seguramente cometí un error al ver su show, a veces uno puede equivocarse en sus juicios.

—Llámela hoy mismo y pídale una disculpa —ordenó Jesús, saboreando su poderío—. Quiero que sea la vedette estelar de la variedad y tenga un debut triunfal, con gente aplaudiendo de pie.

—Con todo respeto, licenciado, eso no se lo puedo garantizar —Froylán se encogió de hombros—. El público sólo aplaude lo que le gusta.

—Pero el aplauso también se puede ordeñar. Invierta el dinero que me ofreció en una claque para vitorear a Leslie. Con veinte personas bien distribuidas en el bar sería suficiente. Pídales que se desgañiten gritando vivas y bravos.

—Sí, licenciado, faltaba más. Le prometo que esa muchacha quedará muy contenta.

Lo acompañó a la puerta, cruzando el jardín, y como despedida le susurró al oído.

—Ni una palabra de esto a Leslie. Ella no debe saber nada de nuestro convenio. ¿Entendido?

Completada la faena, sacó una cerveza del refrigerador, y sentado en una silla playera del jardín, escuchó los duros reproches de su conciencia. Había cometido una extorsión al margen de la ley, melodramáticamente justificada, quizás, pero no por ello menos abusiva y ruin. Aunque sus enemigos lo siguieran llamando "el sacristán Pastrana", distaba mucho de serlo ya, porque su tóxico amor lo estaba llevando a cometer una tropelía tras otra, incluyendo el encubrimiento de un crimen. ¿El encanto de la ilegalidad erótica lo había emputecido también como ciudadano? ¿Acaso el placer prohibido dejaba una estela de corrupción que invadía otros ámbitos de la vida social? ¿O se estaba flagelando porque sentía nostalgia de su rectitud pacata, la rectitud de un hombre que no podía pecar, por haber renunciado a vivir? Basta ya de darse golpes de pecho. Al carajo con los estúpidos preceptos que le inculcaron en el Instituto Loyola. Hacer feliz a Leslie era su principal obligación en la vida y si ella había matado para salvarlo, ¿no era justo corresponderle con esa pequeña infracción a su moral cívica?

A la mañana siguiente, de camino a un encuentro con estudiantes del Tecnológico de Monterrey, Cristina montó con él al BMW y le dio una buena noticia: el día anterior había comido con Mario Alcaraz, el coordinador de campaña de Valentín Rueda, el candidato a la alcaldía por el PDR, y se enteró de que su jefe analizaba muy seriamente la posibilidad de renunciar a su candidatura en favor de Jesús, para presentar un frente unido en las boletas electorales.

—Ellos sienten que te estás corriendo a la izquierda, por tu propuesta de convertir las autodefensas en comités de lucha popular, y creen que ya compartes las posiciones del PDR. El problema es que nos venden muy caro su apoyo.

—¿Qué tan caro?

—Quieren tres puestos importantes en el ayuntamiento, y coordinar la formación de las defensas comunitarias, aprovechando su propia estructura territorial.

—No me late —Jesús se frotó las sienes—. Rueda le debe favores a muchos lidercillos transas y me temo que nos trate de enjaretar a la escoria de su partido.

—Pero te puede aportar muchos votos —porfió Cristina—, sumando el seis por ciento que le dan las encuestas podrías rebasar a Iglesias.

Jesús caviló un momento. Le molestaba el espíritu sectario de los militantes de izquierda y su pretensión de monopolizar la autoridad moral en los debates políticos. Para colmo, en el gobierno del D.F., muchos funcionarios que antes fueron guerrilleros comunistas o líderes estudiantiles, ahora cometían corruptelas y peculados a la usanza del viejo PIR, traicionando los ideales que los llevaron al poder. Y en Michoacán, los gobiernos de izquierda habían entregado el poder al hampa, que ya gobernaba de facto en muchos municipios. Pero con tal de impedir la victoria de Iglesias, y la entrega del Estado a los Culebros, quizá valiera la pena llegar a un trato con Rueda.

—Sondea a Mario Alcaraz y averigua cuáles son las intenciones de su jefe. Necesitamos saber cuáles puestos del ayuntamiento quieren. Pero aclárale que los comités de defensa comunitaria son apartidistas. Los cuadros del PDR pueden integrarse a ellos, siempre y cuando no pretendan imponernos dirigentes.

En la explanada central del Tec lo esperaba medio millar de niños bien, algunos con pancartas que exigían seguridad y mano dura contra la delincuencia. Como había entre ellos muchos hijos de empresarios, y también, algunos narcojuniors que aprendían a lavar la fortuna paterna en la carrera de Finanzas, aprovechó la ocasión para zarandear a las confederaciones patronales que le habían retirado su apoyo, acusándolo de querer encender la mecha de una guerra civil.

—Quizá muchos de ustedes tienen amigos o familiares que han sido víctimas de extorsiones y secuestros. Cuernavaca se ha vuelto una ciudad inhóspita, incluso para las clases privilegiadas, que resienten la pérdida total de confianza en la autoridad. Pero la pacificación de nuestra ciudad, y la de todo el país, no depende sólo de tener cuerpos policiacos más eficaces. Necesitamos restaurar un tejido social destrozado por el creciente abismo entre la opulencia de una minoría privilegiada, que concentra la riqueza en muy pocas manos, y la pobreza generalizada. Desde 1982, la economía mexicana no ha crecido y mientras la clase media se pauperizaba, la oligarquía apoyó sin reservas a un régimen delincuencial que organizaba el saqueo sistemático de la nación. La tragedia que ahora vivimos no se produjo de la noche a la mañana: la corrupción policiaca ya era escandalosa en tiempos de la dictadura perfecta, y los grupos empresariales que la sostuvieron en el poder, a cambio de concesiones y prebendas, son corresponsables de haber incubado el huevo de la serpiente. Esos mismos oligarcas me llaman revoltoso y anarquista por querer darle armas al pueblo. Pero yo les pregunto, compañeros: ¿es justo que los ricos se protejan con ejércitos de guaruras y los pobres tengan que luchar inermes contra el crimen organizado? —Un ¡nooooo! coreado por mil gargantas le infundió más calor a su voz—. ¿No es una obligación básica del Estado proteger a la población? —¡Síííí!, gritó la eufórica multitud—. Respeto y aprecio a los empresarios con responsabilidad social, más aún, me comprometo a apoyarlos desde la alcaldía para que puedan abrir negocios con facilidad, sin pagar derecho de piso a una administración corrupta. Pero lamento que ante el caos delictivo, la única preocupación de muchos privilegiados sea ponerse a salvo del infierno que ellos mismos contribuyeron a crear, por su complicidad activa o pasiva con el aparato corporativo.

Se llevó una fuerte ovación y el acto duró una hora más de lo planeado, porque más de veinte estudiantes tomaron el micrófono para criticar al gobernador del Estado y al presidente de la República. Los acusaron de complicidad con el hampa, de hacer grandes negocios a costa del erario, de haber dejado intactas las redes de la corrupción política a gran escala, mientras simulaban combatir al crimen organizado. Otros se ofrecieron como voluntarios para participar en las defensas comunitarias, aportando las armas que tenían en su casa. En contraste, dos jóvenes bastante guapas, vestidas con una opulencia poco apropiada para las faenas escolares, lo tacharon de irresponsable y demagogo por azuzar a los pobres contra los ricos, en vez de predicar la concordia entre todos los mexicanos. Más tarde supo que eran la hija y la sobrina del gobernador Narváez. Cuando terminó de tomarse fotos con los estudiantes, la mano derecha adolorida por tantos apretones de manos, echó un vistazo a la pantalla de su celular: tenía tres llamadas perdidas de Leslie.

—Hola, bombón, ¿cómo estás? —la llamó desde el coche.

—No me lo vas a creer, Jesús. Froylán Woolrich se disculpó conmigo por haberme tratado tan mal y ahora resulta que siempre sí me quiere en su show —anunció con alborozo—. Dice que es de sabios cambiar de opinión y que después de consultarlo con la almohada, decidió darme la oportunidad.

—¿Ya ves? Te dije que no te dieras por vencida. La suerte puede cambiar de un momento a otro. ¿Y cuándo debutas?

—Este viernes. Me la he pasado ensayando toda la mañana. Estoy muerta de los nervios.

—No te desveles, tienes que llegar fresca al debut. Esto hay que celebrarlo con una botella de champaña. Mañana paso a verte.

Misión cumplida. Qué poco se necesitaba para hacerla feliz. Henchido de amor paternal, se felicitó por su oportuna manita de puerco al dueño del antro. A veces era necesario jugar rudo para sacar adelante una causa noble. Cristina le preguntó cuál era el motivo de la celebración, y cuando supo que Leslie debutaba ese viernes en el Delirium Lounge, llamó por teléfono al antro para reservar una mesa de pista. Desde la fiesta de Nochebuena, ella y Felicia se habían hecho íntimas de su amante. De hecho, ya la habían convencido de que se acostara con Felicia para engendrar al hijo que deseaban, y querían acompañarla en ese momento de gloria. Por la tarde, Jesús encargó a la mejor florería de Cuernavaca un suntuoso arreglo con orquídeas y aves del paraíso, las flores favoritas de Leslie, con instrucciones de entregarlo en el antro a medianoche, al terminar su show. En la tarjeta añadió un recado cariñoso: "Para mi odalisca preciosa". Ya que no podía asistir al debut, cuando menos quería acompañarla en espíritu. Al terminar de hacer el pedido, entró a su oficina Felipe Meneses. No le sorprendió que entrara sin anunciarse, porque tenía derecho de picaporte, pero sí su gesto de congoja y ofuscación. Parecía haberse tragado una estaca y temió que viniera a anunciarle la muerte de un ser querido.

—Hola, Felipe, ¿qué me cuentas de nuevo?

—Tengo que hablarte de un asunto muy serio, Jesús. Hasta hoy he confiado en tu honestidad y por eso te he dado mi apoyo, en lo mucho o en lo poco que vale. Pero tú, en cambio, no me has tenido la misma confianza —jaló aire, ahogado por una indignación que, al parecer, le escaldaba la lengua—. Dime una cosa, Jesús. ¿Es verdad que tienes un amorío con el hermano gemelo de Lauro Santoscoy?

XV. La voltereta

Taladrado por los inquisidores ojos de su amigo, que tal vez había dejado de serlo ya, Jesús tragó saliva con una mezcla de irritación y vergüenza. Meneses personificaba al tribunal de la opinión pública, una especie de Santo Oficio que no quemaba a sus víctimas, pero las paseaba en cueros por las calles. Aunque lo estimaba como camarada, jamás había intercambiado con él esa clase de confidencias, de modo que su pregunta, o más bien, su acusación, violentaba, de entrada, las reglas no escritas de una amistad estrictamente acotada. Daba la impresión de sentirse traicionado en un terreno espiritual. ¿Cómo explicarle a ese catequista que su pecado nefando, merecedor de la condenación eterna, le había dado la ración de felicidad necesaria para luchar por el bien común?

—En efecto, el gemelo de Lauro es mi amante —admitió sin sonrojo—. Se llama Leslie, hazme el favor de llamarla por su nombre. Nos enamoramos desde la primera noche que pasamos juntos, y yo la quiero tanto, que no voy a romper con ella aunque algunos idiotas se escandalicen por mi conducta. No suelo ventilar mi vida privada, y por eso no te lo había comentado. Tampoco tú me cuentas nunca tus secretos de alcoba. ¿A qué viene entonces ese tono de reproche?

—Eres un candidato en campaña, ¿ya se te olvidó? —Meneses pasó del reproche a la bronca—. Y estás defraudando las esperanzas de todos los que te apoyamos.

—¿Por qué? Leslie no ha influido en ninguna de mis decisiones políticas, ni pertenece al cártel de su hermano.

—Pero si esto se sabe estás perdido, Jesús, mejor dicho, estamos, porque yo he sido casi el vocero de tu campaña.

—Pues entonces ayúdame a guardar el secreto de aquí a la elección. Cuando sea alcalde ya veré qué hago.

—¿Me estás pidiendo que te sirva de tapadera? No te olvides que soy periodista y mi oficio consiste en decir la verdad.

—La verdad sobre los acontecimientos de la vida pública. Nadie te obliga a meterte en las sábanas de los demás.

Felipe se levantó de la silla, trabado de santa cólera.

—El asesinato de Herminio Esquivel es un asunto público. Murió en circunstancias muy extrañas, cuando te estaba extorsionando.

—Veo que Israel te predispuso en mi contra —sonrió Jesús, despectivo—. No esperaba menos de ese mediocre.

—Israel cree que tu cuñado mató a Herminio para sacarte del apuro. ¿Es verdad, Jesús? ¿Le encargaste el trabajito a Lauro?

—No tuve vela en ese entierro —Jesús le sostuvo la mirada escrutadora sin pestañear—. Había decidido renunciar a la candidatura y de hecho, iba en camino a la oficina de Larios cuando me enteré del crimen. Israel anda propalando esa calumnia porque yo quería proponer a Cristina como candidata suplente cuando pensaba renunciar, y él se sintió relegado. Eso no te lo dijo, ¿verdad?

Felipe se quitó los lentes y se frotó los ojos, asaltado por la incertidumbre.

—Pero entonces, ¿quién mató a Herminio?

—No lo sé —mintió Jesús, con un imperceptible temblor en los labios—. Era un judicial corrupto con un montón de enemigos.

—Ya no creo en tu palabra —suspiró Felipe, confundido—. Israel no es muy confiable, en eso estoy de acuerdo. Noté que respiraba por la herida cuando te acusó. Pero yo, como periodista, no me puedo callar cuando un candidato a la alcaldía está metido hasta el cuello en un crimen extraño.

—¿Por qué no? —lo retó Jesús—. ¿Crees que un depravado como yo no puede ser un buen gobernante?

—No sé, pero me siento utilizado. Creí que eras un político limpio y ahora resulta que tienes un novio transexual, un cuñado narco y un cadáver en el clóset. Si tu hermano comete un pecado grande, avisa a la comunidad. Eso dice el evangelio según San Mateo.

Jesús se puso de pie, cansado de argumentar en su defensa, y tomó del hombro al periodista.

—Mira, Felipe, yo respeto tu ética profesional y no te pido que la sacrifiques por mí. Publica todo lo que sabes, aunque salga lastimado. Si tu conciencia te exige embarrar de mierda mi reputación, adelante, maestro, no te detengas. Le vas a dar un gusto enorme al Tunas y a la marioneta que nos quiere poner de alcalde.

No durmió esa noche, suponiendo que al día siguiente, Felipe iba a destazarlo en su columna. A las seis de la mañana, aturdido por la jaqueca, salió al garage en busca del periódico. Con los dedos ateridos de miedo leyó el artículo de Felipe. Nada, un comentario sobre el mal estado del drenaje público en Zacatepec. Tampoco al día siguiente explotó la bomba. Pasada una semana sin recibir ningún ataque en *El Imparcial*, Jesús se sintió a salvo y recuperó el sueño profundo. Pero esa pequeña victoria no lo satisfizo, porque pagó por ella un precio demasiado alto: la amistad de Felipe. Molesto, quizá, por el dilema moral en que lo había colocado, ni siquiera tomó la llamada cuando Jesús lo buscó para darle las gracias. Era evidente que le guardaba resquemores y sólo mantenía el tema en suspenso, ya fuera para no beneficiar a Iglesias o por falta de pruebas para incriminarlo. Jesús adivinaba el motivo más profundo de su repudio: un asco moral sustentado en la creencia de que los caprichos perversos del cuerpo tarde o temprano inficionan el alma. Según esa lógica, un padre de familia que había dejado a su esposa por un transexual tampoco tendría empacho en ordenar un asesinato, porque ya estaba corrompido hasta la médula. Fruto del rechazo visceral, no del razonamiento, los errores cometidos por los apóstoles de la normalidad eran incorregibles. La ruptura con Felipe lo dejó huérfano, mutilado del brazo derecho, pues nadie conocía mejor que él los entretelones de la política morelense. ¿En dónde iba a encontrar a un consejero tan brillante, que no temiera contradecirlo, ni señalarle los puntos débiles de su estrategia? Era una pérdida irreparable para la causa que un luchador social de esa talla le volviera la espalda por los malos oficios de un intrigante.

No pudo asimilar el golpe con facilidad y días después, cuando Cristina y Felicia dieron una comida en honor de Leslie, para celebrar su exitoso debut como vedette, Jesús estuvo eclipsado y ausente, con la imaginación en otra parte. Mientras Leslie describía el orgasmo de felicidad que la elevó al séptimo cielo al recibir la carretada de aplausos, la eufórica respuesta del público puesto de pie, los piropos cachondos que le prodigaron rumbo al camerino, Jesús se imaginaba la náusea que sentiría Felipe si supiera cómo había logrado imponerla en la variedad. Había perdido a sus mejores amigos y aún le faltaba, quizá, rodar un poco más cuesta abajo. A ese paso llegaría un momento en que no podría confiar en nadie y nadie confiaría en él. Estaba cayendo en la trampa más artera de la política: vedar a los ambiciosos toda amistad que no estuviera basada en el interés, una trampa que además podía inutilizarlo en caso de llegar al poder, porque sin lealtades firmes no había gobierno posible. Y para colmo, estaba perdiendo la disputa por la alcaldía. Si no lograba repuntar, ¿de qué diablos iba a servirle haber mantenido su reputación ilesa?

En los primeros días de la primavera aceleró las negociaciones con Valentín Rueda para la posible alianza con su partido, que tenía fuerza en los municipios conurbados, no así en Cuernavaca, una ciudad más pequeñoburguesa y conservadora. Con grandes esfuerzos diplomáticos, Cristina había conseguido que el PDR desistiera de organizar las defensas comunitarias, pero aún continuaba el estira y afloja por las secretarías del ayuntamiento que iban a concederles. Apremiado por el tiempo y las encuestas, Jesús concertó una cita con Valentín Rueda en un reservado del restaurante Las Mañanitas, para apresurar los amarres de la alianza. Robusto, calvo, de tez blanca y nariz aplastada, Valentín llegó a las cita quince minutos tarde, vestido de guayabera blanca y botines de gamuza color ladrillo. Viejo dirigente del sindicato universitario estatal, Rueda era un líder de talante negociador, que no se daba aires de santurrón ni disimulaba sus legítimas ambiciones. Desde el saludo tuvieron buena química, si bien por parte de ambos predominó la cautela. Junto con el aperitivo, Valentín se fumó un habano que Jesús, intoxicado por las volutas de humo, soportó con estoicismo para no entorpecer la negociación. Entraron en materia después del primer tequila. Rueda quería para sí mismo la Secretaría de Desarrollo Urbano, la joya de la corona por los presupuestos que manejaba, y para su gente de confianza, la Secretaría de Protección Ciudadana y la Tesorería Municipal. De entrada, Jesús le cedió el segundo cargo, que sería meramente decorativo, pues la seguridad pública estaría subordinada al coordinador de las autodefensas, pero le advirtió que se reservaba las otras dos posiciones para militantes del PAD. A cambio le ofreció la Secretaría de Turismo y Fomento Económico y la Coordinación General de Comunicación Social.

—No jodas, Jesús, me estás dando las sobras del pastel —se ofendió Rueda—. Yo creía que la alianza era factible por las coincidencias en nuestros programas de gobierno, pero así no vamos a poder avanzar. En mi partido hay una fuerte oposición a este acuerdo. De hecho, algunos grupúsculos ya me acusan de traidor.

—Tampoco es fácil para mí quitarle puestos a mi gente —se defendió Jesús—. Tengo colaboradores muy valiosos en esas áreas.

—No te cierres, Jesús, en mi equipo también hay gente de valía y yo tengo un plan de trabajo muy bien meditado para la Secretaría de Desarrollo Urbano. Te lo mandé la semana pasada, ¿no lo leíste?

El plan había despertado en Jesús la sospecha de que Valentín quería el cargo para hacer populismo con fines electoreros. Prefirió, sin embargo, darle por su lado para no echar abajo la alianza.

—Sí, claro, lo leí completito y me pareció excelente, pero tu perfil me parece más adecuado para la Secretaría de Protección Ciudadana.

Valentín no se consideraba apto para ese puesto, ni creía que la aportación de su partido a la campaña valiera tan poco.

Al comprender que el meollo de la negociación era su futuro político, y muy en segundo término, los puestos de sus colaboradores, Jesús no quiso prolongar más el regateo.

—Me has convencido, Jesús. Como tengo plena confianza en tu capacidad y en tu liderazgo te voy a proponer algo mejor: tú te quedas en Desarrollo Urbano, y nombras a los titulares de los otros puestos que te ofrecí, ¿de acuerdo?

Dos tequilas después, el trato quedó amarrado. Al frente del sindicato universitario de Morelos, Rueda se había caracterizado por su nepotismo (hasta su abuelita llegó a tener un puesto de aviadora en la universidad), pero no se le conocían malos manejos de las cuentas sindicales. Vivía en una modesta casa de la colonia Cantarranas y manejaba un proletario Verna del año de la canica. Jesús esperaba que ahora refrenara su amor a la familia, pero por si acaso volvía a las andadas, le pondría como cuña a un subsecretario administrativo que lo mantuviera atado de manos en las contrataciones de personal. La "Alianza por la Salvación de Cuernavaca" se anunció al día siguiente en una conferencia de prensa en el auditorio del Jardín Borda, a la que asistieron todos los reporteros de la fuente política. Para dar a la ceremonia un tono de suceso histórico, Cristina colgó detrás del presídium una pintura al óleo de una escena histórica: el abrazo de Acatempan entre Iturbide y Guerrero. En su discurso, Jesús celebró el valor civil del candidato que no declinaba a su favor, sino a favor del pueblo, y le auguró un brillante porvenir como funcionario público. Rueda subrayó sus afinidades ideológicas con Jesús:

—Superando la estrechez de miras y el neoliberalismo retrógrado del actual gobierno, el licenciado Pastrana ha planteado en su campaña la necesidad de darle un sentido social a la lucha contra la delincuencia. Nuestros partidos mantienen diferencias importantes, pero en estos momentos de crisis, la prioridad de cualquier mexicano progresista es devolver la paz a nuestra ciudad, fortalecer la soberanía popular y resolver las carencias más apremiantes de las clases desposeídas. ¡Creo en la honestidad de Jesús Pastrana, creo en su compromiso con los pobres, creo en su valor civil para combatir a la corrupción, y por eso convoco a mis partidarios a elegirlo alcalde de Cuernavaca!

Al terminar, alzaron sus manos juntas entre un diluvio de confeti. El anuncio tomó desprevenidos al candidato puntero y al gobierno que lo apoyaba. En su afán por denostar la alianza, los periódicos oficialistas, los noticieros locales de televisión y la mayoría de las estaciones de radio le hicieron una copiosa publicidad involuntaria. César Larios declaró que su partido deploraba esa unión contra natura y tachó a Jesús de "tránsfuga sin convicciones, obsesionado por alcanzar el poder a toda costa". En conformidad con la ley electoral, dijo, Pastrana competiría bajo las siglas del PAD, pero el comité directivo interpondría una denuncia ante el Instituto Electoral para que el escudo de su partido no apareciera en las boletas formando un coalición con el PDR. En un boletín de prensa, los voceros de la alianza se apresuraron a denunciar esa chicana que pretendía confundir a los electores y anunciaron que apelarían al Tribunal Electoral de la Federación. En realidad, Jesús sólo tenía en contra a los jerarcas del PAD, no a los militantes de base, que lo seguían apoyando, en abierta rebelión contra la dirigencia del partido.

—Larios no representa a la militancia de Acción Democrática —declaró al día siguiente en rueda de prensa— ni tiene derecho alguno a ponerle piedras en el camino al candidato elegido por las bases de nuestro partido.

Por su parte, Arturo Iglesias trató de minimizar la importancia de ese "matrimonio por conveniencia" y en una reunión con el sindicato de maestros declaró que "ni aunque Pastrana se case con el diablo podrá inclinar a su favor al electorado de Cuernavaca". Sin embargo, una semana después, el candidato del Partido Ambientalista, Rufino Herrera, a quien las encuestas apenas otorgaban un ridículo .06% de la intención de voto, declinó en favor de Arturo Iglesias, en una ceremonia adornada por la presencia de Alhelí, que interpretó el himno nacional con un vestido de china poblana. Ni Herrera ni el partido mercenario y desprestigiado en el que militaba podían aportarle votos a Iglesias, pero con esa burda maniobra publicitaria, el candidato del PIR dejó entrever que la alianza de sus adversarios le había movido el tapete.

De nuevo Jesús volvió a reunir multitudes, ahora en compañía de Valentín Rueda, que tomaba la palabra en todos sus mítines, y los izquierdistas duros que antes lo miraban con recelo por ser candidato del PAD, ahora lo apoyaban con ruidoso entusiasmo. Cristina hizo buenas migas con los dirigentes locales del PDR que tenían mayor experiencia en tareas de proselitismo, y de común acuerdo implementaron un sistema de vigilancia muy eficaz para ahuyentar a los grupos de choque. Las huestes del enemigo no cejaron en su empeño por reventar los mítines de Jesús, pero al menor amago de ingresar a las plazas o a los auditorios, las brigadas del orden los repelían a punta de macanazos. La policía municipal contemplaba esas trifulcas desde lejos, sin detener nunca a los agresores, con una pasividad cómplice que Jesús denunció varias veces desde la tribuna.

Con la incorporación del PDR a la campaña, se revitalizó también la formación de las brigadas de autodefensa. En una junta de trabajo que se prolongó hasta la medianoche, Rueda dijo que aplazar ese proyecto hasta después de las elecciones era un error, porque si las defensas comunitarias empezaban a funcionar de inmediato, su acción pacificadora podía tener un efecto muy positivo sobre los electores. Y en caso de que el ayuntamiento intentara reprimirlos, añadió, exhibiría públicamente su complicidad con el hampa. Jesús estuvo de acuerdo, confiado en el blindaje de sus mítines, que había repelido con éxito los arteros ataques del enemigo. Se negó, en cambio, a invertir una parte del presupuesto de la campaña en la compra de armas, como quería Valentín, por temor a que el Instituto Electoral les retirara los fondos. Hizo algo menos comprometedor: invirtió los doscientos mil dólares que le quedaban del regalo del Tunas en armas y municiones para equipar a los defensores del pueblo, regocijado con la idea de que el capo financiara su propia destrucción.

En un acto simbólico, la primera brigada se instaló en el mismo centro deportivo donde se registró la agresión porril, que fue rebautizado con el nombre de Gumersindo Palacios, "el honesto y valiente compañero que en este lugar dio la vida por la democracia". Otras brigadas organizadas al vapor comenzaron a patrullar la Barona (donde su propio equipo de escoltas organizó los rondines de vigilancia) el Vergel, la Carolina, Jiquilpan y Lomas de Atzingo. Jesús abanderaba a los líderes de las comunidades en emotivas ceremonias y proclamaba "territorios liberados" las demarcaciones bajo su cargo. No ignoraba el peligro de imprimir un sesgo revolucionario a su campaña electoral. Pero la necesidad de reconstruir el Estado de derecho exigía, paradójicamente, actuar por fuera de los cauces legales. Como los comerciantes de los barrios tenían identificados a los extorsionadores que les cobraban cuotas y los padres de familia conocían la ubicación de las narcotiendas, las autodefensas lograron dar golpes importantes a los matones que les habían impuesto un régimen de terror. Los exhortos del alcalde Medrano y el gobernador Narváez, que instaban a los amotinados a deponer las armas, sonaban cínicos y les valieron un repudio unánime.

—Si el gobierno hubiera brindado seguridad a la población —declaró Jesús en una entrevista radiofónica—, ningún ciudadano tendría que tomar las armas para defenderse. Nosotros estamos haciendo el trabajo de la policía, y por lo tanto, el gobernador y el alcalde carecen de autoridad moral para obligarnos a desistir de proteger a nuestras familias.

Aunque oficialmente las autodefensas estaban fuera de la ley, ninguna corporación policiaca se atrevió a desarmarlas. Obligado por las circunstancias, el propio candidato Iglesias reconoció que los ciudadanos tenían el derecho de armarse en legítima defensa, y por primera vez en su campaña, censuró al gobierno del PAD por haber permitido la proliferación de la delincuencia. Cuando los índices delictivos empezaron a disminuir en los "territorios liberados", y quedó claro que las brigadas no pretendían invadir residencias, ni molestar a los particulares, las organizaciones empresariales que habían satanizado a Jesús lo arroparon de nuevo. Ya no era el anarquista furibundo que atizaba la hoguera del rencor social: ahora les parecía un aguerrido defensor de la propiedad. El espaldarazo de la asociación Mexicanos con Valores, que aportó un generoso donativo a las defensas comunitarias en un desayuno con amplia difusión mediática, significó un duro revés para la camarilla en el poder. Hasta sus aliados tradicionales les volvían la espalda. La conjunción de todos esos factores dio un fuerte empujón a la campaña, y en las encuestas levantadas a finales de abril, Jesús ya le sacaba cinco puntos a Iglesias.

Pero una oleada de terrorismo nunca antes vista en la ciudad relegó a segundo plano la contienda electoral. Su aparente causa fue la ejecución de seis judiciales en el bar El Cometa de la avenida Díaz Ordaz, donde murió también una mesera. Según la versión oficial, "el proditorio crimen fue un cobarde intento de los Tecuanes por frenar la persecución en contra del capo Lauro Santoscoy, que se siente acorralado y pretende debilitar a la autoridad con esa brutal represalia". El gobernador Narváez aprovechó el funeral de las víctimas para lavarse la cara en público, y de paso, darle una tarascada a Jesús:

—La muerte de estos servidores públicos caídos en el cumplimiento de su deber, de estos patriotas que perdieron la vida en defensa de la ciudadanía, desmiente todos los infundios que se han propalado sobre la complicidad de nuestra policía con los grupos delincuenciales. Quienes sostienen esa acusación no sólo engañan al pueblo: ofenden también a las familias de nuestros compañeros.

Desde su columna de *El Imparcial,* Felipe Meneses refutó al gobernador, divulgando que cuatro de las seis víctimas tenían antecedentes penales y que varios testigos protegidos los habían vinculado con el cártel de los Culebros. "Los controles de confianza cacareados por la procuraduría local fallaron una vez más, pues a pesar de su negro palmarés delictivo, los ahora difuntos fueron admitidos en la corporación. Y aunque Narváez quiera erigirlos en héroes, lo más probable es que hayan sido víctimas de un ajuste de cuentas entre los emporios delincuenciales que se disputan el control del estado".

La consecuencia directa del multihomicidio fue un redoblamiento de las batidas policiacas contra los Tecuanes. Los cuerpos de élite de la policía ministerial, en colaboración con escuadrones de la Federal, confiscaron dos casas de Lauro Santoscoy en Cuautla y otra más en Temixco, en las que hallaron armas, explosivos, sofisticados equipos de cómputo y paquetes de coca. Jesús no creía que Lauro hubiera ordenado la ejecución de los judiciales, pues había salido perjudicado con ella. ¿O la rabia y la soberbia ya le habían embotado por completo la astucia? Recordó que al final de su última entrevista se había proclamado dios. Y de un dios ebrio se podía esperar cualquier cosa. Quizá hubiera emprendido una fuga hacia adelante como la de Pablo Escobar, que respondió al acoso de la autoridad colombiana volando aviones de pasajeros y detonando bombas en lugares públicos.

Pero muy pronto desechó esas conjeturas, cuando las primeras investigaciones señalaron como autor intelectual de la ejecución a Genaro Covarrubias, el coordinador de la brigada de autodefensa en Lomas de Atzingo, a quien la procuraduría acusó de tener vínculos con los Tecuanes. Cuando leyó la noticia en twitter, Jesús tuvo un brote de taquicardia, acompañado con vahídos de náusea. Covarrubias era un carpintero a quien los hampones de su barrio habían extorsionado durante años. Ni siquiera tenía antecedentes penales, pues nadie que los tuviera podía encabezar una brigada comunitaria, según el reglamento estipulado en las asambleas. La falsa acusación que le habían montado tenía una clara intención política: desprestigiar a las autodefensas, y a él mismo, ante la opinión pública, desalentar su organización en otros barrios de la ciudad y cubrirlo de lodo en la contienda electoral. Se había negado a permitir la intromisión de Lauro Santoscoy en esa revuelta cívica, pagando un alto precio por excluirlo, ¡y de cualquier modo esos hijos de puta le atribuían un pacto secreto con su cuñado!

Con una sincronización bien orquestada, todos los locutores y periodistas al servicio del gobierno estatal deploraron que el crimen organizado hubiera metido su mano peluda en las defensas comunitarias. No había ninguna prueba sólida contra Genaro Covarrubias, pero como un juez al servicio del gobernador emitió contra él una orden de arraigo, lo encerraron en una casa de seguridad de la colonia Ampliación Satélite, custodiada por tanquetas del ejército. Moviéndose rápido, Jesús logró que un visitador de la Comisión de Derechos Humanos asistiera a los interrogatorios, lo visitó varias veces para refrendarle su solidaridad, acusó a Narváez de urdir esa patraña con fines electoreros, y en todas sus intervenciones públicas exigía que fuera liberado de inmediato. Como la credibilidad del gobierno estaba muy menguada, la mayoría de la gente creía en la inocencia de Covarrubias y el escándalo no tuvo el efecto mediático que el gobierno esperaba. Una semana después de su arresto, el preso fue liberado y sus compañeros lo vitorearon en una fiesta popular con cuetes y bailongo, en la que Jesús se emborrachó de alegría.

Pero aprovechando el miedo que ahora cundía por doquier, un grupo criminal autonombrado cártel del Pacífico Sur desató en internet una campaña de terror, advirtiendo a los habitantes de la ciudad que el 10 de mayo, por su propia seguridad, no salieran a festejar a las madrecitas: YA LLEGARON LOS VERDADEROS DEFENSORES DEL PUEBLO. NO SE DEJEN ENGAÑAR POR LOS BANDIDOS DE LAS BRIGADAS COMUNITARIAS. MAÑANA QUÉDENSE ENCERRADOS EN SUS CASAS PORQUE TENEMOS ÓRDENES DE DISPARARLE A TODO LO QUE SE MUEVA.

Para Jesús era muy claro que ahora el Tunas, perdida la fe en sus alfiles políticos, tomaba la iniciativa en el terreno donde mejor se movía. En una junta con Valentín Rueda y los coordinadores de las brigadas comunitarias, se decidió que a pesar de las amenazas, el día de las madres las patrullas de vecinos armados hicieran sus rondines como de costumbre. Lo contrario significaría ponerse de rodillas frente a los Culebros, los verdaderos orquestadores de la campaña, y reconocer públicamente que ellos mandaban en la ciudad. Erigido en involuntario jefe de la policía, Jesús anunció que las brigadas de autodefensa no se arredraban ante ninguna amenaza y seguirían realizando sus tareas de vigilancia el día de las madres. Su valiente actitud contrastó con el cobarde silencio del alcalde Medrano, que según denunció Felipe Meneses en su columna, "expedía un acta de defunción al Estado de derecho en Cuernavaca". Fue el 10 de mayo más triste en la historia de la ciudad: se suspendieron los conciertos programados en las plazas públicas, los bancos cerraron, las oficinas sólo abrieron por la mañana y ninguna madre fue agasajada en los restaurantes desiertos, pues el mutismo del gobierno conspiró a favor de los terroristas.

Desde el departamento de Leslie, Jesús siguió por twitter las incidencias de la jornada. A mediodía hubo una balacera en las inmediaciones de la universidad, por fortuna sin víctimas. Por la tarde, una camioneta Chevrolet Cheyenne disparó una ráfaga de ametralladora a su cuartel general de campaña. En previsión de un posible ataque, los guardias habían protegido el zaguán con sacos de arena, y parapetados tras ellos ahuyentaron a balazos a los agresores, que sólo alcanzaron a romper un ventanal. Media hora después, un comando de sicarios cubiertos con pasamontañas atacaron a punta de metralleta las barricadas de las defensas comunitarias en la colonia Ahuehuetitla, con saldo de cuatro brigadistas heridos. A las siete, Jesús tenía que asistir a un mitin en pleno zócalo, cuidadosamente planeado para enseñar músculo al enemigo. Cuando lo vio coger el saco, Leslie se le colgó del cuello.

—No salgas, bebé. Está muy peligroso ahí afuera, y en la noche se puede poner peor.

Jesús también sospechaba que las escaramuzas registradas durante el día eran sólo el preludio de una violencia mayor. Pero no podía quedarse encerrado en casa mientras sus compañeros de lucha se jugaban la vida en las calles. Su presencia en el mitin revestía, además, una importancia estratégica, pues quería exhibir con un acto de valor la cobardía de Arturo Iglesias, que había suspendido sus actividades de campaña, culpando a las autodefensas, y a quienes buscaban lucrar políticamente con ellas, del clima de violencia que reinaba en la ciudad.

—No puedo fallarle a la gente que me sigue —la besó con ternura—. Pero no te preocupes, mi amor, estoy muy bien protegido. Tengo un cerco de guaruras y ningún cabrón se me puede acercar.

En el zócalo se había congregado un pequeño ejército de tres o cuatro mil personas, la mayoría con fusiles y armas cortas; otros, los más pobres, con machetes, palos y tubos. Jesús sintió que ya no era un candidato en campaña, sino un general arengando a su tropa. Una veintena de francotiradores apostados en los balcones del centro comercial Las Plazas vigilaba que ningún comando se acercara por las calles aledañas, y en las vías de acceso al jardín Juárez, los brigadistas habían levantado barricadas, por si acaso los Culebros se atrevían a lanzar un ataque. Flotaba en el aire una extraña mezcla de miedo y euforia, semejante, pensó Jesús, a la que debieron sentir los ejércitos zapatistas antes de entrar en batalla. Pese a la inseguridad, en los costados del templete, instalado a unos metros del Palacio de Gobierno, había un buen número de reporteros, incluyendo a varios de medios nacionales, porque la campaña terrorista del supuesto cártel del Pacífico Sur había atraído los reflectores de todo el país hacia Cuernavaca.

—Compañeras y compañeros: hoy ha quedado en claro quiénes tienen un verdadero compromiso con la ciudadanía y quiénes sirven a los intereses de la mafia que nos estrangula. Aquí, en las calles, estamos los ciudadanos con valor civil, hartos de la complicidad entre el gobierno y los ejércitos criminales. Allá, encerrados a piedra y lodo en sus residencias, están los gobernantes que nos han abandonado a nuestra suerte. ¿Dónde anda Arturo Iglesias, el candidato que regala oro a manos llenas para comprar los votos que no puede ganar en buena lid? ¡Escondido bajo las faldas de su mujer, la estrellita de telenovelas a quien utiliza como carnada! ¿Y por qué no se atreve a dar la cara en estos momentos de crisis? Porque es un títere sin voluntad propia, un socio inepto de las mismas fuerzas criminales que nos han declarado la guerra.

Estallido de aplausos, ruido de matracas, algunos militantes exaltados soltaron balazos al aire, y Jesús hizo una pausa mientras duraba el estallido de euforia.

—En Cuernavaca, el Estado sólo es eficaz para cobrar impuestos —recomenzó—. Ni el gobernador Narváez ni el alcalde Medrano han ofrecido garantías a la población ante las amenazas del crimen organizado. ¿Para quién trabajan, señores? ¿Por qué no dicen ni pío cuando la gente está aterrorizada? Desde esta tribuna les pido que tengan un mínimo de vergüenza y renuncien a sus cargos, para dejarlos en manos de gente honesta y capaz —gritos de ¡fuera, fuera!, silbidos y mentadas de madre—. Hoy hemos disipado cualquier duda sobre la urgente necesidad de reemplazar a las fuerzas policiacas. Si no fuera por nosotros, la población estaría completamente indefensa ante los matones profesionales que se creen dueños de nuestro Estado. Pero esta jornada cívica tiene también un profundo significado político. Hoy hemos demostrado que ante la barbarie y el terror, la única defensa posible es la unidad popular. Las elecciones municipales que se avecinan son apenas el primer paso para construir desde abajo una organización ciudadana que devuelva a la sociedad el control del Estado. El país entero tiene los ojos puestos en Cuernavaca, porque le hemos dado una lección de solidaridad y compañerismo. ¡Sigamos por este camino hasta la victoria!

De pronto, uno de los guardias colocados en el balcón del centro comercial lanzó un grito de alarma:

—¡Cuidado, ahí vienen los tanques! —y señaló en dirección a la avenida Juárez, por donde venía subiendo un convoy militar.

Hubo un murmullo de pánico y algunos acelerados corrieron en dirección al Palacio de Cortés, listos para entrar en batalla.

—¡Calma, señores! —los detuvo Jesús desde la tribuna—. No podemos recibir al ejército a balazos, porque eso puede desatar una represión brutal. Tal vez los militares hayan venido a imponer el orden, y en ese caso debemos darles un recibimiento amistoso. Saldré a dialogar con ellos al frente de una comitiva.

Bajó del templete de un salto, seguido por Valentín Rueda, Genaro Covarrubias, Cristina y un enjambre de reporteros. Abriéndose paso entre la multitud, caminó hacia la estatua de Morelos, a un costado del palacio, donde se habían detenido seis tanques y un destacamento de soldados transportados en camionetas. Sus doce apóstoles quisieron acompañarlo, pero les pidió que se quedaran en la plaza, tranquilizando a la multitud: no quería dar pretexto para que los soldados abrieran el fuego. Un militar de alta graduación se apeó de un jeep verde olivo. Jesús lo reconoció de inmediato: era el coronel Sahagún, el representante del ejército en los preparativos para las fiestas del bicentenario, con quien había departido en varias reuniones. Rígido y prieto, con anchas espaldas y ojos rasgados de samurái, una leve torcedura en la boca le daba un aire guiñolesco.

—Buenas noches, coronel —Jesús apretó su mano fría, dura como el mármol—. Estamos realizando una concentración pacífica en protesta por la inseguridad en Cuernavaca.

—Lo siento, licenciado. El gobernador Narváez pidió nuestra intervención. Tengo órdenes de desarmar a su gente —dijo, y le mostró un documento oficial que Jesús leyó superficialmente.

—Qué raro —frunció el ceño—. Como usted ha de saber, estamos en la calle porque un supuesto cártel del Pacífico Sur desató el terror en la ciudad y la fuerza pública del Estado brilla por su ausencia. Los sicarios andan echando bala por las calles. ¿Por qué no los desarma primero a ellos?

—Ya pedí refuerzos para combatirlos, pero no podemos permitir que la gente se haga justicia por su propia mano.

Jesús recordó el video grabado en el club de Golf, donde el Tunas se había ufanado de tener buenos amigos en el ejército. ¿Cuánto le pasaría mensualmente al coronel Sahagún?

—Mire, coronel, la primera obligación de un ser humano es cuidar su vida. Cuando haya terminado su tarea pacificadora, con mucho gusto le entregamos las armas. De momento no podemos obedecer ninguna orden que nos deje a merced del crimen organizado.

—No me la ponga difícil, licenciado —Sahagún enarcó las cejas, atónito—. Ahora mismo lo puedo detener por el delito de sedición.

—Adelante, coronel —Jesús abrió los brazos, entregándose—, lléveme preso y conviértame en mártir. Pero mi gente no se mueve de aquí.

Incomodado por la presencia de los periodistas, que habían alcanzado a escuchar la conversación y no cesaban de tomar fotos de los tanques, el coronel Sahagún se quitó la gorra y se mesó los cabellos.

—Tiene cinco minutos para ordenarle a su gente que se disperse.

Al advertir que ya no hablaba de desarme, sino de mera dispersión, Jesús notó que lo había debilitado y podía tensar más la cuerda.

—No voy a dispersar a los ciudadanos más valientes de Cuernavaca —alzó la voz para que oyeran bien los reporteros—, como si fueran una recua de forajidos, ni le permito que nos tache de sediciosos. Por si no se ha enterado, la legalidad ya no existe en esta ciudad y nosotros la representamos.

—Si no entiende por la buena, peor para usted, licenciado —a una seña del coronel, los conductores de los tanques empezaron un lento avance.

La movilización desató un murmullo de asombro y temor entre la gente congregada en la plaza. Jesús se plantó delante del tanque más avanzado y lo obligó a detenerse con el brazo extendido y la mano abierta. Una lluvia de flashazos captó el instante en que el operario asomado por la compuerta lo amenazó con una ametralladora.

—¡Quítate, Jesús, te van a matar! —le gritó Cristina, pero Jesús se mantuvo quieto, la mirada desafiante clavada en los ojos del oficial.

En vez de ceder al ruego de su amiga, Jesús se abrió los botones de la camisa, ofreciendo el pecho a las balas, al estilo del emperador Maximiliano frente al pelotón de fusilamiento. Tenía un miedo atroz y sin embargo, la adrenalina que derramaba a chorros lo inducía a la temeridad. Miró fijamente al operario del tanque, tratando de hipnotizarlo. El principio de obediencia contra la dignidad ciudadana. Pobre infeliz, no sabes para quién trabajas. ¿Vas a obedecer a tu jefe o a tu conciencia? El tanque avanzó medio metro más, ya le rozaba casi la punta de los zapatos. La muchedumbre que se había acercado a la estatua de Morelos contemplaba expectante el duelo psicológico entre Jesús y el convulso coronel Sahagún, que sudaba gruesas gotas de petróleo. En espera de una orden, el operario del tanque miraba con insistencia a su jefe. De pronto, el coronel recibió una llamada por radio, se puso lívido, y repitió varias veces la frase "sí, general", torciendo la boca de manera más pronunciada. Al cortar la comunicación hizo una rabieta que le descompuso la máscara de obsidiana, soltó un gargajo y ordenó la retirada. Cuando los tanques se dieron media vuelta y comenzaron a regresar en fila india por la avenida Juárez, los brigadistas alzaron en hombros a Jesús. ¡Esos son huevos, licenciado! ¡Se la pelaron los sardos! ¡El pueblo manda en Cuernavaca! ¡Viva Jesús Pastrana, jijos de su pelona!

Volvió a la una de la mañana al departamento de Leslie, con el miedo coagulado a flor de piel. Necesitaba soltar los relámpagos que tenía atorados en las bisagras del cuerpo y el alma. Pero Leslie, que no había dado show esa noche por el estado de sitio prevaleciente en la ciudad, ya dormía a pierna suelta con su adorable neglillé rojinegro. Tras quitarse la ropa en el baño, se acurrucó a su lado con el mayor sigilo. El claro de luna filtrado por un hueco de la cortina iluminaba la mitad de su rostro. La contempló con embeleso, feliz de pertenecerle. Por importantes que fueran sus actividades del día, eran apenas un preámbulo de su verdadera prioridad: beber en su boca los licores más fuertes del paraíso. Se había consustanciado a tal punto con Leslie que el azar ya los mimaba o los golpeaba por parejo. Cuando ella tenía éxito como vedette, su campaña política repuntaba, y esa suerte compartida no era una coincidencia: la energía cósmica se confabulaba a favor o en contra de ambos, como si fueran dos caras de una moneda, y ahora, por ventura, iban montados en el mismo corcel volador.

Qué bien le había sentado a Leslie el éxito profesional. Era otra desde su debut en el Delirium Lounge. Un poco envanecida por el estrellato, ciertamente, pero sus aires de diva, que la hinchaban como pavorreal, le habían conferido una conciencia más aguda de su belleza. Ya estaba montando un nuevo *playback* en el que imitaba a Selena y tenía una agenda llena de compromisos: lunes por la tarde, sesión de fotos, martes, ensayo de la nueva coreografía, el miércoles tengo mi depilación con rayos láser, lo siento, bebé, no puedo verte hasta el jueves. Ahora se veían menos que antes, porque no era fácil compaginar sus agendas. Pero cuando se veían, sus transportes de pasión alcanzaban el ímpetu de un maremoto. Leslie seguía teniendo mentalidad de puta y el papel de vedette amancebada con un político importante le sentaba de maravilla, porque su alta cotización en el mercado de la carne la incitaba a entregarse con una sofisticada lujuria de cortesana y al mismo tiempo, con la rudeza de un estibador. Junto con la virilidad había recuperado el amor propio y sin embargo, nunca había sido más femenina que ahora. A veces hasta le daban ganas de perder la elección, porque así, lejos de los reflectores, tendría más posibilidades de gozarla sin ataduras, y de espantarle a la nube de moscardones que la rondaba en el cabaret.

La agitación de la jornada había sido demasiado fuerte y no pudo conciliar el sueño hasta las tres de la mañana. Como a las seis tuvo una pesadilla en que el tanque le pasaba por encima y lo dejaba despanzurrado en el suelo. Despertó al borde de la taquicardia y ya no pudo volver a dormir. Más tarde se dio un duchazo y salió al pasillo del edificio, donde sus guardaespaldas ya le habían dejado una pila de periódicos. Leslie dormía plácidamente en la recámara y le cerró la puerta para no despertarla con sus ruidos. Después de la heroica jornada del día anterior, sentía que ahora sí, nadie le podría arrebatar la victoria. Arturo Iglesias pagaría muy caro el error de haberse refundido en su casa, pues le había robado todos los reflectores, y estaba seguro de que la prensa le daría una difusión enorme a su acción heroica. Pero al abrir *El Regional del Sur* se le fue el santo de espaldas. En la primera plana aparecía su foto, pero el encabezado no aludía a su gesta heroica en el zócalo:

Jesús Pastrana recibió doscientos cincuenta mil dólares de Jorge Osuna, afirma un abogado del capo. Se confirma que hay intervención del narco en las autodefensas.

XVI. El desengaño

Refrenó con dificultad el impulso de romper en pedazos el inmundo periodicucho. Sosteniéndolo con manos temblorosas leyó entera la nota, más demoledora y letal que el tanque artillado de la noche anterior:

La Procuraduría de Justicia del Estado, en boletín suscrito por su titular Genovevo Larrea, anunció ayer la captura del licenciado Fabio Alcántara, presunto abogado y asesor financiero de Jorge Osuna, alias el Tunas, líder del cártel de los Culebros. Sometido a interrogatorio, Alcántara, originario de Córdoba, Veracruz, declaró haber realizado diversas operaciones bursátiles a nombre de su jefe y haber pagado un fuerte soborno a Jesús Pastrana, candidato de la autodenominada Alianza por la Salvación de Cuernavaca, cuando se desempeñaba como síndico del ayuntamiento. "Yo mismo fui a llevarle a su oficina un maletín con doscientos cincuenta mil dólares —aseveró—, a cambio de que él gestionara la regularización de varios predios adquiridos por Osuna a través de diversos prestanombres". La procuraduría estudia la posibilidad de incluir a Alcántara en el programa de testigos protegidos, para que pueda brindar mayor información sobre las operaciones bancarias de esa organización delictiva.

Terminada la conferencia de prensa, el procurador Larrea advirtió: "Pese a que las declaraciones del detenido señalan a uno de los candidatos a la alcaldía, la procuraduría a mi cargo no tiene ningún interés partidario y llevará a cabo una investigación con estricto apego a los ordenamientos legales. Iremos a fondo en la averiguación previa, porque el caso lo amerita, sin politizar la impartición de justicia. Tengo instrucciones precisas del gobernador Narváez de observar con el mayor escrúpulo el debido proceso, para que los resultados de la investigación no puedan ser impugnados ante ningún tribunal".

Duro y a la cabeza. Un baño de lodo muy oportuno, cuando iba en caballo de hacienda para ganar la elección. Cualquier marranada podía esperarse del procurador a quien Osuna, según Lauro Santoscoy, agasajaba enviándole chavitas vírgenes a sus fiestas. Cuál éxito policiaco ni qué la chingada. La detención de Alcántara era un teatro montado entre Osuna y Larrea para que el abogado lanzara ese petardo bajo arresto y en dos o tres meses lo liberarían a la chita callando. Sólo *El Imparcial* ponía en duda las acusaciones de Alcántara y señalaba la coincidencia de que hubieran sido vertidas en el último tramo de la contienda por la alcaldía. "Pese a las declaraciones del procurador, resulta difícil creer que este golpe al candidato del PAD no tenga una intención electoral", comentaba el autor del editorial sin firma. Pero incluso ese diario le daba la primera plana a las acusaciones del abogado, relegando a páginas interiores la información sobre su valiente comportamiento en la Plaza de Armas.

Se arrepintió de no haber acudido al Ministerio Público a levantar un acta cuando le dejaron el regalo en la oficina. Era una trampa muy obvia, cómo carajos fue a caer en ella. Entonces temía debilitar su acusación contra Azpiri si los periodistas, o el propio denunciado, lo acusaban de tener acceso a información privilegiada proveniente del narco. No quiso divulgar que había recibido un magnífico premio por exhibir las corruptelas del ex candidato. Pero aquella sospecha lo hubiera perjudicado mucho menos que este escándalo. Pendejo, se les puso de a pechito. Y para colmo, la única prueba que podía incriminarlo, el maletín Louis Vuitton, estaba en el clóset de su estudio, a merced de los judiciales que no tardarían en hacer un cateo.

Llamó a Fortino, su jardinero, que a esas horas regaba los setos de flores. Después de doce timbrazos se dio por vencido. O había salido a primera hora de la mañana o quizá se lo hubieran llevado a los separos, junto con el maletín. El pánico empezó a nublarle el raciocinio. Su primer impulso fue salir corriendo a casa para llevarse el maletín antes de que llegaran los judiciales. Pero cuando iba escaleras abajo cambió de parecer: lo más probable era que los agentes ya lo hubieran madrugado. Más bien le urgía obtener un amparo. Lo que sus enemigos buscaban era ponerlo tras las rejas, aunque fuera unos cuantos días, para convertirlo en un apestado y beneficiar de carambola a su contrincante. No les daría ese gusto, tenía que enfrentar las acusaciones en libertad. Volvió al departamento subiendo la escalera a galope. Desde el balcón llamó su amigo Sergio Arozamena, el mejor penalista de la ciudad. Le había prometido el puesto de asesor jurídico en el ayuntamiento y tenía plena confianza en él. Lo puso al tanto de lo sucedido, sin entrar en detalles sobre la manera como había obtenido el dinero.

—Hoy mismo voy a tramitar el amparo, pero no sé si pueda conseguirlo a tiempo —advirtió Sergio, pesimista—. Yo que tú me pintaba de colores, mientras se aquietan las aguas.

—Soy un candidato en campaña y no puedo salir huyendo. Tengo que dar la cara a huevo. Jamás le hice ningún favor a Jorge Osuna, y por ese lado estoy tranquilo.

Leslie salió de la recámara frotándose los ojos y le preguntó si tenía algún problema.

—Uno muy grande, mi amor —la abrazó con desesperación—. Me están acusando de un delito que no cometí, para hundir mi campaña. Tengo que irme de aquí corriendo, para no comprometerte. Cuídate mucho y si ves policías allá afuera, llámame de inmediato.

Después de un rápido duchazo, salió disparado hacia su cuartel general de campaña, y en el auto aleccionó a Néstor:

—Puede que los judiciales vengan a detenerme por un rollo que me inventaron. Si te interrogan, por ningún motivo les menciones que a veces me quedo a dormir en el departamento. Ponte de acuerdo con los muchachos de la escolta, para que digan lo mismo: Yo nunca he venido aquí.

En el cuartel ya lo estaban esperando, con caras de funeral, Cristina Mandujano y Valentín Rueda. Como ellos no sabían nada sobre el obsequio de Alcántara, tuvo que ponerlos en antecedentes. Cuando intentaba explicarles en qué circunstancias había recibido el dinero, y por qué no lo había devuelto, su secretaria le pasó una llamada de Fortino.

—Buenos días, licenciado, hablaba para avisarle que unos policías vinieron a catear su casa —jadeó—. No quería dejarlos pasar, pero me dieron un cachazo detrás de la oreja, ya ve cómo son de cabrones. Revolvieron toda su casa, pero no se robaron nada, nomás los vi salir con un maletín.

Jesús tragó camote, sintiéndose perdido. Sin duda, Alcántara les había dado una descripción precisa del maletín, y tal vez grabó sus conversaciones. No podía, por lo tanto, negar que hubiera recibido el dinero si lo llegaban a interrogar. Tampoco revelar que lo había destinado a la compra de armas. Eso reforzaría la tesis de que el Tunas financiaba a las autodefensas. Para su desgracia, los interrogatorios empezaron antes de lo que esperaba. A las ocho y media lo llamó la secretaria de la célebre periodista Matilde Urióstegui, pidiéndole una entrevista en vivo con su jefa. No podía esconderse frente a una acusación tan grave y tuvo que tomar el toro por los cuernos, sin haber meditado a fondo cómo debía tratar el asunto.

—Tenemos en la línea a Jesús Pastrana, una figura polémica de la política morelense. Candidato a la alcaldía de Cuernavaca por el PAD, a pesar de haber roto públicamente con ese partido, Pastrana encabeza a las defensas comunitarias de la ciudad, que han crecido mucho en las últimas semanas, poniendo en jaque a la autoridad, y hace un mes anunció una alianza con el PDR para competir en estas elecciones. En octubre pasado, Pastrana denunció por corrupción al entonces candidato a la alcaldía Manuel Azpiri, presentando los títulos de sus propiedades en Estados Unidos, y ahora enfrenta una grave acusación formulada por Fabio Alcántara, el asesor financiero del capo Jorge Osuna, quien afirma haberle entregado en las mismas fechas un maletín con doscientos cincuenta mil dólares. Díganos, licencia-do Pastrana. ¿Es verdad que usted recibió esa cantidad?

—Mire, señora Urióstegui, antes que nada buenos días a su amable auditorio. Como usted sabe, las últimas encuestas realizadas en Cuernavaca me dieron una amplia ventaja sobre mi adversario en la contienda por la alcaldía. Esta acusación infundada es parte de la guerra sucia que han desatado en mi contra las fuerzas del crimen y sus aliados políticos, afectados en sus intereses por la exitosa tarea que han desempeñado las brigadas de autodefensa.

—Pero no ha respondido a mi pregunta, licenciado: ¿Aceptó dinero proveniente de un testaferro de Jorge Osuna?

—Mire, yo no sabía de dónde provenía el donativo, ni es-taba enterado de que el señor Alcántara trabajaba para ese criminal.

—¿Pero entonces admite haberlo aceptado?

Fue una entrevista muy diferente a las anteriores, en las que había respondido a preguntas cómodas, propicias para lucir sus virtudes cívicas. Ahora la conductora lo acorraló con inci-sivos cuestionamientos que no le dejaban escapatoria. ¿Dio aviso a la autoridad tras ese intento de soborno? ¿En qué ha utilizado el dinero? ¿Es verdad, como afirman algunos, que Jorge Osuna está dirigiendo a trasmano las defensas comunita-rias? Trató de capotear el bombardeo con respuestas escuetas y largas evasivas. Sin venir a cuento, narró los graves sucesos de la noche anterior, cuando el ejército amenazó con disolver el mitin. Pero la Urióstegui no le permitió escabullirse y sus inse-guros balbuceos lo pusieron en evidencia. Las caras agrias de Cristina y Valentín, testigos de la entrevista en su despacho, le confirmaron que había hecho un papelazo. Toda la mañana los periodistas lo estuvieron asediando con peticiones de entrevistas que su secretaria rechazó, aclarando, por instrucciones suyas, que a la mañana siguiente respondería a las acusaciones en una rueda de prensa. Asesorado por Valentín y Cristina, se dedicó a planear un alegato defensivo que minimizara las consecuencias políticas del escándalo. Pero a la una, cuando ya tenían articu-lada una estrategia exculpatoria coherente, su secretaria irrum-pió en la oficina al borde de la histeria:

—Allá afuera hay unos judiciales. Sus guardaespaldas no los dejan pasar y ya sacaron las pistolas. Córrale, licenciado, se van a matar.

Corrió al zaguán de la residencia y con un grito ordenó a sus escoltas que guardaran las armas. Néstor, su chofer, bajó a regañadientes la pistola, mirando con odio a los pistoleros del bando enemigo. Al frente de los judiciales venía un comandante de edad madura, delgado y sudoroso, con afilado rostro de tiburón, que blandía en la mano izquierda una Magnum y en la derecha, un documento en papel membretado.

—Dígales a estos señores que respeten a la autoridad o se atengan a las consecuencias. Soy Raúl Cervera, comandante de la judicial, y tengo una orden de arraigo en su contra.

Jesús leyó la orden firmada por el séptimo juez de distrito con un ácido sabor a derrota. Los judiciales no habían venido solos, los acompañaba una miríada de fotógrafos convocados con artera premeditación. Accionaron al unísono sus obturadores cuando Jesús, vencido, se entregó al comandante, haciendo la V de la victoria para mantener en alto la moral de sus partidarios. Las órdenes de arraigo revestían menor gravedad que las de arresto. Sólo significaban que la autoridad quería retener al acusado en un lugar seguro, mientras investigaba los cargos en su contra. Pero de cualquier modo, en la casa de seguridad a donde lo llevaron, Cervera y su gente le dieron trato de criminal peligroso: confiscaron su teléfono celular, le revisaron hasta las encías, lo encerraron en un cuarto oscuro con un catre piojoso. En la penumbra se dedicó a planear el futuro inmediato. No podían dejarlo mucho tiempo encerrado, el infundio de Alcántara era fácil de rebatir y la presión política empezaría de inmediato. De hecho, Valentín Rueda ya le había prometido encabezar esa misma tarde una marcha de la iglesia del Calvario al zócalo en protesta por esa burda maniobra electorera, con el lema "No a la politización de la justicia". Su detención irritaría a la gente que lo apoyaba y temía que las pasiones se desbordaran, pues el gobernador Narváez andaba buscando un pretexto para reprimir a las defensas comunitarias. A las cuatro de la tarde, cuando ya se desvanecía de hambre, su fornido celador, un joven prognato de cuello corto, con una camiseta entallada para lucir los bíceps de toro, le trajo un plato de arroz con frijoles y una Coca Cola. Para colmo, los frijoles estaban fríos, pero aun así comió con voracidad. A las seis y media lo sometieron al primer interrogatorio. En el desayunador de la casa, con las mangas arremangadas, el comandante Cervera jugueteaba con el teléfono inteligente que le había confiscado.

—¿Quién es Leslie?

—No voy a responder nada hasta que venga mi abogado.

—Le hablas tres o cuatro veces al día. Es tu nalga, ¿verdad?

—Mi vida privada es asunto mío. Este interrogatorio es ilegal.

Cervera se levantó furioso, dio la vuelta a la mesa y lo cogió del pelo, arrancándole casi el cuero cabelludo.

—No te hagas el duro, pendejo. Ya sabemos que trabajas para el Tunas. Pero aquí vas a soltar la sopa, quieras o no. Conmigo hasta los mudos hablan —le estrelló la cara contra la mesa, sin darle tiempo de meter las manos. Una hemorragia nasal le tiñó de rojo el cuello de la camisa—. ¿Quién es Leslie y por qué no contesta el teléfono?

Lo tranquilizó saber que Leslie había apagado su celular. Tenía que dejarla fuera del asunto por el bien de ambos. Su silencio enfureció al comandante Cervera, que de una patada lo derribó en el suelo con todo y silla. Iba a rematarlo con la punta de su bota vaquera cuando salió de la penumbra otro judicial de aspecto menos fiero, el cabello entrecano y la mirada apacible, que aplacó la ira de Cervera, como un árbitro amonestando a un futbolista rijoso.

—Cálmate, fiero, no te pases de rosca.

Ayudó a levantarse a Jesús, y le dio un pañuelo desechable para limpiarse la sangre, mientras Cervera observaba la escena, recargado en una columna.

—Soy el comandante Chávez y quiero arreglar este asunto por la buena —de un armario colocado junto a la mesa del comedor, Chávez sacó el maletín Louis Vuitton y lo puso en la mesa.

—¿Reconoce este maletín?

—Sí, claro, lo sacaron de mi casa.

—¿Quién se lo regaló?

—El licenciado Alcántara

—¿Y qué traía adentro?

—Si me está tomando declaración, exijo la presencia de mi abogado.

—Mire, Pastrana, yo lo aprecio y sé que es un político muy valiente, pero no quiero que pase mucho tiempo en la cárcel. Más le vale colaborar y ponerse flojito, si quiere una disminución de su pena. Díganos por lo menos en qué se gastó la dolariza.

Jesús enmudeció con una mirada retadora. No iban a embaucarlo con el viejo truco del policía bueno y el malo. Picado en el orgullo, Cervera reapareció a su lado, lo alzó por el cuello de la camisa, jalándole brutalmente los pelos del pecho, y lo acorraló contra una pared, exhalando un aliento a tequila y cocaína. Jesús solo pudo aguantar cuatro puñetazos en el tórax y en la boca el estómago que le doblaron las rodillas.

—Ya párale —lo contuvo Chávez, y como lo indicaba el previsible guión, se inclinó a levantar a Jesús con un gesto de enfermero comedido.

Jesús tenía machacados los músculos del abdomen y una fuerte punzada en el costillar derecho. Escupió sangre ovillado en un rincón. Cuidado, podía ser una hemorragia interna. Y Sergio Arozamena, ¿dónde chingados se había metido? Quizá anduviera en los separos de la judicial, tratando de averiguar a dónde lo habían llevado, porque su arraigo era más bien un secuestro, y la madriza, un ajuste de cuentas por su discurso de la noche anterior en el zócalo. Narváez y Medrano nunca iban a perdonarle que les armara una pequeña revolución. No creía, sin embargo, que llegaran al extremo de eliminarlo, ya lo hubieran hecho si quisieran. Por fortuna, la presencia de los fotógrafos en el momento de su captura le daba un seguro de vida. Temerosos, quizá, de causarle un daño irreparable, los judiciales lo mandaron a dormir. Pasó una noche espantosa en el catre, tratando de colocarse en una postura donde le dolieran menos las contusiones. El amanecer lo sorprendió sin haberla encontrado.

A la mañana siguiente, ya en presencia de su abogado, Cervera no se atrevió a tocarlo. El Ministerio Público acudió a tomarle declaración en la casa de seguridad. Tras quejarse por los maltratos del día anterior y exigir atención médica, Jesús dijo que Alcántara nunca le reveló la identidad de su jefe y él intentó varias veces devolverle el dinero, sin éxito. Consideró entonces que se trataba de un donativo para su campaña y lo invirtió en publicidad. Lo sometieron a un careo con Fabio Alcántara. Fresco como una lechuga, con un elegante saco a cuadros, el abogado del Tunas no tenía huellas de golpes en el rostro ni el abatimiento propio de un detenido. Claro, pensó Jesús, a la gente de la familia la tratan con algodones. Mirándolo con un aire socarrón de superioridad, Alcántara declaró que Jesús siempre supo de dónde venía el dinero.

—Hasta me pediste que te llevara a conocer al señor Osuna, y yo te dije que el patrón no se reunía con extraños por razones de seguridad.

—Está mintiendo —sonrió Jesús—. Jamás me quiso decir quién era su cliente.

—Claro que lo sabías. Te pagamos la mitad por adelantado y la otra mitad cuando le hicieras la valona al patrón con el asunto de sus terrenos.

—Jamás le hice ningún favor a tu jefe. Y sólo te vi una vez en mi despacho, cuando dejaste el maletín a mis espaldas, sin que me diera cuenta.

En circunstancias normales, la palabra de un detenido interesado en obtener una rebaja en su sentencia no hubiera pesado mucho frente a la declaración de un funcionario intachable. Pero la autoridad se esmeró en complicar el asunto, presentando documentos certificados por Jesús que regularizaban varios terrenos del Tunas. Como los terrenos estaban a nombre de otras personas, Jesús los había firmado sin saber que los propietarios eran prestanombres del capo. Sin embargo, la fiscalía montó tan mal su tinglado que las autorizaciones estaban fechadas con anterioridad a la supuesta entrega del dinero. ¿Cómo pudo Jesús hacerle un favor al capo meses antes de recibir la supuesta paga? Gracias a las inconsistencias de la fiscalía y a la brillante defensa de Arozamena, Jesús demostró que jamás había hecho favor alguno al jefe de los Culebros. Quedó en libertad apenas una semana después del arresto, absuelto de todos los cargos. Con un corsé ortopédico en las costillas y una venda en el tabique nasal, parecía un herido de guerra cuando Néstor y sus escoltas lo recogieron en la casa de seguridad.

—¿Lo lastimaron mucho, licenciado? —le preguntó su chofer, consternado.

—El comandante Cervera me dejó algunos recuerditos. Como no pueden conmigo a la buena, me quieren joder a la mala, pero se la van a pelar.

Antes de reunirse con su grupo de asesores pidió a Néstor que lo llevara al departamento de Leslie. Cuando llegó ella estaba regando las macetas en el balcón. Al verlo tan maltratado se le humedecieron los ojos.

—Mira nomás cómo te dejaron esos malditos —lo abrazó y Jesús soltó un quejido—. Ay, perdóname, qué tonta, no sabía que también te lastimaron las costillas.

Se recostó a leer en el sofá, atendido cariñosamente por Leslie, que le preparó un café con leche y le llevó un plato de galletas. Cuando ella se acercó para acomodarle el cojín en la cabeza, Jesús le metió la mano por debajo de la falda.

—Ah, pillín, para eso no te duele nada, ¿verdad?

Diestra en las artes bucales, Leslie se las ingenió para reconciliarlo con la existencia, metida de lleno en el papel de enfermera abnegada y cachonda. Pasaron toda la tarde charlando y viendo películas en el televisor. Leslie ya había estrenado su *playback* de Selena y le modeló el vestido negro de lentejuela que usaba en el nuevo show.

—¿Verdad que está divino? —preguntó, coqueta y orgullosa.

—Precioso, mi amor. Dile a los meseros que te tomen video para verlo juntos.

Jesús se felicitaba por haber contribuido a su resurrección anímica y no perdía oportunidad para apuntalarla, mostrándose orgulloso de sus éxitos. Al parecer, Leslie había dejado la coca, o por lo menos la consumía en cantidades tan pequeñas que ya no le alteraban los nervios. Y lo más increíble de todo: había empezado a leer buenos libros por voluntad propia. Enganchada con *Arráncame la vida* de Ángeles Mastretta, le narró con entusiasmo el episodio de la novela en que la protagonista se entregaba al director de orquesta. Quién tuviera un adulterio así, suspiró con la cabeza reclinada en su hombro. Jesús le prometió que ganara o perdiera la elección, cuando terminara la campaña saldría del clóset y se mostraría con ella en público, desafiando a la sociedad.

—No hagas promesas que luego no puedas cumplir —lo previno Leslie, halagada—. Yo no te pido ningún sacrificio. Sigue conmigo aunque sólo me puedas querer en secreto.

—Es muy pesado para los dos jugar todo el tiempo a las escondidas —insistió Jesús—. Cuando me nombren alcalde les voy a dar la sorpresa. Será un gran escándalo, pero a estas alturas, el ridículo me vale madres. Que se burlen de mí, que me digan alcaldesa, total, el puesto no me lo van a quitar.

—Pero tú tienes ambiciones más altas, bebé. ¿No me dijiste que soñabas con llegar a Los Pinos?

—Eso era antes, cuando no conocía bien la política, ni me conocía bien yo mismo. Me conformo con ser un buen alcalde y eso puedo lograrlo aunque tenga fama de maricón. Después Dios dirá.

No bromeaba. Tenía blanqueadas las sienes por las tensiones de los últimos meses, que lo desgastaban a extremos intolerables. Tratar de caerle bien a todo el mundo sin herir la susceptibilidad de ningún aliado, esquivar zancadillas, besar bebés y abuelitas, cuidar al máximo lo que decía en público y en privado, regir sus actos por el imperativo de ganar adeptos, y mantener esa farsa toda la vida, no, por Dios, ya le urgía bajarse del escenario. Que pelearan por la presidencia los políticos con nervios de acero. Él sólo tenía la modesta aspiración de arrebatar a los criminales el gobierno de la ciudad. Una vez cumplida su misión quería disfrutar de un merecido anonimato, sin tener que rendirle cuentas de sus actos a nadie.

Pero al reanudar la campaña, las ambiciones que había creído debilitadas o extintas, tal vez por la influencia depresora del malestar físico, renacieron con gran fuerza cuando advirtió que la acusación y el arresto, o más bien, la enorme difusión que tuvieron, le habían hecho un daño moral difícil de reparar. Ahora, en los mítines, los militantes más quisquillosos le reclamaban haber aceptado dinero de un criminal, y aunque algunos fueran infiltrados del bando enemigo, la sombra de la desconfianza emponzoñaba también el trato con sus partidarios, pues los miembros de las autodefensas lo veían con temor, y no se acercaban con tanta facilidad a contarle sus problemas. Incluso Valentín Rueda tuvo rencillas con los grupúsculos radicales del PDR, que lo acusaron de haber pactado con un hampón disfrazado de oveja. El instinto político de Jesús se sublevó contra esa injusticia, porque una cosa era desdeñar el poder con altura filosófica, y otra dejárselo arrebatar por una caterva de facinerosos. Siguiendo un consejo de su abogado, demandó a la procuraduría de Morelos por difamación de honor. Pero con ello sólo consiguió reavivar la campaña de infundios, porque a los ojos de sus malquerientes, la absolución por falta de pruebas no lo exoneraba del todo. Ahora, los periodistas mercenarios lo acusaban de haber amenazado de muerte al procurador Larrea, valiéndose de su presunta amistad con el Tunas, para que no aportara suficientes elementos de prueba. Y como había mucha gente predispuesta a pensar lo peor de cualquier político, una buena parte del electorado daba crédito a esas patrañas.

Arturo Iglesias dirigía el coro de calumniadores y a diario denunciaba con cualquier pretexto su aparente duplicidad moral. Jesús escuchaba por la radio sus ataques con una furia que lo obnubilaba y por momentos, le impedía reaccionar con sensatez. Si se quedaba callado, malo para él, si le reviraba las acusaciones, peor aún, porque llevaría el debate electoral al terreno elegido por su adversario. Advertía que el público era más proclive a perdonar las corruptelas de un político con fama de pillo, que las conductas ambiguas y sospechosas de un luchador social inmaculado, contra quien pesaban las agravantes del engaño y la hipocresía. Tras varios intentos fallidos por reivindicar su imagen, atribuyendo los ataques de Iglesias a un sórdido complot delincuencial y político, en el último tramo de la campaña, a partir de junio, prefirió no volver a mencionar el tema en sus presentaciones públicas. De nada le sirvió la nueva estrategia: en los resultados de la última encuesta permitida por el Instituto Electoral antes de los comicios, Iglesias había remontado el marcador y le sacaba ya tres puntos de ventaja. En la residencia oficial de campaña cundía el desánimo. Ni siquiera Cristina, siempre jovial y optimista, podía ocultar su desencanto.

Jesús anhelaba que de un momento a otro Lauro diera a conocer el video en que Iglesias aparecía como lacayo del Tunas. ¿Qué esperaba para subirlo a la red? Lo más paradójico de su extraña conducta era que la policía se anotaba un éxito tras otro en el combate a los Tecuanes, y él no usaba el video para defenderse. ¿Para qué lo quería entonces? Según los boletines oficiales, Lauro ya estaba viviendo a salto de mata, perseguido de cerca por los sabuesos de la policía federal. Según *El Imparcial,* el 7 de junio la policía allanó una modesta casa en el municipio de Tetecala, donde Santoscoy se había refugiado tras una balacera en una ranchería. "Entre los efectos personales del narco, la policía confiscó uno de sus teléfonos celulares. Por la información obtenida en el registro de llamadas, las autoridades auguran una pronta captura". Días después, algunos mandos policiacos, basados en rumores no confirmados, propalaron que Lauro andaba escondido en una cueva del Cañón de Lobos, comiendo raíces y yerbas. Escéptico, Jesús no creía que las penurias de Lauro hubieran llegado a ese punto. Quizá la policía se estuviera colgando medallas que no había ganado. Ya llevaba mucho tiempo pisándole los talones y por angas o por mangas, Lauro siempre se escabullía de las celadas. Tal vez su cuñado aún conservara un buen número de amigos dentro de las corporaciones policiacas que en apariencia le habían declarado la guerra, y en tal caso, el cerco podía prolongarse hasta después de las elecciones. Era evidente que Lauro no tenía prisa por difundir el video. Quiere joder al Tunas, pero también me quiere joder a mí, concluyó Jesús, y demora el lanzamiento de la granada para no beneficiarme políticamente. Su enfermizo rencor lo ha llevado a una conclusión estúpida y revanchista: por no querer aliarte conmigo, ahora te llevo entre las patas de los caballos.

A mediados de mes, cuando Jesús regresaba de una reunión con la asociación de tablajeros, donde se comprometió a crear un sistema de protección eficaz para combatir las extorsiones que los habían obligado a cerrar una buena cantidad de carnicerías, Cristina lo recibió con una mala noticia: el comandante Raúl Cervera, su torturador, había sido ejecutado en una gasolinera de Jiutepec. Jesús recordó el conato de balacera entre sus escoltas y los judiciales al mando del difunto, y la intensa, condolida mirada de Néstor cuando lo vio salir del arresto domiciliario en un estado lastimoso.

—¿Cómo lo mataron? —preguntó, asaltado por una terrible sospecha.

—Dos sicarios pasaron en una moto cuando cargaba gasolina y le rociaron una ráfaga de ametralladora. Nadie alcanzó a identificarlos. Pero en la radio están dando más información sobre el crimen.

—Sigue oyendo los noticieros y avísame de cualquier novedad.

Mandó llamar a su despacho a Néstor, que entró con la cabeza gacha, la mirada opaca y el rostro hermético.

—¿Fueron ustedes? —le preguntó a quemarropa.

—Perdóneme, licenciado, no entiendo la pregunta —balbuceó, con una inocencia levemente sobreactuada.

—Te pregunto que si ustedes mataron al comandante Cervera.

—No, señor, cómo cree, ni sabía que lo hubieran matado —dijo Néstor, y el sonrojo de sus mejillas parecía desmentirlo.

—¿De veras no tuvieron nada que ver? ¿Me lo juras por tu madre?

Néstor profirió el juramento y hasta besó la cruz, pero de cualquier manera, Jesús no le creyó.

—Espero que sea cierto, porque no voy a tolerar venganzas ejecutadas a mis espaldas. Estamos luchando con asesinos desalmados, pero nosotros no podemos comportarnos igual.

—No sé quién haya matado a ese comandante —reiteró Néstor—. Le juro que nosotros no fuimos.

La duda siguió atormentando a Jesús, y para curarse en salud, pidió a Sergio Arozamena que le tramitara un amparo, por si le cargaban el muerto. Su detención estaba demasiado fresca, y de hecho, en las fotos más difundidas del arresto, Cervera le oprimía groseramente la nunca para obligarlo a entrar en la patrulla. También era pública su queja por los maltratos padecidos durante el arraigo. Nada raro sería, entonces, que lo quisieran involucrar como autor intelectual de un crimen que ante la opinión pública tenía toda la traza de una *vendetta*. Pero lo que más lo perturbaba era la posible responsabilidad de sus escoltas, y esa noche, tendido en el sofá de su casa, mientras intentaba leer un extenso informe sobre la contaminación en las barrancas de Cuernavaca, se arrepintió de haber actuado en algunos momentos de la campaña como el brazo político de una rebelión armada. Néstor pudo haber pensado que él era demasiado noble, o demasiado blando para darle su merecido a Cervera y quizá se había tomado la pequeña libertad de ajusticiarlo, porque en esa campaña, la lógica de las armas ya estaba desplazando a la confrontación electoral. Y él era un hombre de leyes, un defensor de la convivencia civilizada, no un caudillo alzado en armas, como lo veían sus seguidores más radicales, que tal vez conspiraban desde la sombra para desencadenar un estallido social que sería fatal para todos. Néstor Lizárraga y sus primos se estaban jugando en esa contienda las viviendas de sus familias, porque si él perdía la elección, el gobierno entrante los embargaría. Y no sería nada raro que para impedirlo se estuvieran llevando por delante a los matones más odiados del bando enemigo.

Como temía, en el solemne funeral del comandante, propio de un héroe caído en combate, con banda de guerra y panegíricos lacrimosos, el procurador Larrea señaló que una de las posibles líneas de investigación estaba relacionada con el valeroso desempeño de Cervera en el arresto de Jesús Pastrana, cuando el ejemplar servidor de la ley se jugó la vida para ejecutar una orden de arraigo, desafiando a los escoltas del candidato, que estuvieron a punto de acribillarlo. Sus declaraciones tuvieron una enorme repercusión en los medios locales, que se apresuraron a culpar del crimen a Jesús. Salvo Felipe Meneses, que denunció el tinte electorero de la acusación, los demás columnistas políticos sostuvieron a coro que si Pastrana no era responsable directo del crimen, cuando menos podía tener una responsabilidad indirecta por haber perdido el control de sus pistoleros.

Esta vez Jesús se presentó amparado ante el Ministerio Público, donde negó todos los cargos, siguiendo al pie de la letra las instrucciones de su abogado. Afuera de la delegación, una veintena de reporteros pugnaron por encajarle los micrófonos en la boca. Su abogado entró al quite y declaró que el licenciado Pastrana jamás había utilizado la violencia para vengarse de ningún agravio, ni se había cobrado por su propia mano las vejaciones sufridas cuando estuvo bajo arresto. Sus declaraciones ya obraban en actas y quien así lo deseara podía consultarlas. Desde el asiento trasero del BMW, que a duras penas se abrió camino entre el tumulto, Jesús escrutó por el espejo retrovisor el rostro impasible de su chofer. Tanta seriedad le daba mala espina. ¿Había desencadenado fuerzas incontrolables? ¿Era un general rebasado por su tropa? ¿Tenía otro muerto en la conciencia?

Vapuleado por el cansancio y la desazón, que en las últimas semanas le habían llenado el alma de hollín, a las seis de la tarde entró cabizbajo al departamento de Leslie, con ganas de tomarse unas copas y olvidarlo todo. Como a últimas fechas andaba tan ocupada, le pareció normal que no estuviera en casa. Entró a la alcoba que daba a la calle, donde guardaba algunos piyamas y mudas de ropa. Sentado en la cama se desabrochó las agujetas de los zapatos. Afuera los truenos anunciaban tormenta. Se levantó a cerrar la ventana, y al jalar la manija descubrió que Leslie estaba subida al pretil del balcón, mirando hacia abajo con los ojos desorbitados. Llevaba puesto un vestido negro de lentejuela, tenía el maquillaje corrido y el cabello revuelto, pero lo más aterrador era su agónico gesto de mártir alucinada.

—¿Qué haces ahí? ¡Bájate!

—¡Me voy a matar, no te acerques!

Salió volando de la recámara y corrió hacia el balcón, justo cuando Leslie flexionaba las rodillas para dar el salto. La sujetó por la cintura y de un brusco empellón la derribó sobre las macetas.

—¿Estás loca? ¿Qué te pasa?

—¡Vete de aquí! ¡No quiero hablar contigo!

Se había raspado el cuello con las espinas de los rosales y aunque sangraba por varias heridas quiso trepar de nuevo al pretil. Jesús la jaló de una pierna para impedirlo. En medio del forcejeo comenzó a caer un aguacero torrencial. Quedaron empapados y enlodados por la tierra de las macetas. Leslie se defendía soltando arañazos y mordidas. Tuvo que inutilizarla con una llave de lucha libre y meterla a empujones a la sala. Cerró con seguro la puerta del balcón por si volvía a tener otro arrebato suicida. Ovillada en el suelo, Leslie lloraba con sincopados quejidos de viuda. Quizá hubiera estado así desde muchas horas antes, porque ya no vertía lágrimas, y su llanto seco parecía enconarle las penas en vez de aliviarlas. Como aún llevaba el corsé ortopédico, Jesús se palpó con temor el pecho, temiendo haberse lesionado otra vez las costillas. No, el dolor venía de más adentro, de su corazón despechado. Le dolía representar tan poco para Leslie, descubrir en forma tan amarga que a pesar de sus desvelos no había sabido hacerla feliz.

—¿Se puede saber por qué te querías matar? —intentó hacerla entrar en razón.

—Porque no valgo nada, porque soy la burla de todo el mundo.

—¿Y de dónde sacas eso?

Recargada en la columna que separaba el ventanal del balcón, Leslie le narró con voz tartajosa la horrible humillación que la noche anterior había padecido en el Delirium Lounge. Desde su debut había tenido fricciones con Jazmín, una horrible imitadora de Madonna que antes de su debut había sido la vedette estelar de la variedad. Como el camerino era muy pequeño, y sólo había una barra metálica para colgar los vestidos de todas las bailarinas, Jazmín le reclamó con malos modos que su ropa ocupaba demasiado espacio. ¿Y dónde quieres que la cuelgue?, le respondió. Yo hago dos números y tengo que hacer dos cambios de ropa. Si no te gusta ve a quejarte con el señor Woolrich. Quizá el dueño del bar ignoró a Jazmín, pues al día siguiente Leslie encontró tirados en el suelo su traje de odalisca y el vestido de lentejuela que usaba en el segundo show.

—Me puse negra del coraje y pregunté quién había sido la perra que me los tiró. Entonces la pinche Jazmín se me para enfrente muy salsa: "Yo fui, dice, porque tú no tienes ningún derecho de acaparar todo el camerino. Por méritos propios nunca hubieras entrado a la variedad. Estás aquí porque eres la querida de un político muy influyente". Creí que mentía, pero después le pregunté a las demás vestidas, al capitán de meseros, al *disc jockey* y todos me lo confirmaron muertos de pena. Me largué del bar sin dar mi show. No quiero volver jamás a ese pinche tugurio. ¿Por qué me engañaste, Jesús? ¿Tanta lástima te doy?

—Quise ayudarte moviendo mis palancas —enjugó sus lágrimas con una servilleta—. No me lo tomes a mal, pensé que sólo necesitabas el primer empujón para abrirte camino en ese ambiente difícil.

—Pero yo quiero valer por mi talento, no tener un éxito falso. ¿De verdad pagaste para que me aplaudieran en mi debut?

—Nunca pensé que te fueras a enterar —se ruborizó Jesús—. Woolrich me prometió discreción absoluta.

—Pues la próxima vez que me vayas a dar limosna, pregúntame si la quiero —Leslie se levantó en un arranque de ira—. Yo nunca te pedí nada. ¡Nada!

Corrió a su recámara y echó el pestillo de la puerta. Por fortuna, su pistola estaba en un cajón de la sala y en el cuarto no había objetos punzocortantes. A pesar de sus ruegos no quiso salir en toda la noche y Jesús tuvo que dormir solo en la otra alcoba, oyéndola gimotear hasta altas horas de la madrugada. La amargura intoxicó su duermevela. Carajo, qué diva tan vulnerable. Había fallado en su tarea de salvamento y ahora ya no podía tirarle una cuerda, porque Leslie no se dejaba ayudar. Pero en vez de odiarla por su ingratitud, sintió el ardiente deseo de acompañarla en la caída. ¿Eso quieres, preciosa? ¿Despeñarte al primer tropiezo? Pues salta conmigo al vacío, que al fin y al cabo la vida me importa una mierda. Las reglas no escritas del buen amor, las que un corazón vulnerable descubre cuando se ha entregado sin condiciones, lo incitaban a firmar con ella un pacto suicida. El político perdedor y la vedette en desgracia: dos personas y un solo destino. La derrota compartida tenía un efecto ennoblecedor, ya lo invadía el gozo de renunciar a la salvación egoísta. Arder contigo en el infierno de las pasiones impuras, abandonarme al dulce vértigo del fracaso. ¿Verdad, putilla, que eso quieres de mí? ¿O prefieres que te diga cabrón?

XVII. Doble traición

En vano intentó convencerla de que no se había acabado el mundo. Leslie repitió como un disco rayado que se quería
morir, y cosa insólita en ella, en los siguientes días descuidó por
completo su aspecto físico. Reñida con la ducha y con la depilación, los cañones de la barba le sacaron a relucir una mascu-
linidad resentida. Se puso una larga borrachera de buró hasta
que arrasó con todo el licor de la cantina. Obligado a fungir
como padre severo y regañón, Jesús no quiso darle dinero para
más botellas. El castigo la puso histérica.

—Avaro, cuentachiles, tenías un cuarto de millón de
dólares y ni siquiera me diste para mis vestidos. Con razón te
dejó tu vieja, ni para el gasto le dabas. Debes de haberla traído
de rebozo y huaraches.

—Mira, idiota, no te voy a responder porque estás borracha —le reviró Jesús—. A mi lado no necesitas trabajar, bien lo
sabes, pero si ya no quieres volver al show y te molesta estar de
huevona, deberías buscarte otra chamba. Dices que estudiaste para
peinadora, ¿no? Pues ve a pedir trabajo a los salones de belleza.

—En los salones no contratan vestidas, que porque es-
pantamos a la clientela.

—Entonces ponte a estudiar una carrera corta.

—Guárdate tus pinches consejos. Toda la culpa es tuya
por haberme sacado de puta. Querías llevarme por el buen
camino, qué tierno. Le voy a hacer creer a esta pendeja que es
una vedette estelar. Me tienes hasta los huevos con tus obras de
caridad.

Dolido y exasperado, Jesús cejó en el empeño de consolarla y ensayó una separación temporal, esperando que el
tiempo cicatrizara su herida. No podía seguirla cuesta abajo,

como deseó al principio, atolondrado por un equívoco romanticismo. Había demasiada gente involucrada en su campaña, demasiados ideales en juego, para tirar por la borda un esfuerzo colectivo tan valioso, del que dependía la paz social en Cuernavaca. Mientras Leslie, empantanada en la depresión, se metía una línea de perico tras otra, comiendo apenas lo indispensable para subsistir, y se tumbaba en el sofá con su computadora portátil en el regazo, engolfada en estúpidos juegos cibernéticos, Jesús se concentró en los preparativos para el debate televisado que sostendría con Arturo Iglesias. Faltando apenas dos semanas para los comicios, era la única oportunidad que le quedaba para repuntar en la contienda electoral. Como Iglesias era un galán fotogénico y él un cuarentón anodino, narigón y amenazado por la calvicie, para revertir sus desventajas físicas necesitaba opacarlo con un desempeño sobresaliente.

Cristina lo puso a dieta, lo sometió a un arduo entrenamiento para modular bien la voz, le probó seis trajes diferentes y otras tantas corbatas, lo mandó con un dentista para que le quitara el sarro de los dientes frontales, y le rogó que sonriera a la cámara como si sostuviera con ella un empalagoso romance. Jesús la obedecía con humildad, sintiéndose un poco ridículo y con un déficit de motivación que atribuía a su descalabro sentimental. Leslie ya no se dignaba siquiera a responder el teléfono y temía que el vendaval de la adversidad los alejara para siempre. A pesar de tener averiado el motor de las ambiciones, llegó al debate con la firme intención de vencer. Arturo Iglesias se presentó en compañía de Alhelí, ataviada con un sobrio vestido blanco de muselina que ya le daba un aire de primera dama. Nomás faltaba que Iglesias le cediera el micrófono y la pusiera a debatir en su lugar. Como Alhelí apareció en pantalla en los momentos previos a la discusión, Jesús sintió que los organizadores del debate le estaban jugando chueco. Pero no era el momento de protestar, tenía que mantenerse alerta para llevar el debate al terreno que mejor le convenía y no permitir que Iglesias tomara la iniciativa. Como esperaba, Iglesias le soltó el primer misil, acusándolo de querer romper el orden constitucional con la formación de las autodefensas.

—El licenciado Pastrana busca intimidar a la autoridad electoral violentando el Estado de derecho. Nunca antes en la historia de Morelos unos comicios se habían celebrado en medio de una revuelta golpista. Porque eso intenta usted, Pastrana: descarrilar la democracia, destruir las instituciones, cerrar las puertas del diálogo y abrir las del conflicto armado. Pero las elecciones se ganan con votos, no con pistolas. Si es usted tan patriota como dice, lo invito a disolver esas gavillas de pistoleros, para que las elecciones puedan desarrollarse en un ambiente de paz y armonía.

—Por lo visto, el licenciado Iglesias cree que vivimos en Suecia —reviró Jesús en su turno—. En primer lugar no puedo violentar un Estado de derecho que no existe. Si el pueblo de Cuernavaca ha tomado las armas es porque la impunidad ha nulificado por completo el imperio de la ley. La dictadura que su partido, el PIR, mantuvo durante setenta años y mantiene todavía en muchas regiones del país, deterioró las corporaciones policiacas y el aparato de justicia a tal punto que ahora necesitamos refundar el Estado. Eso es lo que está en juego en los próximos comicios. Usted es el candidato del continuismo; yo, el candidato del cambio. Usted quiere cubrir la podredumbre con un denso velo de palabrería demagógica; yo quiero erradicarla para siempre de nuestra ciudad.

—Mi adversario me acusa de continuismo —Iglesias sonrió con ironía—, pero se olvida de que su partido, el PAD, ha gobernado Cuernavaca durante los últimos ocho años, y él mismo fungió como síndico del ayuntamiento en el actual gobierno. El PIR ha cometido errores en el pasado, soy el primero en reconocerlo. Pero es el colmo del cinismo que usted nos acuse de haber llevado la ciudad a este despeñadero, y quiera eximir de responsabilidades a los gobiernos del PAD, en los que fue un funcionario distinguido. Si Cuernavaca es el reino de la impunidad, ¿por qué no hizo nada para combatirla desde la sindicatura? Su disfraz de apóstol de la sociedad civil no engaña a nadie: los ciudadanos bien informados sabemos que si llega al ayuntamiento, Dios no lo quiera, nos espera más de lo mismo: más pobreza, más crímenes, más corrupción.

El mandoble tomó por sorpresa a Jesús, porque hasta entonces, por un contubernio subrepticio, Iglesias se había abstenido de atacar al gobierno en funciones, a cambio del apoyo logístico que le brindaba. Aunque la ruptura de Jesús con el PAD fuera pública y notoria, de cualquier modo competía bajo las siglas de ese partido, y un sector del electorado apolítico no lo había deslindado aún del actual gobierno. Sospechó que Iglesias actuaba de común acuerdo con los dirigentes del PAD, pues ambos partidos habían hecho una mancuerna muy flexible, que les permitía ser aliados en el fondo y adversarios en la superficie, para engañar mejor a una ciudadanía embrutecida por la miseria y la desinformación. Herido en un flanco débil, Jesús trató de capotear el temporal como Dios le dio a entender.

—Desde la sindicatura libré una batalla frontal contra la corrupción, que no siempre dio frutos, pues me topé con la oposición frontal del alcalde Medrano y del cabildo a muchas de mis iniciativas. La denuncia por peculado que presenté contra el ex candidato Manuel Azpiri es la mejor prueba de que yo nunca transigí con la corrupción al interior del ayuntamiento. Tengo diferencias muy grandes con la dirigencia estatal del PAD, que ha torpedeado mi campaña de mil maneras, como bien sabe la opinión pública, pero las bases del partido me apoyan y mi proyecto de regeneración política va más allá de los membretes partidarios.

—El licenciado Pastrana dice que jamás transigió con la corrupción —contraatacó Iglesias—. Pero hace apenas un mes, la policía lo detuvo por haber recibido un cuarto de millón de dólares que le obsequió un testaferro del narco Jorge Osuna, jefe máximo del cártel de los Culebros —mostró a la cámara la primera plana de un diario amarillista con la foto de Jesús esposado en el momento de su arresto—. ¿Es así como piensa limpiar de alimañas el ayuntamiento? ¿Vendiéndose al crimen organizado para entregarle la plaza?

La explicación del incidente que Jesús llevaba preparada sonó un tanto hueca, especialmente cuando aseguró haber invertido ese dinero en el gasto publicitario de su campaña. Con una sonrisa astuta de jugador de póker, Iglesias mostró al teleauditorio una factura por la compra de diez metralletas Uzi de 9 milímetros, con un valor total de ochenta mil dólares, a nombre de Luis Carlos Mendieta Gutiérrez, el jefe de la brigada cívica de la colonia Ahuehuetes, que en muchos actos públicos se había retratado con Jesús.

—Según consta en la factura, estas armas para uso exclusivo del ejército fueron pagadas en efectivo, con dólares contantes y sonantes —remató Iglesias—. Eso demuestra que usted no invirtió el donativo de Jorge Osuna en publicidad: lo usó para comprar armamento, en complicidad con el capo, a cambio de entregarle las autodefensas cuando tome el poder.

Puta madre, un traidor, pensó Jesús, más atolondrado aún. ¿Cuánto le habrían pagado a Mendieta por esa factura? Y quizá no fuera el único soplón infiltrado en sus filas que le pasaba informes al enemigo. Sonrojado por su falta de tablas para mentir con desenvoltura, respondió que el consejo urbano de autodefensas había adquirido esas armas con donativos de particulares afectados por la oleada de criminalidad, pero no supo explicar quiénes eran sus dadivosos benefactores. Iglesias aprovechó esa omisión para ponerlo contra las cuerdas.

—Pues qué mala memoria tiene —dijo—. ¿Y quiere ser alcalde con esos ataques de amnesia? Cuidado, señores, parece que el licenciado Pastrana padece Alzheimer.

No podía escapar del tema para lanzar un contraataque, ni salirse por la tangente, y aunque intentó vincular a Iglesias con el narcotráfico, sacando a relucir de nuevo la cacareada pero nunca demostrada reunión en el club de golf San Gaspar, se llevó la peor parte en el fuego cruzado de acusaciones. Al terminar el debate, Cristina y Valentín Rueda lo felicitaron con mentiras piadosas que le sonaron huecas. Se parecían demasiado a las palabras de aliento que los parientes de un moribundo le susurran al oído, cuando ya no saben si los escucha o no. Del otro lado del estudio, rodeado por un corrillo de reporteros, Iglesias se abrazaba con Alhelí, exultante y seguro de la victoria, alzando los brazos como un campeón de boxeo. Qué mal estuve, carajo, pensó Jesús, aplastado por la adversidad. Por querer jugar a la guerrilla, su reputación de político honesto se había ido a la mierda. Nunca debió hacerle caso a Valentín Rueda: era imposible combinar una revuelta armada con una campaña electoral. Y para colmo, ahora desconfiaba de todos sus partidarios, porque había comprobado ya que ante un cheque lleno de ceros, cualquier lealtad se pandeaba. ¿Cómo distinguir a la gente honesta de los judas embozados? En el lúgubre garage de la televisora estatal, Néstor le abrió la puerta del BMW, el gesto compungido y la mirada esquiva. Seguramente había oído el debate en el radio del coche pero Jesús no quiso preguntarle sus impresiones, por temor a un juicio lapidario. Necesitaba un trago y un oído afectuoso que le devolviera la esperanza. Tal vez Leslie, al verlo tan abatido, se apiadara de su dolor, y lo reconfortara con la calidez maternal que le había mostrado antes de su quebranto, cuando eran una pareja bien avenida.

—Llévame al departamento —pidió a Néstor, que lo obedeció sin chistar y tuvo la gentileza de sintonizar una estación de música clásica, para no perturbarlo con los comentarios de los analistas políticos.

Tenía ganas de llorar, o mejor todavía, de hacer el amor llorando. Le urgía un desahogo integral que derritiera su helada corteza de personaje público y junto con ella, la tensión, la zozobra, el insoportable desasosiego. Su pérdida de confianza en el prójimo lo aplastaba como una losa. Sólo en el bastión de la intimidad podía guarecerse de tanta inmundicia. En el departamento encontró un desorden similar al que Leslie tenía en su antiguo leonero: envolturas de comida chatarra y latas de cerveza regadas por el suelo, quemaduras de cigarro en el sofá, el fregadero atiborrado de trastes sucios. La señora que hacía el aseo había faltado o no pudo entrar, dedujo, tal vez porque Leslie no quiso abrirle. Seguramente dormía la mona en su recámara. Pero su cama estaba intacta y el clóset vacío. La evidencia del abandono le bajó la sangre a los pies. En el espejo del lavabo encontró una nota pegada con cinta adhesiva:

Adiós, bebé, me regreso a lo mío. No merezco tu ayuda ni tu amor, es como darle margaritas a los puercos. Traté de quererte, pero tengo el alma rota y los pedazos ya no embonan. Soy una piruja del montón que sólo sirve para dar lástimas. Búscate otra primera dama y dame por muerta.

Un ruido interno de cristales rotos lo hizo trastabillar. Lamentó, sobre todo, haber contribuido a destrozar el amor propio de Leslie en su afán por favorecerla. Tal vez había llegado a esa etapa negra de la vida en que todos los tiros salen por la culata. Una huelga general de la voluntad lo paralizó frente al espejo, donde se pasó un largo rato estudiando sus patas de gallo, cubiertas todavía de maquillaje. ¿Y ahora qué? ¿Darse por vencido y aceptar el abandono como buen perdedor o salir corriendo a buscarla? Una profunda fatiga lo incitó a claudicar, a emprender la retirada en todos los frentes. Cuando más necesitaba el apoyo moral de su pareja, tenía que fungir de nuevo como rescatista. Maldita la hora en que se fue a enamorar de una loca bipolar. Teniendo responsabilidades tan serias y problemas tan arduos que resolver, no podía malgastar el tiempo y la energía en tragedias domésticas. Con tantos ataques de histeria, Leslie le estaba robando la energía que necesitaba para llevar al triunfo su noble causa. Basta de lloriqueos, un poco de egoísmo, endurécete, carajo. Pero el corazón tenía otra escala de valores, y le gustara o no, mandaba por encima de su inteligencia. Esa situación era muy semejante a la que había vivido meses atrás, cuando encontró a Leslie medio muerta en su departamento, sólo que ahora había recibido una golpiza moral. Debía encontrarla pronto, antes de que cometiera una locura, pues en tal estado de abatimiento no era difícil que atentara contra su vida. Le mandó un mensaje a su correo de Facebook, lo más cariñoso posible, pidiéndole que volviera a casa y aceptara someterse a una terapia:

Estoy contigo en las buenas y en las malas, mi cielo, pero necesito que pongas algo de tu parte. Los reveses de la fortuna son parte de la vida y no puedes desmoronarte cuando algo te sale mal. Vuelve conmigo, no seas tan orgullosa. Vamos a luchar juntos contra el mundo, no te imaginas cuánto te necesito.

Seguramente había regresado al cubil que compartía con Frida en la unidad habitacional Campestre. ¿A dónde más iba a pedir asilo? Pero no tenía el número telefónico de su amiga para llamarle. A pesar de su cansancio físico y mental ordenó a Néstor que lo llevara al multifamiliar. Llegaron a la medianoche, en medio de un fuerte aguacero. Adentro del departamento había luz, pero Frida se hizo la sorda, pese a la fuerza y la insistencia de su golpeteo. Por fin abrió, envuelta en una toalla, dejando la puerta entornada. Se había pintado el pelo de rubio platino, en violento contraste con su piel renegrida, y la virilidad que se afanaba por esconder afloraba en la reciedumbre de sus brazos tatuados con dibujos obscenos.

—Estoy con un cliente, ¿qué quieres?

Por la rendija de la puerta, Jesús alcanzó a ver un casco de motociclista en una silla del comedor.

—Leslie se largó y no sé dónde anda. Tengo miedo porque estaba muy deprimida. ¿No ha venido a pedirte asilo?

—No la he visto para nada. Ni siquiera sabía que se habían peleado. Desde que se hizo estrella de cabaret ya ni me pela. Creo que se le subió el éxito.

El desenfado de Frida indicaba que decía la verdad. No se trataba, pues, de un mero berrinche: Leslie quería estar lejos de su alcance para evitar una reconciliación.

—Te voy a pedir un favor. Si viene a verte, avísame de inmediato —sacó quinientos pesos de su cartera y se los metió entre los senos—. Temo que se pueda meter en broncas muy serias si no la atiende pronto un psiquiatra.

La tormenta había cesado pero seguía lloviznando. Pidió a Néstor que se fuera a vuelta de rueda por el carril derecho del bulevar Cuauhnáhuac, y al ver a un ramillete de travestis con el cabello empapado le ordenó parar, pues el recado de Leslie anunciaba que volvería a "lo suyo", es decir, a la prostitución callejera. Varios mariposones con facha de murciélagos pegaron sus caras a la ventana, y algunos quisieron coger del brazo a Néstor, que los apartó a manotazos. De Leslie, ni sus luces.

—Vámonos —ordenó a su chofer, sin importarle ya lo que pensara de su extraña conducta, pues había perdido por completo el miedo al ridículo.

Más adelante, en otra esquina caliente y sórdida, llena de adefesios andróginos, repitió la inspección con los mismos resultados. El bulevar hervía de transexuales, pero al menos esa noche, Leslie no había salido de cacería, ¿o quizá estaba trabajando en algún motel? Imaginarla en brazos de un cliente asqueroso le revolvió las tripas. Volvió a casa con las esperanzas marchitas y la frustración lo obligó a tomarse un tafil para mal dormir unas cuantas horas. Al día siguiente, en el cuartel general de la campaña, se enfrentó con una mezcla de fatalismo y desinterés a los diagnósticos alarmistas de sus colaboradores cercanos. De entrada le informaron que Luis Carlos Mendieta, el traidor vendido al PIR, se había largado de la ciudad con todo y familia. Lógico: en Cuernavaca sus vecinos lo hubieran linchado después de ver el debate. Valentín Rueda, que lo había recomendado para ocupar el cargo de coordinador vecinal, le presentó sus excusas, ruborizado y contrito:

—Parecía un tipo derecho, en su barrio la gente lo quería mucho. Era un líder natural, pero parece que lo tentó el demonio.

Las primeras planas de todos los diarios locales, con información proveniente de distintas empresas encuestadoras, daban la victoria a Arturo Iglesias, con una diferencia a su favor que oscilaba entre el seis y el doce por ciento del auditorio. Sólo Felipe Meneses, con una conmovedora parcialidad, consideraba que Jesús había salido avante por un reducido margen, pese a la injustificada presencia de Alhelí en el debate, que buscaba convertir el evento en un circo mediático. Llamó a Felipe para darle las gracias, y una vez más, su ilustrísima se negó a tomar el teléfono: todavía no me levanta el castigo —pensó—, estoy infectado de lepra y de aquí al juicio final nunca volveré a ser digno de su amistad.

Pero la noticia de primera plana en todos los diarios no era el debate de los candidatos a la alcaldía, sino el estrechamiento del cerco policiaco en torno al Tecuán Mayor. "Se escapó por un pelo", informaba en grandes caracteres *El Morelense*. La nota refería los pormenores de una incursión policiaca en el municipio de Tlaquiltenango, donde Lauro Santoscoy había logrado escapar milagrosamente cuando seis camionetas con efectivos de la policía federal entraron a un rancho de su propiedad. En la residencia allanada humeaban tazas de café, de modo que el capo, según el reportero, "huyó minutos antes a bordo de una camioneta Land Rover, placas XTB 4567, que poco después fue abandonada en el camino a Jojutla, donde presumiblemente, el prófugo cambió de vehículo". En el operativo murieron cinco tecuanes y la policía confiscó tres camionetas blindadas pertenecientes a Santoscoy. Fuentes de la policía federal aseguraban que la captura del Tecuán Mayor podía ocurrir de un momento a otro, pues todos los caminos de la zona habían sido bloqueados. Que se lo lleve la chingada de una vez, pensó Jesús, por necio y rencoroso. La soberbia lo ha hundido tanto como el mezcal. Con tal de chingarme prefirió hacerse el harakiri, cuando hubiera podido atraer la atención de todo el país hacia el contubernio entre el Tunas y sus gatos de Angora.

La mayoría de los diarios publicaban la foto de Lauro en primera plana, y aunque le parecía enfermizo caer en turbias ensoñaciones, no pudo evitar embellecer su rostro en la imaginación, poniéndole pelo largo y pestañas postizas. El ejercicio de masoquismo reavivó su angustia por la desaparición de Leslie. Era increíble que en el momento más crítico de la campaña, cuando debería estar fraguando una estrategia para reivindicarse ante la sociedad, la suerte de esa ingrata y adorable putilla ocupara el centro de su atención. A media mañana, cuando sus colaboradores terminaron de trazar la estrategia del contragolpe con el que esperaban debilitar a Iglesias, Jesús entró al despacho de Cristina, puso el seguro a la puerta y le confesó con un hilo de voz que Leslie lo había abandonado. Ella lo acogió en sus brazos y, Jesús, conmovido por su calidez, tan difícil de encontrar entre los varones, se soltó a llorar como un viudo. Agotado el torrente de lágrimas, pidió a Cristina que reportara a Leslie al registro nacional de personas extraviadas, dando su nombre de varón, y recurriera a sus contactos para que la buscaran hasta por debajo de las piedras.

—No te preocupes, yo me encargo de todo —Cristina enjugó sus lágrimas con un pañuelo—. Leslie está resentida, pero no creo que le dure mucho el coraje. Ya los reconcilié una vez y puedo hacerlo de nuevo. Me preocupas más tú, Jesús. No puedes derrumbarte ahora, cuando tienes que hacer un esfuerzo extra. Necesitas cerrar la campaña a tambor batiente para dar la voltereta.

—Sí, claro —se recompuso—. Yo me muero en la raya. No voy a faltar a ningún compromiso, pero ayúdame con lo de Leslie.

De vuelta en casa, pasadas las nueve de la noche, después de una pesada junta con los coordinadores más bravos de las autodefensas, que amenazaban con levantarse en armas si Jesús perdía la elección, ignorando sus exhortos a conservar la calma, consultó su correo de Facebook, trémulo de ansiedad. La respuesta de Leslie no era precisamente consoladora: "Pierdes el tiempo, bebé. Ya tengo un nuevo galán, está forrado de lana y coge más rico que tú". Una parvada de aves carroñeras le bebió de golpe la sangre. No dudaba, desde luego, que Leslie se pudiera conseguir un mejor amante a la vuelta de la esquina. Pero la crueldad de restregárselo en la cara sobrepasaba sus peores expectativas. Trastornada por la droga, parecía haber perdido hasta el último residuo de calidad humana. El tono humillante del mensaje rezumaba una mala fe inexplicable. No podía creer que la autora de ese insulto fuera la odalisca dulce, afable, cariñosa, que renunció por amor a su tratamiento hormonal, y que semanas atrás, en un alarde de abnegación, se había opuesto a su idea de abandonar la carrera política para poder amarla sin tapujos, renunciando a los privilegios de una legítima esposa. Un cambio de personalidad tan súbito sólo podía entenderse si Leslie había fingido todo ese tiempo. ¿Me aguantaba por conveniencia, pero en el fondo estaba harta de mí? ¿Se largó en el momento en que dejé de convenirle, cuando vio que tenía perdida la elección? Ofuscado de celos, recordó su largo historial de promiscuidad, sus caprichos perversos, su absoluta falta de escrúpulos para saciar apetitos infames. Extrañaba, sin duda, la dureza del Ninja Asesino, la insolencia de Pioquinto, el trato soez de todos los clientes que le machacaron la dignidad. Si todo había sido un vil engaño, no debía lamentar su pérdida. Duro con esa puta, a enemigo que huye, puente de plata. En busca de un blindaje emocional, se bebió de golpe un whisky en las rocas y encendió el iPod conectado a un juego de bocinas. Oyó con delectación "Cuerpo sin alma", una balada italiana sañuda y visceral que lo había estremecido en la adolescencia:

Tu trampa me atrapó y yo también caí,
que pase el próximo, le dejo mi lugar.
Pobre del que vendrá, qué pena me da.
Cuando en el cuarto él te pida siempre más,
nada te costará, se lo concederás,
como sabes fingir, te será cómodo...

Imitó los alaridos viscerales del cantante, tratando de maldecir a Leslie con el mismo encono. Pero no podía engañarse: si en ese momento ella entrara de puntillas y le tapara los ojos con las manos, como en los tiempos felices, su rencor se desvanecería como una voluta de humo. Perdóname, Dios santo, por esta servidumbre indigna, por esta bochornosa anemia del orgullo. Seguramente Leslie había conocido a su rico galán en el Delirium Lounge, un escaparate ideal para encontrar buenos partidos. Quién sabe desde cuánto tiempo atrás se entendieran a sus espaldas. Estuvo esperando la oportunidad de darme la tarascada, y el golpe moral que le propinó el envidioso travesti, un incidente menor amplificado por su ego, le vino de maravilla para hacerse la ofendida y largarse con él. ¿O lo había conocido después de la fuga, en algún tugurio gay del D.F.? Imaginar el desempeño en la cama de ese garañón podrido en dinero le sacó algunas canas. Sin duda es más vigoroso y cachondo que yo, pensó ¿o caí de su gracia por dejarme sodomizar? Si el enemigo le había quitado a Leslie en buena lid, tendría que darse por vencido. Pero sospechaba que el hijo de puta se aprovechaba de su adicción a la coca, y le suministraba el perico a cambio de favores sexuales. ¿O su amor propio martirizado lo inclinaba a fabricar esa consoladora teoría?

Al día siguiente, a la cabeza de mil simpatizantes, presentó en el Instituto Estatal Electoral una protesta por el obsceno dispendio de Arturo Iglesias, que en las últimas semanas había tirado la casa por la ventana, comprando al por mayor el voto de la masa indigente y despolitizada. Útiles escolares, material para construcción, chivos, gallinas, computadoras, de todo regalaba en sus mítines, y Alhelí, emulando a Evita Perón, se estaba convirtiendo en santa de tanto entregar obsequios al pueblo. Según el informe que tenía en su poder, realizado por un prestigioso despacho de auditores, el Tunas ya se había gastado más de veinte millones de dólares en la campaña de Iglesias, y Jesús entregó el grueso legajo al presidente del tribunal, exigiéndole una investigación exhaustiva. El despilfarro era tan escandaloso que en cualquier país civilizado habría obligado a Iglesias retirarse de la contienda. En el templete colocado a las afueras del instituto, Jesús declaró que un gasto de esa magnitud sólo podía explicarse por los vínculos de su rival con el narco más poderoso de la región.

—Iglesias me acusa de haber aceptado la ayuda económica de un donante desconocido, pero la cantidad que yo recibí es ridícula comparada con las millonadas que él se está gastando en esta campaña, cuadruplicando los topes fijados por la ley. La democracia se prostituye cuando a falta de argumentos, los candidatos a un puesto de elección popular recurren a las dádivas populistas, al viejo pan y circo de los emperadores romanos. ¿Y de dónde viene ese dinero? ¿Quién es el padrino que financia a Iglesias desde la sombra? ¿Por qué ninguna autoridad se atreve a remover este nido de culebras?

Pese al tono exaltado de su discurso, Jesús había perdido ya la fe en la victoria y agradeció las ovaciones con una aguda sensación de inutilidad. Sabía que la denuncia sólo tenía un valor propagandístico, pues la ley electoral tenía lagunas suficientes para permitir esa clase de abusos. La mafia política, inmutable a pesar de la superficial apertura democrática, jugaba con los dados cargados y podía recurrir a infinidad de chicanas para perpetuarse en el poder. Como todos los opositores radicales, se estaba quedando arrinconado en una franja minoritaria de la población, sin fuerza para imponerse a la avalancha del dinero y el manipuleo informativo. No le quedaba más remedio que seguir agitando a sus seguidores con un optimismo histriónico. Pero Cristina, que sabía leer los pensamientos, debió advertir en su rostro un gesto de pesadumbre, pues a la salida del mitin, cuando iban en el auto rumbo a una comida con los locatarios del Mercado de la Selva, le pidió que tuviera más fe en sí mismo.

—Yo sé que es difícil sentir entusiasmo en tu situación, Jesús. Pero si no le echas ganas estamos perdidos. Te veo muy apachurrado, convéncete y convéncelos de que puedes ganar.

Luchó con ahínco por borrar de su semblante cualquier huella de tristeza. En la comida que le ofrecieron los locatarios capoteó con habilidad sus preguntas malintencionadas, desestimando los pronósticos adversos de las encuestadoras, pues la única encuesta válida, dijo, era la de las urnas.

—No se dejen confundir por los sondeos que mis enemigos han mandado hacer sobre pedido: el pueblo está conmigo y vamos a gobernar juntos.

Ojalá hubiera podido creerse sus propias mentiras. El abandono de Leslie lo había sumido en el desconsuelo, y esa noche, al apagar la luz del buró, no pudo evitar hacer un paralelismo entre su traición y el masoquismo del pueblo que le daba la espalda: toda multitud se prostituía tarde o temprano, y no debía extrañarle que la masa lo abandonara tras recibir los regalos de Iglesias. En vez de hacer algo constructivo para recuperar la autoestima, Leslie se había resignado a ser una escupidera humana. Digna representante de un país agachado y jodido que después de tolerar setenta años de dictadura, ofrecía dócilmente el cuello a sus nuevos amos, los matarifes del crimen organizado. Lo despertó a las seis de la mañana un telefonazo de Valentín Rueda.

—Perdóname que te despierte, Jesús, pero sucedió algo muy grave. Anoche, en el barrio de Amatitlán, nuestra gente detuvo a un policía municipal que según dicen, estaba coludido con una banda de secuestradores. Lo entregaron a la gente y ahora lo quieren linchar. Vente corriendo. Yo he tratado de calmarlos pero no me hacen caso.

Llegó demasiado tarde, cuando el policía sujeto con cadenas a un poste de luz ya estaba chamuscado, en medio de un gentío que lo miraba arder con morbosa delectación. Los vendedores de paletas y golosinas habían aprovechado el tumulto para hacer su agosto. Se abrió paso a empujones, tratando de imponer su autoridad. Los ánimos estaban tan caldeados que no se atrevió a lanzar un regaño a la muchedumbre. Sólo tuvo una charla en corto con el jefe vecinal de las brigadas comunitarias, Joaquín Reyes, a quien reprendió severamente por ese acto de barbarie. Reyes dijo que había obedecido la voluntad popular, y su cuadrilla de hombres armados le dio la razón. Si destituía a Joaquín, amenazó otro brigadista exaltado, todos ellos se apartarían de las brigadas comunitarias para patrullar el barrio por su cuenta. Y a ver quién era el valiente que se atrevía a desarmarlos. Jesús cruzó una mirada de angustia con Valentín Rueda. El ex candidato del PDR trató de mediar, advirtiéndoles que no podían hacerse justicia por su propia mano, pero los arrogantes verdugos tampoco reconocieron su autoridad. Cría cuervos y te sacarán los ojos, pensó Jesús, agobiado por la tozudez de la gavilla. El síndrome del paria convertido en mandón los había transformado en dictadorzuelos. Ya se oían a lo lejos las sirenas de las patrullas que venían a brindar un auxilio tardío al agente quemado.

—Pues entonces me deslindo totalmente de esta brigada —puntualizó Jesús— y no les daremos ningún apoyo legal cuando empiecen las averiguaciones por este crimen. Si ustedes se mandan solos, defiéndanse solos.

—Sácate a la chingada, pinche mamón —lo empujó Reyes, y sus escoltas tuvieron que envolverlo en un cerco protector, cortando cartucho para que nadie se le acercara.

Una tempestad de abucheos, insultos y silbatinas lo acompañó hasta su auto, que varios de los rijosos abollaron a patadas. Agobiado por el peligro, y más aún, por el cargo de conciencia, Jesús tardó un buen rato en recuperar el ritmo respiratorio normal. Mansedumbre, mis huevos, pensó, este pueblo ya explotó, y a ver quién lo controla. Encauzar esa rabia le parecía una tarea superior a sus fuerzas. Primero la independencia, luego la revolución, ahora una guerra civil en ciernes. Tal vez los mexicanos estaban condenados a celebrar una orgía de sangre cada cien años. No habían conocido nunca las bondades de la democracia ni creían que se pudiera cambiar nada por esa ruta.

Durante varios días se dedicó a responder como pudo las acusaciones en su contra por la quema del policía, un tema al que los medios dieron amplísima difusión. Era la puntilla que le faltaba para consumar su derrota. Los articulistas a sueldo del enemigo afirmaban que esa atrocidad presagiaba el caos en el que caería la ciudad si los votantes le daban el triunfo. En el cuartel general de la campaña se respiraba ya un ambiente lúgubre. Ni Cristina, siempre tan entusiasta y dispuesta a ver el lado bueno de todo, lograba ocultar que se los había llevado el carajo. Al ver roto su sueño de regeneración política, Jesús se aferró con patetismo a la tenue y remota esperanza de recuperar a Leslie. Volvió a escribirle a su correo de Facebook, tratando de presentar su inminente derrota electoral como una gran oportunidad para iniciar juntos una nueva vida: "Recapacita princesa, yo sé que tú me quieres. Acaba de una vez con este juego que nos está matando. Dejaré la política para dedicarme a ti. Estoy dispuesto a perdonártelo todo con tal de hacerte feliz". Se había puesto de a pechito para una humillación y recibió un varapalo proporcional a su indignidad. "No te arrastres, muñeco, me das lástima. Ya te dije que me la estoy pasando de agasajo con mi nuevo camote. Primero muerta que volver contigo. ¿Así o más claro?". Por si fuera poco, Leslie lo bloqueó de su cuenta, dando por terminado cualquier trato con él. Jesús soltó una carcajada de autoescarnio. Descanse en paz el único amor que lo hizo sentirse vivo. Tenía por delante un porvenir entenebrecido por el desamor y la soledad.

La antevíspera de los comicios, un viernes nublado, llegó a las diez de la mañana a la oficina para preparar el discurso de su cierre de campaña. Las mismas promesas de siempre, aderezadas con alardes retóricos de confianza en el triunfo. Dominaba a la perfección el arte de cantar victoria sin dejar entrever debilidad alguna. Lástima que su carrera estuviera en estado de coma. Comenzaba a redactar en la computadora cuando entró muy agitado Pascasio Linares, el jefe de propaganda.

—¿Ya supiste la noticia?

Jesús negó con la cabeza y preguntó con alarma si habían linchado a otro policía.

—No, esta noticia es buena, te voy a poner la tele.

Sintonizó un programa de chismes de la farándula en un canal de cobertura nacional. Desfigurada y con un esparadrapo en el ojo derecho, la parte visible de la cara teñida de hematomas, Alhelí respondía a las preguntas de una reportera:

—He vivido un largo calvario al lado de un monstruo que nunca me amó. Las humillaciones que he padecido no se las deseo ni a mi peor enemiga —prorrumpió en sollozos—. Esta no fue la primera agresión de Arturo: desde que éramos novios me pegó varias veces con cualquier pretexto, unas veces por celos, otras por crueldad mental, o simplemente porque el señor estaba pasado de copas. Pero ahora exijo justicia y espero que la ley me defienda. Quiero dar un ejemplo a las mujeres de México para que no toleren maltratos por parte de los varones.

Siguió un breve reportaje sobre su tormentosa relación con Arturo Iglesias, en el que se les veía con ropa de gala en una ceremonia donde Alhelí obtuvo un premio, el día de su boda en el colegio de las Vizcaínas y en los mítines de la campaña, regalando víveres y enseres domésticos al pueblo de Cuernavaca. El conductor del programa, un joto relamido con saco de terciopelo rojo, recordó que el carisma de Alhelí había sido determinante para catapultar a su cónyuge a las ligas mayores de la política.

—A pesar de tener una deuda de gratitud con la popular actriz y cantante, Arturo Iglesias le ocasionó lesiones graves en sus frecuentes arrebatos de cólera, y al momento de difundir esta noticia no ha querido dar la cara a los medios informativos.

Valentín Rueda y Cristina entraron eufóricos a la oficina.

—Esto hay que celebrarlo. ¡Ya ganamos!

Abrieron una botella de tequila, y tras ellos entraron otros colaboradores de la campaña, saltando de euforia como los equipos de futbol que festejan un campeonato. Jesús no pudo alegrarse como los demás. Le parecía poco meritorio obtener la alcaldía gracias a los moretones de la estrellita. Hubiera querido triunfar por su programa de reformas, no por un chiripazo. Pero por encima de todo, le asustó la grave responsabilidad que se le venía encima. La quema del policía le había confirmado que la ciudad ya era ingobernable, como el resto del país. Quién sabe si tuviera huevos para enfrentarse a un reto de ese calibre. Temía ser una llamarada de petate, un redentor sin carácter, incapaz de hacerse respetar, porque más allá de la crispación social, el narcopoder y la esclerosis de la burocracia, lo intimidaba la enorme dificultad de enfrentarse a la vida sin Leslie.

XVIII. Destino recobrado

El gobierno estatal procuró silenciar la noticia de la golpiza a Alhelí en las estaciones locales de televisión y radio, pero como las televisoras nacionales, en solidaridad con la estrella, le dieron una gran difusión, de cualquier modo Arturo Iglesias quedó satanizado como golpeador de mujeres. Por medio de un boletín de prensa esgrimió un alegato defensivo que no contribuyó en nada a limpiar su imagen: reconoció haberse extralimitado en una acalorada riña conyugal, pero atribuyó el pleito a una infidelidad de Alhelí, que días antes se había exhibido en una discoteca de Cancún con el futbolista ecuatoriano Jerry Mijangos, defensa central del Cruz Azul. Indignada, Alhelí respondió que se había encontrado al futbolista en un evento social y departió con él menos de diez minutos. Sólo un energúmeno inseguro de su propia virilidad podría sentirse ofendido por eso, dijo, y anunció que lo demandaría por difamación de honor. El litigio mediático echó más leña a la hoguera, y un nutrido contingente del club de admiradores de Alhelí acudió al cierre de campaña de Iglesias con pancartas que lo tildaban de cobarde, maricón, culero y psicópata. Al empezar su discurso le arrojaron huevos podridos y en su edición vespertina, *El Imparcial* publicó una foto de Iglesias con una yema escurriéndole por el ondulado copete, que medio millón de internautas reprodujeron en las redes sociales. Como el código electoral prohibía levantar encuestas una semana antes de las elecciones, los estrategas de Jesús no pudieron calcular con exactitud cuántos votos perdería por el grotesco sainete. Pero no hacía falta ser brujo para prever que la caída estrepitosa de su popularidad le granjearía un severo castigo en las urnas.

Por salud mental, había desechado la idea de contratar a un detective para que buscara a Leslie y la noche previa a los comicios hizo un esfuerzo heroico por no pensar más en ella. Debía dar por terminado ese episodio de su vida y mirar hacia el porvenir. Habló por Skype con sus hijos, que ya se aprestaban para regresar a Cuernavaca, y les aseguro que ganaría la elección por un amplio margen. Indignada por la agresión a Alhelí, Maribel le pidió que metiera en la cárcel a Iglesias cuando llegara al poder: "No puedo, mi amor, dijo, la golpeó en el Distrito Federal y allá lo tienen que juzgar". Juan Pablo le contó que había estado jugando básquet con el equipo de su escuela en Brownsville y había mejorado mucho su técnica, porque allá se jugaba el doble de rápido. Jesús prometió ir a verlo cuando se reintegrara al equipo del Holy Ghost College, y en una breve charla con Remedios, le avisó que ya había sacado sus cosas de la casa para que se pudiera instalar con los niños. Pero eso sí, le advirtió, gane o pierda tendrán que llevar escoltas a todas partes, porque la situación aquí sigue color de hormiga. Obligada a vivir en Cuernavaca por el acuerdo de divorcio, Remedios tuvo que doblar las manos muy a su pesar. Al ver a sus hijos mandándole besos en la pantalla se sintió fortalecido y seguro de tener agallas para gobernar. La obligación moral de heredarles un mundo mejor no le permitía echarse a la cómoda hamaca de la depresión. Ellos debían ser su fuente de vigor y entereza para seguir enfrentando los mil obstáculos que sin duda lo esperaban en la alcaldía. Se levantó muy temprano, y a las ocho de la mañana en punto, rodeado de reporteros, depositó su voto en una casilla instalada en una casa vecina.

—Deseo que a pesar del clima de impunidad y violencia, esta jornada cívica se desarrolle en paz —declaró— y que el pueblo no tenga impedimentos para expresar su voluntad. Hemos instrumentado un sistema de vigilancia en todas las casillas para impedir la presencia de provocadores y mapaches electorales, pero si algún incidente llegara a presentarse lo reportaremos oportunamente.

De camino al cuartel general de campaña, donde iría recibiendo durante el día los resultados parciales de la votación, se enteró por la radio de un acontecimiento esperado, que sin embargo le produjo una conmoción intensa.

—Fuentes de la policía federal nos informan que esta madrugada fue abatido a balazos Lauro Santoscoy, mejor conocido como el Tecuán Mayor, cuando intentaba huir en una Ram Charger color azul cobalto de una emboscada en el poblado de Acatlipa. En el lugar de la balacera se hallaron más de doscientos casquillos de bala y según los testigos, el vehículo en que viajaba Santoscoy quedó convertido en una coladera. Su muerte ocurrió cuando se bajó de la camioneta para repeler la agresión, y lo alcanzó una lluvia de plomo. Los agentes de la federal trasladaron el cuerpo al servicio médico forense de Cuernavaca para que practique la autopsia de ley y verifique la identidad del occiso, pero en los altos mandos de la corporación hay plena certeza de haber eliminado al peligroso delincuente que durante más de una década mantuvo en jaque a las fuerzas del orden.

Una muerte tan cantada no hubiera debido apesadumbrarlo, y sin embargo, durante esa jornada decisiva para sus aspiraciones políticas estuvo melancólico y ausente, pensando en el triste destino de los gemelos Santoscoy. Recordó el boato de Lauro en el fastuoso rancho donde tuvieron el primer encuentro: de qué poco le sirvió acumular ese enorme botín de guerra. Ahora el procurador del Estado, los comandantes del operativo y los gavilanes de la judicatura correrían a repartirse sus bienes, en una rebatiña que también podía terminar a balazos. Y pensar que Lauro se había iniciado en el crimen para echar una mano a su padre, para sacarlo de pobre y erigirse en el héroe de la familia. Un sueño irreprochable de concordia y prosperidad familiar. Tuvo que enlutar a muchas familias para realizarlo, pero ¿acaso el país le dejaba otra alternativa? En eso era semejante a Leslie: un proceso de envilecimiento los había apartado cada vez más de su natural inclinación al bien, al amor, a la generosidad. Compadeció a los caídos en esa guerra fratricida de pobres contra pobres, donde los afectos puros, las nobles intenciones, orillaban a los hombres a cometer las más inmundas bajezas.

A mediodía recibió los primeros reportes sobre la jornada electoral, que le daban una ventaja de siete puntos sobre

Iglesias. La diferencia a su favor se amplió en los reportes recibidos a las tres de la tarde, que oyó en compañía de su equipo de campaña, mientras comían tacos de canasta en el jardín de la casa. A las cinco, Cristina destapó la primera botella de sidra. Salud, señor alcalde, ya ganamos y además vamos a tener mayoría en el cabildo. Abrazos de sus colaboradores, lágrimas de alegría, irrupción de un mariachi tocando el *Son de la Negra*, llamada de Arturo Iglesias reconociendo con voz de ultratumba que las tendencias "no lo favorecían". Gozó el triunfo con una sensación de irrealidad, como si no le perteneciera del todo. Cuando sus padres llegaron a felicitarlo no pudo contener la emoción y se soltó a llorar con el orgullo cursi de un niño condecorado en el medallero escolar. No quiso conceder entrevistas antes del mensaje que daría a sus partidarios en la Plaza de Armas. Dos o tres mil personas ondeaban banderolas con su efigie, agitando matracas. Entre ellas destacaban los brigadistas armados, que aún no creían del todo en la victoria. Ignoró el discurso que tenía preparado y se dejó arrebatar por las emociones que había contenido por pudor desde su destape como candidato:

—El día de hoy, mientras se celebraba la jornada cívica que nos dio la victoria, murió en un enfrentamiento con la policía federal el delincuente Lauro Santoscoy. Las autoridades quieren pararse el cuello con su muerte, pero en mi opinión, la propaganda oficial está enconando el odio entre los mexicanos cuando pretende que la sociedad obtiene victorias con estas ejecuciones. Nunca debimos haber caído tan bajo. En México existen gobiernos delincuenciales en varios estados de la República, y Morelos no es la excepción, porque previamente, la sociedad no pudo o no quiso frenar la corrupción de las instituciones que deberían servirla. Esa negligencia nos ha costado muy cara. La cultura del abuso y de la transa tiene que ser derrotada en las aulas, en los periódicos, en nuestra conducta diaria, de lo contrario nos espera una guerra sin fin.

El público estalló en ovaciones. Un cohete chillador subió por los aires y derramó una cascada de chispas multicolores. Una señora confundida entre el júbilo político y el hormonal le gritó: ¡Papucho! Jesús pidió silencio con las palmas al frente.

—Cuando era síndico del ayuntamiento, algunos colegas me apodaron "El Sacristán", por mi empeño en detectar y castigar corruptelas. Pensaban, quizá, que yo defiendo la legalidad por santurronería. Nada más falso: la defiendo por un sano egoísmo, porque me conviene a título personal. Desearía no sentirme amenazado en todas partes por las bandas de criminales y por las autoridades corruptas, desearía que mis hijos pudieran caminar por las calles a las cuatro de la mañana sin jugarse la vida, como en los países donde se respeta la ley. Muy pocos mexicanos creen que el Estado de Derecho les traiga beneficios, ni siquiera los políticos que lo invocan a todas horas en sus discursos. O revertimos esta enfermedad social o acabaremos destruyendo el sentimiento comunitario, ya bastante maltrecho en ciudades enteras donde reina la desconfianza mutua. Cuernavaca debe ser la punta de lanza de un esfuerzo colectivo que nos lleve a refundar el Estado, no por amor al prójimo, sino por amor propio. ¡Con la participación de todos podemos lograrlo!

Los partidarios más jubilosos querían pasearlo en hombros alrededor de la plaza, pero Néstor y sus escoltas lo impidieron a codazos y empellones, pues ahora más que nunca temían un atentado en su contra. Volvió a casa con una efervescencia interior que le nublaba el entendimiento. Encendió la tele para ver el resumen de la jornada futbolera, intentando sofocar el tráfago de ideas vertiginosas que le pasaba por la cabeza. Tenía tanto por hacer que no sabía por dónde empezar. Le preocupaba, sobre todo, la dificultad de cohabitar políticamente con el gobernador Narváez, tras haber corroborado que era un esbirro del Tunas. Temía que a partir de ahora esa peligrosa mancuerna le hiciera la vida imposible. Quizá hubiera un incremento de la violencia en los primeros días de su administración, para exhibirlo como inepto ante la sociedad. No habían terminado sus problemas, apenas comenzaban. Era imposible detener la expansión del hampa sin resolver sus causas sociales. Y ahora temblaba de miedo por tener que enfrentarse a ese toro de lidia que ya lo embestía, bufando con los ojos inyectados de cólera. Sería el alcalde de una ciudad donde la vida civilizada se desmoronaba. Los chingones con más habilidad para la rapiña o la corrupción habían hecho escuela, y ahora los resentidos querían imitar a las élites, con un odio teñido de admiración. Las instituciones podridas eran un fiel reflejo de un orden social cimentado en la componenda oscura y en el privilegio gandaya, pero su demolición podía conducir a una barbarie mayor. O se fajaba los pantalones para mantenerlas en pie, erradicando la corrupción a punta de machete, o su derrumbe lo sepultaría bajo los escombros de la esperanza que había despertado.

Interrumpió la feria de goles un flash informativo sobre la muerte de Lauro Santoscoy. El director de la Policía Federal, henchido de orgullo en uniforme de gala, felicitó a los integrantes del operativo, anunciando que se repartirían la recompensa de cinco millones. Ahora resultaba que el Tecuán Mayor ocupaba el segundo escaño en el escalafón de los criminales más buscados del país. Típico embuste oficial: exagerando la importancia del muerto, amplificaban también el éxito policiaco. En pantalla dividida, la foto de Lauro vivo junto a la de su cadáver, con el rostro hinchado y tieso. "La identidad del difunto quedó plenamente identificada luego de practicarse la autopsia de ley en las instalaciones del Servicio Médico Forense de Cuernavaca". Temió que esa tétrica imagen le quitara el sueño. Iba a tomarse un tafil cuando sonó el timbre de la puerta. Fortino, el jardinero, vino a decirle que allá afuera lo buscaba el señor Felipe Meneses. Qué raro, ¿vendría a felicitarlo? ¿Colgaba por fin el hábito de inquisidor?

—Dígale que pase, por favor.

Felipe tenía las bolsas oculares más violáceas que de costumbre y grietas profundas en las comisuras de los labios, quizá por la falta de sueño.

—Qué gusto de verte —Jesús le abrió los brazos—. Me alegra mucho compartir contigo esta victoria.

—Te felicito, Jesús, a pesar de nuestras diferencias eras el mejor candidato, y por eso te seguí apoyando —Felipe intentó sonreír y apenas pudo esbozar una mueca de fatiga—. Pero no vengo a celebrar nada. Quería hablarte sobre la ejecución de Santoscoy, y en particular, sobre la manera en que el gobierno la está cacareando.

—Apenas vi la cápsula informativa en la tele. Me han traído en chinga todo el día, primero con los reportes de las casillas y luego con los festejos.

—Hay algo en el parte oficial que me llama la atención: la insistencia en que la identidad de Lauro está plenamente comprobada —Felipe torció la boca, escéptico—. Al parecer, los redactores del informe temen que alguien lo ponga en duda. Un temor extraño, ¿no te parece?

—¿Y tú no le crees a la policía? Lauro llevaba un buen rato huyendo a salto de mata.

—Sí, por eso mismo le convenía que lo dieran por muerto. Es el último recurso de los narcos acorralados. Acuérdate del Señor de los Cielos: presentaron un cadáver irreconocible como si fuera suyo y desde entonces nadie lo persigue. Lauro no salía a ningún lado sin sus escoltas, pero los agentes de la federal lo agarraron solo. Qué casualidad, ¿no? Además, el parte oficial que está circulando fue censurado. Un informante secreto que trabaja en la procuraduría me consiguió una copia escaneada de la versión íntegra, y te subrayé las partes que le cortaron.

Jesús tomó los papeles con el pulso trémulo. En el primer fragmento suprimido, escrito en la jerga redundante y abstrusa de los ministerios públicos, se asentaba que en el piso de la camioneta Ram Charger donde viajaba el occiso, los agentes hallaron un par de tacones dorados con motas negras, imitación leopardo. En un flashazo de lucidez amarga, Jesús recordó que Leslie tenía unos iguales. Conocía muy bien su repertorio de tacones por haberle pedido que no se los quitara para coger. Pero quizá la mujer de Lauro tenía los mismos gustos y se había dejado los zapatos en la camioneta, obligada a salir corriendo en alguna emboscada. Aferrado a esa esperanza, dirigió una mirada implorante a Felipe, que guardaba una seriedad condolida, y pasó las hojas deprisa, en busca del segundo fragmento suprimido. Era una declaración de Isaac Martínez, el jefe de los paramédicos: "Por instrucciones del comandante Celis acudimos a levantar el cadáver —afirmaba— y al subirlo a la camilla me percaté de que tenía los labios pintados".

—¡Es Leslie! Era idéntica a su hermano —Jesús se golpeó la frente—. Con razón no había podido encontrarla. El hijo de puta la mató, le puso ropa de hombre y entregó el cuerpo a los federales.

—Quién sabe, a lo mejor Lauro se las entregó viva, para que pudieran colgarse la medallita. Pudo haberla dejado escapar en la camioneta y decirles dónde la podían interceptar.

—Pero la autopsia tiene que revelar el engaño —bufó Jesús—. Leslie tenía implantes en los senos, y aunque Lauro se los haya mandado quitar, el forense debe haber visto las cicatrices.

—Pues resulta que no vio nada —Felipe sacó de su mochila otro legajo con sellos oficiales—. Se limitó a describir las heridas del cadáver y la trayectoria de las veintiséis balas que le metieron.

—¿Crees que el forense está coludido?

—Estuve investigando sus antecedentes —Felipe sacó una libreta de su mochila—. Se llama Santos Guajardo. Hace seis años lo procesaron en Matamoros por haberle expedido un acta de defunción a un jefe de los Zetas que luego apareció en Tepic, vivito y coleando. En aquel tiempo, la DEA logró que Guajardo fuera encarcelado, pero al parecer pasó poco tiempo en prisión, porque tres meses después abrió una clínica en Nuevo Laredo.

—¿Y cómo vino a parar a la morgue de aquí?

—Lo contrataron hace una semana, probablemente para hacer esta chamba.

Jesús pateó una silla, enfurecido consigo mismo por no haberlo sospechado antes. Sacrificada por su propio hermano, qué final tan atroz. Una conflagración de rencores le exigía tomar venganza en caliente. Se puso los mocasines cafés y cogió las llaves de su carro, dirigiéndose hacia la puerta. Felipe lo jaló del brazo cuando iba de salida.

—Espérate, ¿adónde vas?

—Al Servicio Médico Forense. Voy a exigir que me dejen ver el cadáver.

—Ya se lo llevaron. A las cinco de la tarde fue a recogerlo Catalina Cervantes, la viuda de Lauro, para velarlo en familia.

—Se están moviendo muy deprisa porque les urge desaparecer el cuerpo —dedujo Jesús—. Hubo un trato con el gobierno para que todos salieran ganando. La muerte de Leslie benefició a mucha gente. ¡Qué poca madre!

—A estas alturas Lauro ya debe haber enterrado a su hermano, si no es que lo incineró. Y por desgracia, este informe escaneado no vale como prueba en su contra. Mejor siéntate y piensa bien lo que vas a hacer.

Jesús fingió compostura y fue a servirse un vaso de whisky. Le ofreció otro a Felipe y bebieron juntos, como en los buenos tiempos.

—Vine a darte esta noticia porque a pesar de tus desviaciones sexuales, yo respeto los sentimientos nobles y sé que la querías mucho.

—Era mi ángel de la guarda —suspiró Jesús—. Antes de ella sólo tuve un simulacro de vida. Empecé a existir cuando la conocí.

—Pero se puede convertir en tu ruina si te involucras en una investigación que revele tus nexos con el hermano gemelo de Lauro —Meneses adoptó un tono persuasivo y juicioso—. La presión social te obligaría a dejar la alcaldía que acabas de ganar con tantos esfuerzos. Yo puedo presentar la denuncia sin mencionarte.

—Gracias, hermano —lo tomó del hombro—. Te agradezco este gesto de nobleza, y espero que a partir de ahora volvamos a ser amigos.

—Amigos sí, pero cada quien desde su trinchera —Felipe apuró su trago con rapidez—. Recuerda que soy un crítico del poder y dentro de poco tú serás el señor alcalde.

Se despidió enseguida, pese a las protestas amistosas de Jesús, pues aún no había escrito su columna del lunes, dijo, y tenía que estar lúcido para impugnar la versión oficial sobre la muerte de Lauro. Jesús lo acompañó hasta la calle, sinceramente conmovido por su apoyo moral. Pero no volvió a casa, como dictaba el sentido común. Cuando el decrépito Volkswagen de Felipe dobló la esquina del callejón empedrado, fue al depósito de composta oculto en un recodo del jardín comunitario, tomó la pala que usaba Fortino para esparcir el abono y de vuelta en el garage descubierto, la metió en la cajuela del Tsuru. Había fingido aceptar el sensato consejo de su amigo, pero no creía que una denuncia periodística bastara para demostrar ante la ley la suplantación de la víctima. El tortuguismo de la justicia mexicana era el principal baluarte de la impunidad. Podían pasar dos o tres meses antes de que un juez girara la orden de exhumar el cadáver. Para entonces ya estaría irreconocible y sería imposible precisar su identidad, porque los gemelos idénticos tenían el mismo ADN. Desde el cielo, Leslie clamaba justicia y él tenía un as bajo la manga para vengar su muerte: la ubicación del mausoleo que Lauro había erigido a su padre en Yautepec. Quería que lo enterraran a su lado, pensó, me lo dijo en la entrevista del bosque. Allí debe de haber sepultado a Leslie, para imprimirle realismo a la faramalla. Mandó a su viuda y a sus esbirros a chillar en la tumba, mientras él veía el entierro desde lejos, cagándose de la risa. Linda manera de honrar la memoria de don Demetrio.

Con la temeridad de los fanáticos poseídos por una idea fija, sacó el Tsuru del garage, recorrió en un santiamén las desiertas calles de su colonia, sin hacer alto en las bocacalles, y tomó la autopista México-Acapulco en dirección al sur. Los ventarrones de aire húmedo presagiaban una de esas tormentas veraniegas que tanto disfrutaba cuando estaba bajo techo. En el primer trébol dobló a la izquierda y siguió por el bulevar Cuauhnáhuac, la avenida de sus amores, rebasando como un bólido a los camiones de carga. Al pasar por el lúgubre Cañón de Lobos sintió una opresión en el pecho, como si las negras montañas se le vinieran encima. Cuando se disponía a tomar la desviación a Yautepec estuvo a punto de atropellar a un perro y por poco se voltea con el frenazo. Más despacio, idiota, qué te importa llegar diez minutos de más tarde, si al fin y al cabo Leslie tiene todo el tiempo del mundo para esperarte. Un relámpago zigzagueante cuarteó la fúnebre bóveda celestial. Vino luego un trueno con largas reverberaciones, seguido de un fuerte aguacero. Ni con los limpiadores en alta velocidad alcanzaba a ver el camino entre la cortina de agua. Lamentó ser alérgico al pensamiento mágico. Le hubiera gustado creer que la noche se había quedado viuda y lo acompañaba en su dolor. Digna despedida para una criatura nocturna. Que los cielos vaciaran sus odres para llorarla.

Según el mapa de Google, el panteón municipal estaba justo a la entrada del pueblo, al costado de una zona arqueológica, donde terminaba el bulevar Tlahuica. A los pocos metros encontró una flecha de auxilio vial que apuntaba en dirección a las ruinas. La lluvia comenzaba a ceder en señal de respeto a su misión justiciera. Gracias, dioses del altiplano: allá arriba alguien estaba a su favor, retirándole obstáculos del camino. A medio kilómetro, a mano izquierda, encontró el basamento de un centro ceremonial que iluminó con las luces altas: ya estaba cerca del cementerio. Perfecto escenario para constatar la fidelidad atávica del Tecuán Mayor a los sacrificios humanos. Se lo imaginó con la máscara de jaguar que usaba en sus primeros atracos, ofreciendo a los dioses el corazón de Leslie.

Cuando bajó del auto en la puerta principal del panteón, apenas caía un modesto chipichipi. Las rejas estaban cerradas con candado, pero la barda sólo tenía metro y medio de altura. Recorrió un buen palmo de terreno hasta encontrar una hendidura de buen tamaño entre las rocas de la barda y arrojó la pala al interior del panteón. Por el ruido sordo dedujo que había caído en tierra mojada. Con el pie derecho apoyado en la hendidura de la pared se impulsó hacia arriba, y logró asirse con los dedos a la parte superior de la barda. Sus débiles brazos de cuarentón sedentario no estaban acostumbrados a esos esfuerzos y tuvo que hacer tres intentos para encaramarse. Un clavo le rasgó la pernera derecha del pantalón, pero cuando logró apoyar la rodilla, con medio cuerpo en posición horizontal, ya no tuvo dificultad para sentarse. Mientras recobraba el resuello, contempló el modesto panteón pueblerino, mal iluminado por los faroles de la calle: hasta donde alcanzaba a ver, sólo tenía unas veinte hileras de tumbas modestas, muchas de ellas en ruinas, y al fondo, la sección reservada a los ricos del pueblo, donde se erguían los monumentos funerarios con capilla.

Del otro lado de la barda no había hendiduras ni salientes y tuvo que dar un salto demasiado riesgoso para su edad, que le machacó los meniscos y los talones. Obligado a renguear por las dolorosas punzadas en las rodillas, usó como linterna la pantalla luminosa del celular, caminando a tientas por el andador central, cubierto de grava, rumbo a la zona VIP del panteón. ¿Y si el velador le salía al paso con su perro guardián? Tendría que inventar alguna mentira y untarle la mano. Pero nadie parecía cuidar ese panteón, o el velador ya estaba dormido. El mausoleo que Lauro había erigido a su padre, o más bien, a su ego, sobresalía entre los demás por tener decenas de arreglos florales y coronas de muerto, depositadas ahí pocas horas antes. Era una capilla de mármol negro, alta y suntuosa, con dos angelotes de bronce flanqueando el portón, y un epitafio en letras doradas: "Profesor Demetrio Santoscoy, ejemplo de pundonor y honradez (1948-2003)". Adentro había un reclinatorio forrado de terciopelo rojo y un pequeño altar con un cromo de la virgen guadalupana. Una plancha de hierro separaba la capilla de la fosa. Usando la pala como mazo golpeó el herrumbroso candado, que tardó un buen rato en quebrarse. La plancha era muy pesada y tuvo que hacer un gran esfuerzo para levantarla palmo a palmo, la camisa bañada en sudor, hasta que pudo abrirla lo suficiente para colarse adentro.

En la espaciosa cripta, con capacidad para albergar diez difuntos, reposaban dos ataúdes: uno gris perla lleno de polvo, otro flamante y nuevo de color azul metálico. Titubeó un momento antes de consumar la profanación. ¿De verdad quería ver los despojos tasajeados de Leslie? ¿Podría luego borrar esa horrenda imagen de su memoria? Pero los sentimentalismos estaban de sobra: había venido a fotografiar el cadáver para que los autores del crimen no quedaran impunes. En un arranque de valor alzó la tapa del ataúd. El rostro azul, ya un poco apergaminado y el corte de pelo castrense, buscaban dar una fraudulenta impresión de virilidad, pero la íntima esencia de Leslie no se podía tapar con un dedo. El embalsamador había querido pergeñar un soldadito de plomo y le había salido un muñeco de azúcar. Como postrer baldón, la habían enterrado de traje y corbata. Indignado por ese denigrante feminicidio, un ultraje más cruel que la muerte física, le abrió con rudeza el saco y la camisa, rompiendo varios botones. Ahí estaba la prueba de la suplantación: los puntos de sutura en los pectorales que delataban el retiro de los implantes. Sin aliento, loco de estupor, soltó un borbotón de llanto, la cabeza reclinada en el pecho amado. Dios te salve María, llena eres de gracia, bendita eres entre todas las mujeres y bendito el fruto de tu vientre, Jesús. Interrumpió su duelo la luz cegadora de una potente linterna.

—No llores, cuñado, ya mero le vas a hacer compañía.

Asomados a la fosa, Lauro y dos de sus gatilleros lo encañonaban desde arriba. En busca de protección, estrechó por acto reflejo la helada mano de Leslie. Tal vez había venido a reunirse con ella, no a decirle adiós. Tal vez anhelaba ese desenlace desde que la levantó en la calle.

—Salga de ahí, señor alcalde —se mofó Lauro.

Había dejado la pala afuera y no podía defenderse. Pero no iba a darle el gusto de implorar clemencia.

—Dispárame de una vez, hijo de la chingada —lo retó.

Uno de sus pistoleros amartilló la pistola, pero Lauro se la bajó de un manotazo.

—Espérate, aquí no. Delante de mi viejo yo no mato a nadie.

Ordenó a sus esbirros sacarlo de ahí, pero Jesús opuso una resistencia feroz que los obligó a someterlo de un cachazo en la nuca. Sólo alcanzó a ver cómo tapaban el ataúd antes de caer suavemente, como una hoja seca desprendida de un árbol, en una placenta de paredes tibias, inaccesible a los ruidos y a las miserias del mundo.

Al despertar estaba encadenado de pies y manos a una silla de lámina, con una mordaza de cinta canela. Entre las nebulosas del aturdimiento logró distinguir las siluetas de dos hombres con pistola al cinto que levantaban del suelo pesadas cajas de cartón llenas de enseres domésticos y se perdían al fondo, en los primeros peldaños de una escalera. Estaban desmantelando un amplio salón que en sus mejores tiempos debió de ser fastuoso, a juzgar por el lujo charro de los objetos amontonados: esculturas modernas, una mesa de billar sin patas recargada en una pared, figuras de cristal cortado, un colmillo de elefante con base dorada, la cabeza disecada de un antílope, y varios cuadros envueltos en papel de burbujas, en espera de que los sicarios improvisados como garroteros las transportaran al camión de mudanzas. A su lado, sentado en un equipal, Lauro daba instrucciones a sus hombres, ordenándoles cuáles muebles y objetos debían llevarse primero, mientras daba tragos a un caballito de mezcal. Jesús estudió sus facciones buscando huellas de culpabilidad: nada, sólo un leve fruncimiento en los labios que ni siquiera denotaba vergüenza, solo hastío existencial. Tal vez había llegado a tal grado de insensibilidad que su vileza ya ni siquiera le causaba escozor. Al darse cuenta de que había despertado, Lauro le quitó la mordaza de un tirón.

—Toma, te va a hacer bien —y le metió en la boca un trago de mezcal que lo atragantó.

Cuando terminó de toser, Jesús guardó un largo y despectivo silencio, mirando fijamente a su cuñado con una prestancia de mártir.

—No creía que te atrevieras a tanto —continuó Lauro—. Para ser joto tienes los huevos bien puestos.

—Me das lástima, Lauro. Ya no respetas ni a tu propia sangre. Mataste a tu hermana para que dejen de perseguirte. Para eso no se necesita mucho valor. Leslie tenía más huevos que tú.

Al sentir un fuerte jalón de cabellos, Jesús descubrió que tenía un sicario detrás.

—Déjalo desahogarse, Borrego —ordenó Lauro—. Yo le concedo la última voluntad a todos mis enemigos. Sácate la muina del pecho, pa' que te mueras a gusto. No tardan en preparar la tina de ácido donde te vamos a disolver.

—¿No que le tenías mucha veneración a tu padre? —continuó Jesús, crecido—. Si en vida te repudió, imagínate ahora cómo te estará maldiciendo. Pobre viejo, tus crímenes no lo dejan descansar en paz.

—Eres igualito a él, sermoneador y pendejo —Lauro suspiro con fastidio—. Te encanta echar por delante tu autoridad moral. ¿Crees que así me vas a conmover? Te juro, cuñado, que me hubiera gustado ser como tú: honesto, responsable, ejemplar. Pero aquí en México, la rectitud es un lujo que los jodidos no pueden darse. Tú eres hijo de familia, hiciste una carrera, te lo dieron todo peladito y en la boca. Así no tiene ningún mérito ser decente. Ya te quisiera yo ver sentado en una banqueta sin un quinto en la bolsa, con la vida rota a los 18 años, despreciado por las nalguitas que más te gustan, humillado por los tiras que te suben a la chota por andar cheleando en la calle, y a ver si no te daban ganas de ser un ojete.

—Muy conmovedor, me dan ganas de llorar —se burló Jesús—. Pero si de veras me quieres conceder la última voluntad, dime dónde encontraste a Leslie.

—Lo agarramos en la puerta del edificio donde vivía contigo, cuando iba entrando con su maleta. Parece que se arrepintió de la fuga y quería regresar a pedirte perdón. Nazario confiaba mucho en ti. Lo hubieras oído chillar cuando lo teníamos aquí encerrado —Lauro aflautó la voz en una imitación grotesca—: ¡Llamen a Jesús y pídanle un rescate, pero no me lastimen! Le tuvimos que poner una inyección para que dejara de estar chingando.

—Tú me escribiste los mensajes de Facebook, ¿verdad?

—Te dejaron bien ardido, ¿verdad? Yo esperaba que después de ese descolón te olvidaras de andarla buscando. Fue un pedo sacarle la contraseña. Cómo se defendía la cabrona. Ni con toques en los huevos nos la quería soltar y le tuvimos que meter al pocito.

Jesús guardó silencio, consustanciado con el dolor de la víctima. Si Lauro quería martirizarlo con esos detalles, se equivocaba por completo. Era un alivio saber que Leslie lo había querido hasta el último suspiro. Pasó junto a ellos un cargador llevando en brazos una hermosa escultura en madera. Jesús la reconoció al primer golpe de vista: era el pájaro rompiendo el cascarón del mundo que Gabriel había dibujado a lápiz cuando lo invitó a su casa. Un símbolo de crecimiento espiritual, de ascenso a una nueva escala del ser, que en ese momento adquiría para él un entrañable significado.

—Esa escultura es de Gabriel Ferrero, ¿verdad?

—Sepa la chingada, mi vieja se la trajo de San Diego. Ella escoge los adornos de mis casas y yo nomás le firmo los cheques —Lauro caminó hacia el pie de la escalera y preguntó con voz de trueno: —¿Ya estará la tina?

—En cinco minutos patrón, nomás falta calentar el agua —le respondió desde arriba un achichincle.

Quiere infundirme pavor, pensó Jesús, como un león rugiendo frente a un pajarito. Pero él tenía la fuerza de los desahuciados, y en vez de imaginar la disolución de su cuerpo, trató de revirarle el terror psicológico.

—No soy el único que descubrió tu tinglado, Lauro. El médico al que sobornaste ya estuvo en la cárcel y nadie va a creer en su autopsia. No contabas con que Leslie se pintara los labios y dejara unos tacones en la camioneta. Mañana, cuando *El Imparcial* destape la verdad, tus protectores del gobierno se te van a voltear. No ganaste nada con matar a Leslie, sólo estás dando patadas de ahogado.

—¿De a tiro me crees tan pendejo? —Lauro sonrió con aires de suficiencia—. No, cuñado, cuando tú vas, yo vengo de regreso. Como ustedes los políticos, los bandidos también sabemos negociar y antes de levantar a Nazario hice un pacto con el Tunas. Le vendí el video que te enseñé a cambio de su apoyo para que me dieran por muerto. El arregló todo con el procurador Larrea y el comandante de la Federal. Por más que ladren los periodistas, la autoridad no va a cambiar la versión oficial. Yo me comprometí a entregarle al Tunas todos mis territorios, ahora voy a cumplir mi parte del pacto: mañana mismo me largo a San Luis Potosí, donde tengo otro ranchito, para seguir trabajando allá.

—¿Y crees que el Tunas va a cumplir su palabra? —Jesús soltó una risilla irónica—. Le debes muchas, cuñado, y no creo que te perdone tan fácilmente. Para mí que te va a traicionar, si no es que ya lo hizo.

—Gracias por tus buenos deseos —sonrió con malicia—, no esperaba menos de ti. Puñal y pendejo, qué cruz tan grande has cargado. Te advertí en la cartulina que después de Azpiri seguías tú, pero no me hiciste caso y luego me dejaste con la mano tendida. Ya eras alcalde, habías logrado tu sueño. ¿Quién te mandaba venir a desenterrar a Leslie?

—Ahora sí, señor, ya está lista la tina.

Pistola en mano, Lauro se levantó del equipal con una parsimonia litúrgica y apuntó el arma al entrecejo de Jesús. Cuando iba a jalar del gatillo, una ráfaga de metralla hizo añicos el ventanal que daba al jardín del rancho. Lauro se tiró al suelo y a rastras buscó parapetarse tras un armario. Los disparos habían derribado la silla de Jesús, que desde el suelo alcanzó a ver a varios infantes de marina corriendo por el jardín. Sintió un tropel de hormigas en el pecho: lo tenía bañado en sangre. Cuando el fuego cesó un momento, el bramido de un helicóptero que al parecer había aterrizado allá afuera provocó un sismo trepidatorio. Dos sicarios rodaron escaleras abajo, soltando las cajas que iban cargando, y uno de ellos, herido de muerte, vino a caer al lado de Jesús. Quiso tomar su metralleta, pero seguía esposado a la silla y apenas pudo rozar la empuñadura con las yemas. Con una mezcla de arrogancia y pavor, soltando injurias inaudibles, Lauro intentaba responder el fuego proveniente del jardín, pero un pelotón de marinos bajó por la escalera, tomándolo por sorpresa. Cuando quiso darse la media vuelta ya lo habían madrugado. Con una mirada incrédula, la mirada de un científico viendo un truco de magia negra, rebotó del armario a la pared y de la pared al suelo en una danza epiléptica. Al caer ya era un amasijo amorfo de mezcal y sangre, una descoyuntada escultura cubista con un ojo colgante que todavía mendigaba luz. Jesús gemía débilmente en el suelo. El marino que se acomidió a socorrerlo, un jovencito imberbe con mirada de ciervo asustado, le quebró las esposas con la bayoneta y se lo echó al hombro. Afuera, en el jardín, lo recostó en el césped, iluminado como un campo de futbol por las potentes luces del helicóptero, y un paramédico se acercó a revisar su herida.

—No se preocupe, señor, tiene lastimada la clavícula pero no es una lesión grave.

Subido a una camilla, Jesús no tiene aliento para responder. Ignora cómo ha venido a parar a ese ruidoso jardín. Su vista nublada no puede distinguir los rasgos del paramédico y la noción del tiempo se le escabulle dando juguetones saltos de liebre. Le vamos a poner suero para llevarlo al hospital, intenta reanimarlo el paramédico, pero Jesús ya no lo escucha. Está en el patio de recreo del Instituto Loyola, liándose a golpes con los grandulones que patearon en el suelo a Gabriel Ferrero. Se ha llevado la peor parte en la refriega, porque son muchos contra ellos dos y las patadas le llueven por todas partes, pero soporta la madriza con un júbilo espiritual que lo inmuniza contra el dolor. Para darse fuerza piensa en el martirio de Cristo, escarnecido y clavado en la cruz para salvar a los pecadores. Llega el prefecto Ayala dando silbatazos y aparta a los montoneros que lo tienen acorralado contra una barda. Reprimenda severa por meterse a defender a un degenerado. Nunca lo creí de ti, Pastrana, quedas cesado como jefe de grupo. En la enfermería donde recibe los primeros auxilios, Gabriel le sonríe con gratitud desde la otra cama rodante. Lleva el traje de odalisca que Leslie usaba en el show. Cuando entrelazan sus manos oye a lo lejos el ruido del helicóptero que alza el vuelo, mezclado con el bullicio del patio escolar. El mediodía irrumpe a medianoche, el perfume del andrógino disipa el olor a pólvora y en el espejo líquido de la memoria ve difuminarse los contornos de un destino inferior que ya no le pertenece.

Índice

I. Dorada medianía 11

II. La victoria del miedo 33

III. Safari nocturno 53

IV. La revancha 69

V. El poder en la sombra 87

VI. Anagnórisis 107

VII. Tareas de salvamento 127

VIII. El Ninja Asesino 145

IX. Regalo de bodas 161

X. Entrega a domicilio 173

XI. Lío de faldas 189

XII. Angustias decembrinas 205

XIII. Favor con favor se paga 225

XIV. Ordeñar el aplauso 247

XV. La voltereta 267

XVI. El desengaño 287

XVII. Doble traición 307

XVIII. Destino recobrado 325

La doble vida de Jesús, de Enrique Serna
se terminó de imprimir en noviembre de 2014
en Quad/Graphics Querétaro, S. A. de C. V.,
Fracc. Agro Industrial La Cruz El Marqués
Querétaro, México.